U0438592

〔美〕戴夫·艾格斯 著
Dave Eggers

怪才的荒诞与忧伤

张琇云 译

A Heartbreaking Work of Staggering Genius

人民文学出版社
PEOPLE'S LITERATURE PUBLISHING HOUSE

著作权合同登记号：图字 01-2016-2717

A HEARTBREAKING WORK OF STAGGERING GENIUS

Copyright © 2000, 2001, David ("Dave") K.Eggers
All rights reserved.

图书在版编目(CIP)数据

怪才的荒诞与忧伤/(美)戴夫·艾格斯著；张琭云译.—北京：人民文学出版社，2016
ISBN 978-7-02-012170-0

Ⅰ.①怪… Ⅱ.①戴… ②张… Ⅲ.①长篇小说-美国-现代 Ⅳ.①I712.45

中国版本图书馆 CIP 数据核字(2016)第 268596 号

责任编辑　甘　慧　潘丽萍
封面设计　汪佳诗

出版发行	人民文学出版社
社　　址	北京市朝内大街 166 号
邮政编码	100705
网　　址	http://www.rw-cn.com
印　　制	山东德州新华印务有限责任公司
经　　销	全国新华书店等
字　　数	338 千字
开　　本	890×1240 毫米　1/32
印　　张	14
版　　次	2017 年 11 月北京第 1 版
印　　次	2017 年 11 月第 1 次印刷
书　　号	978-7-02-012170-0
定　　价	58.00 元

如有印装质量问题，请与本社图书销售中心调换　电话：010-65233595

首先：

我累了。
发自内心的累！

还有：

你们也累了。
发自内心的累！

目 录

001　本版序言
001　致谢

001　第一章
044　第二章
066　第三章
097　第四章
114　第五章　（你弟弟在哪里？）
156　第六章
225　第七章
266　第八章
296　第九章
337　第十章
388　第十一章

享受本书的规则与建议

1. 本版序言并不一定要读。真的。它的存在主要是为了作者，以及那些在读完本书其余部分之后，不知道为什么发现自己陷入无书可读之窘况的人。如果你已经读了序言，但希望没读过，我们为此道歉。应该早点告诉你的。

2. 本书致谢部分也并不一定要读。本书许多早期读者建议删减或删除这部分，但作者不予理会。不过，从各个重要方面来看，这部分对情节并无必要，所以，和序言一样，如果你已读完致谢且后悔读过，我们再次道歉。应该先告知你的。

3. 你若没空，也可略过目录不读。

4. 其实，你们许多人或许想略过本书中间的大部分内容，也就是225至295页（即第七、第八章），这部分提到一些人二十出头的生活。这部分很难变得有趣，虽然活在那段岁月的人好像还觉得挺有意思的。

5. 事实上，你们有些人也许只想花时间阅读前三四章，大概是66到113页的内容，这长度不错，是中篇小说那种不错的长度。前四章专注于一个一般的主题，容易处理，而且比本书后来的部分更言之有物。

6. 后面的部分有点缺乏平衡感。

本版序言

尽管作者在别处大肆宣称如此,但是,其实这并不是一部纯粹的纪实作品。许多部分已经加以虚构了,但程度各不相同,目的也各不相同。

对话:对话当然几乎是彻头彻尾改写过了,虽然本质上,对话全都是真的(那些一眼就可看出是假的除外,比方说,当有人挣脱了叙事时空的连续性,没完没了地谈论着这本书时),是在记忆中搜索而写成的,因而反映了作者记忆的局限与想象的推挤。每个字、每句话都经过一条输送带,做成好像:一、作者记得这些话;二、作者写出这些话;三、作者重写这些话,让这些话听起来更真实;四、作者编辑这些话,以适合叙事手法(不过仍保有这些话本质上的真实性);五、如果作者照实写下以"老兄"开头的对话,作者再次改写这些话,为了替作者和其他角色免去词不达意的羞辱,比方说:"老兄,她死了。"不过,该提到的是,本书独特之处在于最超现实的对话,例如与墨西哥青少年的对话、与一头雾水的詹娜之间的对话,这些对话反而最忠于真实生活。

角色及其特色:虽然作者极不愿意这么做,但他仍需更改一些人名,并进一步替这些更名后的角色遮掩。最主要的例子是名叫约翰的角色,他的真名其实不叫约翰,因为约翰在真实生活中的对照人物有理由不想让自己生活中某些黑暗的部分被记录下来(虽然读完原稿后,他并不反对自己的言行透过另一位人物讲述出来)。尤其是如果这个角色不像复本,反倒像合成品。其实他本人就是这样。现在,为了使约翰发挥作用,以及创造一种容易处理的叙事手法，他的改造引起了一连串多米诺效应，使得作者必须创造另外一些小说情节。比方说：真实生活中，梅雷迪思·魏斯（是真有其人）和约翰并没有那么熟。现实生活中担任中介者的不是梅雷迪思，而是另有其人，但他的出现将会泄露人物间的关系，将泄漏可怜的约翰的真实身份，真的，我们可不能这么做。因此，作者打电话给梅雷迪思：

"嗨。"

"嗨。"

"我说，你会介意做（这个那个），说（这些那些），那些在真实生活中你并没有做的事和说的话吗？"

"不会，一点也不介意。"

所以就这样了。不过，值得一提的是，第五章梅雷迪思的主要场景可是如假包换。不信你可以问她。她住在南加州。

此外，姓名变更在本文中都将提到。好，继续。

地点与时间：首先，有几处地点作了变动，尤其是第五章的两处变动。在与詹娜对话时，叙述者告诉她塔夫在学校开枪然后失踪的事，其实那次对话并非当晚说的，也不是在那个地点，而是在一九九六年除夕夜，大家坐在一辆车的后座上往返于各派对的途中。同一章稍后，叙述者与先前提到的同一位梅雷迪思在旧金山海边遇到几位少年，这段情节其实发生在洛杉矶，除此之外，其余部分完全写实。另外，这一章（其他几章亦然）的时间被压缩了。大多数时候，文中都会提到时间压缩一事，但我们将在此重申：本书后三分之一部分描写的事，大多发生在看似很短的时间内，不过事实上，虽然那些事件发生的时间多半非常相近，但有些却不是这样。然而该提到的是，第一、二、四、七章并未出现时间压缩的情形。

与科伦拜恩高中有关的说明：这本书及书中讲述的话，写于或讲于那间学校①和其他地方发生的事件前许多年。对这类事件的描写并无轻率之处，无论是有意还是无意的。

删除的部分：在那些现在已婚或正在交往中的人的要求下，有些真的很棒的性爱场面被删除了。另外还有个非常精彩的场面也删除了（而且是百分之百真实的），主角是本书大多数人物与一头鲸鱼。此外，这版也删除了一些句子、段落及篇幅。

例如：

第一章

我们躺在床上，只有几个小时是贝丝睡着了、塔夫睡着了、妈妈也睡着了。而在那几个小时里，我几乎都醒着。我偏爱黑夜，午夜过后，凌晨四点半以前，夜晚更为赤裸空洞。在其他人都熟睡时，我可以呼吸，可以思考，用一种能停止时间的方式，命令时间止步（这一直都是我的梦想）。所以当大家动也不动时，我可以在他们身边忙着，做任何需要做的事，就像那些趁小孩子沉睡时制鞋的小精灵。

我躺着，在琥珀色病房里汗流浃背，心想我早上是否睡得着。我想我可以，我相信我能入睡，也许从五点睡到十点，在护士开始进来调整机器、擦东抹西之前，因此我心满意足地熬夜。

但这折叠床可真折磨人，薄薄的床垫，床板硌着我的背，横搓我的脊椎，直搓进脊椎里。塔夫翻身，踢腿。病房另一头，是妈妈不规律的呼吸声。

---

① 1999 年 4 月 20 日，美国科罗拉多州杰斐逊县科伦拜恩中学发生一宗骇人听闻的校园枪击事件，两名学生手持枪械及爆炸品射杀了 12 名同学及一位教师，伤者多达 20 余人，两名学生亦当场自杀。

第五章

是你的话,你会怎么处理?比尔上来看我们,他和塔夫还有我正开着车在海湾大桥上,我们聊到股票经纪的事,聊到(在塔夫和比尔、比尔的两位股票经纪人室友在曼哈顿海滩共度一次周末之后)塔夫现在多想成为股票经纪人。比尔对这整件事兴奋得不得了,还想帮塔夫买条背带裤和一台初学者用的股票机……

"我们想,既然塔夫对数字之类的事很在行,这种工作会是最适合他的——"

我差点就把车开到桥下去了。

第六章

为何是鹰架?

知道吗?我喜欢鹰架。我像喜欢建筑物一样喜欢鹰架,尤其是那种美出自己风格的鹰架。

酗酒和死亡让你变得荤素不计、无道德观念、绝望透顶。
你真的这么认为?
有时候。当然。不对。对。

……但知道吗?高中时,我画了一系列家人的画像。第一张画的是塔夫,照着我先前帮他拍的一张照片画的。因为那次作业规定要在照片上画小方格,这样才画得准确,因此那张用蛋彩画法画的人像栩栩如生,看起来就像同一个模子印出来的。但其他画像就不是这样了。我帮比尔画了一张,画好后发现他表情太僵硬,眼睛颜色太深,头发乱成一团,跟恺撒大帝一个德行,但现实生活中的他绝不是这样。我画贝丝时则照着一张她为舞会盛装打扮后拍的照片，那张也画得很惨，我一画完就扔了。爸爸妈妈的画则是我看着一张老幻灯片画的，幻灯片里的他们在灰蒙蒙的天色中，同在一艘船上。妈妈占了大半幅画，面对着镜头，爸爸在她肩膀上方露出头来，在船前方，头往侧看，浑然未觉当时正在被拍照。这张我也画坏了，画得一点都不像。他们讨厌这些画。比尔那张在公共图书馆展示时，他气得火冒三丈。"那合法吗？"他问爸爸，"他可以那样做吗？我看起来像怪物！"他说得没错，确实如此。所以当里基·沃夫葛兰姆请我帮他父亲画像时，我犹豫了一会儿，因为我不断因自己的局限感到挫败，因为我无法在不把人扭曲的情况下（而且是扭曲得拙劣、可怕）好好把人画出来。但出于尊敬，我答应了里基，而且心情激动不已，因为他把画纪念物的荣耀赐予了我。他给我一张正式的黑白照片，我画了好几个星期，用小画笔画。画完后，这张画像在我看来真是像得不得了。我告诉里基画好了，叫他到学校美术教室来。有一天他提早吃完午饭，到这里来。我将画像转过来，动作夸张，满心骄傲，准备迎接这幅画的闪光时刻。

但是，一阵安静之后，他说：

"喔，喔，这跟我想象的有出入，我要的……不是那样。"

他离开教室，把画像留给了我。

开车经过公墓时，我们总会啧啧称奇，不敢相信。尤其是大型公墓，人挤人的公墓，猥琐的地方，树木稀少，放眼望去尽是一片灰，活像某种畸形烟灰缸。经过公墓时，塔夫不敢看。我之所以看，只是想知道、想再次确定我对自己的承诺：我永远不要来这种地方，永远不要把任何人埋在这种地方——这些坟墓是盖给谁用的？是用来安慰谁的？——永远不许我自己被埋在这种地方，我宁可彻底消失——

我想象过自己过世的画面:等知道自己就剩下这么多时间了——比方说我真的感染了艾滋病,我相信我可能已经感染了,如果说会有人得艾滋病,那就应该是我,怎么会不是呢?——那一刻来临时,我将这样离开,说声再见就走,然后纵身往火山口一跳。

并不是说有什么地方适合下葬,但这些市立公墓,或任何为那档子事而设的公墓,比如高速公路旁的或市中心的公墓,一具具尸体有着相对应的石头——喔,那实在是太原始、太低俗了,不是吗?洞、盒子,还有草地上的石头?我们美化这个过程,觉得很适合,很有戏剧性,而且美得严肃。把盒子放进洞里时,我们站在洞口。不可思议。野蛮且卑劣。

不过我该提到,有一回我看到一个地方,那里似乎很适合埋葬。当时,我在亚马逊河支流卡拉帕河上方的森林里走着——如果除了走路之外还做着其他事,我就会用"徒步"两字,但既然我们纯粹是在走路,我就不会用"徒步"。这两个字,只要是在户外,又有斜坡,大家就好像非用不可——我在远足,同行的有几位记者(其中两位来自《爬虫类》杂志)及一群爬虫专家——一群带了相机、身材圆胖的美国蛇类专家。在导游的带领下,我们行经这座森林,走在一条蜿蜒的上坡小径上,寻找蟒蛇和蜥蜴。在这座光影斑斓的幽暗森林里待了大约四十五分钟后,突然枝叶扩散开来,竟已到了山路顶端。我们置身于河上方一处旷野里,当时视线所及足足有一百英里①。夕阳西沉,在亚马逊宽广的天空里,洒落着蓝色橙色的云霞,云层浓厚,慵懒地交错着,有如手指挤出的颜料。下方河流缓缓挪动,焦糖的颜色,

---

① 1英里大约为1.6千米。

河后方是森林,那片丛林,目力所及尽是绿色花椰菜状的凌乱。突然间,呈现眼前的是大约二十座简单的白色十字架,上面无任何记号。那是当地村民的墓地。

我转念一想,如果非埋葬不可,我可以待在这里,让我逐渐腐烂的尸体覆上泥土,我可以忍受在这里这么做,还能享受这里的风景和一切。

这时间的安排倒也稀奇,因为那天稍早,我几乎相信我就要离开人世,被食人鱼吃掉了。我们把一艘三层的河船停在河流一处小洼地里,之后导游便开始捕捉食人鱼,只用木棒和绳索,以鸡肉为饵。

食人鱼立刻上钩,简直是易如反掌。食人鱼跳上船,啪嗒啪嗒到处弹跳,小鱼脸上满是愤怒。

同时,在船的另一头,我们的美国导游大胡子比尔正在游泳。河水像茶,这颜色让他在水面下的肢体看起来红彤彤的,也使得他正游在一群食人鱼当中这件事更叫人胆颤心惊。

"下来啊!"他说。

喔,天哪!门儿都没有。

然后其他人全下去了,那些圆胖的爬虫专家也加入了,所有人的肢体都浸在血红色茶水里。我听说食人鱼很少攻击人(虽然也不是没有),没什么好怕的,于是不久后我也从船上跳进河里,游了起来,相对来说也蛮安心的,虽然大家一窝蜂想拿自己喂鱼,但至少我被食人鱼吃掉的几率比我独自一人在河里的低。等食人鱼大口大口吃别人时,我就有时间游到安全之处。我真的算过,计算食人鱼吃掉其他四人得花多少时间,而我又得花多少时间才能游到岸边。我试着别让脚碰到泥泞的河底,动作也尽量放轻,才不会招来食人鱼注意。每秒都心惊肉跳的三四分钟煎熬之后,我离开了河里。

稍后,我试坐其中一位导游的独木舟。在几位爬虫专家试着待在独木舟上但失败了之后，我相信身材如此苗条、动作如此敏捷的我能摇桨令独木舟浮在水面上。我走进那艘小独木舟，稳住身子，划开。有一会儿我做到了，从主船出发，往下游划，小桨这边划划那边摇摇，真是一幅本领高超、动作优雅的画面。

但往下游划了大约两百码①之后，独木舟开始往下沉。我太重了。独木舟进水了。

我回头往船边望去。秘鲁籍的导游全在看，歇斯底里的。我坠入褐色水中了，涡流把我往河的深处扯，他们笑弯了腰，不亦乐乎。

独木舟舟身倾斜，我跌落河里，这时正在河中央，水比别处深许多，形成深褐色的暗影。我看不见自己的手脚。我爬上翻覆的独木舟，绝望透顶。

我确定我要死了。是的，在主船那边的食人鱼没吃到我们，但你怎么确定，在这里它们不会偷咬我的手指头？它们常偷咬手指和脚趾，那会流血，而从那里……

喔，天哪！塔夫。

我在那里，独木舟又往下沉，船原本就翻覆了，但在我体重的压力下又沉了，不久我就会全身浸在河里，河里满是食人鱼，我激烈的动作将引来它们——我在试，试着让动作越轻越好，只是踢踢双脚，保持漂浮状态——然后我会被慢慢吃掉，从小腿和肚子上一大块一大块的肉开始，然后，一旦肉体被撕扯开来，血将如丝带般涌出，食人鱼会骤然出现，转眼就有一百条之多，我会往下看，看见自己的手脚被可怕而模糊的牙齿和血给征服，我会被吃得精光，吃到见骨，但为什么会这样呢？因为我必须向同行的人表示，任何秘鲁河上导游能做的事

---

① 1码约为0.91米。

我也能做到——

我想到可怜的塔夫,这可怜的小男孩身在三千英里外,和姐姐在一块儿——

我怎么能离开他呢?

· 妈妈每晚都读一本恐怖小说。图书馆里每一本恐怖小说她都读过了。快到她生日或圣诞节时,我都会考虑买本新的恐怖小说给她,如迪恩·孔茨、斯蒂芬·金或某人的最新著作,但我办不到。我不想鼓励她。我不敢碰爸爸的香烟,不敢看橱柜里的威豪香烟盒。我是连恐怖片的广告都不敢看的那种小孩,比方说,电影《傀儡凶手》的广告里有个会杀人的木偶,光是广告就让我做了半年噩梦。所以她的书我连看都不敢看一眼,我会把书翻面,这样才不至于看到封面上凹凸的字体和四散的血迹。尤其是 V.C. 安德鲁斯的作品,那些恐怖小孩站着一动也不动的夸张画全浸沐在蓝光中。

第十章

比尔、贝丝、塔夫和我正在看新闻。有一则关于乔治·布什祖母的小新闻。那天显然是她的生日。

我们争论着一位已经快七十岁的人的祖母应该有多大岁数了。她还好端端地呼吸着,几乎是件不可能的事。

贝丝转台。

"恶心死了。"她说。

她活在一种永恒的当下,总是要别人告诉她事发经过,她为何会在这里,造成她目前情况的原因和限制。每天必须有人一再告诉她每件事——是什么让我变成这样?是谁害我的?我是怎么到这里来的?这些人是谁?——意外被重新讲述,概略地被描述,她不断地被提醒,却总是忘记——

不是忘记,其实是没了捕捉信息的能力——

但谁又有呢?可恶,她还活着,她知道。她的歌声一如往常,也会因为最微小的事——任何事,包括我的发型——而感到惊讶,两眼睁得大大的。是的,她仍知道并能想起多年前的事——那部分的记忆仍在,完好无缺——当我想处罚那些该负责的人,并乐在其中,以为我永远会乐此不疲时,与她在一起,如此贴近她的肌肤和皮肤下湍流的血液,让我恨意全消。

游泳池畔的音乐换了。

"哦,我喜欢这首歌。"她说着便摇头晃脑起来。

最后,这版也反映了作者尽数移除先前所有题词的要求——包括:"这颗心渴望被彻底了解,一切都被原谅,永恒不朽。"(亨利·范戴克)"我的诗也许会伤到亡者,但亡者属于我。"(安妮·塞克斯顿)"并非每位扔进狼群里的男孩都能成为英雄。"(约翰·巴斯)"一切将被遗忘,无法弥补。"(米兰·昆德拉)"何不干脆写下发生的事?"(罗伯特·洛厄尔)"哦,看看我,我是戴夫,我正在写书!我所有的想法都在书里!啦啦啦!"(克里斯多夫·艾格斯)——因为他从不认为自己是那种会用题词的人。

写于 1999 年 8 月

致　谢

作者首先要感谢他在美国国家航空航天局及美国海军陆战队的朋友，感谢他们对本书技术方面的大力支持与帮助。你们好！① 他也想答谢许多将慷慨的意义发扬光大的人，因为他们愿意让自己的真实姓名和所作所为出现在书里。作者要对他的哥哥和姐姐致上双倍的感谢，尤其是他的姐姐贝丝，大多时候她的记忆都较为鲜明。对塔夫则致上三倍谢意，理由很明显。作者的大哥没被点名致谢，因为他是共和党人。作者也想坦承他穿红色并不好看；或粉红色，或橙色，或甚至是黄色。他就是不属于春天。直到去年，他都还以为伊夫林·沃②是女的，乔治·艾略特③是男的。此外，作者与其他参与本书制作的幕后同仁承认，是的，在这个节骨眼上，也许有太多人正在写回忆录之类的书，而这类有关真人真事的书，相对于情节和人物多少虚构的书，本来就是又卑鄙又腐败又不适当又邪恶又低劣，但我们想提醒各位，身为读者和作者，我们都可能做得更差。在此讲个小故事：在这本……这本……回忆录写到一半时，作者的一位旧识在一间西部主题餐厅或者说是酒吧里向他打招呼，当时作者正吃着丰盛的肋排和以法式调理法油炸的马铃薯。那位打招呼的仁兄在他对面坐下，问他最近好吗，发生了哪些事，他在忙什么，诸如此类。作者说，嗯，他算是在写书吧，有点像在自言自语。喔！真好，那位旧识说。他穿着一件运动外套，那件外套的材质好像是（但也许是因为光线的关系）紫色天鹅绒。哪种书呢？那

---

① 此句原文为西班牙语。
② 伊夫林·沃（1903—1966），英国作家，以讽刺小说著称，作品包括《一抔土》等。
③ 乔治·艾略特（1819—1880），英国写实小说家，著作有《米德尔马契》等。

位旧识问道（我们叫他"奥斯瓦德"好了）。关于哪方面呢？奥斯瓦德问道。嗯，唔，作者说（依旧伶牙俐齿），这不大好解释，我想它有点像回忆录之类的——喔，不会吧！奥斯瓦德大声插嘴道。（奥斯瓦德的头发，各位也许想知道，活像羽毛似的。）别告诉我你又落入那陷阱里了！（他长发披肩，《龙与地下城》那种类型的。）回忆录！少来了，别玩那套老把戏啦，老兄！他如此这般地说了一会儿，用的是当时的通俗用语，直到，嗯，作者感到有点不舒服。毕竟，也许穿着紫色天鹅绒外套和褐色灯芯绒裤的奥斯瓦德说得没错——也许回忆录很糟。如果你不是从爱尔兰来的，岁数也还不到七十，那么用第一人称描写真实事件或许真是件糟糕的事。他也不无道理！作者想转移话题，于是问奥斯瓦德（他和暗杀某总统的人同姓）他又是在忙些什么（奥斯瓦德是某种职业作家）。作者当然又期待又害怕奥斯瓦德手边的计划重要非凡，规模浩大，比方说驳斥凯恩斯主义经济理论啦，或改写《格伦德尔》（这次改成从附近针叶树的观点来写）之类的。但你知道这个头发像羽毛、穿紫色天鹅绒外套的家伙说了什么吗？他说的是：剧本。哪种剧本？作者问道。作者并不特别排斥剧本，他非常喜欢电影，包括电影是如何反映我们残暴的社会的，等等，但尽管如此，突然之间他仍稍稍感到宽慰。回答是：有关"威廉·巴勒斯与毒品文化"的剧本。嗯，突然间云开见日，作者再一次明白：虽然讲述真实故事的主意很烂，更何况是书写家人死亡和继之而来的幻想，除了作者的高中同学和在新墨西哥州少数几位有创意的写作学生之外，不会有人感兴趣，但还有其他一些比这糟糕得多的主意。另外，如果你因写的东西是真人真事而困扰，你大可做些自开天辟地以来身为作者的人原本就该做的事，也是作者和读者长久以来就一直在做的事：

　　假装这是一本小说。

　　其实，作者想给个建议。作者会对站在奥斯瓦德那边的人这么做：如果你把这本书寄来，精装本或平装本都行，他会回寄给你一张 3.5 英寸磁盘（费用为十美元，支票收款人写 D. 艾格斯），里面有这部作品完整的数字版原稿，不过所有人名地名皆已改动。这么一来，唯一知道谁是谁的，就只书中提到的人物，虽然伪装得很差。瞧！小说啊！此外，这个数字版是互动的，正如其他数字产品那样（嘿，你有没有听说过分子大小的微型芯片？它能在一秒钟内在一粒沙上执行自盘古开天辟地以来所有计算机都能执行的功用，你信吗？嗯，这事现在和以前都一样真实，科技正改变着人类的生活方式）。关于这个数字版本，对新手来说，你可选择主角姓名。我们将提供数十个建议，包括"作者""作家""记者"和"保罗·索鲁"。或者你可自创姓名！事实上，使用计算机绝对会有的查找与替换功能，读者应该有能力变更磁盘里所有的姓名，从主角到最微不足道的小人物。（可能写的就是你！你和你的哥儿们！）对本书小说版有兴趣的人，可把书寄到《怪才的荒诞与忧伤》为喜爱小说的读者提供特殊照顾的办公室"以换取小说版，地址是：美国纽约州纽约市公园大道 299 号古典书局，邮政编码：10171。**附注：**此种特殊照顾可是真的哦。**虽然：**遗憾的是，寄来的书是不会退还的。**相反：**这些书将与其他库存一起被廉价处理。接下来，作者想承认，在冥王星之外有颗行星存在的事实，此外，根据自己随兴的研究与信念，作者也想再度宣称冥王星确实是颗行星。我们为何那样对待冥王星呢？冥王星曾带给我们快乐的时光呀。作者想招认，因为这本书有时讽刺滑稽，因此准许你屏弃这本书。作者也想承认本书书名带给各位的困扰。他也是有保留的。各位在英文版封面上见到的书名是一次书名锦标循环赛的优胜者，该竞赛于 1998 年 12 月某个漫长的周末，在亚利桑那州凤凰城郊外举行。其他参赛者各有失败的原因：《死亡与丢脸的伤心之作》（有点太感伤了）；《勇气与力量的惊人之作》（听起来活像史蒂芬·安布罗斯）；《一个天主教男童的回忆》（太过分了）以及《美国老年人与黑人》（太下流了，有些人说）。我们比较喜欢最后一个书名，虽然它确实同时暗指了老龄化及一种美国式的他者性，但出版商二话不说就摒弃了这个标题，只留给我们《怪才的荒诞与忧伤》。是的，这个书名令你眼睛一亮。于是你不假思索便接受了这个书名，并立刻拿起这本书。"这正是我一直在寻找的那种书！"你们许多人，尤其是你们当中那些寻找悲情和戏剧的人，被"忧伤"这两个字敲中了心坎。其他人认为"怪才"似乎是个挺不错的推荐。但后来你想，嘿，这两种成分能凑在一起吗？它们可不可能像花生酱与巧克力、花格子与漩涡纹一样，永远无法和平共处呢？打个比方，如果这本书真的是令人心碎的，那么为何还要大吹大擂地破坏气氛？或者，如果这个书名是某种精心策划的笑话，又为何要费心制造感伤气氛？也就是说，这个书名并未将任何不当的自夸自擂成分（真的吗？不，您行行好，请别这么说）掺杂在一块儿。最后，能对此书名之意图提出唯一合逻辑的诠释是：一、它是一种低俗笑话；二、在背后支撑的是对创新书名的兴趣，但结果却弱得可怜（而且不禁令人怀疑，这个书名是用来吓人的）；三、标题创新这事，想当然地，被低俗笑话这部分给弄拧了；四、让人一头雾水，因为你隐约会有种感觉，作者这家伙可认真得很呢，他着实认为这个书名能精确诠释这本书的内容、意旨与质量。喔，呸呸。现在这还重要吗？才怪。你在这儿，你加入了，我们正在开派对！作者想老实招供，他1996年确实投了罗斯·佩罗①一票，而且丝毫不以此为耻，因为他热爱有钱人和疯子，尤其是当这些人的心在滴血时，佩罗先生的心也在滴血，这可丝毫不假。另一则不同的注解是，作者觉得不得不承认，是的，回忆录（或任何书籍）成功与否，与叙述者吸引人的程度大有干系。为了处理这个问题，作者提供了以下

---

① 罗斯·佩罗（1930— ），美国富商，以独立竞选人身份参与了1992年和1996年美国总统大选。

信息：

一、他和你们一样。

二、他喝醉后不久就呼呼大睡了，跟你们没啥两样。

三、他有时做爱不戴保险套。

四、他有时喝醉了会在没戴保险套做爱时睡着。

五、他没能给他的父母举办得体的葬礼。

六、他大学没毕业。

七、他认为自己会早死。

八、因为他爸爸抽烟喝酒，并因此送命，所以他对食物有恐惧感。

九、他看见年轻的黑人抱着小婴儿会露出笑容。

一句话：吸引人。

而这才刚开始呢！

现在，作者还提供了这本书的主题，也就是：

一、父母消失后产生的不可言喻的魔力

这是每个小孩与青少年的梦想。有时这想法是出于愤恨，有时是因为自怜自艾，有时是想要别人注意自己，通常以上三项原因各插了一脚。重点是，每个人多少都幻想过自己的父母死亡，想象过当孤儿是什么样子，就像安妮或长袜子皮皮①，或者举个更近的例子，像《五口之家》②中那些美丽而悲哀的呆瓜。你会想象，失去父母之后，爱与关怀将大量灌注在你身上，取代父母的爱——父母也许会出其不意地给你爱，但通常他们是不会给的——而镇上的人、亲戚、朋友、老师及周遭整个世界，倏乎间一拥而上，不但

---

① 源自瑞典女作家阿斯特丽德·林格伦（1907—2002）所创作的《长袜子皮皮》，描述坚强的孤女皮皮不靠父母等大人的照料而独自生活的故事。

② 美国电视剧，讲述的是五个兄弟姐妹的生活点滴。

同情你这个无父无母的孤儿,也深深为你着迷,你将过名人般的生活,混杂着哀愁,你的名声因悲剧而起——是最最好的那种悲剧。多数人只是梦想这件事,有些人则过着这样的生活,而本书这部分将告知这种事也会在现实生活中发生,如同长袜子皮皮故事里的情节。因此,在一次无可比拟的损失事件发生后,接着是不断的挣扎,心越来越硬,但同时也带来了一些毋庸置疑的好处,首先是全然的自由,这份自由可用许多方法诠释,也有多种用途。虽然在短短三十二天内父母双亡似乎很难想象——《不可儿戏》①中有句话说:"失去了父亲或母亲,华先生,还可以说是不幸。双亲都失去了,就未免太大意了。"——而且还是因为两种完全不同的疾病(当然都是癌症,但若从位置、持续时间与病源来看,可差得太远了),失去双亲还伴随着一份无可否认但后来会勾起内疚的变动感,以及凡事都有可能的感觉,因为突然发现自己身处在一个无天无地的世界里。

二、兄弟之爱/怪异的共生状态

这条线将贯穿全书,而事实上也应该是书末达到的意外结局,好比是最后的结果,显示作者寻找爱——会有几处情节与这有关——而他弟弟在寻找,你知道的,那些孩子寻找的玩意儿(口香糖和零用钱?)的同时,两人共同努力表现出正常快乐的样子,但其实他们有可能一辈子都无法在任何其他人际关系上获得成功,因为他们唯一真正欣赏、喜爱、觉得完美的人,只有对方。

三、本书充满了痛苦、无止境的自我意识

这或许已经够明显了。重点是,作者没精力,更重要的是没本事骗各位,说这本书除了告诉各位一些事之外还有些什么,更何

---

① 王尔德所著剧本,译文参考余光中先生译作。

况他说谎的技术也不够好，无法以任何充分升华的叙事方式来这么做。同时，他将清楚坦率地告知，这是一本具有自我意识的回忆录，也许你会欣赏这一点，而这也引出了下一个主题。

知道这本书的自我意识感：

作者意识到他参考了自己的故事，也知道他意识到他参考了自己的故事。此外，如果你属于那些能未卜先知的人，想必你现在已经预测到下个要素了：作者也清楚、明显地意识到他知道他意识到他参考了自己的故事。此外，他认知力超强，在知道并完全承认这一切当中原本就有的噱头这方面，他可是远胜过各位。而他也将先发制人，在各位说这本书因为前述的噱头而没什么用之前，抢先说这些噱头只是一种手腕、一种防御措施，用来模糊在整个故事核心处那黑暗、刺眼、可夺人性命的愤怒与哀愁，太黑暗、太刺眼了，无法直视——把……视线……挪开啊！——虽然如此，却还是有用的，起码对作者有用，即使是以滑稽或浓缩的形式呈现，因为他认为，告诉越多人这件事，就越有助于冲淡痛苦与悲愁，因而有助于洗涤灵魂，而追求灵魂的洗涤也就是下一主题的基础。

四、告诉世人以受苦作为洗涤痛苦或至少冲淡痛苦的方法

举个例子，作者稍后花了些时间，讲述1994年《真实世界》第三季在旧金山拍摄时，他曾尝试成为该节目的演员但功败垂成（虽然就差那么一点）。当时，作者想做两件相关的事：（一）向世人宣扬最近他生活中的事件，通过该节目对上百万观众散播他的痛苦与伤心故事，以洗清他的过去，而他所获得的回报将是如浪潮般涌来的同情与支持，以及永远不再孤独；（二）因他所遭遇的不幸而家喻户晓，或最起码他所受的苦可助他成名，同时他并不畏惧承认他利用自己的痛苦操纵他人来牟利，因为承认这样的动机（至少在他看来）可立即免除他的责任，使他不必背负这种操纵隐含的意

义或后果，因为知道自己的动机并开诚布公地说出来，至少表示自己没撒谎，而没有人（除了选民之外）会喜欢说谎的人。我们都喜欢开诚布公，尤其是如果这包括了承认自己一方面难逃一死，另一方面注定失败。（两者相关，但并不相同。）

五、把这一切看成是停止时间的工具，鉴于它与对死亡的恐惧重叠

第五项不说自明的结果：

除了把这一切看成是停止时间的工具之外，还把与老朋友或小学暗恋对象的性约会当成是瓦解时间、证明自我价值的工具。

六、作者在利用或赞扬他父母，全看你怎么想

七、在某件真的很诡异或很特别，或诡异得出奇，或恐怖得诡异的事发生在自己身上之后，那种从某种意义上说，自己被挑中了的确定无疑的感觉

这当然是发生在作者身上啰。在他父母双亡又成为监护人之后，他突然觉得自己被监视了——他忍不住觉得（就像被闪电击中的人可能会有的想法）自己被挑选出来，他的人生此后被赋予了使命与非凡的重要性。他觉得自己不能浪费时间，他的作为必须符合他的宿命，整件事是如此清楚明白，也就是他……他……他被挑选来……领导世人！

八、（也许）与遗传的宿命论有关

这部分讲的是在发生想象不到、无法解释的事之后，所感受到、所想到的那种无法撼动的感觉，也就是：如果这个人会死，那个人会死，这种事会发生，那种事会发生……嗯，那么，究竟是什么阻止每件事发生在一个身边什么事都发生过了的人身上？如果人

皆有一死，那么他有什么理由不死？如果有人从车里开枪杀人，如果有人在天桥上丢掷石块，他当然会是下一个受害者。如果有人感染艾滋病，他也可能感染。同样地，家里失火、车祸、坠机、遭人乱刀砍伤、受流弹波及、动脉瘤、被蜘蛛咬伤、被暗箭射伤、被食人鱼咬死、被动物园的动物咬伤，也会发生在他身上。这是第七项讨论的自我中心论的汇整，也是当所有不可能与得体的规则被抛开时，递到他手中的黑色前景。因此，他开始感觉到，死亡其实就在每个角落里；更具体地说，就在每部电梯里；甚至更实际地说，每次电梯门一打开，里面将站着一个男人，穿着系腰带的雨衣，带着一把枪，笔直朝他发射一颗子弹，转瞬间他便魂归西天。当然，正和他满腔愤怒的角色以及罄竹难书的罪孽相符，不管从天主教的角度还是宿命的角度都是如此。就像有些警员——尤其是电视上演的那些——可能对死亡很熟悉，也许会期待每一瞬间都有人死——未必是他们自己，只要有人死就算——作者也有这种想法，他天生带有偏执狂的性格，再加上环境因素，使他觉得外头任何能摧毁生命的事物可能（而且极有可能）也在四处，找机会逮住他。他的号码不断地、永远地高举着，就快轮到他了，他的宾果卡热乎乎的，他胸口有个靶心，背后有个标的。这很好玩。你会明白的。

最后：

九、这本回忆录是自我毁灭的举动

这可能是（也应该算是）脱一层皮，这是一件该做的事，就像偶尔美容或洗肠，是必要的，而且做了之后神清气爽。揭露就是一切，但不是为了揭露而揭露，因为大多数的自我揭露只是垃圾——喔，糟糕！——没错，但我们必须清除垃圾，把垃圾丢出去，扔进大垃圾桶里，放把火烧了，因为垃圾是燃料，是石化燃料。而我们是如何处理石化燃料的呢？哎呀，不就是把它倒进大垃圾堆里烧了嘛。不，我们没那么做，但你明白我的意思吧。这燃料可无限再生，可重复使用，并不会削弱个人制造更多燃料的能力。作者喝醉后不久就会睡着；作者没戴保险套从事性行为；作者喝醉酒没戴保险套从事性行为会睡着。你瞧！了不起呀！你有重要的东西，但你有的究竟是什么？

（一）简单而且无法令人信服的虚无主义装模作样论：完全揭露自己的秘密和痛苦，佯装成道德高尚的模样，其实作者本人对许多或大多数事情可是保密到家，虽然他很清楚公开某些实情与事件的好处。

（二）在自以为是与自我憎恶底下或旁边，存在着某种希望，远在这一切发生前便已植入脑海里。

另外还会有这几条线，或多或少是不必说明就很清楚的：

十、刻意藐视高尚，作为强迫自我中心主义的证据

十一、以自我中心主义作为经济、历史、地缘政治特权可能的结果

十二、塔夫辩证一：他同时是写这本回忆录的灵感与阻碍

十三、塔夫辩证二：他可用来吸引女性注意，必要时也可作为稳住关系的楔子

同理：

十四、失去父母的辩证：失去父母，在遇到需要博取同情及需

要迅速离去的情况时是很好用的

更不用说:

十五、在有弟弟的情况下,免不了几乎无时无刻不感受到的深沉伤痛

十六、自我扩张是艺术形式

十七、自我鞭打是艺术形式

十八、自我扩张伪装成自我鞭打,作为更高层次的艺术形式

十九、自我神化伪装成自我毁灭,而自我毁灭则假扮成自我鞭打的自我扩张,以作为高层次的艺术形式

二十、环顾四周,发现其他所有人,所有那些年纪较大的人,不是死了,就是可能快死了,这时,如果你愿意,可在同侪及年龄相仿的人当中寻找支持与社群感

二十一、第二十项与第七项恰恰吻合

或者,以图表示①:

---

① 该图其实是一张大图表的一部分,原图宽18英寸、长24英寸(但无法等比例缩小),该图表替这整本书做了详细规划,大部分的字体小得看不清楚。这张图表原本应随书附赠,但你知道那些出版商的德行。结果这张表只能邮购取得,来信寄到致谢部分某处所列的地址,费用是五美元。你不会失望的。除非你常感到失望,如果是,那么这将成为另一件让你失望的事。——原注

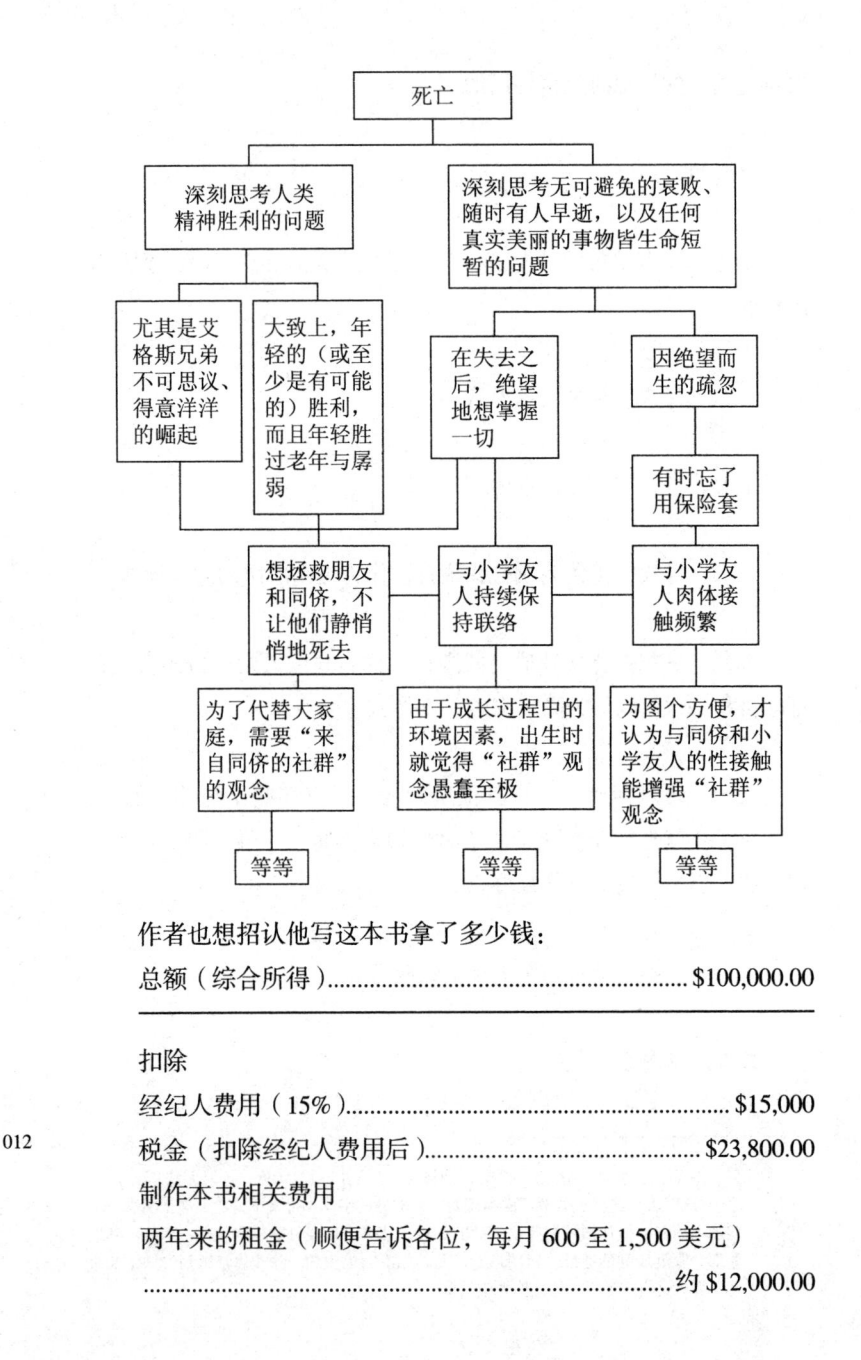

```
                              ┌──────┐
                              │ 死亡 │
                              └──────┘
                   ┌─────────────┴─────────────┐
          ┌────────────────┐          ┌──────────────────────┐
          │ 深刻思考人类   │          │ 深刻思考无可避免的衰败、│
          │ 精神胜利的问题 │          │ 随时有人早逝,以及任何 │
          └────────────────┘          │ 真实美丽的事物皆生命短 │
                                      │ 暂的问题             │
                                      └──────────────────────┘
```

| 尤其是艾格斯兄弟不可思议、得意洋洋的崛起 | 大致上,年轻的(或至少是有可能的)胜利,而且年轻胜过老年与孱弱 | 在失去之后,绝望地想掌握一切 | 因绝望而生的疏忽 |

| | | | 有时忘了用保险套 |

| 想拯救朋友和同侪,不让他们静悄悄地死去 | 与小学友人持续保持联络 | 与小学友人肉体接触频繁 |

| 为了代替大家庭,需要"来自同侪的社群"的观念 | 由于成长过程中的环境因素,出生时就觉得"社群"观念愚蠢至极 | 为图个方便,才认为与同侪和小学友人的性接触能增强"社群"观念 |

| 等等 | 等等 | 等等 |

作者也想招认他写这本书拿了多少钱:

总额(综合所得).. $100,000.00

扣除

经纪人费用(15%)... $15,000

税金(扣除经纪人费用后)... $23,800.00

制作本书相关费用

两年来的租金(顺便告诉各位,每月 600 至 1,500 美元)
.... 约 $12,000.00

到芝加哥（研究）的费用	$850.00
到旧金山（研究）的费用	$620.00
食物费（表面上看起来是在写书时吃的）	$5,800.00
杂项	$1,200.00
激光打印机	$600.00
纸张	$242.00
邮资 用来寄原稿给姐姐贝丝（她在北加州某处）和哥哥比尔（他担任位于奥斯汀的德州稽核公司顾问），以及柯尔斯顿（在旧金山，已经结婚了）、莎莉妮（住在洛杉矶家里，状况还不错）、梅雷迪思（目前在圣地亚哥，担任服装设计师）、杰米·卡里克（在洛杉矶，是颇受欢迎的音乐团体汉森管理团队的一员）和里基·沃夫葛兰姆（在旧金山，是处理新上市高科技股的投资银行家）等人，征求他们认可	$231.00
《世外桃源》原版电影原声带	$14.32
信息检索服务费（想从外接硬盘检索两年来的期刊文章，却无法如愿，因为过期了）	$75.00

| 净利 | $39,567.68 |

  这金额，仔细想想，还不算太差，作者（他没养宠物）还花不了这么多钱哩。因此，他承诺要将部分金额送给各位，或至少是某些人。本书前两百名读者若能举证写出自己已读过这本书，并吸取了书中许多教训，则每位将获得作者赠予的五美元支票一张，由某家美国银行开具的，也许是大通银行——这不是一家好银行，可别在那里开户啊。问题来啦：该如何证明你买了这本书而且也读过了呢？就这么办吧：拿着这本书（你必须已经买了这本书[①]）——附上收据或收据复印件——找人帮你拍张正在读这本

[①] 如果你是在图书馆借到这本书，或正在读这本书的平装本（美国都是先出版精装本，销售一段时间后再出版平装本），那应该不用我说了吧，你手脚太慢、太慢了。仔细想想，也许你正在遥远、遥远的未来读着这本书呢。也许现在每所学校都在教这本书哩！说说看：未来是什么样子？大家都会穿长袍吗？汽车会比较圆或比较不圆吗？那时已有女足联盟了吗？——原注

书的照片,或拍下你让这本书发挥妙用的照片。特别推荐:(一)找个婴儿(或好几个婴儿)一起拍照,因为大家都知道婴儿是好的;(二)在照片里拍下一位舌头超大的婴儿;(三)在国外拍照片(记得,要把这本书拍进去哟);(四)拍下一头红色猫熊拿这本书搓背的照片(那是一种小熊和浣熊长相结合的哺乳动物,亦称"小猫熊",原产于中国中部,常用背搓东西来占地盘)。千万别忘了:你自己,或你的主题,管它是什么,要摆在照片正中央。如果你用的是三十五毫米镜头的自动对焦相机,你拍照时的距离要比你认为应该有的距离近。因为相机镜头是凸面镜,所以会拍出你后退五到八英尺①的效果。另外:穿上衣服,拜托。有些读者精明得很,尤其是那些购买季刊的人,他们早就知道能最快取得这笔奖金的地址(虽然这个地址也许到 2000 年 8 月就失效了),因此在抢时间上占了优势。要不然,各位可将拍摄的精美照片寄到:

《怪才的荒诞与忧伤》奖金处
古典书局
纽约州纽约市公园大道 299 号
邮政编码:10171

假如作者在收到你来信之前已发完这两百张支票,好运仍可能降临在你身上。如果你的照片令人发噱,或你的姓名或故乡名听起来很不幸,而你也附了写上地址的回邮信封,作者可能会把某样物品(不是钱)放进信封里寄给你,因为他没装有线电视,所以需

---

① 1 英尺大约为 0.3 米。

要绕道。现在①……作者要感谢各位想开始阅读这项计划、本书主题与这部故事的欲望。他要做的是（与前述第四项相反），他将给各位足足一百页左右未中断也不带自我意识的散文，这部分可供娱乐，可令人伤怀，还能不时激励人心。他现在随时都将开始这个故事，因为他知道那一刻何时来临，何时是恰当时机，以及何时开始最好。他感谢读者的需求与感受，事实上，读者只有那么多时间、那么多耐心——那些似乎永无止境的胡言乱语，无止无休的清喉咙，很容易看起来像（或甚至成为）一种狗眼看人低的拖延行为，一种敷衍读者的举动，没有人会想要这样的。（或者读者就是要这样？）所以我们会继续，因为作者和各位一样，想往前进入本书主题，直捣黄龙，重游故地，因为这是一则应该告诉别人的故事，而事实上，这故事讲的是死亡、救赎、愤怒与背叛。所以我们将切入主题，不过请稍等作者再讲几句致谢词。作者要感谢正在美国陆海空三军服役的英勇将士们，他祝福他们，希望他们不久就能回家（如果他们想回家的话）。如果他们喜欢待在军中，作者希望他们好好待在那儿，至少在他们想回家之前。然后他们就该赶乘下一班飞机，直接返家。作者也要感谢创造漫画坏蛋和超级大英雄的那些人，他们发明了或至少推广了以下概念：有位个性温和的正常人，因为一个离奇的意外，摇身一变成为怪胎，变成怪胎的他在最腐臭的愤怒与最奇特的希望这两种怪异的组合驱策下，做出非常、非常令人匪夷所思和愚蠢之至的行为，许多时候是打着行善的名号。从这方面来看，画漫画的人似乎在策划着某件事。现在，在公开说明的精神下，为了替各位省麻烦，作者设计了一份简略的指

---

① 告诉各位一则有趣的故事。爸爸曾说，他和他的朋友莱斯（他和莱斯都是律师，莱斯还活着，而且，呃，现在还是律师）想到了一个在开会或问口供时拖延时间的方法——不要说："嗯……"或"呃……"但可以说："现在……"这两个字可同时做到两件事：它和"嗯……"或"呃……"一样，可达到拖延时间的目的，但听起来不会蠢得令人讨厌，反而能造成一种悬疑气氛，让人不知接下来会出现什么话，其实什么话都有可能，因为说话者当时还不知道呢。——原注

南，指出本书半数以上的隐喻。作者也要坦承他爱夸张的癖好，而且他也爱撒点小谎，让自己的形象更好或更坏，要看当时哪一项能达成目的。另外他要招认的是，不，他并非唯一失去双亲的人，也不是唯一失去双亲又继承了一位弟弟的人。但他要指出，在这些人当中，目前他可是唯一拥有出书合约的人。他也要致谢来自麻省的那位出名的参议员，以及他来自巴勒斯坦的身份，以及录像实时回放规则背后隐而不宣的逻辑。此外他也非常清楚本书的瑕疵和不足，不管各位觉得有哪些缺失，但因为各位注意到了这些缺点，作者向各位敬个礼。认真想想，他其实要感谢他的哥哥比尔。他的哥哥比尔真是个好人哪。也感谢本书编辑杰夫·克罗斯克及克罗斯克先生的助理妮可·葛雷夫，虽然她发音不标准，但其他各方面都好。当然还要感谢艾丽斯·切尼，她自始至终参与了这一切（真惨）。另外要感谢莱申、昆恩、莱瑟姆和维达帮忙减轻恐惧，当然还要感谢艾德丽安·米勒、约翰·华纳、玛妮·瑞果以及莎拉·佛威，非常感谢他们在这本书还不知所云时便愿意阅读（虽然，回头想想，作者确确实实扔给了华纳一百美元，因此似乎没感谢他的必要）。再次感谢所有在书中出现的人物，尤其是C.M.E.先生，他知道这是谁。最后，作者也想感谢美国国营邮局的男男女女，虽然他们从事的工作有时吃力不讨好，但他们却如此沉着自信，而且，从他们的工作量和工作规模来看，他们的工作效率还真是高得惊人呢。

　　这是我画的订书机：

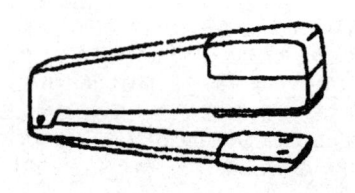

象征与隐喻的不完整说明 ①

太阳	=	母亲
月亮	=	父亲
起居室	=	过去
流鼻血	=	衰退
肿瘤	=	前兆
天空	=	解放
海洋	=	人终有一死
桥	=	桥
皮夹	=	安全感 / 父亲 / 过去 / 格调
格子框	=	形而上的平等
白色的床	=	子宫
家具、地毯等等	=	过去
小熊布偶	=	母亲
塔夫	=	母亲
洋娃娃	=	母亲
密歇根湖	=	母亲 / 过去 / 平静 / 混乱 / 不知
母亲	=	人皆有一死
母亲	=	爱
母亲	=	愤怒
母亲	=	癌症
贝丝	=	过去
约翰	=	父亲
莎莉妮	=	希望
丝凯	=	希望
我	=	母亲

---

① 以上象征意义皆无使用"旅行者合唱团"那首《任何你想要的方式》的意思。旅行者合唱团为20世纪70至80年代受欢迎的摇滚乐团,这首歌首次收录在该合唱团1980年发行的专辑《出发》当中,歌词简短并不断出现呓语似的重复。

第一章

　　透过浴室高悬的小窗口往外望,十二月的庭院灰暗凌乱,光秃的树枝苍劲凄凉,如水墨画中的景象。烘干机的废气一团团排放到屋外,向上翻腾,在滚向雪白苍穹的途中飞散开去。
　　这幢房子是间工厂。
　　我套上长裤,回到母亲身边。循着走廊走,经过洗衣间,来到起居室。关上身后的房门,掩住烘干机里那双小鞋滚动的轰隆声,那是塔夫的鞋。
　　"你上哪儿去了?"母亲问。
　　"在浴室。"我说。
　　"喔。"她说。
　　"怎么了?"
　　"待了十五分钟?"
　　"没那么久。"
　　"不止这么久。打破东西了吗?"
　　"没有。"
　　"掉进马桶里了?"
　　"没有。"
　　"你在打手枪吗?"
　　"我在剪头发。"
　　"你干吗盯着自己的肚脐?"
　　"好啦,随便你怎么说。"
　　"清干净了?"
　　"是。"
　　其实我并没有清干净,反而留得满地都是头发,扭曲杂乱的棕色发丝拥塞在水槽里,但我知道妈妈不会发现。她不会起身检查。

妈妈躺在沙发上。这时她已经离不了沙发了。曾经,好几个月前,她还会下床走动,开车四处晃,办办杂务。在那之后,有阵子她大半时间窝在她的椅子上,长沙发旁的那一张,不时还会做做事、出门走走,等等。后来,她转移阵地到长沙发上,但即使大半时间都在沙发上,至少还有一阵子,每晚十一点左右,她会走上楼梯,光着脚丫,虽已十一月,但她脚上的皮肤仍很黑,脚步缓慢而谨慎地踩在绿色地毯上,走到我姐姐的老卧房里。她在那里睡了好几年。房间是粉红色的,干净整洁,床上盖着罩篷。很久以前,她便决定不再与爸爸的咳嗽声共枕。

不过,她最后一次上楼,已是好几个星期前了。现在她躺在沙发上,一步也不离开,白天躺卧在那里,晚上也睡在那儿,穿着睡袍,电视直开到天明,身上的被子从脚趾到脖子完全盖住。大家都知道。

妈妈昼夜不分地躺卧在沙发上时,总会侧过头看电视,然后再转过头去,把绿色黏液吐在一个塑料容器里。这个塑料容器是新的。几个星期来,她都把绿色黏液吐在一条毛巾上,不是同一条,而是轮流更换。她会在胸前放条毛巾。但我姐姐贝丝和我不久就发现,毛巾并不是个接收绿色黏液的好东西,因为,结果显示绿色的黏液气味难闻,比任何人所能想象的还要刺鼻(当然,每个人都闻过恶臭,但不是这个)。因此绿色黏液不能留在那里,在厚棉织毛巾上化脓、硬化。(因为这个绿色黏液会在毛巾上结成硬块,几乎洗不掉,所以绿色黏液毛巾只能用一次,即便毛巾每个角落都用尽了,折了又翻面,翻面了再折,一条毛巾却只能撑几天。我们把浴室、衣橱和车库里的毛巾搜刮一空,却仍不敷使用。)所以最后,贝丝买了这个小塑料容器,而妈妈也开始把绿色黏液吐在里面。这个容器看来只是临时代用品,就像那种空气调节器一样,不过这是医院提供的,而且就我们所知,是设计给经常吐绿色黏液的人使用的。这是一种压模制成的容器,颜色乳白,呈半月形,可以放在手边,随时承接黏液。它可以放在躺卧的人嘴边,就在下巴下,如此一来吐出体内绿色黏液的人一抬头就可以直接吐在容器里,或者就让黏液顺着嘴边流淌,蜿蜒过下巴,流到已在下方等候多时的容器里。这个半月形的塑料容器真是一大发明。

"那东西很方便,对吧?"我走过母亲身边,去厨房的途中问道。

"是啊,好用极了。"她说。

我从冰箱里拿出一支棒冰,再回到起居室。

半年前,他们取出妈妈的胃。当时能移除的已所剩不多了。早在一年前,他们就已经割除(我愿用医学术语说明,如果我知道的话)胃的其他部分。然后,他们把(这个)和(那个)绑在一起,希望已移除有害的部分,接着安排妈妈接受一系列化疗。但当然他们割得不够干净,反倒留下一些有害部位,任其成长壮大。它又回来了,下了蛋,塞得满满的,紧附在宇宙飞船的这一侧。有一阵子她看起来状况不错,接受了化疗,买了顶假发,稍后头发也长出来了,发色比原来深,但容易断。半年后,她又开始疼痛。——是消化不良吗?当然,打嗝、疼痛、晚餐时痛到趴在餐桌前,这些都可能只是消化不良的症状。大家都会消化不良,大家都吃胃药。妈,要我拿些胃药来吗?——但是,她又住院了,他们把她"开膛剖肚"(这是他们的用语),检查内部,那东西瞪着他们,瞅着那些医生,就像一千条压在石头下蠕动的虫,一大群,扭动着,又湿又黏。老天爷!也许并不像虫,而是像一百万个小太空舱,每舱都是一小座癌症城,每座城的居民都难以驾驭,到处爬窜,毫不在乎对环境造成的损害,也无所谓当地法律。当医生把她开膛剖肚时,突然间,一道光芒直射入这个癌症太空舱的世界,这突如其来的干扰惹恼了他们,激起他们的抵御心。关掉——这该死的——灯。他们瞪着医生看,每一座舱,虽然都是一座小城,但都只有一只眼,位于正中央邪恶的盲眼，傲慢地瞪着那位医生，就像瞎了的眼顶多能做到的那样。去——你——的——滚——开。医生尽了力，取出一整颗胃，将残存的部分连接起来，这个部分接到那个部分，再把它缝好，让这座城保持原状，让这些移民继续开疆扩土，让他们保有化石燃料、购物中心，还能扩展郊区。接着医生再拿一根管子和一种可携带的外用静脉注射袋取代胃部。这静脉注射袋蛮可爱的。她到哪儿都带着它，把它放在灰色的背袋里。它的外观颇具未来感，就像某种合成冰袋，装着为太空旅行而准备的液体食物袋。我们给这东西取了个名字。我们叫它"袋子"。

妈妈和我正在看电视，节目内容是一群白天从事营销或工程业务的年轻业余运动员，与另一群健身教练（有男有女）比赛勇气与灵活度。那些健身教练大多是金发，皮肤晒成完美的古铜色，外形很棒。他们的名字听起来迅捷而好胜，就像一些美国车和电器的名字，如火星、水星、真力时。这节目很棒。

"这是什么？"妈妈挨近电视机问道。她的小眼睛原本目光锐利，令人望而生畏，现在却目光呆滞、眼白泛黄、低垂无力、使劲想看清楚。经常吐让这双眼睛看起来总像是在生气。

"竞赛类节目。"我说。

"喔。"她说，然后转过身，抬头吐。

"血还在流吗？"我舔着棒冰问道。

"是啊。"

妈妈在流鼻血。我在浴室时，她用手掐住鼻子，但她掐得不够紧，现在我可以让她稍微轻松一点，用空出来的那只手捏住她的鼻孔。她的皮肤油腻、光滑。

"捏紧一点。"她说道。

"好。"我说着加重力道。她的皮肤热烘烘的。

塔夫的鞋仍在轰隆作响。

一个月前，贝丝醒得早。她不记得是为什么了。她走下楼，蹑手蹑脚地踩过绿色地毯，走到走廊的黑石板地上。前门是开着的，但纱门紧闭。时已入秋，天气冷冽。她用两只手关起那扇木制大门，喀嗒一声，便转身朝厨房走去。她顺着走廊走进厨房，滑动玻璃门各角落都积了薄冰，后院光秃的树枝上也结了霜。她打开冰箱，向内张望。牛奶、水果、标示着期限的静脉注射袋。她关上冰箱，离开厨房到起居室，遮盖屋面那扇大窗的窗帘被拉开了，外面的光线白亮亮的，窗户成了一扇亮银白的屏幕，光源来自后方。她眯着眼，直到适应外面的光线。等看清楚后，她看到屏幕正中央，车道尽头，是跪在地上的我的父亲。

并不是说我家人没格调，只是我们家的品位反复无常。楼下浴室的壁纸原本就在这房子里，但却是屋内最醒目的装饰，上面绘制着十五句左右当时流行的语句。好极了，帅呆了，滚一边去！这些字句排列的位置形成有趣的组合。"那可不"碰上"老妈"，"那可不"的"不"和"老妈"凑在一起就成了"不老妈"。这些字是手写的艺术黑体字，白底上勾勒着红色、黑色，最丑也不过如此。不过这个壁纸创意十足，每位来访者都少不了美言一番。它显示这家人并无处理装饰方面显而易见的问题的兴致，也证实了美国历史上那段快乐时光，也唯有那段充满冲劲与想象的时光，才能孕育出如此生气盎然而别出心裁的壁纸。

说真的，我们的客厅还称得上高级：干净，整洁，摆满传家宝和古董，硬木地板中央铺了块东方地毯。但我们的房间，唯一一处家人曾花时间共聚的房间，却一直都是（不论是好是坏）最能反映出我们家人真正喜好的处所。这里一向凌乱，每个家具咬紧牙关，伸着尖锐的手肘，争夺"外貌最差物品"的殊荣。十二年来，独占鳌头的是血橘色的椅子。我们年少时的沙发，那张与血橘色椅子和白色绒毛地毯争妍夺艳的沙发，是苏格兰格子花呢布料，绿褐白三色相间。起居室怎么看怎么像船舱，镶嵌着木板，由六根沉重的木梁支撑着上方的天花板，或装模作样地撑着。室内光线昏暗，除了家具和墙壁上寻常的腐朽现象之外，我们住进来的二十年里，起居室并无太大改变。家具一概是棕色，外形矮胖，跟狗熊的家具没两样。我们最新的沙发是爸爸的，很长，上面覆盖着丝绒材质的褐色东西，沙发旁摆了张椅子，它是一把略带褐色、格子花呢的沙发椅，是妈妈的，五年前取代了那张血橘色椅子。沙发椅前摆了一张咖啡桌，由树干横切面做成，切割方式独特，因此树皮还留在上面，尽管涂了层厚厚的漆，也还依稀可辨。许多年前，我们从加州买回这张桌子，而它就像屋里大半的家具，成为富有同情心的装饰哲学的物证：对这些丑得没人要的家具来说，我们就像是收养世界各地身心障碍或难民儿童的家庭，在它们身上，我们看到了美，因此无法拒绝。

起居室有面墙，过去是、现在仍是被红砖壁炉占据。这个壁炉有个小凹处，可作为室内烧烤之用，但我们从没这样用，主要是因为我们搬进来时，便听说烟囱高处有浣熊。因此许多年来，这凹处就这么闲置着，直到有一天，大约四年前，我们的爸爸又起了怪念头，也就是驱使他许多年来一直买些塑料蜘蛛和塑料蛇装饰沙发旁的台灯的怪念头，于是他买了个鱼缸放在壁炉凹处，鱼缸尺寸是他随便猜的，却与凹处匹配得刚刚好。

"嘿嘿！"父亲在安装鱼缸时说着。他让鱼缸慢慢滑进去，两边剩余空间不到一厘米。"嘿嘿！"是他的口头禅，但出自他这么一位满头灰发、穿着条纹长裤的律师之口，听来却有些太做作。"嘿嘿！"在这些数量和惊奇程度令人昏眩的奇迹事件后，他总会这么说。除了鱼缸吻合的奇迹之外，举例来说，还有把电视机接到立体音响以获得真正的立体声的奇迹，更别提把任天堂①电线拉到覆盖整片

---

① 任天堂，日本电子游戏公司及其开发的电脑游戏名称。

地板的地毯下，这么一来就不会总是被电线绊倒的奇迹（他玩任天堂玩上瘾了）。为了要我们注意每件奇迹，他会站到当时正好在屋内的人面前，咧嘴大笑，双手紧握摆出胜利姿势，先高举过一边肩膀，然后再换边，仿佛是位赢得松木车大赛的童子军。有时为了表现谦卑，他还会闭上双眼，微侧着头。是我做的吗？

"窝囊废。"我们会这么说。

"啊，去你的。"他会这么回答，然后为自己倒杯血腥玛丽①。

客厅一隅的天花板出现黄褐色相间的同心圆污渍，那是上回春季大雨连绵留下的纪念品。往走廊的门只剩一个铰链固定（原本有三个），悬在那儿晃荡着。灰白色的地毯覆盖整面地板，不但烂到了底，而且也好几个月没吸尘了。纱窗仍昂然挺立着，今年爸爸曾试过把它拆掉，却徒劳无功。起居室前窗向东，但因为房子就坐落在许多大榆树的后面，所以光线不太能透进来。起居室的光线日夜并无明显不同，总是一片暗沉沉的。

我从大学返家过圣诞节。大哥比尔才刚回华盛顿特区，他在那里为传统基金会工作，业务内容与东欧经济、民营化、外币兑换等有关。我姐姐贝丝这一整年都待在家里。她延后法律学校就读时间，只为了留在这儿找乐子。我回家时，她正要出门。

"你要去哪里？"我通常会这么问。

"出去。"她总是这么回答。

我捏着妈妈的鼻子。她的鼻血流个不停，我们企图止血，同时两人眼睛却仍盯着电视机看。电视里有位来自丹佛的会计师正试着攀上一堵岩墙，但后来有个名叫"打击者"的健身教练一把抓住他，把他拉下了墙。节目其他部分也很紧张：有一段是障碍赛，参赛者不但彼此竞赛，还必须和时间赛跑；另一段是参赛者拿着包海

---

① 一种通常用伏特加、番茄汁和调味料制成的鸡尾酒。

绵的球拍互打。这两段内容都相当刺激，尤其是如果比分接近，两人旗鼓相当，战况更是危险万分。然而，攀岩的部分还是最叫人心惊胆战。会计师在攀岩，后有追兵……没有人会想在攀岩时，被后面的人或任何东西追赶，也不想在朝岩墙顶端的铃攀进时，被一双手捉住脚踝。"打击者"设法握住会计师的脚踝，扯他下来——他不停戳刺会计师的双脚，只要瞄准，伸手一抓，一击一握，再用力一拉——如果"打击者"和他的手在会计师抢到岩墙上的铃之前做到的话……这是整个节目最恐怖的部分。会计师手脚敏捷、热血沸腾地往上爬着，抓牢一个又一个施力点，有一瞬间，他看起来就快要成功了，因为"打击者"远远落后，相隔两人身长的距离，但这时，会计师却停下来了。他找不到下一个立足点，另一个可施力处太远了，所以后来他先后退再往上爬。当他往下踩的时候，那悬疑紧张的气氛简直叫人发狂。会计师往下踩，接着从那面墙左边往上爬，但刹那间，"打击者"也到了，不知是打哪儿冒出来的，他刚才甚至没出现在电视屏幕上！他抓住了会计师的小腿，使劲一拉，比赛结束。会计师从岩墙上飞了起来（身上当然绑了防护绳），再慢慢地落地。真可怕。我再也不看这个节目了。

　　妈妈更喜欢看的节目是三个女人坐在一张粉红色沙发上，讲述自己的相亲经历或吃过同一个男人的亏的故事。这几个月来，贝丝和妈妈每晚都看这个节目。有时上节目的人彼此发生过性行为，但讲述时生动滑稽。节目主持人很风趣，鼻子很大，头发又鬈又黑。他是个好笑的家伙，一边主持一边玩得很开心，全场气氛轻松热络。节目终了，参加节目的单身汉会从三个女人中挑选一位约会对象。接着主持人做了件出人意料的事：虽然之前提到的三次约会的费用都由他支付，当然多花钱对他也没好处，但他仍然给了这位单身汉和未婚女子下次约会的资金。

　　妈妈每晚都看这个节目，这是唯一不会让她打瞌睡的节目。现在她白天常打盹，到了晚上却不睡觉。

"你晚上当然要睡觉。"我说。

"不用。"她说。

"即使没睡意,晚上也要睡觉。"我说,觉得这是个值得讨论的问题。"夜晚时间太长、太长了,不可能整晚都醒着不睡。我是说,有好几次我很确定自己熬了一整夜,就像我很确定《午夜行凶》里的吸血鬼——你记得这部片子吗?大卫·索尔主演的?有人被钉在鹿角上?我吓得不敢睡,所以整晚醒着,眼睛直盯着放在肚子上的小电视机,整个晚上很怕一不小心就睡着了,因为我很确定他们就是在等这一刻,只要我一睡着,他们就会飘到窗前,或沿着走廊飘过来咬我,就像慢动作一样……"

她在半月形容器里吐了一口黏液,看着我。

"你在胡诌些什么?"

壁炉那里,鱼缸还在,但里面四五条患了血吸虫病的暴眼金鱼却在几周前归西了。鱼缸淡紫色的灯光仍照着里面的水,霉菌和鱼的排泄物把水污染得混浊一片,灰蒙蒙的,就像摇晃过的雪景玻璃瓶。我在想这水喝起来是什么味道,像营养奶昔,还是像污水?我想问妈妈:你觉得那水喝起来是什么味道?但她不会觉得这个问题有趣的。她才不会回答。

"你检查一下?"她指的是她的鼻子。

我放开捏着鼻子的手。没啥异样。

我看着妈妈的鼻子。她仍和夏天时一样黑,古铜色皮肤很光滑。

然后来了,血流出来了,一开始是条小溪流,接着出现一个大血块,缓慢而费力地流出来。我拿着一条毛巾,轻轻拭去血块。

"血还在流。"我说。

她的白血球数量很低,所以凝血功能很差,上次她流鼻血时,医生这么说过。所以,医生说,她不能流血,一流血可能就完了。

好的,我们回答。我们并不担心。她流血的几率几乎是零,反正她现在从不离开沙发。我会把尖东西拿开的,我对医生开玩笑说。医生并没有笑。我不知道他听到了没有。我想再重复一次,但接着又想,也许他听到了,但并不觉得好笑。但也许他没听到。我想了一会儿,考虑略为补充说明,也就是用能带出第一个笑话的另一个笑话来制造高潮,创造出一种快击两次的效果。不会再有拿刀子打架的事了,我可以这么说,不会再有互抛刀子的事了,然后嘿嘿笑了两声。不过这个医生不爱开玩笑,不像有些护士那样。和医生护士开玩笑是我们的职责,听从医生指示也是我们的职责。在听完医生的指示后,贝丝通常会问特定的问题:药该多久吃一次?不能直接把药加在静脉注射液里吗?然后,我们有时会说些俏皮的题外话,让气氛轻松一些。我读过书,看过电视,我知道该怎么做。遭逢灾厄时,我们需要开玩笑。人生无处不幽默,大家都这么说。但最近这几周,我们却毫无幽默可言。我们不停地寻找滑稽的事,但一无所获。

"游戏打不开。"塔夫从地下室走了上来,说道。一周前的圣诞节,我们买了一堆世嘉①的新游戏给他。

"什么?"

"游戏打不开。"

"电源开了吗?"

"开了。"

"卡匣整个插进去了吗?"

"都插进去了。"

"关掉重启一次。"

"好。"他说着又走下楼去。

---

① 日本游戏公司。

透过起居室的窗户，在银白色屏幕前，父亲穿着一套铁灰色西装，那是他上班穿的。贝丝在厨房和起居室的入口处停了下来，往窗外看。对街庭院的树木高大壮硕，树干灰茫茫的，枝丫悬在高处，草坪矮短的草已枯黄，草地上尽是落叶。他一动也不动，跪着，身体往前倾，即便如此，他的西装却依旧松松垮垮地晾在身上。他瘦了许多。有辆车开了过去，寒风中只见模糊的灰影。她在等他站起来。

你真该见识见识她的肚子，那里肿得像南瓜。圆圆的，涨涨的。很诡异。他们割掉她的胃，连带割除附近的一些组织，如果我没记错的话。但是即使割掉这么多东西，她看起来还是一副怀孕的模样，即使盖了毯子，她隆起的肚子也能看得一清二楚。我觉得那是癌，但我没问妈妈或贝丝。是像那些快饿死的孩子一样肚子突出来吗？我不知道，也没问。之前，我说我已经问过，那是假的。

这时她大概已经流了十分钟鼻血了。之前也出现过一次这种状况，两周前吧，贝丝无计可施，于是她和贝丝到急诊室去。院方要她住院两天。她的肿瘤医生（有时我们还蛮喜欢他的，有时却不）过来巡视了一下，瞄了一眼不锈钢铁架上的病历表，在床尾做了些记录。他是她这么多年来的肿瘤医生。他们帮她输血，监控她的白血球指标。他们本来想留她多住几天，但她坚持要回家。她很怕待在医院里，她受够医院了，她不想……

她出院了，感觉很难受，觉得被剥了一层皮。现在，她安全在家了，不想再回医院了。她要我和贝丝承诺永不再让她回医院去。我们答应了。

"没问题。"我们说。

"我是说真的。"她说。

"好啦。"我们说。

我尽可能把她的额头推得远远的。沙发扶手又柔又软。

她又吐了一口。她已经很习惯了,但仍发出用力、轻微的呕吐声。

"会痛吗?"我问道。

"什么会痛吗?"

"呕吐啊。"

"不会,感觉还不错呢,傻瓜。"

"抱歉。"

外面有一家人经过,父母两人,还有一位穿着滑雪裤和夹克的孩子,一辆婴儿车。他们并未隔着我家窗户往里看。很难看出他们知不知情。他们也许知道,但想表示礼貌。大家都知道。

妈妈喜欢拉开窗帘,这样才看得到庭院和街道。白天,外面通常明亮耀眼,虽然从起居室可清楚看见外面的光亮,但不知怎的,光线无法照进来,丝毫无法点亮起居室。我并不赞成拉开窗帘。

有些人知道。他们当然知道。

大家都知道。

每个人都知道。每个人都在谈,在等。

我已经替他们拟好计划了,那些爱管闲事、爱打听、爱同情别人的人,那些把我们看成古怪的可怜鬼,把我们的景况当成茶余饭后话题的人,我已经帮他们想好周详的计划了。我想象他们被勒死的画面——"啧啧,我听说她……"(格格!)——脖子断裂——"那可怜的小男孩该怎么办……"(喀啦!)——我想象用脚踢着蜷缩在地上的人,他们一边吐着血——"老天爷,该死的,我很抱歉!我很抱歉!"——一边祈求我手下留情。至于惩罚的方法和轻重,全看冒犯我的人是谁,以及冒犯的程度而定。首当其冲的是我和妈妈不喜欢的家伙,他们将受到最严厉的惩罚。通常是历时长、折磨久的绞刑,他们的脸先变朱红色,接着转为黑紫,再转成淡紫。那些我并不熟的人,例如刚走过的那家人,则免去最严厉的酷刑。这无关个人好恶。我会开车碾过他们。

我和妈妈并不担心流鼻血的事,我们暂时假设这鼻血终究会停。我捏住她的鼻子,她则握住放在她胸前、下颚处的半月形容器。

就在那时,我想到一个好主意。我想办法让她用滑稽的方式说话,就是鼻子被捏住时的那种讲话方式。

"好吗?"我说。

"不。"她说。

"拜托啦。"

"想都别想。"

"什么?"

妈妈的双手静脉分明,但强壮有力。她连脖子都看得到静脉。背部有雀斑。她过去常玩一种小把戏,仿佛她把大拇指给拉了出来,但这是假的。你看过这种把戏吗?右手拇指的一部分被弄得好像是左手的一部分,然后再沿着左手食指上下滑动:相连,分开。那是个吓人的把戏,如果玩这把戏的人是妈妈,那就更让人害怕了,因为她让双手看似在摇晃、颤抖,颈部静脉浮现、紧绷,脸部肌肉因用力而僵硬,就像是手指被拔出时那种紧绷的表情。儿时的我们都又惧又喜地看着。我们知道那是假的,我们已经看过数十次了,但这把戏的威力从未减轻,因为妈妈的体格很特别:她全身上下骨瘦如柴,但肌肉结实。我们会叫她在朋友面前玩这把戏,搞得他们又害怕又陶醉。不过,孩子们都很喜欢她。学校里每个人都认识她,她是小学话剧指导老师。她会关怀父母离异的小孩,去认识每一位,爱每一位,并且大方地抱抱他们,尤其是那些羞怯的孩子。她毫不费力就能了解这些孩子,你完全不用怀疑她做一些让人放松的事情,她完全不像那些冷淡、没把握的母亲。当然,如果她不喜欢哪个孩子,也会让对方知道。例如迪恩·鲍尔温,住在这条街上的全身脏兮兮的金发胖小子。他总是站在街上，无缘无故在她开车经过时朝她比手势。"坏孩子。"她会这么说，而且她是认真的。她心中那无情冷酷的部分是你无论如何都不能小觑的。她会把他从名单上删除，直到他道歉的那一刻（不幸，迪恩并未这么做），届时他将获得她的搂抱，就和其他人一样。虽然她身体强健，但她的力量主要来自她蓝色的小眼睛。眯着眼的她发射出杀气腾腾的眼光，清楚地表明，如果被逼急了，她将履行她的眼光所暗藏的威胁，为了保护她爱的人，直到击倒对方为止，她绝不罢手。但她对自己的力量漫不经心，对身体发肤粗心大意。她会在切菜时割伤自己，割下指头上一块肉，通常是大拇指，血流得到处都是，西红柿上、砧板上、水槽里。我们看着她的手腕，心里充满敬畏，又怕她会死。她却只是苦着一张脸，打开水龙头把拇指冲干净，再用纸巾把手指包起来，然后继续切菜，同时血仍缓缓渗过纸巾，从伤口潮湿的正中心往外爬（血是会爬的）。

电视机旁放着我们几个小孩的各种照片，其中一张是我、比尔和贝丝的合照，当时我们都还不到七岁。照片里，我们站在一艘橘色小艇上，一脸惊惧的神情。我们四周似乎都是水，仿佛距离岸边数英里远：我们的表情无疑说明这点。但是，当然，我们距离岸边还不到十英尺，因为妈妈就站在我们上方，水深及膝，穿着她那件白色花边的连衣裙，正拍下这张照片。这是我们印象最深的一张照片，是我们每天都看到的一张照片，而且照片中的颜色——湛蓝的密歇根湖，橘红色的小艇，我们古铜色的皮肤和金黄色的头发，都是让我们联想起童年的颜色。这张照片里的我们紧抓着小艇船缘，急着想下船，希望妈妈能在这东西沉到水里或漂走之前，抱我们出来。

"学校还好吧？"她问。
"还好。"

我没告诉她我逃了好几门课。

"柯尔斯顿还好吧？"

"她很好。"

"我一直都很喜欢她。她是个好女孩，精力充沛。"

我把头枕在沙发上，知道它就快来了，就像信箱里邮购来的东西。我们知道它就要来了，但不确定是什么时候。几星期后？几个月后？她已经五十一岁了。我二十一岁，姐姐二十三岁，哥哥二十四岁，弟弟七岁。

我们准备好了；我们还没准备好。大家都知道。

我们家就在一个出水口上。我们的房子就是被龙卷风吹走的那一栋，这个火车模型般的小房子无助地漂流着，在吼啸的黑暗漏斗中可悲地悬荡着。我们脆弱而渺小。我们是格林纳达①。有人背着降落伞从天而降。

我们等着一切最后停止运作，器官和系统，一个接一个，宣布放弃。没救了，内分泌腺说；我尽力了，胃或胃残存的部分说；我们下次会逮住它们，心脏说，并友善地拍拍肩膀。

约摸半小时后，我拿开毛巾，有一会儿血并未流出来。

"我想，血止住了。"我说。

"真的吗？"她抬头看着我说。

"没东西流出来了。"我说。

我注意到她毛孔粗大，尤其是鼻子周围。这几年下来，她的皮肤变得很粗糙，晒成永远的古铜色，我这么说并无不敬之意，只不过这真的蛮有意思的，因为她是爱尔兰人，而且过去曾是位标致的姑娘——

血又流出来了，起初是血块缓慢地流，挟带着黑色的结痂皮

---

① 格林纳达是位于东加勒比海向风群岛最南端的岛国。

屑，然后是较稀、较淡的红。我再度捏住她的鼻子。

"太用力了，"她说，"会痛。"

"抱歉。"我说。

"我饿了。"有个声音说。是塔夫。他站在我身后，沙发旁。

"什么？"我说。

"我饿了。"

"我现在没办法拿东西给你吃。自己到冰箱里拿点东西。"

"比如？"

"管他呢，什么都行。"

"比如？"

"不知道。"

"冰箱里有什么？"

"你干吗不去看一看？你已经七岁了，完全有能力去看一看。"

"冰箱里又没什么好东西。"

"那就别吃。"

"可是我饿了。"

"那就找些东西吃。"

"可是要吃什么呢？"

"天啊，塔夫，去吃苹果。"

"我不想吃苹果。"

"小宝贝，到这里来。"妈说。

"我们等会儿再弄点东西吃。"我说。

"来妈妈这里。"

"有什么东西可以吃？"

"到楼下去，塔夫。"

塔夫走下楼去。

"他怕我。"她说。

"没这回事。"

几分钟后，我拿开毛巾，看看鼻子。鼻子变紫色了。血没变浓，还是稀稀的，红色的。

"血止不住。"我说。

"我知道。"

"怎么办？"

"不怎么办。"

"什么意思？不怎么办？"

"血会停的。"

"血没有停。"

"等等看。"

"已经等过了。"

"再多等一会儿。"

"我认为我们应该想想办法。"

"等就是了。"

"贝丝什么时候回来？"

"不知道。"

"我们该想点法子。"

"好吧，打电话给护士。"

我打给每逢碰上疑难杂症时便致电询问的那位护士。每逢静脉注射液未正常滴下，或管子里有泡沫，或妈妈的背上出现盘子大的淤青时，我们就打给她。护士建议我们在鼻子上施压，让她的头往后仰。我告诉她我刚才就是这么做的，但没有用。她建议我们冰敷。我说谢谢你，然后挂上电话，走进厨房，把三个冰块包在纸巾里。我带着冰块走回来，把冰块放在她鼻梁上。

"啊！"她说。

"抱歉。"我说。

"好冰喔！"

"这是冰块。"

"我知道这是冰块。"

"冰块本来就是冰的。"

我还是得在鼻子上施压,因此我用左手加压,右手握着放在她鼻梁上的冰块。这很伤脑筋。坐在沙发扶手上,我没办法同时做这两件事,还想看到电视。我试着跪在沙发旁的地板上。我把手伸过沙发扶手,一手拿着冰块,一手施压。这个姿势还不错,可是几分钟后,我开始脖子酸痛,因为我的头必须转九十度才看得到电视屏幕。这完全不对。

我突发奇想,爬上沙发椅背,就在抱枕上头,在椅背上方伸直身体。我把重量压在抱枕上时,抱枕发出嘶嘶的声音。我转了个身,这样我的头和手臂才能同方向,一伸手就碰得到她的鼻子,而头也舒舒服服地枕在椅背上,还可以一清二楚地看到电视。完美!她抬起头望着我,眼珠溜溜地转。我朝她举大拇指。然后她又把绿色黏液吐在半月形容器里。

爸爸一动也不动。贝丝站在通往起居室的入口,等着。他离街道约十英尺远。他跪着,双手放地上,手指头往下伸展,有如河边树干向外延伸的树根。他并不是在祷告。有一会儿,他抬头往上看,头往后仰,但他并非抬头望天,而是望着邻居后院的树。他仍旧跪着。他是出去拿报纸的。

半月形容器满了,现在容器里有三种颜色:绿色、红色、黑色。血从她鼻子里,也从她嘴里流出来。我研究这个容器,注意到那三种液体并未融合在一起,绿色液体比较黏稠,而血,这血比较稀薄,所以漂浮在上头。容器里还有一种黑色液体,也许是胆汁。

"那黑色的东西是什么?"我问道,从她头上往那东西指去。

"大概是胆汁吧。"她说。

有辆车驶上车道,开进车库里。车库和洗衣房之间的门开了又关,然后往浴室的门开了又关。贝丝回家了。

贝丝出去健身了。她喜欢我从大学回家度周末,这样她就可以去健身。她需要健身,她说。塔夫的鞋仍在轰隆作响。贝丝走进起居室,身上穿着运动服和弹性纤维护腿,头发扎着,通常她的头发都是放下来的。

"嗨。"我说。

"嗨。"贝丝说。

"嗨。"妈妈说。

"你在沙发椅背上做什么?"贝丝问。

"这样比较轻松。"

"什么比较轻松?"

"流鼻血。"我说。

"该死,流多久了?"

"四十分钟了吧,大概。"

"打电话给护士了吗?"

"打了,她叫我用冰敷。"

"上次这样没用。"

"你冰敷过?"

"当然。"

"妈妈,你没告诉我。"

"妈妈?"

"我不要再回医院去。"

我父亲,会制造小奇迹的人,曾做过一件非常玄妙的事。事情是这样的:半年前左右,他要我们到起居室坐下,只有贝丝和我。比尔不在,他在华盛顿特区;塔夫也不在,他未受邀请的原因非常明显。我们的妈妈也出于某种原因不在场,我不记得她上哪儿去了,反正我们就在那里,尽可能坐得离通常围绕在他身边和他的香烟附近的烟云远一些。谈话内容,如果按照这种时候的标准程序来看,是先闲话家常一番,然后他说他即将说的话有多难说出口,等等,但我们只是坐在那儿,明显表现出意兴阑珊。

"你们的妈妈就快死了。"

我和贝丝换了一下,换她拿着冰块,对鼻子施压。她并未采用我的创新姿势。她并没有躺在沙发椅背上,反而坐在沙发扶手上。毛巾全湿了。我手掌下的血又湿又热。我到洗衣间,把毛巾扔进水槽里,发出啪的一声。我甩甩手,活动活动筋骨,从烘干机里拿出另一条毛巾,还有塔夫的鞋。我把毛巾递给贝丝。

我下楼去看望塔夫。坐在楼梯上,可俯瞰整间地下室。地下室原本是娱乐间,后来改成卧室,后来又改回娱乐间。

"嗨。"我说。

"嗨。"塔夫说。

"还好吧?"

"很好。"

"你还饿吗?"

"什么?"

"还饿吗?"

"什么?"

"先别玩游戏了。"

"好吧。"

"你听得到我说话吗?"

"听得到。"

"你在听吗?"

"在听。"

"你还要吃东西吗?"

"要。"

"等一下我们叫个比萨来吃。"

"好。"

"你的鞋子,拿去。"

"干了吗?"

"干了。"

我回到楼上。

"这个要倒掉。"贝丝指的是那个半月形容器。

"为什么是我?"

"为什么不是你?"

我慢慢地把半月形容器举过妈妈的头,再带着它走向厨房。容器内的液体快溢出来了,我一旦走动,它便左右摇晃。在往厨房去的路上,我一不小心把大部分液体洒到了腿上。那一瞬间,我立刻想到,这半月形容器里的液体,胆汁、血和其他东西,酸性有多强。这液体会烧破我的裤子吗?我站着,动也不动,看这液体是否会像硫酸一样穿透裤子,我以为会看到冒烟,看到裤子渐渐被钻出一个洞,就像外星人的血泼到身上时那样。

但这液体没有烧起来。我决定,反正无论如何都得换条裤子了。

贝丝捏着鼻子捏了好一会儿。她坐在沙发扶手上,就在妈妈的头旁边。我从厨房调大了电视的音量。已经一小时了。

妈妈的鼻血仍流个不停,贝丝到厨房找我。

"怎么办?"她小声地说。

"一定要到医院去,对吧?"

"不行。"

"为什么?"

"我们答应过的。"

"喔,少来了。"

"什么?"

"不会的。"

"可能会。"

"我知道可能会,但应该不会。"

"她希望是。"

"不对,她并不希望。"

"我认为她希望。"

"不,她并不希望。"

"她说她希望。"

"她随口说说罢了。"

"我认为她可能是认真的。"

"不可能,这太离谱了。"

"你听到她说的话了吗?"

"没有,但我还是觉得不可能。"

"你有什么想法?"

"我认为她很害怕。"

"没错。"

"而且我认为她还没准备好。我是说,你准备好了吗?"

"还没,当然还没。你呢?"

"还没,不,还没。"

贝丝回起居室。我清洗半月形容器,满脑子想着这整件事的逻辑。所以……好吧。以血这样慢慢流但流不停的速度来看,究竟要流多久?一天吗?不,不对,应该更短。里面并不全是血,在血流干之前,那会是——我们不可能真的等到全部的血流干;相反地,过一会儿之后,情况会急转直下,会——天啊,有多少血啊?一加仑?少一些?我们无从得知。我们可以再拨一次电话给护士。不,不行,不能这么做。如果我们问了,他们会要我们送她到医院去。如果他们知道我们需要送她到医院,却没有送她去,我们就成了杀人凶手。我们可以打电话到急诊室，假设性地询问："嗨，我正在写一份有关缓慢的血流量的学校报告……"该死的。我们的毛巾够吗？天啊，不够。可以用被单，我们有很多被单。可能只会持续几小时。那点时间够吗？多少时间才算够？我们会一直聊天。没错。我们会概略地聊。我们要很严肃、冷静，还是很滑稽？前几分钟，我们会很严肃。好吧，好吧，好吧，好吧。该死的，如果没话说了，而且——我们已经做了必要的安排。对，没错，我们不需要讨论细节。我们会叫塔夫上楼。要叫塔夫上来吗？当然，但是——喔，他不该在场，对吧？那种时候，谁想在场？没有人，没有人想在场。可是让她一个人孤零零的——当然她不会孤单一人，你会在那里，贝丝也会在那里啊，蠢蛋。天哪。我们要打电话给比尔。还有谁呢？还有哪些亲戚？祖父母没了，她的父母很早就过世了，公婆也过世了，她姐姐露丝也走了，她妹妹安没死但也走了，失去联络了，躲起来了，那个嬉皮怪人——该死的。其中有些人已经好几年没打电话来了。接下来是朋友。哪些？打排球的朋友，蒙特梭利的朋友——狗屁，一定会有人漏掉的——该死，我们会漏掉某些人，他们会了解的，他们一定要——该死的，反正我们都要走了，在这一切之后，我们要搬走了，该死的——多方会谈？不，不行，麻烦。虽然麻烦，可是很实用，的确很实用，而且也可能很好玩，大家在一起聊天，许多声音，我们可以利用噪声和这些令人分心的事物，不能安静，不能安静，安静不好，一定要有噪声才行。我们得预先通知他们，警告他们，但该死的，要怎么说？"事情发生得很突然"，就说些诸如此类的话，模糊，但够明白，安安静静地做这件事，每件事都含混不清地讲，就用厨房的分机，小声地讲，在妈妈拿起电话之前。这会有效的，大家同时在线。我得先打给电话公司，要他们来安装配线。我们有签过这种合约吗？来电等候，当然有，但多方会谈——也许没有，一定没有，该死的。我们需要一台免提电话，那就是我们需要的。这样就可以了，一台免提电话。

我可以去买一台，我得一路开到凯马特①，甚至开爸爸的车，他的车比妈妈的快，而且快很多——那是手动挡的吗？不对，不是，是自动挡的，我会开，从没开过，但我会开，没问题的，这辆车速度很快，发动后驶上高速公路，可是该死的，来回最少也要二十分钟，再加上购物时间，而且万一他们没货就完了。我可以先打电话，当然要先打去问啊，蠢蛋，问他们有没有免提电话……我得先知道我需要的是哪种电话，得和现有的设备兼容，好，选择索尼，还有——不过，干吗一定是我去呢？贝丝这一整年都待在这里，她有的是时间，应该是贝丝去，当然是贝丝，贝丝去，贝丝去。可是，她不会认为免提电话是必要的，她会说算了吧。该死的，也许我们应该干脆撒手不管。管他呢。管他呢。管他呢。免提电话真的会让事情变容易吗？当然不会，我们还需要多方会谈安装合约。我们会打电话给比尔、简阿姨和两位表妹——苏西和珍妮——她们是露丝阿姨的女儿。就这样。这么算来，这通电话也许要打个二十分钟，然后我们会带着塔夫上楼待一会儿，稍微打声招呼，同样，要若无其事、轻松、有趣、放松、放松、有趣、轻松。算起来塔夫会上楼待二十分钟左右，然后——好吧，好吧，等一下。我们现在说的总共是多少时间？鼻血要流多久？也许两小时吧，可能更久，这是一定的，可能会花上一整天——老天，有人知道吗？——保守估计是两小时——等等，我会让血止住的。对。我会找到方法的。冰块放多一点。把她的姿势改成俯卧。地心引力，对。我会把鼻子捏得更紧，这次更用力。之前我也许捏得不够用力——该死的。万一无效怎么办？这招行不通的。我们不该把最后几小时花在止鼻血上。不行，我们会知道、会放手的。马上把电视机关掉，这是当然的。可是，这不会太戏剧化了吗？该死的，这时是可以戏剧化的，我们可以——好吧，我们会问她，本来就要问她啊，蠢蛋，电视机要开

---

① 凯马特公司是美国国内最大的打折零售商和全球最大的批发商之一。

要关，当然要看妈妈的意思，这当然是她的大节目。这么说真蠢，"她的大节目"，如此愚蠢，如此不敬，你这个该死的蠢蛋。该死的。好吧，所以我们还有一点时间，我们会坐在那里，闲着没事，只是坐在那里，这应该会挺不错的。天啊，这码事不会不错的，到处都是血怎么会不错？血流不止她会受不了的。不过，也许不会，流这么慢，这血——喔，这血会流好几天，在流干之前，在流得干透之前，不过也许那很不错，很自然，血慢慢地流干，像水蛭吸血一样。不像水蛭啦，混蛋，你这变态该死的混账，不像该死的他妈的水蛭吸血。我们要告诉别人这是怎么发生的吗？不，不行。这是在家"寿终正寝"的事，这词儿不错。回想起来，有个美术班毕业，长着一双马蒂·费尔德曼①那种大凸眼的家伙高中毕业后举枪自尽时，他们也是这么说的。还有，有个女人，那个罹患骨癌的女人，把自己锁在家里，然后一把火烧了房子时，他们也是这么说的。真不敢相信。那样的行为真勇敢，简直可以说是发狂？把什么都烧了，会让事情比较容易吗？对。不对。"寿终正寝"。我们就这么做，其他什么也别说。反正大家横竖都会知道，没有人会多说一句的。好。对。很好。就是这样。

我把容器里的液体倒在垃圾处理机内的食物上，然后转开水龙头，再启动垃圾处理机，所有东西就都被绞碎了。我可以听到贝丝在起居室里讲话的声音。

"妈，我们应该到医院去。"

"不。"

"我是说真的。"

"不。"

"我们一定要去。"

---

① 马蒂·费尔德曼（1934—1982），喜剧演员，他的眼睛在看东西时仿佛会从眼眶里掉出来。

"我们不去。"

"那你想怎么样?"

"待在家里。"

"不行,你在流血呀。"

"你说过我们会待在这里的。"

"可是,妈,拜托啦。"

"你答应过的。"

"我要疯了。"

"你答应过的。"

"你不能就这样一直流血啊。"

"再打给护士。"

"我们已经打过两次了。她说我们得去医院,他们在等我们。"

"换个护士。"

"妈,求你了。"

"真笨。"

"别骂我笨。"

"我不是在说你笨。"

"那你是在说谁笨?"

"没人。我是说整件事情真蠢。"

"什么事很蠢?"

"因流鼻血而死。"

"我才不会因为流鼻血死掉。"

"护士说有可能会。"

"医生说有可能会。"

"到医院去我就再也出不来了。"

"不会,你还会出院的。"

"不会。"

"喔,天哪。"

"我不想再到那里去了。"
"别哭啦,妈,天啊。"
"别天啊天啊地叫。"
"抱歉。"
"我们会把你弄出来的。"
"妈?"
"干吗!"
"你会出来的。"
"是你想把我弄进去吧。"
"喔,天哪。"
"看看你们两个,简直是半斤八两。"
"什么?"
"你今晚想出去,是这样的吧?"
"天哪。"
"今天是除夕。你们两个都安排好了!"
"很好,要流就流吧,你就坐在这里,流血流到死吧。"
"妈,拜托了?"
"流吧。不过我们没那么多毛巾擦血。我得多买几条毛巾回来。"
"妈?"
"你会毁掉这沙发的。"
"塔夫呢?"她问道。
"在楼下。"
"在干吗?"
"打游戏。"
"到时他怎么办?"
"他得跟去。"

车道尽处,我父亲跪在那里。贝丝看着,有一刻这景象有些

美丽：灰白色寒冬的窗幕里,他跪在那儿。然后她明白了。他跌倒了。厨房里,水龙头的水。她跑了起来,使劲甩开大门,用力推开纱门,朝他奔去。

我把旅行车后座清干净,放了条毯子,再拿个枕头靠在门边,锁上车门后,走回起居室。

"我要怎么进车里?"她问道。

"我背你。"我说。

"你?"

"没错。"

"哈!"

我们帮她拿了件夹克,又另外拿了条毯子,还有那半月形的容器,还带了静脉注射袋。又拿了一件睡袍、一双拖鞋、给塔夫吃的一些点心。贝丝把东西都放进车里。

我打开地下室的门。

"塔夫,走了。"

"去哪儿?"

"到医院去。"

"干吗?"

"妈妈要做检查。"

"现在?"

"对。"

"我非去不可吗?"

"没错。"

"为什么?我可以和贝丝待在家里。"

"贝丝也要去。"

"我可以自己待在家里。"

"不可以。"

"为什么?"

"不可以就是不可以。"

"为什么啊?"

"老天,塔夫,你给我上来!"

"好吧。"

我不确定我抱得动她。我不知道她有多重。她可能重一百磅①,也可能是一百五十磅。我先打开通往车库的门,再走回来,移开沙发前的桌子,跪在她面前,伸出一只手放在她腿下,另一只手放她背上。她试着坐起来。

"你一跪就站不起来了。"

"好吧。"

我站起来,弯身向前。

"手放在我脖子上。"我说。

"小心啊。"她说。

她伸手攀住我的脖子。她的手热热温温的。

我用脚施力,并试着让她的睡袍保持在我的手和她的膝盖之间。我不知道她那里的皮肤摸起来是什么感觉。我怕碰到她睡袍底下的皮肤:瘀青,斑点,伤口。那里有瘀青、浅色的斑点……皮肤烂掉的地方?我挺直身体,她伸出另一只手握住攀在我脖子上的那只手。她不像我原先想象的那么重,也不如我害怕的那般骨瘦如柴。我绕过沙发旁的椅子。有一次我看到他们,妈妈和爸爸,在沙发上,两人都坐在那里。我朝车库的走廊走去。她的眼白黄黄的。

"别让我的头撞到东西。"

"不会的。"

"不要喔。"

"不会的。"

---

① 1磅约为0.4536千克。

我们走过第一道门。木头门缘发出锵的一声。

"喔！"

"抱歉。"

"唉唷喂喔。"

"抱歉，抱歉，抱歉。你还好吧？"

"还好。"

"抱歉。"

车库的门是开着的。车库里的空气冷冽如冰。她抬起头，我小心地穿过门口。门坎让我联想到蜜月。她怀孕了。她是个大肚新娘。她的肿瘤是一只气球，是一颗水果，一个挖空的葫芦。她比我想象的轻。我本来以为肿瘤会让她体重增加。这颗肿瘤又大又圆。她现在都把裤子往上拉来盖住肿瘤，之前她那些有松紧带的裤子也是这样穿，但她现在只穿睡袍，她最后一次穿裤子就是这么穿的。可是她很轻。这颗种瘤是一颗轻的肿瘤，空心的，像气球。这颗肿瘤是烂水果，表皮都变灰了。或者说它是昆虫的窝，那东西在化脓，它是黑色的，活生生的，四周毛茸茸的。那东西有眼睛。蜘蛛。狼蛛，张开八只脚，扩张势力。一只埋在土里的气球。它的颜色就是泥土的颜色。或者更黑、更亮。鱼子酱。颜色就像鱼子酱，形状和成分大小都像。她很晚才生塔夫，当时她已经四十二岁了。怀孕时，她每天都到教堂祷告。等她准备好，他们就剖开她的肚子，把他拿了出来，不过他很好，是个健康无瑕的小宝宝。

我跨进车库，她又吐了，可以听到呱呱的声音。她身边没有毛巾也没有半月形容器。绿色液体淌过下巴，落在睡袍上。第二波出现了，但她紧闭双唇，两颊鼓起。她脸上有绿色黏液。

车门开着，我先让她的头进去。她挪动肩膀，想让身体变小，比较容易进车里。我移动双脚，调整手劲。我慢慢地动，几乎没有在动。她是一个花瓶，一尊洋娃娃。一个很大的花瓶、一颗很大的水果、一株得奖的植物。我抱她过车门，身体往下倾，将她放在座位上。突然间,穿着睡袍的她看似娇羞的少女,刻意把睡袍往下推,盖住她的腿。她挪了挪身后倚在门边的靠枕,然后躺在上面。

安顿好之后,她捡起地上的毛巾,拿到嘴边,吐在上面,再擦擦下巴。

"谢谢。"她说。

我关上车门,在副驾驶座上等候。贝丝带着塔夫走出来,他穿着冬天的外套,戴着手套。贝丝打开后车门,塔夫爬了进来。

"嗨,亲爱的。"妈妈说着把头往后转,看着他。

"嗨。"塔夫说。

贝丝坐上驾驶座,转过身子,击掌拍手。

"上路啰!"

* * *

你真该来参加父亲的葬礼。大家都来了,三年级的老师,母亲的朋友,爸爸办公室也来了一些人,没人认识他们,我朋友的父母,每个人都把自己裹在大衣里喘着气,因天冷而目光呆滞,脚在踏垫上磨蹭着除去鞋上的雪。那是十一月的第三周,雪提早下了,路上结了一层冰,天气是数年来最糟的。

每位客人都愁容满面。大家都知道我母亲病了,他们以为这事会发生在她身上,不料却发生在我父亲身上。没人知道该如何举措,该说些什么。并没有多少人认识他。他不擅长交际,至少在这个镇上是如此,他只交了几位朋友,他们知道我母亲的情况,他们一定觉得自己是参加鬼的丈夫的葬礼。

我们都觉得很尴尬。这一切太华丽,太阴森。我们站在那儿,邀请每位宾客进来看看家破人亡的我们。我们面带微笑,与每位走进来的人握手寒暄。喔,嗨!我对葛蕾钦太太说,她是我四年级的老师,大概有十年没见到她了。她看起来不错,还是老样子。我们挤在大厅里,怯生生的,满怀歉意,设法让气氛轻松一些。妈妈穿着碎花洋装(这是她最好的一件衣裳,穿着它可以遮住静脉注射器),设法起身接待来客,但撑不了多久又得坐下去,朝每个人咧嘴笑,你好,你好,谢谢你,谢谢你,你好吗?我想叫塔夫到别的房间去,一半是为他好,一半是因为这样客人才不必看到这恐怖景象的全貌。不过,反正他后来跟朋友溜出去了。

主持的牧师是个胖嘟嘟的陌生人,穿着黑色、白色和牧师通常穿的霓虹绿色。他完全搞不清楚状况。父亲什么神也不信,因此他一小时前才由他人口中得知我父亲这个人。他说我父亲有多热爱他的工作(是吗?我们心里纳闷着,左想右想都想不出来),以及他有多喜欢打高尔夫球(的确,这我们很清楚)。然后,比尔站了起来。他穿得西装笔挺的;他知道该如何穿西装。他讲了些笑话,愉快地开了玩笑,也许太过愉快了,太刻意想以笑话带动气氛(当时他常公开演说)。贝丝和我一起用手肘推了妈妈好几次,觉得更尴尬了,总是拿他开玩笑,嘲弄他夸大的认真。然后,我们鱼贯走出,每个人都看着妈妈和她缓慢谨慎的脚步,她朝每个人微笑,很高兴见到每一位,这些人她已经好久没见了。我们在走廊上走了一会儿,然后告诉大家我们会在家里办场小型聚会,如果有人想参加,我们有许多吃的,都是大家带来的,在此顺道说声谢谢。

来了许多人,妈妈的朋友,哥哥的朋友,姐姐的朋友,我高中和大学的朋友,他们回家过感恩节。每个人都在那里,天色昏暗,冬天了,我花了许多时间设法让这件有点阴沉的事变得有趣。我暗示该有人拿些啤酒来:该有人拿一箱过来,老兄,我小声地对史蒂夫说,他是我大学朋友,却没人理我。我想我们应该喝个烂醉,不是因为景况悲惨或什么的,只是——这是派对,不是吗?

比尔从华盛顿特区回来,带了我们不喜欢的那位女朋友。柯尔斯顿吃醋了,因为我的老友玛妮也在场。我们大家坐在起居室里，试着玩"打破砂锅问到底"①，仍穿着夹克，打着领带，但玩得不怎么起劲，尤其是少了啤酒。塔夫在地下室和朋友打游戏机。妈妈坐在厨房里，她从前打排球的老友围站在她身边，喝着酒，大声地笑。

拉斯·布劳来了。他是爸爸唯一的朋友，是我们真正认识的一位，也听爸爸说起过有关他的一些事。几年前，他们一起在市中心一间律师事务所工作。即使各自离开到他处任职之后，两人偶尔也会一起开车到芝加哥。当拉斯和他太太拿了外套和围巾准备离开时，贝丝和我到门口送他，向他致谢。拉斯，一位慈祥、风趣的人，闲聊起我父亲开车的事情。

"他是我见过的最会开车的人。"拉斯说，一副不可思议的表情，"开得那么平顺，控制得那么好。他真神奇啊。他能预先知道接下来的三四个动作，用几根手指就能操纵方向盘。"

贝丝和我凝神谛听。我们从未听过有关父亲的任何事，除了亲眼所见之外，我们对他一无所知。我们请拉斯再多说一些，什么事都行。他告诉我们，我们的爸爸过去总称塔夫为"守车"②。

"是的，很长一段时间我甚至连他的名字都不知道。"拉斯说着，晃动肩膀把手伸进外套里，"我听到的总是'守车'。"

拉斯很棒，非常棒。我们从没听过这个词儿。这间屋里从未出现过这个词儿，一次也没有。我想象爸爸说这个词儿的模样，想象他和拉斯坐在餐馆里的模样，他告诉拉斯有关史塔许和乔恩这两位波兰渔夫的笑话。我们想叫拉斯多留会儿。我想要拉斯告诉我，如果爸爸知道自己身陷困境，如果他放弃了（他为何要放弃？），他对我、对我们（其他活着的家人）有什么想法。还有，拉斯，他在断气前几天为什么还去工作？你知道原因吗，拉斯？他过世前四天还

---

① 原文为 Trivial Pursuit，一种（棋盘式）常识问答游戏。
② 载货列车末尾供列车员使用的车厢。

去工作？你最后一次和他谈话是什么时候呢，拉斯？他知道吗？他知道些什么？他曾告诉过你吗？他对这一切说过什么？

我们问拉斯他是否会找个时间过来吃顿饭。他说，当然，会的。打通电话来就好，随时都行。

我不知道上次见到爸爸竟是最后一次。当时他在加护病房。我从大学回来探望他，但一切发生得太快，不过就在诊断之后，因此我几乎没怎么见到他。他原本要接受一些检查和治疗，让他恢复元气，几天内就能回家。我和妈妈、贝丝、塔夫一起到医院。父亲病房的门关着。我们推开门，门很重，他正在病房里抽烟。在加护病房里抽烟。窗户紧闭着，室内浓烟密布，气味难闻得可怕，在这阵烟雾当中的是我父亲，他似乎很高兴见到我们。

我们没说什么话，待了大约十分钟，远远地挤在病房另一头，设法距离那团烟雾远些，愈远愈好。塔夫躲在我后头。父亲身旁的机器上两颗绿灯闪烁着，更迭地一闪一灭，一闪一灭。有个红灯始终亮着，闪耀着红色的光。

父亲躺在床上，倚着两个枕头，两腿随意交叉，双手交握在脑后。他张大嘴笑着，仿佛刚赢得全世界最大的奖项。

在急诊室待了一晚，又在加护病房待了一天之后，她现在在一间不错的病房里，一间有着大窗户的大房间。

"这是临终病房。"贝丝说，"你看，他们给这么大的空间，亲戚来访的空间，还有睡觉的空间……"

病房里还有另一张床，一张折叠大沙发，我们全都躺在上面，穿着整齐。离家前，我忘了换裤子，从半月形容器里洒出来的污渍变成褐色了，边缘呈黑色。天色已晚。妈妈睡了。塔夫也睡了。折叠床并不舒服。床垫下的金属条顶着我们的背。

她床头的灯一直都亮着，在她脑勺四周制造出戏剧般的琥珀色光圈。床后的机器看起来像手风琴，不过它是淡蓝色的，垂直放着，一伸一压，发出抽气的声音。房间里除了这个声音之外，还有她呼吸的声音，其他机器发出的嗡嗡声，暖气发出的嗡嗡声，以及塔夫的呼吸声，很近，持续着。妈妈的呼吸是绝望的，不规则的。

"塔夫打呼了。"贝丝说。

"我知道。"我说。

"小孩子本来就会打呼吗？"

"我不知道。"

"你听她呼吸的声音。这么不平顺。每次呼吸都要很久。"

"很恐怖。"

"对啊，有时好像要二十秒。"

"简直要疯了。"

"塔夫睡觉时还会踢腿。"

"我知道。"

"你看他。没盖被子会着凉的。"

"他头发该剪了。"

"是啊。"

"这房间不错。"

"对啊。"

"可惜没电视机。"

"对啊，真奇怪。"

等大多数客人离开之后，柯尔斯顿和我到爸爸妈妈的房里。床吱吱作响，反正我们也没真的要睡在那里。床的味道闻起来像爸爸的味道，枕头和墙壁浸渍在灰色的烟味里。我们任何人会进来这里的唯一理由，要么是想从他的衣橱里偷些零钱，要么就是想穿过这房间的窗口爬到屋顶上去，这是通往屋顶唯一的通道。屋内每个人都睡了，在楼下和各个房间里，而我们在爸爸妈妈的更衣室里。我们拿了毛毯和枕头，走到衣橱和浴室之间铺地毯的区域，把毯子铺在地上，就在装了镜子的衣橱滑动门前。

"很诡异。"柯尔斯顿说。柯尔斯顿和我是在大学认识的，约会好几个月了，也观望了很久。我们都很喜欢对方，我希望我的对象个性正常、长相甜美，能很快了解我。直到有次周末，她和我一起回家，我们到湖边，我告诉她妈妈病了，可能不久于人世，而她告诉我那很诡异，因为她妈妈也长了脑瘤。我之前就知道她父亲在她小时候一走了之，从十四岁起她就全年无休地工作，我知道她很坚强，但是，她脸上流露的，以及这些轻微而阴暗的话语是新的。打那时起，我们的关系变得比较认真了。

"太诡异了。"她说。

"不，这样很好。"我说着褪去她的衣衫。

到处都有人在睡觉：妈妈睡在贝丝房里，我朋友金姆睡在客厅沙发上，我朋友布鲁克睡在起居室沙发上，贝丝睡在我的老房间里，比尔睡地下室，塔夫睡在他房里。

我们很安静，什么也没留下。

贝丝先想起来的，她喘了一口气，在深夜里。最近几天，我们隐约感觉到这件事，但后来又忘了，直到现在，凌晨三点二十一分，我们才想到，明天——今天——是她的生日。

"可恶。"

"嘘。"

"他听不到的，他睡着了。"

"怎么办？"

"那里有间礼品店。"

她不会知道我们差点儿忘了。

"对啊，买些气球。"

"还有花。"

"签上比尔的名字。"

"对。"
"也许再买个填充动物娃娃。"
"天哪,要买的东西可真多。"
"不然还能怎样呢?"
"哇!"
"干吗?"
"塔夫刚踢了我一脚。"
"他睡觉时还会翻身。一百八十度喔。"
"听到了吗?"
"什么?"
"你听!"
"什么啊?"
"嘘!她一直没呼吸。"
"多久了?"
"好像很久了。"
"该死的。"
"等等,她吸气了。"
"老天,这太诡异了。"
"很恐怖。"
"也许我们该等回家后再庆生。"
"不行,我们得做点事。"
"很讨厌,这间病房在一楼。"
"是啊,可是这房间不错。"
"我不喜欢车灯。"
"没错。"
"要把窗帘拉起来吗?"
"不要。"
"早上呢?"

"也不要,干吗这么问?"

凌晨四点二十分,贝丝睡着了。我坐起来看着妈妈。她又长头发了。长久以来她都光着头。这些年来,她至少买了五顶假发,每顶看起来都很可悲,而戴假发本来就很可悲。其中一顶太大;一顶发色太深;一顶太卷;一顶硬邦邦的,不过,它们看起来几可乱真。奇怪的是,她现在的头发是真的,但比她原先的头发卷,甚至比她最卷的那顶假发还卷,发色也更深。她现在的头发比任何一顶假发更像假发。

"真好玩,你的头发又长回来了。"我曾这么说过。

"有什么好玩的?"

"嗯,它的颜色比以前更深。"

"才没有。"

"没有才怪。你的头发本来有不少白发了。"

"才没有,我在上面涂了发膏。"

"那是十年前的事。"

"我没有白头发。"

"好吧。"

我再度躺下。贝丝的呼吸沉重、安静。天花板看起来像牛奶,正缓慢地移动着。四周的角落较暗。天花板看起来像奶油。分开并支撑床垫的金属架戳着我们的背。天花板在流动。

爸爸在加护病房时,大概是在医生放弃治疗一天半之后,他们找来了一位牧师,可能需要他主持临终仪式。等父亲与他会面,知道他此行的目的后,便很快打发他走,请他出去。医生后来讲起这段故事时(这已经成为这层楼尽人皆知的故事了),引述了有句以战壕驳斥无神论者存在的格言:"他们说战壕里没有无神论者。"那位医生看着地板说,"但……呼!"他甚至不让牧师做些简短的祷告,如"万福玛利亚"之类的。牧师来时可能就知道我父亲是个不去教堂的人,与任何教堂都无干系。但他心想,他是在帮我父亲一个忙,提供他忏悔的机会,类似给他一张中奖率千分之一的救赎券。但你瞧,我父亲对宗教就像他对按门铃的推销员一样没有耐性。他会当着这些推销员的面打开大门,露出他那愚蠢的笑容,迅速而轻快地说"不,谢了",然后坚定地关上大门。这就是他对这位可怜、好意的牧师所做的事:他张大嘴笑,接着,因为他无法起身送这位可怜人到门口,因此他只说:"不,谢了。"

"可是,艾格斯先生——"

"不,谢了,再见。"

过几天我们就要把她弄出去。贝丝和我发过誓要弄她出去,也拟好计划帮她逃脱,即使医生说不行。我们会把她藏在手推车下,打扮成医生,脸上戴着墨镜,迈开大步走,推她到车旁,然后我抱起她,必要时塔夫会想办法引开注意力,跳个舞或什么的。然后我们跳上车,溜之大吉,带她回家,得意洋洋。成功了!成功了!我们会弄张病床放在客厅摆沙发的地方,再找个全天候看护。其实,病床和看护将由伦奇勒太太安排,她原本住在对街,也就是爸爸在庭院跪着时朝向的那栋房子。她老早就搬走了,不过只是搬到镇上的另一区,然后,突然间,她又出现了,成为医院看护计划的一部分。她会料理一切,她将搂抱我们,我们会喜欢她的,虽然我们之前并不认识她。其中一位看护将是从北芝加哥来的大块头中年女黑人,操着南方口音,带着自己的《圣经》,偶尔还会抖着肩膀哭。会有另一位来自俄罗斯的看护,是个年纪较轻、个性阴沉的女人,她出现时满脸愤怒,做事利落但仓促,我们一不注意,她就趁机浑水摸鱼。另外将有一位看护来一天就再也不出现了。还有一些女人,我母亲的朋友,会过来拜访,脸上化了妆,穿着皮草大衣。迪宁太太会来,她是我们家一位旧识,她会从马萨诸塞州来并住上一个星期，因为她想待在这里，想再看看妈妈，她将住在地下室，谈些心灵方面的话题。届时将风雪漫天。我们不在屋内或睡着时，看护会把母亲打理得一干二净。我们将不眠不休地守在妈妈身边。白天或晚上，任何时候，我们都会进房来，如果妈妈不是醒着的，我们会先愣在那儿，做好心理准备后，再走过去把手放她嘴边，看她是否仍在呼吸。有一天，她会叫我们找她姐姐简阿姨过来，我们会付钱请她搭飞机，刚好来得及。我们将从机场接简阿姨到家里，等她来到床边时，我们的妈妈将已有数天没坐起身子，将像从噩梦中惊醒的孩子一样跳起来，抱住她姐姐，而简阿姨将闭上双眼，露出快乐的笑容。访客将川流不息，他们将随意坐在妈妈床边，聊着近来发生的事，因为……因为，濒死的人并不想聊死亡，倒宁愿听到谁正在办离婚手续、哪家的小孩正在进行康复治疗或即将接受康复治疗这些事。还会有烘焙食物。麦克神父也会来，他是被指派给我们的一位年轻的红发牧师。麦克神父将清楚地告知，他并不打算让任何人信教，她还在床上时，他就会开始做弥撒，不过他会跳过让她吃圣餐的部分，因为她没有胃了。迪宁太太也将领受圣餐。那时在厨房加热冷冻比萨的我，将瞥见部分过程。还会有从楼上橱柜里取出来的念珠。我们会点蜡烛驱除自从她的肝脏停止运作后，从她毛孔里散发出来的气味。我们会坐在床边，握住她的手，她的手暖暖的。她会在半夜里突然坐直身子，大声地讲话，没人听得懂。每一句话都将被当成是她的临终遗言，除非她又继续讲下去。有一天柯尔斯顿会突然走进屋里，妈妈会倏然坐起，坚持要她看看鱼缸里那个全裸的男人。我们将忍住笑意（她已经坚持要别人看那全裸的人好几天了），柯尔斯顿则带着某种程度的严肃，真的走到鱼缸那儿张望，先是眼珠子溜溜地打转，然后牵动嘴角发出满意的笑容，妈妈会把这姿态当成是真有其事的证明，然后又躺下去，接下来几天，她的嘴完全变干，嘴唇干裂、脱皮，看护每二十分钟就用润唇膏滋润她的嘴唇。还有吗啡。她的头发不知为什么看起来仍乱得怪异，如绒毛般，她的皮肤闪着光泽，古铜色伴着微黄，再加上她油亮亮的嘴唇，看起来气色很好。她将穿着比尔送她的那件缎子睡衣。我们将演奏乐器。贝丝将弹奏帕赫贝尔①的乐曲，等大家快受不了时，再转为弹奏康妮姑姑——爸爸的妹妹——创作的新世纪音乐②。她住在马林郡，养了只会说话的鹦鹉。吗啡点滴液将不够用。我们会不停地打电话索求更多吗啡。最后，我们将有足够的吗啡，被允许自行选择剂量，不久之后，只要她一呻吟，我们就帮她注射吗啡，让吗啡流过干净的点滴管注入她体内。这么做时，呻吟声便止住了。

他们带她走时，我们会先离开，等我们回来后，病床也移开了。我们会把沙发摆回原处，靠墙放，也就是之前放病床的位置。几星期后，有个朋友将安排塔夫与芝加哥公牛队见面，等他们在迪尔菲尔德③运动场练习完毕之后，塔夫会带着他的篮球卡，每位球员都有一两张，其中大半是新人卡，这种卡比较值钱。球员可以在卡片上签名，增加它们的价值。我们将隔着窗户看他们在球场驰骋，然后，等练习完毕，他们会在那儿，穿着运动服。他们是特地出来的，有人请求他们。接着斯科蒂·皮蓬和比尔·卡特莱特④将用塔夫带来的永不褪色奇异笔在他的卡片上签名，并问他为什么没去上学，今天可是星期三或星期一或随便哪一天，他只是耸耸肩。那年春天，一有大事发生，或随时想到时，贝丝和我就会偶尔带他离开学校，因为我们想维持一种正常的气氛，但大半时间我们只是说管他呢。塔夫非常快乐，因为可以见到公牛队而容光焕发，现在他拥有这些荒谬但值钱的篮球卡。回家途中，我们将讨论帮这些

---

① 帕赫贝尔（1653—1706），德国管风琴家、作曲家。
② 20世纪70年代后期出现的一种音乐形式，丰富多彩、富于变换。
③ 美国马萨诸塞州富兰克林县的一个镇。
④ 斯科蒂·皮蓬（1965— ）和比尔·卡特莱特（1957— ）都是前美国职业篮球运动员，曾效力于芝加哥公牛队。

卡片办理证明文件，以确定大家都知道当时塔夫在场。比尔将换工作，搬到离家较近的地方，从华盛顿特区搬到洛杉矶，就在暴动①之后，他会在那里做他智囊团的工作。每分钱都由他处理，从保险到这栋房屋，没什么结余，真的一点存款也没有，而贝丝将处理账单、表格和其他文件，因为我和塔夫年纪最接近，况且这也没啥好争的，所以他将被分配给我，但首先他得先读完三年级才行。我会逃掉几门课，管他少多少学分，总之会撑到毕业典礼，贝丝、塔夫、柯尔斯顿都会在场，之后再去吃一顿晚餐，但低调处理，保持低调，这不是什么大事。之后，顶多一星期，当别人（老人）皱着眉头，弹着舌头，摇头晃脑时，我们会卖掉那栋房子，也卖掉大部分的家具，如果可以的话，我们早把这该死的房屋给烧了。然后，我们将搬到伯克利，贝丝会去那里的法律学校读书，我们将在某处安顿，大家都在一起，在伯克利一间舒适的大房子里，倚窗可见旧金山湾，附近有座公园，内有棒球场，而且跑步空间宽敞。

她动了一下，眼睛微微睁开。

我从床上起来，折叠床发出吱吱声。地板很凉。现在是凌晨四点四十分。塔夫翻身到我刚躺的地方。我走到妈妈身旁。她正看着我。我弯下腰，摸摸她的手臂。她的手臂是热的。

"生日快乐。"我轻声说。

她并未注视着我。她的眼睛并未睁开。有条细缝，但现在不是睁开的。我不确定这双眼睛是否看到我。我走到窗前，拉上窗帘。外头的树光秃秃、黑澄澄的，就像草草完成的素描画。我坐在角落的帆布折叠椅上，望着她和那淡蓝色的抽吸机。这个机器有节奏地运转着，看起来像假的，仿佛只是个舞台道具。我沉入椅子里往后躺。天花板游动着。它是乳白色的，到处画着半圆形的图案，正移

---

① 1992年发生在洛杉矶的一系列暴动。是美国自20世纪60年代以来最严重的暴乱事件，死亡人数仅次于1863年发生的纽约征兵骚乱。

动着,慢慢地转,就像水波般荡漾。天花板有深度,或者说,天花板正在往后移,或者说这墙壁不是固体,这房间也许不是真的。我是在某个戏剧场景里。房间里的鲜花不够多,应该放满花的。花呢?那间礼品店几点才开?六点?八点?我跟自己打赌,我赌六点。好吧,赌了。我计算能买多少花。我不知道现在花价如何。我从没买过花。我会先看看价格如何,然后买下店里我付得起的每一朵花,再把这些花从礼品店搬到病房里来。烟火大会。

她一起床就能看到花。

"多浪费啊。"她会说。

她动动身子,睁开眼睛,看着我。我从帆布椅起来,站到床边,碰碰她的手臂,是热的。

"生日快乐。"我小声地说,面带微笑,低头看着她。

她没有回答。她并没在看我。她不是醒着的。

我又坐下。

塔夫仰卧着,双手大开。他睡觉时会流汗,尽管房里温度并不高。他睡觉时会到处滚来滚去,就像时钟的指针。依稀可听见他的呼吸声。他的睫毛很长。他的手垂在折叠床边。我凝望着他,他突然醒来,下床走到我身旁,我正坐在帆布椅上。我握住他的手,然后两人走到窗前,穿越窗户,飞上天际,飘过草草描成的树木,朝加州飞去。

第二章

请看，你看得见我们吗？你看得到我们坐在红色小轿车里吗？从上面给我们拍照，仿佛你正飞在我们上空，比方说，在一架直升机上，或在鸟背上。我们的车正低低地在地面上飞快驰骋，使劲爬上缓升的路面，但车速仍保持在时速六十英里，六十五英里左右，在这无情甚至偶尔显得荒谬的一号高速上绕行着。看看我们，该死的，我们两人从月亮背后给弹了出来，贪婪地滚向亏欠我们的一切。每天我们都在数着发生了什么事，那些所欠的，每天都在还，这是我们应得的，附带利息，外加一些额外的该死的抚恤金。这是欠我们的，该死的，所以我们期待这一切，这一切。我们要什么就得到什么，每样一个，店里任何一样东西，疯狂购物三小时，我们选的颜色，任何款式，任何颜色，要多少就拿多少，什么时候想要就什么时候拿，想要什么就拿什么。今天无处可去，所以我们正在开往蒙塔拉的路上，那是离旧金山南部三十五分钟车程的一处海滩。我们正唱着歌：

> 她孤零零的！
> 她绝不会知道！
> （什么什么什么！）
> 我们接触时！
> 当我们（押韵）！
> 所有的（什么什么）！
> 一整夜！
> 一整夜！
> 每一夜！

所以抱紧点!

抱——紧点

宝贝抱紧!

随你想怎么抱都行!

那是你需要的方式!

随你想怎么抱都行!

塔夫不记得歌词,我也只记得一点点,但你无法阻止我们歌唱。我试着教他唱第二句"一整夜",我唱第一句,就像这样:

我:一整夜!(音调较高)

他:一——整夜!(音调稍低)

该他唱时我会指着他,但他只茫然地望着我。我指指收音机,指指他,再指指他的嘴,但他仍一头雾水。要做这些动作很难,因为我得同时稳住车,不在路上蛇行,不掉进太平洋里。我猜,这几个动作看起来像是我要他把收音机吃掉。但拜托,他应该猜得出来。他只是不肯合作,或可能他很笨,也许他就是笨。

去他的,我自个儿独唱算了。我拉到史蒂夫·佩里[①]的高音,也模仿他用抖音唱歌。我能做到这些,因为我是位超凡的歌手。

"我唱得好不好?"我吼道。

"什么?"他喊道。

车窗开着。

"我说:'我唱得好不好?'"

他摇摇头。

"什么意思?"我叫道,"我唱得很好,该死的。"

他摇上车窗。

"你说什么?我刚没听到。"他说。

---

① 史蒂夫·佩里(1949—),美国历史上最受欢迎的旅行者乐队的主唱。

"我说'我唱得好不好?'。"

"不好,"他微笑道,"你根本就不会唱歌。"

我有些担心让他置身于"旅行者"这样的乐团的音乐中,因为喜欢这类乐团不会给他带来什么,只会让他成为同学的笑柄。虽然他经常拒绝(小孩子根本不清楚哪些事对他有好处),但我还是教他如何欣赏我们这一代创新音乐创作人:大国(Big Country)①、剪发一百(Haircut One Hundred)②、爱情少年(Loverboy)③。这小子很幸运,他的大脑是我的实验室、我的仓库,我可以塞入我挑选的书籍、电视节目、电影,以及对获选官员、历史事件、邻居、路人等的意见。他是我二十四小时的教室,是被我俘虏的观众,被迫消化一切我认为有价值的事物。他是个幸运得不得了的小子!没人能阻止我。他是我的,你不能阻止我,不能阻止我们。你不能阻止我们唱歌,不能阻止我们放响屁,不能阻止我们把手伸出窗外摆出各种不同的动作测试空气动力,不能阻止我们在前座底下擤鼻涕。你不能阻止我在脱毛衣时让八岁的塔夫驾驶,因为天气突然变得奇热无比。你不能阻止我们把牛肉干包装袋丢在车里,或把乱七八糟的脏衣服扔在后车厢至今已——该死的——八天了,因为我们忙得很。你不能阻止塔夫把还剩一半的柳橙汁放在座位底下,直至它腐坏、发酵,车里的味道简直让人难以忍受,却好几个星期找不到这恶臭的来源,这期间车窗得一直开着,直到最后终于找出了罪魁祸首,而塔夫也因他制造的这场灾难被埋在后院里,只露出颈部以上的部分,头上还被涂满了蜂蜜(当初我真该这么做)。没人能阻止我们对世上所有可怜的居民施以同情的眼光,他们没有因为我们的魔法得到庇佑,没有遭遇我们所遇见的挑战,没有伤疤,软弱无力。你

---

① 1981 年组建的苏格兰摇滚乐团。
② 1980 年组建的英国流行乐团。
③ 1979 年组建的加拿大摇滚乐团。

不能阻止我叫塔夫评论隔壁车道司机的驾驶技术并朝他做鬼脸。

　　我：看那窝囊废。

　　他：逊毙了!

　　我：看这个人。

　　他：喔，老天爷!

　　我：给你一块钱和这家伙挥手。

　　他：多少?

　　我：一块钱。

　　他：不够啦。

　　我：好吧，五块钱，向这家伙比大拇指。

　　他：为什么是比大拇指?

　　我：因为他车开得很好!

　　他：好吧，好吧。

　　我：你干吗不做?

　　他：我做不出来。

　　不公平。我们和他们（或你们），这种搭配并不公平。我们可是危险人物。我们胆子大，还是金刚身。浓雾自悬崖底部升起，在公路上翻腾。浓雾后方，蓝天探头而出，突然间太阳在蔚蓝处尖声喊叫。

　　我们的右手边是太平洋。我们在海面上数百英尺，路上几乎没有分隔我们和海洋的护栏，不只我们上头有蓝天，下方也有。塔夫不喜欢悬崖，不敢探头往下望，但我们正开在天空里，白云拍打着路面，云层中艳阳若隐若现，下方是天空和海洋。只有在这上头地球看起来才是圆的；只有在这上头地平线才有尽头；只有在这上头你才能看见这个星球在你周围转弯。只有在这里你才能肯定自己正在一个闪亮的、隐隐旋转的大星球顶端蛇行。在芝加哥绝对感受不到这些，那里就是一个平面，而且我们被挑中了，明白吗？被挑中来拥有这些，这是欠我们的，是我们赢来的，这所有的一切。天穹为我们湛蓝；烈日让往来的车辆闪闪发光，像我们的玩具似的；海洋为我们沸腾澎湃，对我们呢喃低诉，喁喁谈情。这是欠我们的，看哪，这是我们的，看哪。我们在加州，住在伯克利，这儿的天空比我们见过的任何东西都大，绵延不绝，无止无境，在伯克利和旧金山的每座山顶上——山顶上！——和路上每个转弯处都看得到天空。我们有间房子（夏天屋主将房子出租给房客），在伯克利山坡上俯瞰世界。屋主是北欧人，贝丝说，他们一定有些钱，因为这房子远在山坡上，到处都有窗、有光、有前后院，在这上头我们什么都看得到，左边是奥克兰①，右边是埃尔塞里托②和里士满③，前面是突出于海湾上的马林，下头是伯克利，放眼望去尽是红色的屋顶，花椰菜和楼斗菜，状如火箭，如爆破时的烟云，底下人群显得那么渺小。我们看到宽阔壮观的海湾大桥，笔直低矮的里士满大桥，细若红丝的金门海峡，蓝色躺卧其间，蓝色斜倚上方，失落的大陆，超人的北极出入口闪耀着神奇水晶的光芒……夜晚，这整个可恨的区域成为一千条临时跑道，恶魔岛灯光忽隐忽现，卤素灯汇成的洪流蜿蜒在海湾大桥上，来回渗透，宛如一条圣诞花灯被慢慢地、持续地拉着，当然还有小游艇（今年夏天有好多小游艇）和星星，看得到的星星不多，因为城市和周围的一切光源，但仍可见点点星光，百来颗吧，这就够了，毕竟，你又需要多少星光呢？从窗口、前廊上看到的是一幅傻傻的景象，否决了任何活动或思想的需要：它全在那里，头也不转便可掌握一切。早晨亮白如幻灯片，我们在阳台上吃早餐，稍后在那儿用午餐，也在那里吃晚餐，在那里读书、玩牌，享受着这一切，明信片般的风景，就在那儿，那些小人儿，景致辽阔得不真实，但然后，然后，又一次，这一切不再如此真实，我们一定要记住，当然，当然。（或正相反？这一切反而变

---

①② 美国加州西部城市。
③ 美国弗吉尼亚首府。

得更真实了？啊哈。）屋后不远处，是蒂尔登公园①，无边无际的湖光山色，然后是一小块深绿，然后是一望无垠、宛若睡狮般的毛海山，蔓延至——尤其是如果你骑着自行车，从灵感点②出发，迎着风，踩着踏板前进，回程时顺风而行，山坡绵延至数英里外的里士满，那里有工厂、发电厂、载满致命或活命物品的大卡车。自行车道直抵该处，路途中左边远方的海湾清晰可见，右边是峰峰相连的山丘，直到魔鬼山③，它是这些山中最宏伟的一座，马海毛山之王，位于东方二十英里，东北方向，随便啦。山林小径与树林和圈住牛群（有时是羊群）的铁丝网平行、垂直，这一切距离我们住处仅数分钟远，都在那儿，屋后甚至有条抵达石窟岩体④的徒步步道，就在附近，从后院往外延伸二十英尺。有时塔夫和我在后院吃早餐，太阳为我们疯狂、喜悦着，我们骄傲地笑，泪眼汪汪，骤然间，出现了一些徒步的人，有男有女，通常成双成对，穿着卡其短裤，褐色鞋子，帽子反戴着，从巨石底下窜出头来，走到巨石顶上，然后在那儿用两手大拇指勾住背包背带，与我们眼睛同高。而我们就在二十英尺处，在红杉后院上，吃着早餐。

"你好！"塔夫和我不停挥手问候。

"你好。"他们说着，没想到在眼睛的高度，会有我们在那儿吃早餐。

这一刻蛮不错的。但后来气氛就变尴尬了，因为他们走到步道尽头、最高处，只想坐下来休息片刻，欣赏风景，却又不得不注意到有两个人，相貌堂堂的两个人，塔夫和我，就坐在他们身后不到二十英尺处，吃着盒装的家乐氏玉米片。

---

① 美国旧金山湾区的一座公园，风景十分优美。
② 蒂尔登公园中的一处著名景点。
③ 旧金山湾区东部康特拉科斯塔县的一座山。
④ 加州伯克利的一个公园。

我们开过半月湾①、帕西菲卡②和锡赛德③，左边是公寓，右边有人在冲浪，海面浪花滔滔，粉红色波光粼粼。我们穿越欢欣鼓舞的桉树和挥舞枝桠招呼的松树，迎面而来的车灯显得十分刺眼，仿佛直扑我们而来，我隔着他们的挡风玻璃，想看清来者何人，寻觅了解与信任的信号，我找到信任了，他们呼啸而过。我们的车发出轰隆巨响，我调高收音机的音量，因为我可以。我在方向盘上敲打节拍，先用手掌，再用拳头，因为我可以。塔夫看着我。我严肃地点头。在这个世界，在我们的新世界里，将会有摇滚乐。我们将向"旅行者"等音乐创作人致敬，尤其是每星期二将额外播放的两首歌中肯定有一首是：

只是一位小镇女孩……

好几次当我真正引吭高歌，唱着抖音，运用所有技巧，哼着吉他的旋律时，塔夫的表情令我忧心。不知道的人可能会以为这表情意味着害怕，或者反感，但我清楚得很，那是敬畏。我了解他的敬畏，我当之无愧。我是个超凡的歌手。

我们帮塔夫找了所学校，一所名叫"黑松林圈"的小型私立学校。学校给了他相当于全额奖学金的补助，虽然我们完全负担得起。我们有钱：出售房屋所得，以及父亲在过世前不久买的保险。一切都处理妥当，但因为这是亏欠我们的，于是我们也就顺水推舟，坐享其成。主要是贝丝的功劳，她应得的和塔夫与我一样多，或者甚至比我们还多。她极擅长利用我们的情况榨钱。因为她现在的身份是（指定）单亲，因此学费全免，但即使需付学费，她仍会

---

① 美国加州旧金山半岛圣马特奥县的海岸城市，以优越的地理位置和宁静悠闲的氛围而闻名于世。
②③ 美国加利福尼亚州西部城市。

就读，因为她对在秋天（数月后）重返校园一事欣喜若狂。她将重返那个世界，那将占据她所有时间，将去年的一切洗刷一尽。她昏头了，甚至是亢奋，我们两人都在虚掷夏天，因为这是欠我们的。我几乎什么事也没做。塔夫和我玩飞盘、到海边去。我正在修一门家具彩绘的课，用了不少心思。我花许多时间在后院彩绘家具，当我把十二年所学的艺术教育应用在彩绘家具时，心里也纳闷自己将来要做什么，大致从相对长远一些的角度来看，我到底要做什么。这些家具不错，我想。我从旧货店取货，大多是茶几，先用砂纸磨平，再画上胖子的脸、蓝色的山羊和破损的袜子。我心里盘算着要把这些茶几卖出去，先在城里找一家店，再以每样差不多一千美元的价格卖出去。当我专心致力于彩绘其中一张茶几，深深地"融入"其中（你可以这么说），以解决这份新作品特有的问题时——刻意切断茶几的一条腿是否太肤浅、太商业化了？——我所做的事似乎高贵又意义非凡，而且极可能使我名满天下、家财万贯。下午时光回到后院，脱下橡胶厚手套，让自己闪耀的光芒随着日落以及夜晚的到来黯淡。也许某个时候我仍得找份工作，但目前，至少这个夏天，我允许我们花时间享受这个，享受清闲无事的生活，享受不潮不湿的环境，享受四处闲荡的日子。塔夫参加了由伯克利校园运动选手主办的夏令营，他在各方面的特长，包括长曲棍球、足球、篮球、飞盘，一再显示不久后他将成为（至少）三项全能的职业选手。我们预计他将得到更多奖学金，会有更多这个困窘、抱歉的世界所给的礼物放在我们面前。贝丝和我轮流开车送他，下山又上山，否则几个星期的日子就会像纽扣或铅笔一样被我们丢失。

  车辆在一号公路转弯处疾驰而过，仿佛是从悬崖跳出，到处都是玻璃和亮光。每辆车都可置人于死地。任何车辆都有可能夺取我们的性命。我的脑中突然闪过这样的可能性：我们有可能驶离悬崖，掉入海里。但，该死的，我们会做到的，塔夫和我，我们如此聪明、灵活、有思想。没错，没错。如果我们以每小时六十英里的速度，在一号公路上与另一辆车相撞，我们能及时跳出车外。是的，塔夫和我做得到。我们脑筋动得很快，这大家都知道，没错，没错。看，撞车之后，红色"思域"①在空中拖曳出一道弧形，我们很快就能想出周详的计划——不，不，我们马上就知道计划是什么，该做什么，当然显而易见："思域"车弧线往下坠时，我们两人将同时打开车门，车仍在下坠，我们各自往车外移动，车仍在下坠，我们各占车的一侧，在车身骨架上停留一秒钟之后，车继续往下坠，我们各自攀住敞开的车门或车顶，然后，一瞬间，在这辆车距离海面只剩三十英尺左右，在不消数秒便将撞击海面时，我们意有所指地彼此对看："你知道该怎么办。""知道了。"（我们不用真的说出这些话，无此必要。）然后我们两人，当然仍是同一时间，用力把车子一推，以便在撞击海面时也能和车子保持适当距离，然后，"思域"车冲入汪洋大海中，我们却以完美无瑕的跳水姿态落入水中，落水前调整姿势，双手定位，往前伸直指尖相碰，身体与海面垂直，脚趾打直。漂亮！我们俯冲入水，转半圈后往上浮起，接着刺穿海面，迎接艳阳，摇头甩落发上的水珠，然后游向彼此，"思域"车四周泡沫点点，迅速沉落。

我：呦！真惊险啊！

他：可不是吗？

我：你饿了吗？

他：不饿才怪。

塔夫还加入了少年棒球联合会，教练是两位黑人，他们是塔夫认识的黑人当中数一数二的。他和队员（其实也包括那两位教练）穿着红色制服，在一座松林环绕的球场练球，那里离我们所在的山

---

① 东风本田出产的一款车型。

坡只有两条街，那儿的景致让人惊艳。我是带着书去的，心想观看八到十岁的孩子练球应该挺无聊的，结果一点也不无聊，反而有趣极了。我看着他们的每个动作，看着他们围在教练身边听候指令，看着他们传球，看着他们走到饮水机那里。不，我不是每个人都看，当然不是，我注意的是塔夫，看他戴着那顶新买的、偏大的毛毡帽穿梭在球场上，看着他等候上场，看着他接住地滚球、转身、投给站在二垒的教练，我眼里只有他，即使他在排队等候，我也看他是否和其他小朋友交谈，看他和别人处得好不好，专注地看他是否被接纳，是否——虽然我的视线偶尔会飘到其中一位表现优异的黑人小朋友身上——有两位明星球员，一男一女，身材高挑，动作敏捷，天分高得出奇，超前其他人好几英里，尽管拥有这样的天分，他们却很懒散。练球时，我等着塔夫上场，等轮到他接地滚球或防守时，我的压力简直大到可以将我自己杀死。

刚才那球应该接到的。

好，好，好。

喔，老天，得了吧！

我什么也没说，但我唯一能做的也只有不制造噪声。他很会接球，几乎各种球都接得到，打从他四岁起我们就在这方面下功夫了，但击球……这孩子怎么老击不好呢？球棒太重了吗？握中间！快挥棒啊！快打呀！我的天哪，那球就好像餐桌上该死的肥牛排一样。挥棒击球。打那颗椰子啊，孩子！

我棒球打得并不好，却佯装知道不少，因此高中有一半时间和大学放暑假时，曾担任儿童棒球教练和体育夏令营指导。等塔夫年纪够大时，他每天和我一起到夏令营，因他哥哥是营指导而备受欢迎，再加上他脸蛋儿长得俊俏，尽管有些害羞，却也是得意洋洋的。

我看着，那些妈妈也看着。我不知该如何与她们互动。我是她们吗？她们偶尔试着和我聊天，但显然不知道该和我聊些什么。其中一位讲了个笑话引起哄堂大笑，我在上方看着她们，面带微笑。

她们大笑,我低声轻笑,虽然不够(我不想表现得太热络),也足以表示"我听见了,我和你们一起笑,分享这一刻"。笑声一止住,我仍是格格不入,我与她们不同,没人知道我是谁。她们不想把时间浪费在因为妈妈在家煮饭或公司太忙、路上塞车而被派来接塔夫的哥哥身上。对她们来说,我只是个临时工,也许是表亲,或者是单亲妈妈交的年轻男友?她们都不在乎。

该死的。反正我也不想理会这些女人,干吗在乎?我又不是她们。她们好比退役的模特儿,而我们是新星。

我看着塔夫与其他孩子互动,眼睛扫描着,心里猜测着。

那些孩子为什么笑?

他们在笑什么?是笑塔夫的帽子吗?帽子太大了,对吧?

那些讨厌的小家伙是谁?我要扭断那些小坏蛋的脖子。

喔。

喔,扭断他们的脖子,是的。嘿嘿。嘿。

练完球后,我们走路回家,沿着这条路,马林路,一条倾斜四十五度的怪路。走在路上很难看起来不滑稽,但塔夫发明了一种解决这个问题的走路方式,有点像是痞子走路法,双脚呈现怪异扭曲状,手臂有点像是在前面划水,抓把空气后再扔到身后,结果他看起来比走在这条路上一定会出现的怪动作还要正常许多。这是极为即兴的走路方法。

等走到我们住的那条云杉街时,地面转为平坦,我用尽可能温和的口气问塔夫关于他打球(或不会打球)的事。

"嗯,你怎么打球打得这么糟呢?"

"不知道。"

"也许你需要轻一点的球棒。"

"你是这么想的吗?"

"对啊,也许我们该买支新球棒。"

"可以吗?"

"可以，我们去找一支新球棒什么的。"

之后我推他走进了树林。

我们仍在开车，要到海边去。开车时，如果收音机没播放新摇滚乐，现代音乐创作大师实现想象的新摇滚乐，我们就玩游戏。一定要有声音，一定要有音乐和游戏。不能安静。我们玩的游戏是：你必须想出棒球球员的名字，用前一人姓氏的首字母作为下一个人名的首字母。

"杰基·罗宾森（Jackie Robinson）。"我说。

"兰迪·强森（Randy Johnson）。"他说。

"约翰尼·本奇（Johnny Bench）。"我说。

"谁？"

"约翰尼·本奇，红人队捕手。"

"你确定？"

"什么意思？"

"我没听过这个人。"

"约翰尼·本奇？"

"对。"

"所以呢？"

"所以他可能是你捏造的。"

塔夫搜集棒球卡。他能说出他所拥有的每张卡的市价，如果比尔给他的也算在内，那得有好几千张。尽管如此，他还是什么也不知道。我还挺冷静的，尽管真该把他的头往车窗上撞撞。你真该听听那声音。真是不可思议，他居然这么说。

约翰尼·本奇？该死的约翰尼·本奇？

"相信我，"我说，"确有此人。"

我们在途中的一处海滩停车了。之所以停在这里，是因为我听说过有这样的海滩，然后，在一个弯度较大的路边，距离蒙塔拉几英里处，有这么一个海滩，招牌上写着："裸体海滩。"我突然因好奇而晕眩起来。我在路边停车，跳了下去。

"这就是了吗？"他问道。

"也许吧。"我说，感觉自己迷失了，昏昏沉沉的。

在停下来等塔夫赶上，同时也是等我的思想赶上之前，我差点儿就穿越公路，直奔入口处了。没问题吗？我觉得没问题。有问题。我知道该做什么，我知道什么是对的。这样做对吗？这很好，很好。裸体海滩？很好。裸体海滩。裸体海滩。我们走到入口处，有个蓄着胡子的男人坐在板凳上，腿上放着灰色的金属盒，他说入场费一人十美元。

"他也要十美元吗？"我指着站在我身旁、穿了件加州运动衫、反戴加州棒球帽的八岁小男孩问道。

"是的。"那位胡须男说。

我的视线越过这个胡须男，望向悬崖下方，想瞄一眼下面海滩的景致，想看看是否值得花这些钱。二十美元哪！为了这十美元，下面最好有一些艳光四射的裸体美女，不要素描教室里那种裸体模特儿。没关系的。这是有教育意义的。这很自然。我们在加州！一切都是新的！没有规则！只有未来！

我几乎说服了我自己。我往前走到胡须男面前，用塔夫听不到的声音小声地说话，想取得内幕消息。

"既然这样，儿童也可以到下面去？"

"当然可以。"

"不过，那不是很……奇怪吗？"

"奇怪？有什么好奇怪的？"

"你知道的，小孩子啊？不会太夸张了吗？"

"什么太夸张？人体吗？"他说话的样子好像我才是怪人；他是崇尚自然的先生，我是某种注重衣着的法西斯党。

"算了。"我说。愚蠢的海滩，也许只有一堆大胡子裸体男，骨瘦如柴,全身苍白。

我们再度跑过公路,回到红色"思域"车里,继续往前开。途中经过那些冲浪的人,穿越半月湾前的一片桉树林,一群鸟倏然往天上飞,飞到我们上头,又折返,绕着我们打转,它们也一样,是为我们而来!然后我们到了锡赛德前的悬崖,接下来有阵子路面平坦,之后转了几个弯,你看得到这该死的天空吗?我是说,你究竟有没有来过加州?

我们仓促地离开了芝加哥,卖掉了屋内大部分家具,那些我们不想搬走的东西,找了这个身材娇小的女人过来替每样物品标价,并将财产出售事宜告知大家(她显然有份邮寄名册,上面记录了虔诚而热衷于购买这些东西的人),然后我们暂时回避。等他们选购完毕,几乎是抢购一空之后,我们再从剩余物品中挑选:有些是塔夫雄赳赳的玩具,有些是咖啡杯,以及零星的几件银餐具。我们将拯救下来的(其实还蛮多的,也许有六箱)和那些没卖出的打包,全放进卡车里,现在这些东西都摆在我们位于云杉街住处的低矮车库内。比尔拿了妈妈的车,把它卖了;贝丝卖了爸爸的车,买了辆吉普;我则付清之前爸爸和我一起买的"思域"车余款,之前买这辆车是为了方便我回家度周末。

在伯克利与我和塔夫同住的有贝丝和她最好的朋友凯蒂(她也是个孤儿,十二岁不到便父母双亡),以及我的女友柯尔斯顿,她一直想住加州,所以也搬来了。我们五人当中,只有柯尔斯顿的妈妈还活着,所以一开始我们对自己能独立生活甚感得意。我们这些孤儿势必重建家庭生活,白手起家,无前例可循。我们大家同住一个屋檐下,这主意似乎不错(就像大学时代!就像迷你小区!大家分担照顾孩子、打扫、烹饪等事!一起吃大餐,开派对,享乐!),这感觉维持了至少三四天,之后大家都觉得,理由显而易见,这压根就不是个好主意。我们的压力蓄势待发,要适应这个、适应那个，新学校、新工作，很快我们便开始挑剔、唠叨，抱怨哪份报纸是哪个人的，某人应该知道不要买有颗粒的洗洁精，这不是每个人都知道的事吗？我的天哪。柯尔斯顿需要负担助学贷款，她的存款又少，因此急着想找份工作，但她没有车。而且她也不让我分担她的房租。

"我帮你付，别担心。"

"我不会让你付的。"

"又来了，一副受难者的英姿！"

即使我付得起，她也不会让自己好过，连这个夏天也是如此。所以早上我开车送塔夫到夏令营时，会顺道送她去乘湾区快线，一路上柯尔斯顿和我会紧张地浑身抽动、痉挛，寻找攻击、暴发、放松的理由，不知道我俩秋天时是否仍住在一块，是否已经找到工作，是否仍然彼此相爱。那栋房子放大了我们之间的问题，屋内的盟友（塔夫和我，凯蒂和贝丝，贝丝和柯尔斯顿和凯蒂）以及彼此间的争吵让房子成了幽闭恐惧源，尽管景致优美，空气清新，我和塔夫竭尽全力创造的乐趣也被毁了。

比如，我们不久便发现，因为这房子是原木地板，屋内家具又少，因此至少有两条可穿着袜子滑行的理想跑道。最好的一条是从后院到楼梯，只要稍微助跑，就可轻松滑行三十英尺，一路溜到通往楼下的楼梯口。楼梯前半部可以跳，如果你已经准备好一跃而下，在落地的那一刹那以肩膀滚动，如果"卡住"了，就该以玛丽·卢·雷顿①的姿势，高

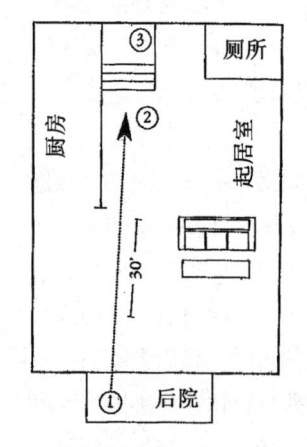

---

① 玛丽·卢·雷顿（1968— ），美国体操运动员，1984年洛杉矶奥运会女子个人全能冠军。

举双臂，弓背挺胸，画下句点。是的！美国！

不过，我们最棒的把戏是假装（为了逗逗邻居及在附近闲逛的路人）我正拿着皮带抽打塔夫，做法是：打开后院门，我们站在起居室里，然后我迅速而用力地拉直弯成环状的皮带，从哪头皆可，拉紧后再制造使尽全力抽打塔夫光溜溜大腿的响声。皮带发出噼啪声时，塔夫会像头猪一样哀号。

皮带：（用力一抽！）

塔夫：（哀号！）

我：感觉如何啊，孩子？

塔夫：对不起，对不起！我绝不再犯了！

我：是吗？你绝对不能再走路了！

皮带：（用力抽打）

（哀号）等等。

这好玩极了。在秋天团团圈住我们之前，我们在攻击加州，塔夫和我尽我们所能地吞噬一切，因此当贝丝和凯蒂忙她们的事情，柯尔斯顿忙着工作面试时，塔夫和我便驱车前往电报大道，观赏那些怪人。我们走遍校园寻找赤裸男，或穿扎染衣服的人，或克里希纳派教徒，信耶稣的犹太人，或四处闲荡的没穿上衣的女郎，挑衅抱怨的人们，后者往往招来电视摄影机和发出不公平传票的警察。我们没看到胸部，也从未发现赤裸男，但有一天我们真的看到了赤裸老男人，胡须灰白，在公共电话亭里闲聊，除了一双凉鞋外什么也没穿。我们在肥片餐馆用餐，可能还会开车到山下的伯克利马林，在这片几乎位于旧金山湾正中央，满地翠绿、到处都是坡的公园里，我们拿出球棒、手套、足球和飞盘，这些东西一直都放车里，全部都在，之后我们就开始玩开了。还有跑腿，到杂货铺买东西，剪了个难看的发型等有趣的事情。接着是漫长的安静的夜晚，屋里没电视机，然后该上床睡觉了，我们在床上读书，在他的小床上聊天。"很奇怪，我快不记得他们了。"有天晚上他说，字字灼烧着,挡也挡不住,接着就一个小时坐在那里看照片,记得吗?记得吗?看,你记得的,你当然记得。然后柯尔斯顿和我睡在一间俯瞰万物的房间里,窗外景色与在客厅和上面阳台看到的如出一辙,隔壁是贝丝,塔夫睡在我们搭建的临时卧室里(他很容易入睡,两三分钟就不省人事),就在大家的房间外,有帘子和一个榻榻米。

我们到了蒙塔拉海滩,车停在上头一辆厢型车旁,车后有个金发男人正在脱橡胶泳衣。我们拿了东西往下走,从悬崖上走下去,一路摇晃着,太平洋满心欢喜,为我们喝彩。

我们俩平行躺着,他仍套着 T 恤,不好意思脱掉。这是我们的谈话内容:

"无聊吗?"

"是啊。"他说。

"为什么?"

"因为你光躺着不动。"

"嗯,我累啦。"

"嗯,我无聊啦。"

"你干吗不走下去堆个沙堡?"

"哪里?"

"下面,水边。"

"为什么?"

"因为好玩。"

"我能拿多少?"

"什么意思,你能拿多少?"

"妈妈以前都会给我钱。"

"让你堆城堡?"

"是的。"

我想了一会儿,没有反应过来。

"为什么?"

"因为。"

"因为什么?"

"不知道。"

"她给你多少?"

"一块钱。"

"太离谱了。"

"为什么?"

"付钱让你在沙里玩?少来,除非我给钱,否则你就不到沙里玩?"

"不知道,也许吧。"

海水太凉,悬崖太陡,潮退时力道太强,无法游泳。我们坐着,观看海水和浪花凶猛地流过我们的壕沟和渠道。他游得不好,海浪重击着岸边,我突发奇想:我看着另一个塔夫溺水,在二十英尺外。他被拉出来,又被拖进黑暗的漩涡里,海浪撤退,他被卷入:那该死的海浪。我拔腿狂奔,纵身一跳,飞快地游,想抓住他——我曾是学校游泳队的!我很会游泳,又会潜水,游得又快又好!——但太迟了。我一再潜入水中,但海里一片灰茫,海沙翻搅、旋转,水混浊不清,已经太迟了,他现在早已被拖到数百英尺外了。我浮出海面呼吸,看见他的小手臂,又黑又瘦,最后卷起一袭浪,然后……不见了!我们不该到这里来游泳的,根本就不该——

"嘿。"

我们大可在游泳池里游的。

"嘿。"

"怎么了?怎么了?"

"你的乳头是怎么回事?"他问。

"什么意思？"

"嗯，它们有点突出来了。"

我看着他的眼睛。

"塔夫，我要告诉你一件事。我要告诉你我乳头的事。我要告诉你我乳头的事，而且大致上是关于我们家男性乳头的事。因为有一天，儿啊（我这么做，他也这么做，我们像父子般聊天时，我唤他儿，他叫我爹，我们私底下嘲笑这类谈话，却又为使用这些字眼而深感不安），有一天我的乳头会是你的乳头。有一天你的胸部也会有异常高突的乳头，一受刺激就变硬，除了最厚的棉T恤外，你什么也不能穿。"

"少来了。"

"没错，塔夫，"我说着，沉思般凝望着海洋，预见着未来，"你将遗传到这对乳头，你将遗传到瘦瘦的下巴以及肋骨毕露的骨架，在你二十岁之前压根就不会长肉的骨架。你的青春期晚得离奇，不久你这头漂亮的金色直发，你会喜欢得不得了，把它留长，看起来像年轻的里弗·菲尼克斯①，但这头秀发会渐渐变多、变硬、颜色变深，且变得异常的卷，狂乱的卷，你一觉醒来，看起来就好像烫了三次头发之后又坐在敞篷车里吹了六小时的风。你会慢慢变丑，脸上满坑满谷的痘疤，这些顽固的青春痘会让你的脸颊和下巴变粗糙，皮肤长出红色小颗粒，你的皮肤科医生称它们为'囊肿'，它们每隔一星期就会在你的鼻尖开业，又大又红，连二十码外的陌生人都会吓得屏住呼吸，小孩子会指着你的脸哭闹——"

"不会的。"

"会的。"

"不可能。我一定不会这样。"

---

① 里弗·菲尼克斯（1970—1993），美国著名男演员，1991年凭借《我私人的爱达荷》成为史上最年轻的威尼斯影帝。

"好好祷告吧。"

风势强劲，躺在沙滩上，耳边听着沙沙声，很温暖、很温暖、很温暖。塔夫坐起来把我的脚埋在沙里。

有许多事待办。我试着不去想不久后将发生的事，不去想开学后我们必须做的事，这一切都会到来，但有件事——塔夫得去看医生，得做个身体检查——钻入我的脑海，现在我的脑子里浪涛汹涌，该死的。我必须写份简历，等租约到期后我们得找个新的住所，如果我找到上早班的工作，塔夫要怎么上学？贝丝会帮忙吗？她会太忙吗？我们会手足相残吗？比尔多久会从洛杉矶上来一趟？我该／我能／我将替柯尔斯顿分担多少？到时她还和我在一起吗？等她找到工作、买辆车后，会变成熟吗？我该把头发染一染吗？漂白牙膏真的有效吗？塔夫需要健康保险。我需要健康保险。也许我已经病了。它已经在我体内生长了。某个东西，任何东西。一条虫。艾滋病。我必须动手了，必须赶快开始，因为我不到三十岁就会死。我会死得很突然，甚至比他们还突然。我会莫名其妙跌倒，就像我发现她时一样。我那时六岁，深夜里，发现她跌倒在楼梯下，在黑石板地上，脑袋开花。我听到她呻吟，于是沿着铺绿色地毯的走廊往前走，站在楼梯口，我看见有个人影，穿着睡袍，蜷曲在底下。我慢慢走下楼梯，穿着睡衣，有踏脚的那种，手扶着栏杆，不知道那是谁，好像知道，又完全不知道。等靠近时，我听见她的声音说："我要去看看花。""我要去看看花。"她说了三四次，"我要去看看花。"然后是血，黑色的，在黑石板地上，她的头发和褐色的血纠葛在一起。我叫醒父亲，然后来了辆救护车。她回家时头上绑着绷带，好几个星期我都不确定她是她。我希望那是她，相信那是她，但也有可能她已经死了，这是别人。我什么都信。

太冷了，光着胸脯躺着会冷。我站了起来，塔夫也站了起来，他跑起来了，我把飞盘丢到他前方二十码的地方，但是因为我丢得完美无瑕，飞盘在空中飘浮，慢慢地飘，他老早就伸出手，追上它，停住，转身，然后用双脚夹住飞盘。

喔，我们太棒了。他才八岁，但我俩在一起真是太好玩了。我们在岸边玩耍，赤着脚到处跑，双脚陷入湿冷的沙里。我们每走四步就丢一次飞盘，一抛出，世界便停止运转，屏息以待。我们丢得那么远，如此准确，美得如此荒谬。我们是完美、和谐、年轻、柔软的化身，迅捷如印度人。跑步时，我感觉到肌肉收缩，软骨紧绷，胸肌起伏，血脉奔腾，一切都在运作着，所有机能完美无缺，处于巅峰状态的躯体，尽管瘦了些，比正常体重稍微轻了点，几根肋骨清晰可见。仔细想想，在塔夫眼中这样的身体也许很怪，看起来弱不禁风，可能会吓到他，可能会使他想起父亲体重减轻的事，想起那年秋天，他放弃化疗继续上班，当他穿着西装坐在桌前吃早餐时，双脚有如细钉藏在灰色法兰绒长裤里，长裤变得松松垮垮的。我应该运动。可以上健身房。可以免费使用举重训练椅。至少免费加些体重，举起几个哑铃。我应该。我必须。我必须展现出活力充沛、无懈可击的身体给塔夫看。我必须是健康与力量的极致表现，用信心冲垮所有疑虑。我不能被打倒，我是一台机器，一台无懈可击的该死的机器。我会上健身房。我会开始慢跑。

我们的飞盘抛得比任何人见过的都要远。一开始是抛得比任何人的都要高，在淡蓝色天空里，只有太阳耀眼的光和这个白色的小飞盘，然后，它飞得比任何飞盘所能飞行的距离还远，我们不得不使用好几英里长的沙滩，从这个峭壁到那个峭壁，不得不用沙滩上好几千人去接飞盘。重要的是轨道，我们知道，速度和轨道两者决定了距离。你必须把活在这里头的鬼东西给扔出来，还要把它丢到正确的轨道上，往上升的航道，又直又稳，不太高，不太低，因为如果它被送到正确的上升轨道，便会产生使飞行距离加倍的动力，另一半的距离是往下的，等上升的速度慢下来，慢下来，停住后，便往下坠，如跳伞般，接着我们便开始移动，在飞盘下方奔跑，飞快的脚步陷入潮湿的沙里,飞盘一掉,便落在我们手里,因为我们早已在那里等待。

  我们看起来像职业高手,仿佛已练习数年。丰满的女郎驻足观看;高龄老人坐着摇头,满是惊奇;虔诚的教徒跪下膜拜。没有人见过这样的事。

第三章

敌人的名单增长迅速，有增无减。所有那些冒犯我们、戏弄我们，不知道或不在乎我们是谁、发生什么事的人。那个卖廉价自行车锁给塔夫的怪家伙——那是他的新自行车，我们去年（就在离开芝加哥前）买给他的生日礼物——我要惩罚那个人，他说那是他们最好的锁。"绝对安全，放心。"他说，结果那星期自行车就被偷了。还有开厢式货车的那个白痴，倒车时碾过我们的小"思域"，我们两人都在车里，当时刚好是红灯，在伯克利中央，让我不得不想象在那一秒钟会发生什么，厢式货车继续倒退，怪物型的卡车，撞上我们，压过引擎盖，塔夫被压扁，慢慢地，我在旁观看，束手无策。也该有人修理修理旧金山湾区快线那个又瘦又凶的女人，她总是把头发一丝不苟地梳到脑后，看起来像半粒洋葱，坐在我们对面，读书时还不停偷瞄我们，看着我把脚放在塔夫的大腿上，一脸的反感，好像我是色情狂似的。还有学校的秘书，塔夫上学迟到时，她总是责怪地看着我。还有住对街的邻居，养了个胖儿子、女巫模样的女人，每次我们走出屋外，她就放下园艺活儿，瞪着我们瞧。还有伯克利山上租屋的屋主，他扣留我们的押金，引证（或声称）屋内几乎每样物品都遭到损坏。最可恶的是那些房屋中介的人，残忍、恶毒，根本就不是人。这些坏胚子真是坏到了极点。

"你在哪儿高就？"

"我还没工作。"

"还在念书吗？"

"没有。"

"这是你……儿子吗？"

"弟弟。"

"喔,这样啊,我们会再通知你。"

我们不知该在哪儿找工作。塔夫的新学校未提供校车服务,因此打从一开始我就知道无论住哪儿,我都得开车送他来回。因此,我们在七月底便开始寻觅秋天的住所,四处布线,将伯克利、奥尔巴尼①和奥克兰南边的区域都列入考虑范围,至少一开始是如此。在计算我的收入(假定有一天这个概念成真)和塔夫的社会福利金(他每个月都有津贴)之后,得出我们每个月能负担的房租为一千美元,于是我们开始找房子。

但不久后,我们便深受新生活相当龌龊的现实所挫。不会再有山坡美景了;之前租的那座房子是个反常的意外。不会有车库,没有洗衣机或烘干机,没有洗碗机,没有垃圾处理机,没有衣橱,没有浴缸。有些房子的卧室甚至连门也没有。非常糟糕,我觉得这是我的责任。我开始不让塔夫跟着去看房子,以免他遭受伤口淌血之痛。局势渐衰。在芝加哥时我们还有栋称得上宽敞的房子,有四间卧房,有庭院,屋后有条小溪,几株百年老树,一座小山坡,几片树林。然后是那间租的房子,山坡上的金色豪宅,四面玻璃,光线充裕,俯瞰万物:山、海、各座名桥。而现在,部分由于我们家属不合:凯蒂不要和我们大家住在一起;柯尔斯顿和我需要分开一阵子;贝丝和我清楚得很,就像任何手足长大后一样,不管曾经经历过什么,如果继续住在同一个屋檐下,其中一人肯定会淌血、被分尸。我们全盘接受这样卑微的处境。贝丝将自己住,柯尔斯顿从分类广告栏上找了个室友,塔夫和我会去找间两室的房子,设法和他们两人或其中一人住得近些,但也不要太近。

我一直想住阁楼。好几年来,我不停想象着大学毕业后首次租的房子是空间很大,未经装修,天花板挑高,油漆剥落,砖块、水管、暖气输送管裸露着的房子;一个我能挥洒画笔的大空间、可架

---

① 美国纽约州首府,位于纽约市北部。

设并存放大量画布、东西可随地乱扔,也许可以再装个篮球框和一个小型曲棍球场的地方。它将靠近旧金山湾,比邻公园、湾区快线、杂货店,所有一切都近在咫尺。我给登记在奥克兰的一些屋主打电话。

"附近环境如何?"我问。

"还不错,不过小区有大门。"

"大门?那公园呢?"

"公园?"

"是啊,我有个八岁的小弟。附近有公园吗?"

"喔,拜托,现实点。"

即使我们接受了一层两室的平房,大家也不友好,吝于付出。我以为大家都会敞开双臂,每个人都万分感激我们这两位上帝的悲剧使者愿意从云端降下,考虑居住在他们又小又蠢的建筑物里,但我们得到的却是几乎令人毛骨悚然的冷漠。

之前我们看过一则广告:两室,有庭院,在伯克利北部。于是致电询问。那人声音很诚恳,人肯定不坏。但后来在一个温暖湛蓝的日子,我们驱车前往他家。我们跨出红色小车朝他走去时,他就站在前廊,一脸诧异。

"这是你弟弟?"

"是啊。"

"哦。"他说,面有难色,仿佛这个"哦"是他被迫吞下的一颗鸡蛋,"呀,我以为你们会再大些。你们两个几岁啊?"

"我二十二岁,他九岁。"

"可是你在申请书上说他有收入。怎么可能?"

我试着向他解释社会福利金,解释遗产金额。我很快活地解释着,并强调我们都了解这有些不寻常,但反正这已经无关紧要了。

他侧着头,双手交叉。我们仍站在车道上,没有被邀请进屋。

"两位听我说,我不想浪费你们的时间。我其实是想租给夫妻,最好年纪大一点。"

微风带来了四处可见的矮树丛里那些小白花的芳香。杜鹃花?

"你知道我是从哪里来的了吧?"他问。

在旧金山湾区快线上,我和塔夫并肩阅读着,从我们身边走过一对母女,女人比我年长一些,她的女儿则比塔夫小一些。那是个瘦小的女人,穿着白色的上衣,正把玩着她女儿的头发,此时这个小女孩正喝着水。她们也许是姐妹,只是年龄相差比较大而已,正如塔夫和我——她会是她的母亲吗?如果她是二十五岁,小女孩是七岁,有这种可能性。她们看起来很友好。这个女人手上没有戴任何戒指,我幻想着没准我们可以在一起。她能理解的,她能明白这种生活的。我们可以一起建立家庭。那会很好,我们可以共同承担责任,一起带孩子。塔夫和这个小女孩可以成为朋友,也许将来他们还会结婚——也许我和这个女人会在一起。但是看起来好像她有男朋友。她有吗?她看起来眼神很坚定,也很放松。不仅有男朋友,而且他还是个好男人。也许是个高大的男人。一个可以承受生活重担的男人。或者,只要他愿意,就能够承担生活重担的男人。她此时把小女孩的头发绕在自己的手指上,绕啊绕啊,绕得越来越紧——但那不会浪漫的。我们可能可以凑成个快乐的家庭。那个男朋友,他的名字可能是菲尔,可能可以和这个混合组合在一起。但是他不会和我们住在一起。住在一起太可怕了。不能在这里过夜。不能穿得太少,不能上洗手间,不能在这里洗澡。但是她可能没有男朋友。可能菲尔离开了。菲尔被甩了。他是个秘鲁人,所以被甩了。真抱歉,但事情就是这样,对不起,菲尔。所以,我们要怎么样?那是个问题。但是我会顺从。是的,我会顺从。靠着这个女人的帮助建立一个快乐轻松的家,让她和塔夫衣食无忧,我们一起读书,是的,我会顺从。

八月中旬，我们已经绝望了，但仍走进一间就在贝丝新公寓几条街外的小泥砖房。屋主是一位高大的中年女黑人，外貌酷似妈妈临终前在她床头读《圣经》的那个女人。这屋子很完美，或者说，它根本称不上不完美，只是与我们先前看过的那些不完美的房子相比，这间实在好太多了。她儿子刚上大学（她也是位单亲妈妈），她正在打包准备迁居新墨西哥州。这间屋子大小正适合我们，是间坐落在绿叶成荫的街道上的舒适小屋，有后院、前院、小仓库，甚至还有阳光房，虽然没有洗碗机和洗衣间，但也不要紧，只剩几个星期学校就开学了。当她问起财务状况时，我掷下了王牌。

"你没工作让我很不放心。"她说。

"听着，"我脱口而出，"我们付得起，我们有钱。我们可以一次性支付整年的房租，如果你想要的话。"

她眼睛为之一亮。

于是我们签下支票。到这时候，所有节俭的观念都化作烟尘。我们生长在吝啬成性的家庭里，没有零用钱，连向父亲要五美元都会引发他最沉重的叹息，要求我们写下详尽的还债计划。妈妈更糟，她甚至不在森林湖①购物，因为这里每样东西都太贵，她宁愿开车到十、二十、三十英里外的马歇尔和T.J.马克斯量贩店大量购买打折的便宜货。每年一次全家人都要挤进"平托"小车②，前往芝加哥西边某个名叫辛诺夫斯基的地方，那里每样东西只要四五美元，我们会买好几打稍有瑕疵的橄榄球运动衫：这里破个洞，那里露个坑，多了纽扣，衣领漂坏了，粉红色染到白衣上。我们成长在奇怪的认知不协调当中。我们知道自己住在一个不错的城镇里（住美国东部的表亲常如此强调），但，如果此事当真，为什么我们的

---

① 位于芝加哥北郊的城市，从后文可得知这是作者成长的地方。
② 20世纪60年代末福特汽车设计的一款汽车。

妈妈常大声嚷嚷没有钱买生活必需品？"我明天究竟该拿什么买牛奶？"她会从厨房朝父亲吼叫。我们这位在这儿失业一年、在那儿失业一年的父亲，似乎从没把她的担忧放在心上。他似乎总有办法。尽管如此，我们却已准备好接受突然变得穷困潦倒的生活，接受半夜被迫离开这栋房子，搬进市郊公路旁的公寓，变成那些孩子中的一员。

当然，这种事从未发生。现在，我们虽然不富有，事实上也几乎没收入，但贝丝和我已抛开花钱的罪恶感。当花费与便利冲突时，就没什么好选择的了。妈妈会开四十英里去买半价的西红柿，我则会付十美元去买，只要我不必开车去。这主要是心力交瘁的问题。疲倦松开了我的荷包，贝丝则更是这样，不仅荷包大开，也松开了塔夫户头的支票簿。牺牲的日子已然过去，这是贝丝和我的决定——至少没必要又与钱有关时是这样，而我们现在，至少暂时还有钱。甚至需要比尔首肯的较大的花费，我们也毫不犹豫地花出去。

我们过了一个月没有洗衣机、没有烘干机的日子。每到周末，塔夫和我会把脏衣服塞进四个塑料垃圾袋里，一人提两袋（他那两袋比较小），甩过肩膀，像农民一样摇晃地走着，走到街角的那个地方。塔夫力气不够大，无法同时扛两个超载的大垃圾袋，因此才走到半路，其中一袋就掉在地上了。廉价的塑料袋绷裂了，里面的短裤和公牛队运动衫散落在人行道上，他只能跑回家拿新袋子。几秒钟后，他回来了，骑着自行车。

"你干吗？"

"等一下，让我试试看……"

他以为他可以把所有袋子放在自行车坐垫和骨架上保持平衡，当然这一点用也没有，于是我们站在人行道上，把所有东西捡起来，四袋脏衣服，有些还卡在自行车链条上，离家二十分钟，才走了二十英尺。第二天我们打电话给比尔，在他温和的反对声中使劲地哼哼着表示不满,最后终于为自己买了洗衣机和烘干机。

它们是二手货,一共才花了四百美元,噪声很大,颜色不搭,一个是灰褐色,一个是白色——但老天爷,它们真是漂亮得不得了的机器。

* * *

这间房子比我们上次住的小一半,但光线充足,空间大,通风很好。地板是原木的,而且因为第一间房被改成了厨房,所以如果你真的忍不住,会有空间让你从房子一头跑到另一头,一路上不会撞到门或墙。事实上,如果你刚好穿了袜子,你可以(假设)从房子后边穿越厨房,等跑到客厅的硬木地板时,纵身一跳,一路滑到前门,有时仍能保持全速前进。

我们觉得住在这里是暂时的,好比帮人看房子或是度假,所以并未花心思敦亲睦邻。周围的邻居有:一对年长的女同性恋,一对年老的中国夫妇,一对四十出头的黑男白女配,以及住隔壁穿凉鞋戴念珠、仍未结婚的丹尼尔和布娜,他们两人从事相同的社会工作。街上其他地方住着单亲母亲、离婚者、鳏夫、寡妇、与单身男子同住的单身女子、和单身女子同住的单身女子,几条街外甚至还住着巴里·吉福德①。只有在这里我们才能融合。相较之下,只有在这里我们才显得正常得无聊。

---

① 巴里·吉福德(1946—),美国影视编剧,作品包括《我心狂野》等。

我们重新粉刷了整间房子。塔夫和我一星期内便完工了,用滚轮刷,略过角落、嵌线,房间维持自由奔放的罗斯科抽象画风。我们把起居室刷成淡蓝色,客厅刷成暗红色,我的房间刷成橙红色,厨房刷成淡黄色,塔夫的房间则维持白色,直到有天晚上,他十岁生日的前一晚,噩梦连连当中,为了装饰及保护,我在他墙上画了两位超级大英雄,金刚狼和未来战士凯布尔①,一个由上往下飞,一个站在床头。一路画下来他都在呼呼大睡,油彩滴到他的床单和露出的左脚上。

现在这地方是我们的了,却一团脏乱。

我们讨论过这个问题。

"你太差劲了。"我说。

"不,你才差劲。"他说。

"不,你差劲。"

"才怪,差劲的是你。"

"好吧,你实在是太差劲了。"

"什么?"

"我说,你——"

"别说这些没用的了。"

我们坐在沙发上,四下环视,争辩谁该清理哪里。更重要的是,我们正在讨论当初,在清扫工作变得如此繁重之前,究竟是谁该做这些事。我提醒塔夫,有一阵子他拿了零用钱,就必须完成微量的家务。

"零用钱?"他说,"你从没给过我零用钱。"

我重新思考策略。

咖啡桌是我们家的炼狱,所有吃的穿的、打破的东西都会经过的中途站。桌上铺满了报纸、书本、两个塑料盘子、六个脏碗碟、

---

① 均为美国热门漫画角色。

一包打开的脆米花，还有泡沫塑料碟子，里面装着我们昨晚因为"太粗太软"而不吃的炸薯条，还有一袋薄脆饼，打开它的，是这栋房子里不会好好开袋子、用牛排刀从中间切个洞的那位仁兄。起居室里至少有四个篮球、八个长曲棍球、一个滑板、两个背包和一个四个月来纹风不动的装文件的公文包。沙发边上有三个装过牛奶的玻璃杯，现在只剩下已经干了的残余物。起居室和它永远荒废的状态是我们正试图解决的问题。

我刚发表了一篇《起居室声明》，范围浩大，策略前瞻，对任何人都深具启发性。目前这议题已转交委员会处理。虽然委员会已从各角度审查此案，以便处理两大问题：屋内的乱源以及究竟谁最适合执行委员会的建议，但我们仍在僵局中，企图寻求解决方案。

"但东西大多是你的。"他说。

他说得没错。

"这有关系吗？！"我说。

协商初期，身为资深委员的我提出一项计划，建议由身为后进委员的年轻又需要宝贵生活经验、无疑正急切想向同侪证明其气概的塔夫清理客厅，除了这次，日后还须按期清理，也许一周两次，以换取每周两美元的免税零用金，倘若以上陈述之所有任务均如期完成且成果斐然，他将获资深委员保证，不再趁其熟睡殴打他至不省人事。后进委员不但傲慢，而且显然缺乏两党合作之清楚共识，不喜欢这项计划，并立即予以驳回。

"想得美！"这是他的回答。

然而，心胸宽大且极具妥协诚意的资深委员立刻提出另一项修正方案，条文慷慨：青春洋溢且需要消遣与运动的塔夫将定期清理整栋房子，这次只须一周一次而非两次，以换取不是每周两美元而是三美元（三美元哪！）的免税零用金，外带资深委员保证，倘若以上清理工作均如期完成且成果斐然，后进委员将不会惨遭头部以下被活埋，求助无门，在饥饿的流浪狗撕咬自己的头皮时徒劳尖叫。然而，塔夫再一次表露出自己的愚蠢与短见，不接受此项提案，这次他不发一言，只是眼珠子溜溜地转。他丝毫不愿考虑任何合理计划的行为，促成了以上详述的现金交易的肇因，包括接下来所发生的：

"你知道你有多糟糕吗？"我问塔夫。

"不知道，多糟？"他回答，佯装意兴阑珊。

"非常。"我说。

"喔，那么糟啊？"

我们陷入胶着状态，尽管有着相同的目标，但双方对达成目标的想法似乎毫无妥协之余地。

"你知道我们需要的是什么吗？"塔夫问。

"什么？"我说。

"一个机器女佣。"

完全不是他的错。虽然他比我爱整洁（他接受的是蒙特梭利①教育，那些典型的小心翼翼的小朋友和他们方方正正的舒适小房间），但我正在慢慢改造他，无法挽回地变成我的方式，不修边幅的方式，结果有些可怕。蚂蚁是个问题。蚂蚁成了问题，是因为我们尚未领悟到要将废纸垃圾和食物垃圾分开。我们把食物留在盘子上，放在水槽里，等我终于想到要洗碗碟时，却必须先把所有的蚂蚁，那些黑色的小东西，从盘子、银餐具上冲进排水管里，然后再用雷达杀虫剂喷洒从水槽开始行军、跨过桌面、沿着墙壁横越地板的蚂蚁军团，客人来时我们当然会把雷达藏起来——你知道，这里是伯克利呀。

一些事情让我们最终选择动起来。有一天，他十一岁的朋友卢

---

① 蒙特梭利（1870—1952），意大利女医生，幼儿教育专家。她所创立的蒙特梭利教育理念注重儿童的早期教育，在西方世界十分风靡。

克走了进来,说道:"天哪,这怎么能住人呢?"所以往后一星期左右,我们彻底打扫了一番,制定计划,购买生活用品。但不久就失去灵感,又回归到过去的方式,东西掉了就掉了,没人去捡。原本该丢进垃圾桶的,通常是水果类的残余物,便一直被留在落地时的位置,直到数周后有人(贝丝或柯尔斯顿)大惊小怪,神色惊骇,把这东西捡起来扔掉。她们担心我们;我也担心我们。我担心随时有人(警方、儿童福利机构、卫生检查员或某人)突然冲进来逮捕我,或只是取笑我、推我撞我、用难听的字眼骂我,然后把塔夫带走,把他带到某个窗明几净的房子里,衣服洗得干干净净,父亲或母亲(或两者皆有)煮菜不但好吃而且按时下厨,没人会拿着从后院捡来的树枝搓得对方满屋子乱跑。

打得对方满屋子跑可能是我们两人都感兴趣的唯一一件事,其他正事都让人头疼。我们每天都盲目度日,不停被我们应该知道的事困住:如何通马桶,怎样做爆米花,他的社会保险账号,爸爸的生日。每天他去上学,我去上班,赶在晚餐前回家,九点前煮好晚饭。他十一点才上床,却没有去年一整年因营养不良造成的黑眼圈(我们都想不出原因何在),感觉好像我们成功地施展了某项神奇魔法,逃开了死亡的魔爪,藏匿到自由女神那里。

秋天即将过半时,我们建立了固定的生活作息。早上,我上床后不久,塔夫会在凌晨三点或四点或四点半起床,这样他才有十分钟时间冲澡,十分钟穿衣服,半个小时做早餐,吃早餐,写作业,还有四个小时(或至少三个半小时)看卡通。八点四十五分,他叫我起床;八点五十分,又叫一次;八点五十五分,再叫一次,这时我会因为他要迟到了朝他大吼。接着我开车送他上学,把我们的红色小车停在学校侧门——我曾收到四次传单,外加一次私人便条,警告我不许在此接送孩子上下学——然后从他背包里抓出一张纸,写了张字条:

亲爱的理查森老师：

很抱歉塔夫今早又迟到了。我大可捏造有事耽搁或他生病等借口，但事实是我们起床起晚了。请您自个儿想想吧。

塔夫兄长敬上

我们老是迟到，老是半途而废。学校的表格都得寄两次，我也总是迟交。账单最快要九十天后才能支付。迟到后塔夫总是慌慌张张地挤进球队里，这情况非改变不可。我不明白我们的状况是由于所处环境使然，还是因为我的懒散——虽然我公然谴责的势必是前者。我俩的关系，至少从关系这个词本身的意思和我们之间的规矩而言，非常有弹性。他必须为我做某些事，因为我是他的监护人，而我也必须为他做某些事。当然，如果他叫我做的事我不想做，我也并不是非做不可，因为我事实上又不是他的父亲。当事情没完成时，我俩只是耸耸肩，因为从技术层面上来看，我们俩谁都没有责任，也许是身为亲兄弟吧，但我们长得一点也不像，这使得责任归属更难界定。但如果必须责怪某人，他倒是允许我归咎于他，倘若他有所抵抗，我只需使出那招，用眼神诉说"喂，我们可是好搭档，你这个小浑球，昨天，我累得要死，结膜炎又发作了，你这家伙却要买什么神奇卡片，而且隔天就非用不可，因为每个人都会带新卡片在午餐时展示。我担心你会不受欢迎，会受到排挤，因为你是孤儿，又长了对怪耳朵，住的又是租来的房子；我担心你长大后只对枪和制服感兴趣，或者更糟，躲在被窝里读《为青春期而写的心灵鸡汤》，对自己可悲的命运自怜自艾。于是我套上衣服，我们走到那家营业至八点的漫画店，挑了两盒卡片，其中一盒还有全息图，结果大家羡慕得要死，而你也继续过着近来安逸、舒适、受人注目、受魔法保护的生活"，他便俯首认罪。

车停在校门口时，我试着让他抱抱我。我伸手抱住他，把他拉向我，嘴里说着我经常对他说的话：

"你的帽子有尿味。"

"才没有。"他说。

他的帽子有尿味。

"闻闻看。"

"我才不要闻。"

"你的帽子该洗了。"

"又不臭。"

"很臭。"

"为什么会有尿味?"

"也许你在上面撒过尿。"

"闭嘴。"

"不要这样说话,我告诉过你别这样说话。"

"对不起。"

"也许你不该流这么多汗。"

"为什么?"

"一定是你的汗让它有尿味。"

"再见。"

"什么?"

"再见,我已经迟到了。"

"好吧,再见。"

他下了车。不得不敲门才能进去。校门打开时,秘书试着对我露出一贯的责难眼神,但现在,一如往常,我视而不见,我看不到她,看不到。塔夫消失在学校里。

在驱车前往我那天或那周的临时工作(管它是什么)的途中,通常是位于燥热的(远)东湾,我心不在焉地想着塔夫可以在家里学习。对于他整天都得待在学校,不在我身边,被传授些鬼才知道是什么的玩意儿,我很难过。我算了算,老师每天见到他的时间竟然和我一样多,或甚至比我还多,我认为这种情形基本上是错误的。一股嫉妒感悄悄涌上心头，我嫉妒他的学校、他的老师和那些伸出援手的家长……

这几个星期我都为同一家地质勘察公司做事，一笔一线地画着，重现地形图，使用的是落伍的麦金塔绘图程序。这工作很呆板，完全不需要动脑子，却也让人放松，安静下来。在那里根本没有思考的必要，一切安全无虞，在洁净的奥克兰办公室里，有饮水机、汽水机、柔软安静的地毯，不可能有烦忧。即使是临时工也有休息时间和员工午餐，如果想的话，还可以边听随身听边工作。期间可以休息十五分钟，可以四处走动，也可以阅读——这是天大的幸福。临时工不必假装他在乎这家公司，公司方面也不必假装自己亏欠他任何东西。最后，等这份工作（几乎任何一种工作都会这样）变得太无趣，让人无心再继续下去，当这位临时工学会所能学到的技能，也得到了每小时十八美元的薪资或者别的什么有价值的收获（管它是啥），当继续工作下去如同受刑，也是不尊重自己宝贵的时间时——通常是三四天后——然后，刚刚好，任务结束。漂亮！

贝丝戴着墨镜，开着她的新吉普车，到学校接塔夫，接下来整个下午他就待在她的那个小地方，共享一块榻榻米，两人肩并肩读书，直到我回家。届时贝丝和我会使尽全力为某件重要至极而且永久不变的事争吵——"你说六点。""我说六点半。""你说六点。""我干吗说六点？"——一旦我们吵起来，她便扔下我们自理晚餐。

而我们根本就不在意是否吃晚餐。塔夫和我虽然受妈妈养育的时间相隔了十三年，却都对食物不感兴趣，对烹饪更是如此。我俩的味觉在五六岁时，就已经被水果卷和淡而无味的汉堡给扼杀了。虽然我们做着白日梦，幻想有种药丸，只要每天服用一颗，就能解决每日饮食需求，但我也承认定期烹调的重要性，虽然我并不了解它为什么重要。所以我们一周下厨四次，这对我们来说是一项十分英勇的大工程。以下是我们挑选的菜单，几乎每道菜都按照妈妈特地为我们（我们每个人在某段时间都曾是老幺）准备的食谱（她煮

给哥哥、姐姐和爸爸吃的菜色却多变,味道也浓郁)依样画葫芦:

1. 香煎牛肉

沙朗牛肉切薄片,用龟甲万酱油煎至焦黑,包在玉米薄饼里,用手吃,玉米薄饼撕小片,每片包一片两片或三片肉,不得超过三片。用土豆泥装饰,以法国方式摆放,加上柳橙和苹果,用唯——种合逻辑的方式切:先对切,之后横着切,再直着切,每颗切十片,放在碗里,摆在旁边。

2. 香煎鸡

鸡胸肉切片,用龟甲万酱油煎香,接近松脆后,包进玉米薄饼,用手吃,方法如上所述。加上土豆泥,摆在法式冷冻薯条旁。值得一提的是,这些薯条全都是新奥丽达牌的,也是唯一微波后还能保持酥脆的薯条。另外再加上柳橙和苹果切片,摆在旁边。

3. 香脆鸡

由圣巴布罗和吉尔曼提供。务必选择白肉,加上小饼干、土豆泥。在家时再配上一小份卷心生菜色拉和一小片黄瓜。不加酱。

4. 倾墙

七分熟汉堡加培根和烤肉酱。由索拉诺提供,应在此提及,他们会浇上太多、太多烤肉酱,多得任何人都知道这些酱会立刻弄湿面包,使其变得像燕麦粥一样,难以下咽,就在几分钟时间内,汉堡毁了,他们的动作太快,顾客一看到汉堡拿出来,想试图拯救面包("把它们分开!快!把面包和酱分开!快刮掉!刮掉!"),都嫌太迟,所以要先在家里储存面包,到时再烤,烤得硬硬的,才能抵抗酱汁强大的攻击力。摆上法式土豆及水果,如上所述。

5. 墨西哥—意大利之战

玉米卷:绞牛肉在普雷戈牌原味意大利酱里翻炒,包在玉米薄饼里,不加青豆、墨西哥辣酱、西红柿、芝士、鳄梨辣酱,也不加那些将这道菜做得较劣质、较不地道时会看到的不管是什么的白色奶酪状配料。配菜:品食乐牌的牛角面包和卷心生菜色拉。不加酱。

6.（菜名没一样是我们取的。取名字会让我们显得酷酷的,还是不那么酷?我想这应该会让我们显得不那么酷。）

意大利辣香肠口味的比萨,图姆斯通、肥片、必胜客或达美乐比萨皆可,如果物超所值的话。再买上一小份青菜色拉。

7. 老人与海

保罗太太牌冷冻油炸蛤蜊,每人一包（三点四九美元,可不便宜呢）,放在冷冻盒中,配上牛角面包。柳橙和苹果切片。有时可改用哈密瓜。

8. 加文·麦克劳德与沙罗

为他准备的是:烤芝士外加一片卡夫牌美国芝士,摆在两片去籽的犹太黑麦面包中,放进烤盘烤,再对角切开。为另一个他准备的是:油炸玉米粉饼。一片卡夫牌美国芝士,摆放在平底锅上的玉米薄饼中间。外加切片的甜瓜。

附注:我们没有辣椒粉,只有牛至①,将这种香料少量撒在两种东西上:意大利辣香肠口味的比萨;包牛至的犹太黑麦面包片。除了红萝卜、芹菜、黄瓜、绿豆和卷心莴苣之外没有其他蔬菜,而且所有的只能生吃。没有海产品（那些游在自己粪便中的食材）。没有意大利面,尤其是那道看似反之之后的叫做千层面的菜。此外,所有包含两三种以上成分混杂不清的食物,包括所有三明治（意大利香肠除外）,不是用来咀嚼的,而是要避之唯恐不及的。每道菜配上装了1%牛奶的高脚杯,桌边放一大罐牛奶,以便随时补充。没有其他饮料可供选择。任何不在本菜单内的东西都无法提供。任何怨言将获得迅速且极为严厉的处置。

---

① 牛至,唇形科多年生草本植物,有药用价值,可用作香料。

"你来帮一下忙。"我说,我下厨时需要他的协助。

"好。"他说,然后来帮忙煮菜。

有时我们边唱歌边煮菜,只是反复唱的都是那么几个词,有关倒牛奶或拿意大利面酱的歌词,但我们是用歌剧的方式吟唱的。我们也能唱歌剧呢!真是太不可思议了。

有时,我们会一边煮菜,一边拿着木制汤匙或木棒比剑,这些东西可是我们专为煮饭时保有乐趣而带到这栋房子里来的。保持忙碌、娱乐塔夫、使他保持机警是我隐而未宣的职责,有时我清楚自己的职责,有时却有些模糊。有一阵子我们会在屋子里互相追逐,嘴里含着水,威胁着要往对方身上吐。当然,我们从未想要真的把满嘴的水吐在屋里的另一个人身上,直到有天晚上,我将他逼到厨房角落,往前迫近时,满嘴的水就这么不知不觉吐出来了,之后就一发不可收拾。我曾把半个哈密瓜扣在他脸上,把满手的香蕉抹在他胸前,把一杯苹果酱全扔到他脸上。我想,我这么努力是想让他知道,如果还不够明显的话,尽管我想一肩挑起为人父母的职责,我们仍然需要一起探索,好像做实验一般,这个过程通常趣味横生,就像那些永远都播不完的长篇电视连续剧一样。我心里有个声音,一种非常兴奋、非常快活的声音,催促着我要保持欢乐甚至疯狂的状态,让情绪高亢。因为贝丝老是拿出相册,一把鼻涕一把眼泪地问塔夫有什么感觉,我觉得我有必要让我俩保持忙碌,以作为弥补。我把我们的生活变得好像音乐录影带一样,有如尼克国际儿童频道的游戏节目,时常突然喊停,捕捉到特别奇特的摄影角度,太有意思了,真是太有意思了!那是分心术和修正主义的比拼:掉落敌方的小册子、烟火、滑稽舞、魔术小把戏。那是什么?它在那里!它会往哪儿去?

在厨房里,灵机一动时,我会拿出家传的十七英寸火鸡刀,双脚半蹲,将刀高举过头,摆出日本武士的姿势。

"哇呀呀呀!"我喊道。

"不要。"他说着往后倒退。

"哇呀呀呀!"我大吼着朝他走去,因为拿十七英寸的长刀威胁小孩很有意思。通常最棒的游戏都隐含受伤或即将发生意外的威胁,比如他仍在蹒跚学步时,我曾把他扛在肩上四处跑,假装晕眩、旋转、跌倒。

"不好笑。"他说着退入起居室里。

我把刀放回银餐具抽屉里,一阵铿锵声。

"爸爸老是这么做,"我说,"而且毫无征兆。他脸上会装这种表情,眼睛瞪得好大,仿佛要把我们的头剖成两半似的。"

"听起来很好玩。"他说。

"是啊,是很好玩,"我说,"真的很好玩。"

下厨时他偶尔会讲些学校的事给我听。

"今天有什么事吗?"我问道。

"今天马修跟我说,他希望你和贝丝搭飞机,发生空难,你们两个都死了,和爸妈一样。"

"他们又不是死于空难。"

"那是我说的。"

有时我会打电话给塔夫班上同学的家长。

"是的,他就是那样说的。"我说。

"我们已经很难了,你知道的。"我说。

"不,他还好,"我继续说着,把话一股脑儿全抛给这个养出一个精神扭曲的男孩的无能白痴,"我只是不懂马修怎么会说出那种话。我是说,你儿子为什么想我和贝丝死于空难呢?"

"不,塔夫没事。别担心我们,我们很好。我倒很担心你——我是说,你该担心的是小马修。"我说。

喔,这些可怜人。该拿他们怎么办呢?

*　*　*

篮球季后赛开始后的晚餐时间，我们会转到有线电视台看公牛队的比赛。不看球赛的时候，为了要随时保持忙碌，我们会从一系列没完没了的游戏中挑一种来玩：杜松子酒、西洋双陆棋、"打破砂锅问到底"、国际象棋等，我们的碗碟就摆在棋盘旁。我们一直想在厨房里用餐，但因为有了乒乓球网，这事就变得比较难办。

"把网子拆掉。"我说。

"为什么？"他问。

"要吃饭了。"我说。

"要拆你拆。"他说。

所以我们通常是在咖啡桌上吃饭。如果咖啡桌满了，我们就在起居室的地上吃。如果起居室地上也摆满了前一晚的碗碟，我们就到我床上吃。

晚餐后，为了娱乐自己也为了启发邻居，我们会玩游戏。除了之前提过的皮带鞭打游戏之外，还会玩另一个游戏：塔夫扮演孩子，我则扮演父亲。

"爸，我可以开车吗？"他问，我坐着看报。

"不，儿子，不可以。"我说，眼睛仍盯着报纸。

"为什么？"

"因为我说不可以。"

"可是爸爸——！"

"不行就是不行！"

"我恨你！我恨你，我恨你，我恨你，我恨你！"

接着他便跑进房里，砰一声甩上房门。

几秒钟后他打开门。

"我演得好吗？"他问。

"很好，很好，"我说，"演得很棒。"

今天是星期五。在星期五,他中午就放学了,所以在可能的情况下,我通常会提早回家。我们在他房里。

"它们在哪里?"

"在那里面。"

"哪里?"

"藏起来了。"

"哪里?"

"在我们做的那堆像山的东西里。"

"在混凝纸里面吗?"

"没错。"

"你最后一次看到它们是什么时候?"

"不知道,有一阵子了,一个礼拜了吧。"

"你确定它们还在里面?"

"是啊,应该还在。"

"你怎么知道?"

"它们还在吃他们的食物。"

"可是你后来没再看到它们,对吗?"

"对,可以说没看过。"

"这样的宠物太奇特了。"

"没错,我知道。"

"要退回去吗?"

"可以吗?"

"可以吧。"

"愚蠢的美洲蜥蜴。"

我们走了两条街,穿越那个长满苔藓的房子的后院,到达有半个球场的公园。

"喂,你干吗大老远从那边过来?"

"大老远从哪里?"

"你刚刚打的是三步上篮,可是你却大老远从那里来。你看。我跟你赌……看到了吧?"

"看到什么?"

"我大老远从那里——大概是在八英尺外。"

"所以呢?"

"你刚才就是这样!"

"我才不是。"

"你是。"

"不是。"

"是!"

"不能好好打吗?"

"你得学这个——"

"好,我学会了。"

"浑球。"

"脓包。"

球赛总是这样结束:

"有什么大不了的?"

"……"

"打球的时候你都很情绪化。"

"……"

"少来了,说话啊,你倒是说句话。"

"……"

"我有权利教你怎么做事。"

"……"

"别做个性阴沉的讨厌鬼。"

"……"

"你是哪里有毛病啊?你一定要走在我后面十英尺远吗?看起

来跟白痴一样。"

"……"

"拿去,这个你拿着。我要到店里去。"

"……"

"……"

"门开了吗?我没有钥匙。"

"在这里。"

下午五点半

"我要打个盹。"

"所以呢?"

"我要你一小时后叫我起床。"

"几点?"

"六点二十分。"

"好。"

"真的,你一定要叫醒我。"

"好。"

"如果你没有叫我,我会抓狂的。"

"好。"

下午七点四十分

"天哪!"

"干吗?"

"你为什么没叫我?"

"现在几点了?"

"七点四十分!"

"啊!"他用手捂着自己的嘴。

"我们迟到了!"

"什么事？"

"该死的！你们学校开放参观的日子啊，白痴！"

"啊！"他说着再次用手捂着嘴。

我们还有二十分钟时间可以准备。我们是消防队员，现在正是救火时间。我跑这边，他跑那边。塔夫上楼进房换衣服。几分钟后我敲他房门。

"不要进来！"

"得走了。"

"等一下。"

我在门口等着，门开了，他穿好衣服了。

"那是什么？你不能穿那件。"

"怎么了？"

"不行。"

"那又怎么了？"

"别惹我，去换衣服，白痴。"

门关上，抽屉打开，跺脚声。门再度打开。

"你开什么玩笑？"

"怎么了？"

"这比你刚才穿的还糟。"

"哪里不对？"

"你看，这件衣服上面到处是油渍，太大了，而且还是运动衫。你不能穿运动衫，还有，你没有别的鞋子了吗？"

"没有，某人根本就没给我买过鞋子。"

"我什么？"

"没事。"

"不，你说，我没为你做什么？"

"没有。"

"去你的。"

"不,去你的。"

"去把衣服换掉!"

门关上。一分钟后,门开了。

"好多——你究竟——你就不能把衬衫塞到裤子里去吗?我是说,难道没人教你怎样把衬衫塞进裤子里吗?像白痴一样。"

"什么?"

"你已经九岁了,我还得帮你扎衬衫。"

"我会啊。"

"我已经在帮你扎了。我们只剩五分钟赶到那里去。老天,我们老是迟到。我老是在等你。别动。你的皮带呢?天啊,你真是一团糟。"

下午七点四十分至七点五十分

"可恶,我们老是迟到。你究竟为什么不能自己穿好衣服?把窗户摇下来。里面太闷了。这里热成这样,你干吗还不开窗户?还有,你扣子掉了。你的扣子掉了,白痴。"

"白——痴。"

"白——痴。"

"白——痴。"

我们沿着圣巴布罗飞快行驶,先左车道,再右车道,超过"甲壳虫"和"沃尔沃",它们贴在保险杠上的标志正控诉着。

"我之前很会搭配的。"

"很会搭配?去你的,你穿得一塌糊涂。窗户开大一点。你看起来像个白痴。再大一点。好多了。开放日你不能穿那样。大家都穿这样。这是特殊场合,老兄。这就像,让我喘口气,知道吗?这是很明显的事。这不过是常识。我是说,让我好好喘口气,好吗?你偶尔也要帮帮我啊,小伙子。我累死了,我操劳过度,有一半时间跟死了没两样,我就是不能帮一个已经九岁的人穿衣服,他应该有能力自己穿好衣服。我是说,老天爷呀,塔夫,偶尔让我该死的喘口气好吗?我可以偶尔歇会儿吗?稍微休息片刻?稍微合作一点?老天爷——"

"你刚开过学校了。"

下午七点五十二分

开放日人山人海,原来一直开放到九点,我以为只到八点,而且,我们两人过于盛装了。我们一走进去。塔夫随即拉出衬衫。

墙上贴满教师批阅过的、有关奴隶制度的报告,以及一年级学生扰人思绪的自画像。

所有人都转过头来。这是我们第一次参加开放日,大家不确定我们是谁。我很诧异。我以为每个人都听说我们要来。小朋友们看着塔夫,和他打招呼。

"嗨,塔夫。"

然后斜眼偷瞄我。

他们很害怕;他们很嫉妒。

我们很可悲;我们是明星。

我们若不是悲哀而孱弱,就是迷人而陌生。我们走了进去,种种念头掠过我心头。悲哀而孱弱?或迷人而陌生?悲哀／孱弱或迷人／陌生?悲哀／孱弱?迷人／陌生?

我们不寻常且悲剧性地活着。

我们走进家长和孩子们当中。

我们处境不佳,但我们年轻又有男子气概。我们穿过走廊和运动场。我们身材高挑、光芒四射。我们是孤儿。身为孤儿的我们是名人。我们是海外交流生,来自一个仍存在着孤儿的国度。俄罗斯?罗马尼亚?某个落后的外邦。我们是从嘶吼的黑洞中初生的新星,是从黑暗中迸出的初生太阳,来自压迫、吞噬、贪婪的虚空中,这黑暗将吞没没有我们这般坚强的人。我们是异类,是杂耍表演,是脱口秀话题。我们掳获所有人的想象力。这就是马修要我和贝丝死于空难的原因。他的父母年迈、秃头、古板、戴眼镜、四肢僵硬、脸色惨白,他们是硬纸盒,折叠好、尘封着,对这世界而言无异于死。其实,不久前,在马修说出那番坠机的话之前,我们曾到他们家做客,曾接受他们敦亲睦邻的邀约。他们铺着原木地板的房子死气沉沉、四壁空荡,我们待在里面,无聊得差点哭出来,他们的小女儿甚至还弹钢琴给我们听,她的父亲相当以她为傲,那可怜的光头佬。他们没有电视机,没有玩具,那地方毫无生气,如同棺材。

但我们——我们帅若潘安!我们有格调,凌乱、荒淫,却也因此而更显独特!我们初来乍到,其他人皆已老朽不堪。显然,我们是上帝的选民,是蜂后。参加这次开放日的其他人都已年老体衰,已过了黄金期,他们伤心、绝望。他们形同枯槁,连随兴的性行为也没了,他们当中只有我还行。他们已不做这档子事了,甚至想到他们有性行为都令人作呕。他们跑起步来总是一副蠢样,更别提给足球队做指导,那只能是对自己和这项运动的讽刺。哦,他们过气了。他们是行尸走肉,尤其是在中庭抽烟的那个低能儿。塔夫和我是未来,闪亮得吓人的未来,来自芝加哥的未来,远道而来的两位可怕男孩,因亲人过世而颠沛流离至此,发生船难,竟被遗忘,但是——但是,他们在此浮出海面,勇气倍增,大胆无畏,伤痕累累,披头散发,当然,他们的裤管破损,肚子里满是盐水,但现在他们巨力万钧,无人能挡,万夫莫敌,准备脚踢伯克利那些怒目而视的双亲联盟,踢他们那些鸡皮鹤发、戴眼镜、肩膀下垂的人的松垮的屁股。

你明白吗?

我们参观一间间教室。在他的教室里,我们看到四面墙上都贴着有关非洲的报告,他的作品却不在其中。

"你的报告呢?"

"不知道。我想理察森老师不喜欢我的报告吧。"

"这样子啊。"

这个理察森老师是何许人也?她一定是个白痴。我要这个"理察森老师"马上到我面前来接受质问!

这间学校到处看得到乖巧的孩子,实际上他们却个性古怪,脆弱娇嫩,奇形怪状。我和我那些就读公立学校的朋友,从前老想着念私立学校的孩子们长什么样子,他们正符合我们的想象:被宠溺,内在个性被放大,而非被压抑,无论是好是坏。这些孩子自以为是海盗,而且被鼓励在学校里也穿成这副德行;他们设计计算机程序,搜集军事杂志;他们是头大、留长发的胖小子和穿凉鞋、捧花的瘦削女孩。

约过十分钟后,我们便觉得无聊。来这儿的主要理由已烟消云散。

我原本指望能钓上个单亲妈妈。

我原想借机调情,以为会遇到风姿绰约的单亲妈妈,和她打情骂俏。我的目的——我真的认为这目的相当实际——是要遇到一位风味十足的单亲妈妈,吩咐塔夫好好对待她儿子,如此一来我们就能约个时间聚聚,小孩子在外玩耍,我就和她上楼大干一场。我预期看到意味深长的一瞥和字字谨慎的提议。我想象学校和家长们的世界里渗漏着奸情与放浪;在关怀和善意的外表下,在双亲家庭里,在老师家长开会时向历史老师提出有关哈丽特·塔布曼①的深度问题背后,每个人都放浪淫荡。

但他们都好丑。我扫视漫步在院子里的人群。这些家长除了身为伯克利人的典型特征之外,简直乏善可陈。他们穿着宽松的扎染(是真的扎染)布料裤,蓬头垢面。其中大多年过四十,每位男士都蓄胡,身材矮小;每位女士都老得够格当妈妈了。没机会调情使我沮丧,我的年纪还比较接近大多数孩子。喔,可是那里有位妈

---

① 哈丽特·塔布曼(1822—1913),美国废奴主义者,杰出的黑人废奴主义运动家。

妈,脸蛋小,黑发又长又直,浓密而狂野,像马尾巴。她看起来很像她的女儿,她们都长着一张瓜子脸,有着哀伤的黑眼珠。我之前送塔夫上学时曾见过她,当时我就猜她单身,因为她的父亲从未出现过。

"我要约她出去。"我说。

"拜托,不要啦,拜托。"塔夫说,他真以为我会这么做。

"你喜欢她女儿吗?可能会很好玩喔,我们可以来个双人约会!"

"拜托拜托,不要啦。"

我当然不会这么做。我色大无胆,但他还不知道。我们走过张贴建筑报告和学生作品的大厅时,遇到了塔夫的班主任理察森老师,她很高,表情严肃,是位黑人,双眼红肿,充满愤怒。我还碰见长得和克林顿一模一样、讲话会结巴的自然科学老师。塔夫班上有个女孩,才九岁就长得比父母还高,体重比我还重。我要塔夫和她做朋友,让她快乐。

附近有个女人正看着我们。大家都看着我们。他们眼睛看着我们,心里纳闷着。他们猜我是不是老师,不知道我是谁,心想也许因为我脸上长着稀疏的毛,脚上穿着旧鞋,我就会绑架他们的孩子并加以凌虐。或许我真的看起来像个危险人物。那女人,盯着我们瞧的那位,留着灰色的长发,鼻梁上挂着一副大眼镜,身上穿着及地碎花裙,脚上跂着凉鞋。她朝我们靠过来,来回指着我和塔夫,面带微笑。然后,我们找到自己的位置,念着脚本:

母亲:嗨,这是你……儿子吗?

哥哥:呃……不是。

母亲:那是弟弟咯?

哥哥:是的。

母亲:(眯眼想更确定些)喔,一眼就看出来了。

哥哥:(知道这全是一派胡言,他年纪大,面貌凶,他弟弟却容光焕发）是啊,大家都这么说。

母亲:玩得还愉快吗?

哥哥:当然,当然。

母亲:你在加州念书吗?

哥哥:不,不,我几年前就毕业了。

母亲:你们住在附近?

哥哥:是啊,就住在北边几英里的地方。靠近奥尔巴尼。

母亲:所以你们是和家人住在一块咯?

哥哥:没有,就我们两个。

母亲:可是……你们父母呢?

哥哥:（想啊,快想。"他们不在这儿。""他们没法来。"说真的,我不知道。没有一点头绪。完全不知道这种感觉太好了。你知道感觉像什么吗? 完全不知道他们现在在哪里、在干什么,我是说,我们说话的当下,他们在哪里。这种感觉很奇怪,你想要聊这个吗? 那可需要好几个小时,你有好几个小时吗?"）喔,他们几年前去世了。

母亲:（一把抓住哥哥的手臂）喔,真抱歉。

哥哥:不,不,没关系。（想再添上一句:"又不是你的错。"他偶尔会这么做,他爱死了这句,有时候他会加一句:"或者,是你的错吗?"）

母亲:那么他是和你住咯?

哥哥:是啊。

母亲:喔,天啊,真有意思。

哥哥:（想起屋内的状况,的确是蛮有意思的。）是啊,我们蛮开心的。你儿子读几……

母亲:是女儿,四年级。叫阿曼达。我可以冒昧问他们是怎么过世吗?

哥哥:（再次搜索着能娱乐自己和他弟弟的回答。空难、火车相撞、恐怖分子暴动、被狼吃了。他曾捏造过借口，而且乐在其中，但弟弟的娱乐口味尚不明朗。）癌症。

母亲：但……是同时吗？

哥哥：相隔五周左右。

母亲：喔，我的天啊。

哥哥：（不明原因地咯咯笑）是啊，很诡异吧。

母亲：那是多久以前的事？

哥哥：几个冬天以前。（哥哥思索着他有多喜欢"几个冬天以前"这句台词。这是新词儿，听起来富有戏剧性，隐约点缀着诗意。有阵子他说"去年"，然后改成"一年半前"，现在让哥哥松了一口气的说法是"几年前"。"几年前"有种令人自在的距离。血干了，痂硬了，皮掉了。早些时候并不是这样。离开芝加哥前不久，哥哥带着弟弟塔夫去剪头发，哥哥并不记得怎么聊到的，真希望从未扯到这个话题，但等话题被带起时，哥哥回答："几周前。"听到这个回答，理发师停下剪发动作，穿过典雅沙龙风格的门，走到内室，在里头待了好一会儿，回来时双眼红肿。哥哥于心不忍。当这些毫不知情的陌生人问及这些无辜、亲切的问题，却碰上了他不得不回答的怪答案时，他总觉得于心不忍。就像有人问天气如何，结果得到的答案却是核冬天①一样。但这样确实也有好处。上例中，两兄弟理发免费。）

母亲：（再次抓住哥哥的手臂）这样啊，你好棒！你真是个好哥哥！

哥哥：（微笑，心想：这话是什么意思？他常听别人对他说这句话。足球赛、学校募款；海滩、棒球卡展、宠物店。有时说这话的人清楚他们的来历，有时却不清楚。哥哥听不懂这句台词，不

---

① 核冬天，当使用大量核武器，特别是对城市这样的易燃目标使用核武器时，会使大量的烟雾进入地球的大气层，可能带来极寒的天气。

懂话中的含意，也不懂这句话何时成为许多不同的人使用的标准回答。"你真是个好哥哥！"哥哥以前从未听过这种话，现在却听到它出自各式各样的人嘴里，总是以同样的方式说着，同样的字眼，同样的抑扬顿挫，一种往上扬的节奏。

你　真　是　个　好　哥　哥！

那到底是什么意思？他微笑着，如果这时塔夫在身边，他一定会用手肘推推他，或故意绊倒他。看我们瞎起哄！身轻如燕！然后哥哥将千篇一律地说着接在他们这句话之后的话，似乎是想削减逐渐高涨的紧张气氛，在这场对话中膨胀得令人不自在的戏剧性，同时也将这种气氛抛回给发问者，因为他总想让发问者思考自己在说什么。他所说的话，外加调皮的耸肩动作，是☺

这样啊，那你想怎么样呢？

（母亲微笑，再次紧握哥哥手臂，然后拍拍他。两兄弟望着观众，眨眼，霎时间跳起一种精彩的踢踏舞步，不停地踢脚、抬腿，再加上一些抛接的动作，双膝跪地从舞台一边滑到另一边，然后跳了几下，踏了几次，最后跳上藏在舞台下方的弹簧垫，在半空中往前翻个筋斗，完美地降落在乐队前方，单膝跪地，双手张开朝向观众，露齿而笑，气喘如牛。观众起立，掌声如雷。帘幕落下。如雷掌声仍不停歇。）

剧终。

观众重重跺步要求谢幕，我们却从后门溜出，如超级英雄般扬长而去。

第四章

喔,我可以出去,当然。现在是星期五晚上,我应该出去,越过旧金山湾,我应该夜夜出门,与其他年轻人聚聚,应该把头发吹吹,应该把酒欢歌,想办法找人来摸我那玩意儿,与大家一起乐一乐。柯尔斯顿和我暂时分开一阵子,我们已经分过两次手了,将来会再分十来次,所以现在我们可以(表面上可以)和别人约会。所以,是的,我可以出去,享受这种特别的自由,享受青春的奔放,在充裕的时间、广阔的空间里,纵情欢乐。

但是不行。

我待在这里,在家里。塔夫和我一起下厨,一如往常。

"你可以帮我拿牛奶吗?"

"不就在那里?"

"喔,谢啦。"

然后我们会打乒乓球,然后也许开车到索拉诺,租张碟,在回家途中顺便到7-11买几瓶饮料。喔,我可以出去,在我与他人肉体的丰腴中恣意挥洒。可以喝这吃那,与人耳鬓厮磨,猜测这人或那人,挥手,骤然抬起下巴表示打招呼,坐别人的车后座,在旧金山坡地上颠簸跳跃,在市场街的南边看路边乐团演奏,之后买些啤酒,把车停下,带着装在纸袋里的啤酒,酒罐在袋里叮当作响,每个人脸上都容光焕发,在街灯下闪闪发光,沿着人行道走到这个或那个公寓派对,嗨,嗨,谢谢你来,把啤酒放进冰箱里,拿出一瓶现在喝,嗨,嗨,是啊,是啊,然后在盥洗室前等,慵懒地望着无所不在的安塞尔·亚当斯[①]的摄影作品,也许是约塞米蒂[②]。在走廊

[①] 安塞尔·亚当斯(1902—1984),美国摄影师,美国生态环境保护的象征人物。
[②] 约塞米蒂,国家公园,位于美国西部加利福尼亚州,是美国首个国家公园。

等候时和一位短发女生聊牙齿的事,不为什么,思绪的波涛并不清晰,问她能否让我看她补牙的地方,不,真的,我先让你看我的,哈哈,不,你先请,我排你后面,然后,走出盥洗室时,她还在那里,还在走廊上,她不只在等盥洗室,也在等我,所以最后我们一起回家,到她住的公寓,她自己住一间宽敞完美的铁路公寓,刚粉刷过,和她妈妈一起布置的,然后我们睡在她那张过大过软的白色床上,在她光线明亮的角落里吃早餐,然后也许再到海滩漫步几小时,带着星期天的报纸,接着再晃荡回家,随时,或永不。

该死的。我们甚至连个临时保姆都没有。

贝丝和我仍然觉得现在还太早,塔夫还是和家人在一起比较好,否则他可能会觉得我们不关心他,可能会感觉孤单寂寞,可能会导致他变得脆弱甚至心理扭曲,尝试吸毒,加入像"大河边缘"那样的帮派,满口荒唐,毫无悔意,剪掉牛仔裤,啜饮羊血,最后不可避免地,他会趁贝丝和我熟睡时宰了我们。因此当我每周一次在贝丝和我共同选出的那天出门时,塔夫便会用背包打包好东西,双肩包背在后面,步行到她家,在她的半个榻榻米上过夜。

"不可雇用临时保姆"的规则只是多得不胜枚举的规则中的一条,每条都是必要的,用来保持家庭的完整,以免它分崩离析。举例来说,如果贝丝那些低能讨厌的朋友有任何一位在她那儿(孤儿凯蒂知道来龙去脉,但其他人啥也不知道)喝酒或甚至连酒都不喝,我就不准塔夫留在她家,因为他们总会聊些不恰当的话题,男朋友的陋行啦,上次醉成什么德行啦,而且是用一种发育不全、纳帕谷①的样子,能侵蚀渗透,散播愚蠢。此外,如果贝丝或我正与某人约会,这个某人并不会马上被介绍给塔夫,而塔夫也不必长途跋涉,比如去看足球赛、逛动物园或者看牛仔表演等,好让我们在这些男女朋友面前炫耀一番。不,会有段等待期,所以等塔夫见到

---

① 美国加州葡萄酒的主要产地。

这位某人时,这位某人就真的会是塔夫可能再见到的重要人士,这样他才不必在几年之内和成百上千个人会面,特别是每一位在介绍时都被称为重要人士,到最后却弄不清谁是谁,搞得自己一头雾水,以致他长大后没有规矩的概念,没有自我认同感,没有家庭核心的观念,变得个性脆弱古怪,容易受印度教聚会所、以色列集体农场及耶稣基督等暧昧的魅力所吸引。至于我自己,如果我出门去约会,我会很早就出门,如果约会内容包括塔夫可能喜欢的活动,那么当然塔夫要跟去。如果这位所谓的约会明星对塔夫同行一事语带保留,那她显然是个坏到底的坏胚子。如果她以为我带塔夫一起去吃晚餐,就表示我不喜欢她,表示我只是拿他当挡箭牌,那就是她想太多了,只考虑到自己,所以也是个坏胚子。如果她来我们家时,对家里状况提出任何质疑,比如说:"喔,天哪,沙发下有吃的东西!"或甚至是:"真是单身汉住的狗窝啊!"或更糟,她胆敢建议我该如何照顾塔夫或诸如此类,我会当着塔夫的面摆脸色给她看,稍后再背着塔夫训她一顿,接下来一个月,她将成为我和贝丝人渣话题的主角,有些人根本啥事也不知道,还敢大放厥词,这些人,这些吃睡莲的蠢蛋,从不知道奋斗为何物,从不质疑其他父母,却觉得有权利质疑我、我们,只因我们还是生手,还年轻,是兄弟。但是,当然,如果这位约会对象没问及我们死去的父母,她就是不体贴、没礼貌、没分量、太年轻、自私。如果她问了,却假设是出车祸——

"谁说是车祸?"

"我乱猜的。"

"你乱……什么?"

——那她也是个坏胚子。不过,问东问西也不行,因为——

"你不想谈谈吗?"

"什么,现在吗?和你?"

"是的,求求你。"

"在酒吧里？"

"你不必自个儿承受这些事的。"

"喔，老天爷。"

——这不关她的事，只要我还活着，我就不会说。如果她要我费尽心力，南下斯坦福去看她，而不是每次都得她北上，我会客气地提醒她，强忍住怒气，说我俩的情况天差地别。她可以轻佻快活，有线电视想看多久就看多久，可以说"我们去看电影""我们去吃晚餐""我们去这儿""我们去那儿"，可以上咖啡厅，喝什么都行，随时随兴，可以到塔霍湖露营，上街购物，跳伞，随时随地，随心所欲，我的情况却是南辕北辙——让我们把话说清楚（莉莉，现在就该讲明白）——我责任已负，目标已立，压力已担，得过清苦的生活，没空休息，必须受限，疲惫不堪，在我的世界里，小孩的裤子破了要补，小孩的午餐要准备，小孩的脑子需要我帮着装些有关东非的复杂计划，更别提累人的家长会和来自社会保险局略带胁迫的奇怪通知——克里斯多夫·艾格斯最近结婚了吗？答是或否，并立刻将本通知寄回；不予答复将导致利益终止——我活着的唯一目的，就是除他之外一概不理，以设法引导出可能是历史记载里的一项辉煌成就。她如果不了解这一点，那她就是坏胚子。如果她说她懂，却仍纳闷为什么我就不能试着做些努力，更尽力一些，这徒然证明她有多不懂，永远也不会懂，直到有一天，发生了某件难以启齿的事，她会祈祷坏事不要来，但或许还是发生了，她的生活结构被拉得紧紧的，倏忽之间，她没了犯错的余地，无忧无虑、游手好闲、不务正业、虚度光阴的日子结束了，届时她将了解，保持这副自以为是的模样有多难，同时心里清楚得很，若想要我不辞辛劳地到斯坦福看她，甚或在半路与她会合，前提当然是这段关系值得我这么做，而且在我们第二次见面时，她表现得安分些。但在寻求灵犀相通的同时，我却发现自己找到了其他被诡异的家庭机制搞得四分五裂的人，这些人父母双亡或即将死亡，至少已经离婚，我希望这些人明白我的过去，不致拿些有关细节、有关施与受、有关我的贡献等事来烦我。一切以塔夫为重，如果塔夫睡了之后，我们在暗红色客厅的沙发上摸来摸去，她想留下来过夜，却不懂为什么不行，不懂为什么不能让塔夫醒来后看到不同的人睡在他哥哥房里，就表示她太年轻、不体贴，不明白尽可能帮塔夫营造一个单纯童年的重要性，那么她就再也不会出现了。如果她不知该如何和塔夫说话，如果她当他是耳背的狗或者更糟，把他当孩子看，她就再也不会出现，并将成为我和贝丝的笑柄。如果，反过来说，她把塔夫当大人看，可以，但不能说些不合宜的话，那些不适合他稚幼耳朵的话，例如："你知道沃尔格林①的保险套卖多少钱吗？"总之，尽管已遵守以上原则，如果塔夫就是不喜欢她，无论有何原因（他从未明说，却表现得很明显，例如每次她来，他就躲进房里，或者从未向她展示自己的蜥蜴，或者看完电影不吃糖），那么她就得慢慢退场，当然，除非她美若天仙，若果真如此，那就不管这小傻蛋在想什么了。如果她带东西给塔夫，例如一包新的乒乓球（她不知怎么发现乒乓球没了），那么她就是好人，不是坏胚子，我们将对她付出全部的爱。如果她过来吃晚餐，也真把我们做的墨西哥卷饼（里面没放一般人常放的荒唐玩意儿）吃进肚里，那她就是圣人，随时欢迎光临寒舍。如果她认为我们切橙子的方式（横切而不是直切）是唯一符合逻辑的，是唯一遵循美学的，还把整片橙子吃完，而不是只把汁吸干，留下银莲花模样的残渣，那么她便是无懈可击，接下来几个月，我们谈到她时将眉飞色舞——记得苏珊吗？我们喜欢苏珊——即使她已不再出现，因为她太瘦，而且神经兮兮的。

　　我们可不是要求严苛。不！我们很有趣！随和，悠闲。哈哈。是的，有趣。没道理让别人紧张，这只是我们的规矩，从未摊开

---

① 美国第一大药店连锁机构。

来明说，从未讨论。说真的，我们特别花心思散播欢乐与舒适的氛围，即使大部分时间，我们当着她的面，不去试着让她开心，反倒忙着娱乐彼此，而且常拿她开玩笑。方式却是有趣的！我们的一切都很低调，这一点应该要特别提到，一切显然都很低调，我们接纳每个人，而最擅长此道的是塔夫，他几乎一眼就喜欢上每个人。当然，如果你对美洲蜥蜴感兴趣，打嗝时还能讲话，那就更好了，但尽管不具备这些特色，他其实也了解约会对象所处的窘境，因此会让人有宾至如归的感觉，他会向她们展示他的神奇卡片，当她们说很乐意看一看时，他还会端饮料给她们，而且加了冰块，坐在她们身旁，简直可以说是爬到她们身上，他多高兴有人陪他，也许这个人还会陪他玩"打破砂锅问到底"（如果他在睡觉时间之前把东西拿出来，也许还趁他哥哥在洗手间无法抗议时），这可是吃馅饼的最快的方式：每答对一题就可以吃一块。

此时我正和一位二十九岁的女人交往。这位二十九岁的真正的女人是一家周刊的总编辑，我在那家周刊做些设计和插画等自由工作。虽然之前，就在她戴了顶紫色天鹅绒小圆扁帽的某一天之后，我就知道我们不是天生一对，但仍继续与她交往，因自己能钓上真正的女人并与她交往而沾沾自喜，她比我大七岁呢。她很聪明，留着金色长发，嘴角有笑纹，也是中西部人，来自明尼苏达州吧，我想，她知道怎么点、怎样喝真正的饮料。而且她已经二十九岁了。我提过她二十九岁了吗？我觉得这很合理，很适合背负着塔夫和全世界重量的我，很适合已经历尽沧桑、备觉苍老的我，我这种人就该和比自己大七岁的人交往。那是当然的！

我不清楚她的动机，但我倒是有一套理论：二十九岁的她，如同大多即将或已经三十岁的人一样，感觉凄楚、苍老，仿佛良缘已过，如今重拾过去虚度的青春岁月唯一的方法（即使只能重拾一点点），就是采阳补阴，榨干像我这般雄姿英发的人。

但我很怕见到她的裸体。在进展到那一步之前，我时常想，她会不会浑身发皱，像梅干一般干瘪下垂。我没看过二十三岁以上的人的裸体，之后有一晚，我们出去，没带塔夫，喝了某种我听都没听过的伏特加饮料，之后两人手牵手坐在后面的座位，假模假样地听着那个潜力无穷的洛杉矶庞克乐团前主唱引吭高歌，这家伙在楼下远处口齿不清地唱着，这背景音乐可要花十四美元哪，接着我们到她的公寓，我已做好心理准备要看触目惊心的景象，在心里盘算如果非碰她那长满粉刺或静脉曲张的肉体不可，该如何回应。我们跌跌撞撞走进屋内，我很高兴那里很暗，卧室更暗。但是她的肤色并不难看，肤质也没有松垮下垂，相反，她结实而丰腴，我莫名惊喜，如释重负。到了早上，在亮白光线的照射下，她看起来雪白光滑，发色比我记得的更亮，长度更长，发丝流泻在她白色的床单上，刹那间那感觉真的很好。但我得走了。这是我们搬来加州之后我第一次外宿，虽然塔夫睡在贝丝那儿，我仍想回家，以防他提早回来。如果我不在，他就知道我在别处过夜，他不懂为什么，可能因此长大后去卖毒品，或混在从佛罗里达来的流行乐团里唱歌。我穿好衣服离开，出门前还遇上她的室友。我开车回家，经过壮丽辉煌的桥面，桥下的船只来来去去。我及时到家。家里没人，我瘫在床上，又睡着了。他回家后他哥哥就在这里，当然整晚都在这里，一步也没离开过。

但今晚不出门。我星期三出去过了，所以现在和这星期剩下的时间，我要留在家里，维持这个世界。

"该睡觉咯。"

"几点了？"

"该睡觉了。"

"十点了吗？"

"是的。"（大声叹气。）"已经十点多了。我马上去找你。"

他上床钻进被窝里。我坐在他身旁，背倚着床头板——几个月前比尔买了这个床头板。每次他进城来我们就得去逛家具店，他想让我们家塞满从高速公路附近买来的廉价假古董。可是这块床头板和塔夫的床架不合,所以我们只是把这一大块木板摆在他的床和墙壁中间,为了让床有床头板,床头板就是要放在床头。

我从地上把我们的书捡起来。我们每晚都读书,有时读的时间比较长,但通常只读十五分钟左右,在我自己睡着前,我最多只能读这么久,但也够了,在他沉沉坠入儿童的梦乡之前,足够给他某种程度的舒适、稳定、安详、幸福的感觉。

我们正在读约翰·赫西①的《广岛》。喔,当然,书里尽是些恐怖的场景,无法言喻的苦难,人的皮肤就像脱脂奶酪般脱落,但你看,家里除了要有乐趣和欢乐之外,还需要持续清醒的学习。有时吃晚餐时,我会随手翻阅百科全书,这本大部头是从那个挨家挨户卖书的瘦小子那里买来的。在这之前买的是《毛斯》②。更早之前买的是《第二十二条军规》③,这本我们没读完,书里提到(对塔夫来说)太多没听过的历史资料,角色又晦涩难懂,读一页就要花差不多一个小时。读《广岛》时,我会跳过令人毛骨悚然的部分,而他也全神贯注地倾听,他真是太棒了:他对我们的实验和我一样热衷,他想成为理想的模范男孩,而我则想成为理想的模范父亲。等我读完书,详细解释书中的一些重要部分及历史背景(不是胡编乱造,就是只能讲个大概)之后,在他狭小的双人床上,躺几分钟,他躺在被窝里,我躺在外面,那种感觉真好,真温暖。

"滚开。"

"嗯?"

"滚。"

---

① 约翰·赫西(1914—1993),中文名韩约翰,1914年生于中国天津,十岁时随父母返回美国,先后在耶鲁大学、剑桥大学完成学业;主要作品有《广岛》《阿达诺之钟》。
② 全名为《毛斯:劫后余生录》。作者为阿特·斯比格曼(1947—),美国作家及卡通画家。
③ 美国著名作家约瑟夫·海勒(1923—1999)的作品,二战后"抗议文学"的重要著作,于1970年被拍成电影。

"不要啦。"

"起来。"

"不要，不要，不要啦。"

"到你自己的床上去。"

"喔，拜托，不要啦，我们两个挤得下的。"

"滚。滚。拜托。"

"好吧。"

我滚过的时候，故意很用力，然后起床，走进浴室，之后又回到他的房里，一边刷牙一边哼着歌，跳着踢踏舞。他虚情假意地举着大拇指称好。我走回浴室，将口里的水吐在水槽里，再走回来，倚在他房门边。

"今天真忙啊，对吧？"我说。

"是啊。"他说。

"我是说，发生了很多事。真是忙碌的一天哪。"

"是啊。半天在学校里，然后打篮球，然后吃晚餐，然后是学校开放日，然后吃冰激凌，还去看了场电影。我是说，事情太多了，几乎不可能在一天之内发生，仿佛是把好几天接在一起，把一整段时间迅速画成一幅图，能概括出我们现在生活的情况，不用亲身经历去把日子过出来一样。"

"你想说什么？"

"不，我觉得这样很好，不错。虽然有些难以置信，但效果不错，真的还不错。"

"你给我听好，我们有好多天都像这样，比今天复杂的日子不知有多少。你还记得那次野外露营盛大生日派对吗？还有和你那个大头朋友到塔霍湖的旅行？真的，和大多数时候比，这还算是普通的。这只是冰山一角而已。我是说，你知道这只是薄如蝉翼的一小片。想适切地描述内在的思维运作，哪怕只描述五分钟，也可能永远讲不完。我把你放到床上去，你坐下来试着讲述这类事情，一段时间或一个地点,却只能捕捉到一些蛛丝马迹,只能描绘出二十个层面中的一两个,这真的会让人发疯。"

"所以你就抱怨。或者更糟,郁闷的时候耍一些小手段。"

"对啦,对啦。"

"那些噱头、钟、口哨、图表。说一些类似'这是我画的订书机'的话。"

"没错。"

"你知道,老实说,我认为这不是形式的问题,这些废话,反而更像是良心的问题。你被罪恶感吓呆了,不知所措,因为是你先挑起这一切,尤其是之前那段话的。你莫名其妙地觉得有义务做那些事,但你也知道爸妈讨厌做那些事,他们会虐待你,要你去——"

"我知道,我知道。"

"但同时,我应该说,而且比尔和贝丝也会说——嗯,也许比尔不会,但贝丝肯定会——说你的罪恶感及他们的反对是来自中产阶级、中西部的那种反对。就像其他迷信,比如原始人怕照相机会摄走他们的魂魄那样。你内心挣扎的罪恶感,一方面是从天主教来的,另一方面是只有你成长的这个家才会给的。那里的一切都是秘密,比如说,你爸爸曾参加戒酒协会这件事,一个字也不能提,永远都不行,不管他正加入或已经退出。那个家和那个家里发生的一切,你连最好的朋友都没提过。而现在你时而反抗那种压迫,时而接受它。"

"怎么说?"

"这样说吧,你觉得自己现在开明得很,你认为你和我都是模范,因为环境使然,你可以抛开所有老规矩,可以边过日子边想新规定。但同时,到目前为止,你又是一副道貌岸然、想控制一切的样子,每次咆哮过后,你总说要维持他们的旧习惯,那些我们父母强加的规矩。尤其是保密这件事。比如说,你几乎不让我朋友到家里来,因为你不要他们看到家里有多乱,我们有多邋遢。"

"这个嘛——"

"我知道,我懂。你怕发生儿童福利机构的人来敲门这一类的事。但同时,你又没那么怕,而你也清楚得很。你早就想好自己该怎么说,要捏造哪些借口,如果真走到那一步,你将如何从收养家庭里把我抢走,我们要逃到哪里,要怎么过日子,新身份,新面孔。但首先,如果有任何儿童福利机构的人员或随便一个张三或李四想动我们一根毫毛,想动这地方一下——现在这里可是你的地盘,你的计划——你绝对会抓狂的,你会发疯的。"

"才不会。"

"容我讲讲上周才发生的一件事,这是你和一位好朋友之间的对话:

> 所以他整天都待在卢克家,他没有给我打电话。整整五个小时。我准备好晚餐,等了又等,都快急死了。而他却在那里闲逛。快把我逼疯了。他得学着尊重我的时间,我不能整天就等他的电话。我要把他关在家里。
>
> 喔,可怜的孩子,别把他关在家里。
>
> 什么?
>
> 我想他一定很内疚。
>
> 你是在告诉我该怎么——
>
> 不,我只是觉得——
>
> 看,就是这些屁话,你认为对这种事你有发言权,只因为我还年轻。我是说,你绝不会反驳一位四十岁的中年妈妈,对吧?
>
> 呃——
>
> 不要"呃"。因为我就是一位四十岁的中年妈妈。对你,对其他每个人来说,我就是一位中年妈妈。永远不要忘记这

句话。

"可怜的玛妮,她可是你认识最久的朋友。她又没恶意,只不过说了句无心的话而已。她也许是全世界最贴心的人,可你看,你老是张牙舞爪。你有单亲爸爸的那种愤怒,黑人单亲妈妈的那种防御心,再加上你自己找碴的本性。我是说,今晚,等你终于上床睡觉后,你会躺在那儿,满脑子想着该如何对付来这里伤害我的人,想着那些因为保护我而残忍杀人的画面。你的想象简直栩栩如生,残暴得吓人,主要内容是你拿着球棒,把日积月累的挫折感,一股脑儿发泄在任何入侵我们圣殿的人身上,而你挫折感的来源是这一切,是这些已经建起来的无形的墙,那些也许十年、十三年之后还在的墙,平常连提都不会被提到,还有你平常就感受到的愤怒,不是爸妈死后你才有这种愤怒(若是这样倒也无可厚非),早在爸妈死前就已经有了,你清楚得很,那股怒气流窜在孩子们的脊髓中,在那些生长在嘈杂、半暴力的酗酒家庭里的小孩心里,家里永远混乱不堪……什么?有什么好笑的?"

"你下巴有牙膏。"

"哪里?"

"下面一点。"

"这里吗?"

"再低一点。"

"还在吗?"

"没了,你擦掉了。"

"重点是,我——"

"看起来像一坨鸟屎。"

"好啦,哈哈。反正,我和你有了这个难得的机会,可以修正你自己成长过程中的错误,你有机会把每件事做得更好,把有道理的传统延续下去,不好的丢弃,当然,这机会每位父母都有,把每件事做得更好,超越他们,但对你而言,这事就显得更特别,意义更为重大,因为你可以和我——他们的后代一起做。如同完成一项别人无法完成的计划,他们放弃了,把计划交给你,唯一一位可以把日子过好的人。到目前我说的都对吧,老大?而最好的是,至少对你来说,你终于拥有你渴求已久而你也常执行的道德权威,小时候,你就常在运动场上四处走动,惩罚骂脏话的孩子。你十八岁前不碰酒、不沾毒,因为你得更纯洁,得有傲视他人之处。现在你的道德权威两倍、三倍地增加,你可以随心随欲地使用。拿那二十九岁的女人来说吧,你一个月后就会和她分手,因为她抽烟——"

"还有小圆扁帽,别忘了紫色圆扁帽。"

"那不会是你跟她分手的理由。"

"是没错,但那也是原因之一。拜托,理由很明显嘛。真的难以忍受,听那些声音,闻烟味,看着嘴唇碰到烟纸,吸着烟管——"

"没错,但你不会这样告诉她,你会用另一种多少可以羞辱她的方式,你不只会提到你父母死于癌症,你爸爸死于肺癌,还会说因为你不想你的弟弟生活在香烟环绕中,诸如此类,你就是会这样说。你想让这可怜的女人觉得自己像麻风病人,尤其是她还自己卷烟草,连我都觉得太可悲了,但你知道吗?你要她感觉像贱民,像比较低下的生命形式,因为这就是你内心深处对她的看法,也是你对任何有瘾的人的看法。现在你认为自己有了道德权威,能评断这些人,凭着你近来的经历,你有能力解释任何事,扮演征服别人的受害者,这个角色给予你的力量源自同情和劣势的处境。你现在可以同时扮演特权的产物以及被剥夺了所有的约伯①。因为我们领社会福利金,又住这么脏乱的房子,你喜欢把我们想成是低下阶级,现

---

① 《圣经·旧约·约伯记》记载了约伯的信仰历程,神许可撒旦将他的牲畜、家产、儿女都一并拿走,使其一无所有,要以此试验他对神的信心。

在你了解穷人的挣扎了，你好大的胆子！可是你喜欢这样的处境，那种屈居劣势的处境，因为这增加了你和其他人相处的筹码。你可以躲在防弹玻璃后开枪射击。"

"你还这么有精神！你睡觉前又喝汽水了吗？"

"还有可怜的爸爸，为什么总要提他呢？我是说——"

"天哪，拜托。你是说我不能提——"

"不知道，我想可以吧，如果你觉得不吐不快。"

"没错。"

"好吧。"

"我忘不掉过去。"

"很好。所以你今晚又要熬夜，几乎整夜不睡，跟每天晚上一样，两眼瞪着你的屏幕——还记得你大四时吗？你参加了创意写作班，正在写他们过世的事，他们过世还不到两个月，你就已经在写妈妈最后的几口气了，一整段都在描述妈妈的最后几口气。你们全班不知道究竟该拿你怎么办，'呃……现在……'他们不知道是该讨论你的故事（每个人都紧张地坐在那里，手上都有一份你写的文章的复印件），还是把你送到心理辅导室去。但这也没让你打消念头。自那时起，你就打定主意，要把这件事写下来，要写出这段时间，要写下那个可怕的冬天，同时记录下你希望会令人心碎的伤心往事。"

"听好，我累了。"

"现在又说你累了。先开口的人可是你。我半小时前就准备睡觉了。"

"好吧。"

"好吧。"

"晚安。"

我亲吻他晒黑的光滑额头。有一股尿的味道。额头有一条晒痕，有个U字形的地方没晒到，因为他把帽子反过来戴，扣环盖住了他的额头。

"帮我暖暖被子。"他说。

于是我把手伸进棉被里,迅速摩擦他的背,让被窝暖和。

"谢谢。"

"晚安。"

我留了盏灯,将他的房门半掩着,然后走到起居室。我把地毯铺铺好,那是我们继承的一块磨损的东方地毯。这块可怜的褪色地毯和厨房那块长形的薄地毯一样,线头都已经松了。塔夫和我在上头奔跑,线头会被拉长,像鬓须一样散落。我不知该如何保持它们的完整。我想保护它们,使它们恢复原貌,但我知道我不会为此伤脑筋。我把一条长七八英寸、像虫一样的粗线塞在底下。

我调整了沙发布的位置。这张沙发摆在我们芝加哥的客厅时可是完美无瑕、洁白如洗的,不过在这里却脏得这么快,角落那里,自行车倚靠的地方出现了黑条纹,抱枕变黄了,还沾了葡萄汁、巧克力等污渍。我们曾向装潢店租了一瓶去污剂,反而越弄越糟。沙发将继续颓败下去,我们的其他东西也将难逃这一命运。保养维护是天方夜谭。在我该修理的门边有一堆鞋。地该扫一扫了,但我还没动手就先打退堂鼓了:灰尘已成了这间屋子的一分子,依附在嵌线与灌浆里、角落里、地毯上、房屋结构的缺陷里。地板有破洞,墙壁下的护板也翘了起来。我用向邻居借的吸尘器试了一下,效果还不错,但这地方灰尘太厚,而且第二天又有一大堆东西堆在那里。现在我只扫地不吸尘。

我从冰箱里拿出一支塔夫的棒冰。隔壁有声响。我走到外面的后阳台。罗伯特和布娜——住左边的邻居——有活动,外头后院那儿站了差不多有十个人。

"你好。"罗伯特说。他总是很友好、很开朗,体贴又关心别人。真没劲。

他大我几岁,与布娜同居。布娜三十岁左右,经营一间受虐妇女庇护所。他们的朋友看起来像是伯克利的研究生。

"嗨。"我说。

"过来玩玩吧!"他说。

"是啊,过来喝两杯嘛。"布娜说。

"不,不行。"我说。天气暖和,月亮出来了。

我说我得处理一些事情,塔夫睡了,等等。我说谎,说我在等一通电话,因为我不想过去,不想见他们的朋友,不想解释我们的遭遇、我们住在这里的原因,这一切。

"过来嘛,喝一杯就好。"罗伯特说。他总是邀我过去。他和布娜是如此友善,总洋溢着欢迎光临的神采,我却与住右边的那对黑人男人与白人女人和那两只杜宾犬更亲近,他们的白色窗帘永远掩着,大门永远紧闭,与世隔绝。他们几乎不与人交谈,总是不见人影——这样日子好过多了。

我谢过罗伯特,回到屋内。

我走进起居室,走进那间我漆成暗红色的房间。墙上杂七杂八地挂着我父母、祖父母、祖父母的父母的老照片,以及他们各式各样的证书、通知书、肖像、针绣、铜版画等。我坐在从屋后仓库找来的沙发上,它是天鹅绒布面的,茶色的,弹簧坏了,木头裂了。我们留下来的古董大多都在这里:椅子、茶几,还有那张漂亮的樱桃木桌。室内很昏暗。我得把前面的树砍掉,因为它长太高了,挡得光线都快透不过前窗照进屋里来,白天亦然,搞得这里总是阴森森的,呈现暗红色,墙壁血红。我还没找到适合起居室的台灯。

从芝加哥搬到山上,再从山上搬来这里,一路上,好多物品都损坏了。画框破了,每个箱子里都有碎了的玻璃杯。有些东西也丢了。我几乎可以肯定有张地毯不见了,一整张地毯。还有那一大堆书,祖母的书。我把书摆在后面仓库里,打包装箱。大约四个月后,我走进那里,发现屋顶破了个洞。大部分的书都浸湿、发霉了。我试着不去想这些古董:刮坏的桃心木书柜、上头有刮痕的圆茶几、一只脚裂了的针织花布椅。我想拯救每样东西，想保存所有物品，但又希望它们全部消失。我不知道哪种处理方法比较诗情画意，保存或任其腐坏。干脆放把火烧了不是很棒吗？把它们全扔到街上去？我恨透了必须是我（为什么不是比尔或贝丝？）把所有东西从一处拖到另一处，所有箱子、数十本相簿、碗盘、桌布、家具，这些东西塞在我们狭小的衣橱和漏洞的仓库里，泛滥成灾。我知道是我提议保留这些东西的，还坚持到底，我要塔夫和这些东西住在一块，希望他能记住——也许这些东西可以留到我们买房子。或卖房子重新开始的时候。

"喂。"他从房里喊道。

"干吗？"

"你前门锁了吗？"

通常是他锁前门。

"我会去锁的。"

我走到前门，转上门闩。

第五章 （你弟弟在哪里？）

外面天色阴暗，暮色渐沉。有一个男人上楼来了。他满脸胡碴，趿拉着凉鞋，身上披了件斗篷，是（你几乎可以肯定）妈妈做的。我不想和这家伙讲话。我已经和加州公共利益研究小组（CalPIRG）的人聊过了；我已经给受虐妇女庇护所的那对情侣，给少年团体的那小男孩，给绿色协会的那女人，给男童俱乐部的孩子们，以及南美新经济网／冷冻杂志（SANE/FREEZE）那两位板着面孔的青少年捐款了。伯克利起初耀眼的光芒正日益退去。

门铃响了。

"你去开，"我说，"我不在。"

"你就站在门边啊。"

"所以呢？"

"所以呢？"

"塔夫！"

他站起来，脚上套着袜子，瞪了我一眼。

"告诉他们你一个人在家，"我说，"说你是孤儿。"

他打开门，和那人聊了几句，顷刻间那家伙就出现在我们的起居室里。我刚才不是说——

喔，是临时保姆斯蒂芬。

斯蒂芬是伯克利的研究生，来自英格兰或苏格兰，又或者来自爱尔兰。他沉默寡言，让塔夫无聊至极。他骑着前面装着大藤篮的自行车。他是贝丝在学校里找来的；他贴了张广告单。

"嘿。"我说。

"你好。"他说。

他把自行车抬进起居室。

我进房换衣服，出来后告诉他我晚上十二点以后才回来。

"老实说，你能留到一点吗？"

"我觉得应该可以。"

"好，那就一点吧。"

"没问题。"

"不过我也可能早回来。"

"没问题。"

"具体看情况。"

然后我告诉他塔夫十一点以前必须上床睡觉。

这是斯蒂芬第三次来，取代妮可。我们很喜欢妮可（塔夫喜欢她的程度，几乎和我希望能喜欢她的程度一样多），但她几个月前毕业了，而且居然搬走了。接着我们找来詹妮，一位伯克利的学生，她坚持要塔夫到她位于电报大道的公寓去，之前的表现都不错，直到有天晚上，她和塔夫在她家走廊拿气球当足球踢（他回家时常满身大汗），玩完后，她开玩笑说："你知道吗，塔夫，和你在一起真愉快。我们应该找个时间出去，喝几杯啤酒……"

于是换了斯蒂芬。

我吻了吻塔夫的额头，他头上反戴的棒球帽把额头遮住了。帽子上有一股尿味。

"你的帽子有尿味。"我说。

"才没有。"塔夫说。

"有。"

"怎么可能会有尿味？"

"也许你尿在上面了。"

他叹了口气，把我放在他肩膀上的两手拿开。

"我没有尿在上面。"

"也许是不小心的。"

"闭嘴。"

"不要叫我闭嘴,我告诉过你了。"

"对不起。"

"斯蒂芬,"我问,"你能不能闻闻这顶帽子,告诉我是不是有尿味?"

斯蒂芬并不把这个问题当回事,他紧张地笑了笑,但毫无闻帽子的举动。

"好吧,那么,"我说,"稍后再见咯。塔夫,我们……呃,我想我们明天再见咯。"

然后我走到门外,走下楼梯,钻进车里。在车道上倒车时,如往常一样感到幸福。

自由了!

这种感觉涌上心头。通常我会放声大笑,咯咯笑,重击方向盘数次,笑逐颜开,播一盘应景的歌曲。

这次这种感觉持续了十秒,或者十二秒。

然后,在街角转弯的那一刹那,我坚信,在瞥见真理的电光火石间(每次我离开他,不管到哪儿,都会这样),塔夫将惨遭杀害。当然了。斯蒂芬行迹诡异,太过安静,太过谦逊。他眼里闪烁着阴谋诡计。当然,从头到尾都昭然若揭。我忽略了这些讯号。塔夫告诉过我斯蒂芬很怪,再三提到他恐怖的笑容、他带来烹煮的蔬菜食品,我只是耸肩带过。倘若出任何状况,那都是我的错。他将对塔夫下毒手。他会想办法凌虐塔夫。塔夫睡着后,他会用蜡烛和绳索作怪。千般可能性闪过我的脑海,就像一张张恋童癖的闪卡:手铐、木板、小丑衣、皮革、录像带、胶带、浴缸、冰箱……

塔夫再也醒不过来了。

我应该回去。这太蠢了。我们不需要冒这种险。我不需要做这件事,不需要出门。出门又蠢又幼稚又不重要。我需要回去。

但我得出门。不会有什么风险的。

但就是有。

但冒险是值得的。

我摇下车窗,调高音量,一口气超过两辆车,开上高速公路,一路飙向海湾大桥,在左侧车道沿着海边行驶了七十英里。

过了收费站、红绿灯,驶上斜坡道,上桥。现在已经无法回头了。左边是奥克兰船坞,有张告示牌鼓励大家节约用水。

我回家时将发现门户大开。斯蒂芬走了,屋内一片死寂。我立刻知晓。四周弥漫着不对劲的氛围,往塔夫房间的楼梯上有血迹。墙壁上也有血迹,是沾满血的手印。有给我的字条,斯蒂芬写的,语带嘲讽;也许还有一卷录像带——都怪我。他小小的身体扭曲发紫——斯蒂芬曾站在那里,早就计划好了一切——他们站在那里时,我就感觉不对劲,我知道哪里不对,我知道这么做是错的……但我还是走了。这说明什么?简直是个恶魔——大家都会知道。我会知道,我不会抵抗。还会有听证会、审判、公审……

你是怎么找到这个保姆的?

我们看到一张贴在布告栏上的广告。

你花了多少时间面试他?

十到二十分钟。

那样就够了吗?

是的,我想够了。

你其实一点也不了解这个人,对吧?

我知道他是苏格兰人或英格兰人。

或是爱尔兰人。

有可能。

你离开你弟弟上哪儿去了?

出去,到酒吧。

到酒吧。酒吧里有什么?

朋友、人、啤酒。

啤酒是吧。

我想会有特价。

还有特价呢。

啤酒特价，某些品牌打折。

喔，你知道，我只是想出去。我才不管出去要做什么。你要知道，那时我一星期顶多出去一次，也许十天才出门一趟，所以如果哪天晚上有事，我又找得到保姆，管他是什么事我都会去，会早早离开，这样才能待久一点，保姆六七点或随便什么时候来。我会开快车进城去，随便找个人吃顿饭。也许只是和他们找个地方坐坐，通常是在穆迪家里，看有线电视，做好准备。我会在那里，坐在沙发上，从冰箱里拿瓶啤酒，细细品味每分每秒，不知道何时能再相聚。他们会漫不经心，不明白这对我有多么大的意义，即使我对这一切表现得有点狂热，有点太过热切，笑得太多，喝得太急，希望有事发生，希望我们找个好地方去，随便干什么都好，只要让这晚有价值，只要这晚值得我不辞辛劳跑这一趟，值得我不断地担心、想象。有时我觉得自己格格不入，有时好几个星期都不曾和我的同龄人真正在一起，过着一种类似在异邦言语不通的生活。

桥上，冷风直钻入车里。我调大音量。左边的远方，往南半英里，漆黑的海湾里油轮浮沉，等着抵达奥克兰。

留下来是勇敢吗？

或者离开才叫勇敢？

这是背叛。已经有救护车赶到那里了。灯光闪烁。邻居跑出来看热闹，四周像嘉年华般明亮。可是四面静寂。只见灯光，只闻低语。每个人都在问我上哪儿去了。这小男孩的父母呢？什么？喔，那这小男孩的哥哥呢？他怎么了？

右边是金银岛，接着是恶魔岛，然后是入海口，大海。我们是飞越隧道的航天飞机，车辆不停地变换车道，饥饿地寻觅，如子弹射出枪管，火速横向飞来，像水里的虫子……过了隧道便是市中心，成千上万的灯管划破薄如纸般的黑夜。

会有个小棺材。我会参加丧礼，大家都会知道。他们会审判我，定我的罪，我会死在电椅上或绞刑架上。我会被吊死，因为我要那种痛苦，慢慢地，血脉贲张、爆破。

喔，可是终了时那尴尬的勃起。

在装潢成洞穴的酒吧里，昏黄的灯光下，布伦特仍在试着帮他的乐团取名。乐团现在叫做"诸神讨厌堪萨斯州"，根据二十世纪六十年代一本科幻小说命名，但这个名号已使用近半年，该更名了。他将各式各样的名字潦草地写在一张薄薄的长纸片上，像小卷轴般，要大家票选：

斯科特·贝奥武夫（Scott Beowolf）①

梵高狗奔（Van Gogh Dog Go）

乔恩和本丢·彼拉多（Jon & Pontius Pilate）②

杰瑞·刘易斯·法拉坎（Jerry Louis Farrakhan）

帕特·布恰尼塔（Pat Buchanitar）

卡加古州长过程（Kajagoogubernatorial Process）③

斯派克·李·汤姆迪克少校和小哈利·康尼克（Spike Lee Major Tom Dick and Harry Connick, Jr. Mints）④

其中多数名字都像这样，混和了两种或多种文化元素，最理想的情况是地位一高一低，自以为聪明其实毫无意义。这种命名方

---

① 贝奥武夫是英雄史诗《贝奥武夫》中武士的名字，斯科特则为平凡无奇的美国男子名。以下各词组合多具有强烈对比性，以表现出荒诞滑稽的效果。
② 本丢·彼拉多，罗马帝国犹太行省的执政官。根据《圣经》所述，他曾多次审问耶稣，虽明知耶稣并没有犯什么罪，却在仇视耶稣的犹太宗教领袖的压力下，判处耶稣钉死在十字架上。
③ 此超长名由两个词组成：kajagoogoo 和 gubernatorial。kajagoogoo 为美国 EMI 旗下的乐团，于 1982 年发行首张单曲《太害羞》走红而流行乐坛，数年后解散。gubernatorial 为形容词"州长的"。
④ 斯派克·李为黑人导演，曾执导《黑潮》《为所应为》等。康尼克（1967—）为美国新生代流行歌手及演员。

式已有其他乐团采用（大多是本地乐团），如约翰·肯尼迪足球俱乐部（JFKFC）、托马斯·杰斐逊奴隶公寓（Thomas Jefferson Slave Apartments）、查尔斯·纳尔逊·赖利王子（Prince Charles Nelson Reilly）①等。

布伦特和我，还有其他人，站在酒吧二楼看台，往下凝望底下百来颗晃动的脑袋，饮着店里自酿的啤酒。我们知道啤酒是店家自酿的，因为，就在那儿，吧台后面，有三个大铜桶，有根管子从那里接出来。啤酒就是这样酿出来的。

大家都在：布伦特、穆迪、杰西卡、K.C.、皮特、埃里克、弗拉格、约翰。这些人全是我中学同学、中学以前的同学、小学同学，或更早以前，全都来自芝加哥，刚离开校园，背井离乡住在这里，大家在一起有一种无法解释的集体移民的感觉。我们大概有十五人迁徙到此，每个月还有更多人降落在旧金山，各有各的理由，却都不是什么特殊的理由。当然，没有人是因为这里的就业市场来的，这里的工作一点儿也不吸引人。目前我们全都靠打零工勉强过活，各式各样的零工。杰西卡在圣罗莎当保姆；K.C.在一所天主教女校教六年级；埃里克在斯坦福攻读硕士学位；皮特是某个可疑耶稣会自愿军的一分子，现与其他六名新兵住在萨克拉门托，也在"囚犯权利组织"工作，编辑一本叫做《加州囚犯》的期刊，销量还蛮好的。

大家都在，这感觉不像真的，却又令人感到宽心。他们是我和塔夫与家乡仅存的联系，因为，虽然我们离开芝加哥还不到一年，却已和爸爸妈妈的每一位友人失去联络，甚至是妈妈的朋友。这很奇怪，贝丝和我都这么觉得。我们原以为他们会很关心我们的状况，会时时探问我们的消息，但只是差强人意。一开始还有些电话

---

① 查尔斯·纳尔逊·赖利（1931— ），美国演员、导演及戏剧教师，曾获"托尼奖"，并于洛杉矶创办国际知名的戏剧学校 The Faculty。

及书信往来，但总显得尴尬，令人局促不安，他们对我们的担心显而易见，藏也藏不住，他们的不信任隐约可察。

但这些人，这些朋友，却替我们和塔夫创造了一个世界，无论我们愿不愿意，在这个世界上有假的堂表亲、阿姨、叔伯，他们陪我们一起用餐，一起踏浪。女生们——K.C.和杰西卡——帮我们买厨房用品，偶尔过来打扫、铺床、清洗水槽和卧室里的碗盘，随时可以询问她们做爆米花或解冻牛肉的方法。他们从小看着塔夫长大，从他头上还没长头发时就抱过他，所以带塔夫一起去看电影、吃烤肉、参加任何社交聚会，他们完全没问题。塔夫也认识他们，可以听出电话里是谁，开上车道的是谁的车，他几乎记得我们中学才艺表演时的每句台词，那次表演我们在地下室彩排了好几个月。那时塔夫才四五岁，但每次彩排他都在场，央求妈妈让他再多留一分钟，从楼梯上看着我们，咯咯大笑。他记得每句台词。

所以我设法让这些人尽量常到伯克利，我要他们在身边，不只是为了娱乐我自己，也是为了角色扮演的连续性（他们一踏进我们家就成为我们延伸的家人）：煮饭的阿姨、唱歌的阿姨，还有位叔叔会拿一把铜板放在弯曲的手肘里，接着手臂突然伸直，使铜板落到手掌上。而他们也的确常来，可能是碰巧，可能不是。举例来说，穆迪就常来，最近都睡在我们的沙发上，一星期至少三晚。我们打中学起就很要好，共享除脚臭粉，比较青春痘药膏的效果（我俩都是抗痘达人），在他地下室的卧室（超大的）喝美乐干啤。我们延续中学时期流行的假证件生意（我们是镇上首位使用当时还很先进的麦金塔科技的人，因而消灭了使用拍立得和公布栏的敌手），在我家后面的房间里，开始了平面设计的小本生意，把公司命名为"伟硕设计联合公司"，我们向客户（很像我们假证件的老主顾）提供用激光打印机打印信头和用墨水字体制作特殊工艺的名片（500张卖 39.99 美元），他们想要快快提货，便宜了事，不在乎名片上是否错误百出，而且——

"谢谢。"

约翰递给我一罐啤酒。

我认识约翰一辈子了。

他晒成古铜色,很好看,一如往常。他总喜欢把皮肤晒黑。

约翰在我家附近长大,我们两家之间的感情很好。打从认人的时候起,我就认识他。有些照片是我们躲在餐桌底下吃棒冰,或是我在他家后院用吸管喝鸟饲料时拍的。九或十岁时,我们一起绞尽脑汁,写信给乐高厂商,建议他们改良设计,并为他们提供未来的商品规划。我就像他爸妈的小孩,他也像我爸妈的孩子。即使读中学后,我们逐渐无话可说,也仍密不可分,如胶似漆。我们的衣橱里装满了从对方那里借来的衣服。

他爸妈也走了。他妈妈很高,金头发,大嗓门,在我们读初二时死于癌症,真是一团糟,这也让他和我们家关系更近了。五年后,也就是在宾州住了一年之后,他转学到伊利诺伊州,和他爸爸住得近些。他爸爸过得不好,曾中风,也曾患忧郁症。一年后,他爸爸也走了,是动脉瘤,我俩真是一团糟——当时我爸爸才过世几个月,那真是我们灰暗的一年;我们甚至不常见对方的面——那只会使情况更糟,提醒我们同病相怜,并为是否需要询问对方近况而不知所措,最终只是以含糊其辞和紧张地吸气来收场。

他爸爸的丧礼过后,约翰只请了几天假,星期三就回学校上课。

"你回来了。"我说。

"是啊。"他说。

他没别处可去。

"你指关节怎么了?"他指关节有伤,结痂了。

"喔,我打破窗户,你知道的。"

"是啊。"我说。

现在他离乡背井在这里,住在奥克兰。毕业后他先试着住芝加哥，但老是遇到从香槟城来的人，这让他觉得很烦。他们都在那里，全校的人，离开伊利诺伊州的寥寥可数。在多数人眼中，芝加哥是监狱，外边的都像是中国的领域，是月球。

"塔夫还好吧？"他说。

"很好。"我说。

钢丝钳、手铐……

"他在哪里？"他问。

涂料稀薄、凡士林……

"在家里，有保姆。"

还有其他东西——他从苏格兰带来的！

"喔。"

我转移话题。

"工作找得怎么样？"

"不知道，还不错吧，我才刚和一位工作辅导员见过面。"

"一位什么？"

"工作辅导员。"

"什么意思？"

"他是那种帮你找出——"

"好，我知道了，可是那到底有什么用呢？"

"是这样的，你告诉他你的兴趣，他给你做个测验，你把答案填好。"

"像单选题？"

"是啊，花大概三小时。"

"他让你做测验，找出你要的是哪种工作？"

"没错。"

"你是在开玩笑吧。"

"我干吗开玩笑？"

我们望着底下的人群。他们穿着从米慎街买来的二手衣服，或是在海特街①买的，在后者买的要贵两倍。他们解开合成纤维紧身衬衫顶端的两颗纽扣，里面穿着印有不存在的公司商标的运动衫。他们不是剃光头，就是顶着一头乱中有序的韦斯特伯格②发型。有些年轻人来自斯坦福，穿着淡蓝色休闲鞋和衬衫，头上抹着发胶，也有身材娇小的女人穿着大大的鞋子和舒适的贴身运动衫。

大家都在讲话，都是呼朋引伴而来，正和同行的友人交谈。他们和同事一起出来，正望着每天都见到的脸孔，说着已讲过一百遍的话。和我们一样，他们手里拿着店家自酿的啤酒。

"我们该点些东西吃吗？"我们／他们问。

"不知道，要吗？"我们／他们说。

从这里，酒吧二楼，我看到他们的嘴在动，但他们的话只是呻吟，一种持续而单调的呻吟，一种哼哼叫声，间或夹杂着"喔，我的天啊！"的尖叫声。

他们，我们，人太多了。太多人，太相像。他们都在这里做什么？站着、坐着、聊着。这里甚至连桌球台、镖靶之类的东西都没有。只是闲荡，懒洋洋地或坐着或躺着，喝着厚玻璃杯里装的啤酒。

我冒这么大的风险就为了这个？

得有事发生才行。某件大事。有地方被占领了，一栋建筑、一座城市、一个国家。我们应该全部武装，占领小国。或暴动。或干脆来场狂欢。应该要狂欢才是。

全部这些人——我们应该关起门来，把灯光调暗，一起脱光光。可以从我们这些人开始，K.C.和杰西卡，先从她们开始。这样就划算了，一切就有正当理由了。我们可以移开桌子，再搬来沙

---

① 旧金山海特街和阿什比大道是有名的嬉皮街，为庞克族聚集地，有许多打扮前卫、噱头十足的年轻人，还有旧书店及嬉皮时期服饰店，可买到便宜的二手名牌服饰。
② 引用美国20世纪80年代庞克摇滚乐团换牌乐队主唱保罗·韦斯特伯格之名。

发、床垫、抱枕、毛巾、填充玩具……

但这……太奇怪了。我们怎么会四处站着，满嘴废话，而没遇上一大群人，碰上某件事，某件大事，例如抢劫？我们干吗花这么大力气出来，只是一大群人聚在这里，而没放火、拆房子？我们怎么不敢锁门，把白灯泡换成红的，开始集体狂欢，千只手、千条腿、千个胸快乐地纠结交缠？

我们在浪费。

我们又可能聊些什么呢？

皮特侧身走过来。

"嘿。"他说，隐约带着他中学时练出来的英国腔。

"告诉我，"他说，"小塔夫还好吗？"

"很好。"我说。

"他在哪里呢？"

我爱皮特，而且他并无恶意，但干吗问这个问题？干吗一个晚上问两次？就好像重复说"你真是个好哥哥"。仿佛"你弟弟在哪里"已经成为非问不可的问题，却没有内在的联系。干吗在我出门想喝点酒、鼓动狂欢时，问我弟弟在哪里？约翰和皮特又想听到什么答案？真是个荒谬的问题。如果是问他还好吗——"你弟弟还好吗？"——还有道理，也很容易回答：塔夫很好。但干吗问他在哪里？

"在家里。"我说。

"喔，和谁？"

剃刀、电锯、冰库……

"失陪一下。"

我奋力挤过人群到盥洗室去。

问这些问题。这些人不该这么笨的。我的朋友全是些白痴吗？

盥洗室里有人在洗手台小便。我注意到有人在洗手台小便时，那人也注意到我注意到了，因此理所当然以为我正瞧着他的家伙，可是我没有，他的家伙正趴在洗手台边，像只刚出生的小鸡，紫色、皱巴巴的，往水源处探去。

我想离开，但立刻想到这反而会让我看起来更有嫌疑，好像我进厕所就为了看这男人的家伙趴在瓷器洗手台上，达成目的后——是的，我看到了——我就可以闪人了。我走进厕所，关起身后的门。而在那儿，在大约眼睛的高度，是我们的贴纸。

> 修理那些白痴。
> 《迈特》杂志

穆迪和我一个月前设计了这些贴纸，我们把它们散发给朋友，规定他们要把贴纸贴在厕所、墙壁、路灯柱、车辆上。这是前三个月营销活动的第一步，要让每个人对"迈特"这两个字议论纷纷：迈特是啥玩意儿？他们会问，满肚子的好奇。我不知道，不过等谜底揭晓时，我一定会想知道他们在做什么。

当初决定贴纸上要写什么时并无多大争议。在我们看来，意思很明显，望文即可生义：

> 修理那些白痴。

可是现在，看着这张歪斜地贴在空心砖墙上的贴纸，我却发现这个问题：被修理的是谁并不明显。那些该被修理的白痴是谁？可恶。当然，我们原本就打算让意思模糊不清，"白痴"可解释为任何人：其他杂志、雇主、父母、嬉皮、街角的杂货店。但现在，有个可怕的问题出现了：我们是否暗示看到这张贴纸的人应该来修理我们？

喔，天哪，没错，没错。毕竟，在读了"修理那些白痴"之后，紧接着就是"《迈特》杂志"。我们就是要被修理的人！贴纸上又没其他选择。

这下惨了。整个城市都贴满了告诉全市人民来修理我们的贴纸。说这句话的方法还有更多更好的，比如：

> 《迈特》杂志说：

>> 修理那些白痴。

或

>> "修理那些白痴。"
>> 《迈特》杂志说。

或

>> 修理那些白痴。
> ("那些白痴"指的不是《迈特》杂志的幕后人员,
> 制作这张贴纸的是好人,不应被修理。)

这太恐怖了,简直是人间炼狱。我们已经印了五百张并发出去了。我靠在马桶上,想把贴纸撕下来(我会亲手撕掉每一张的!),却只剥下一些碎屑。我抠了又抠,却看不出有何进展,指甲也因塞进大量胶水而变黑。而且我裤子拉链还没拉。

等我走出厕所时,那位紫色小鸡男已经走了。我走回之前所在的栏杆那里,半数的人已经走了,只剩詹娜一个人站在那儿。

我们闲聊了两三分钟,一切都很好,直到:

"你弟弟还好吗?"

"很好,谢谢。"

我很担心,但又不知道……

"他叫什么名字来着?"

"塔夫。"

……她会不会……

"他在哪里?"她问道。

老天。这些人。我往下望着人群,底下那些蠢蛋。

"塔夫?喔,我好几个星期没见到他了。"

"什么意思?"

"我是说,他现在可能在达科他州吧。"

"什么?"

"是啊,我们闹僵了。有一天他就这么走了。搭便车旅行去了。

和一些朋友环游美国去了。"

"你不是说真的吧。"

"我也希望如此。"

"我很遗憾。"

"喔,别担心,算起来我也有责任。他有点生我的气吧,我想。标准的叛逆少年。"

"你指什么?"

我一直凝望着下方,看着一位戴圆扁帽、穿黑色夹克的中年男子,混入两位看起来是大学生的女生当中。可怜的男人,他不知道自己没指望了,永远都没有,因为他这身圆扁帽打扮。我瞄了一眼穆迪,确定他没在听我们说话。他会杀了我的。他没在听,所以我看着詹娜,一方面是为了达到戏剧效果,另一方面也是确定她仍在等我回答。

她还在等,所以我继续说下去。我不知道我为什么要继续。有人问问题,在我构思出一个导向事实的答案前,我先撒谎。我谎称爸妈的死法——"你记得大使馆爆炸案吗?在突尼斯的那起?";谎报我的年龄——我老说自己四十一岁;胡扯塔夫的年纪和身高。有关塔夫的问题,所得到的答案是最光怪陆离的谎言:他刚砍掉一只手臂;他脑袋像婴儿一样,蠢蛋一个,小麻烦(塔夫在时我才会这么说);他在一艘商船上,他在坐牢,在少年监狱,出狱了,正在贩毒——"喔,给他一些快克,你就会看到他整张脸亮了起来!"——他正在打中国男篮职业联赛(CBA)。

"这么说吧,他在学校惹了一些小麻烦。"我告诉詹娜。

"什么样的麻烦?"

"呃,你知道不能带枪到学校去吧?"

"是啊。"

"呃,我告诉过他别带枪去学校。就这么简单。这大家都知道。你要玩枪可以在家里玩,在家附近玩,在哪儿都行,我告诉他,就是不能在学校,因为校规就是校规,对吧?"

"等等,你是说他有枪?"

"当然,怎么会没有呢?"

"他几岁?"

"九岁,快十岁了。"

"呃,所以他们逮到他带枪咯?"

"喔,比这还糟。塔夫脾气暴躁,你是知道的,那里有个孩子,叫詹森什么的,一直惹他,整天哼唱一首烦人的歌,一首塔夫压根儿就不喜欢的歌,最后他受不了了,啪嗒一声,就像这样,从橱柜里拿枪出来,朝他开了一枪。"

"喔,我的天。"

"是啊,我知道。"

不,我告诉她,小詹森没死,他现在好好的,一星期前才从昏迷状态中醒来。发生这种事,我自然会收回塔夫用枪的特权,也当然把他打了个半死,我下手太重了,使得他脚上有个东西断了,好像是肌腱吧,于是他跌坐在地上,像猪似的尖叫,站都站不起来,得送急诊室。我们在医院时,肯定有医生偷偷向警方报案,因为有位女警出现了,然后——

"你怎么向警察解释塔夫的脚?"詹娜想知道。

"喔,这很简单。我告诉她,他和一个朋友用湿毛巾互打。"

"这样她就相信了?"

"当然,当然。你不知道别人一旦知道我们的遭遇后,说什么他们都信。他们准备好相信任何事,基本上他们什么都信,因为他们已经无所适从了,他们还在想我们的遭遇到底是不是真的,但无法确定,所以很怕冒犯我们。"

"是啊。"她说,还不大懂。我决定就此打住。

"反正之后三周他只能拄着拐杖,着实恨透了我和所有的一切,真的恨在心里,然后咻的一声,他一甩掉拐杖,人就跑了。"

"搭便车旅行去了。"

"没错。"

"我很难过。听我说,如果有任何我帮得上忙的地方……"

"就一件事?"

"什么事?"

"别把这事告诉穆迪。"

"好的。"

"他会担心。"

他会宰了我。我最好赶紧走。她一定会告诉他,然后他会宰了我的。他会打得我鼻青脸肿,就像中学那次,返校之后,在湖边,我喝醉了,从树上掉到他身上。他会像那时一样揍我,一拳打在我胸骨上,告诉我快速、简单的信息:你是个浑球——接下来几个月,我一呼吸胸口就疼。

我找到我的车,驶过市区,穿过刺眼的川流不息的车灯,嘲弄着(那可能是很恶劣的行为,我刚对詹娜做的事;心理医生会说这很恶劣)。我沿着第九街往北行驶,经过市场街,再开到富兰克林街,沿路开下考哈洛,特丽萨就住在那儿。过几条下坡路后,她那间尖塔状的三楼公寓就在眼前。特丽萨住在高屋街一栋淡蓝色大房子的顶楼,过联合街再开几条街就到了,公寓是她和她妈妈一起布置的,里头样样齐全,有锅垫、窗帘和一百个左右塞得满满的抱枕。我的计划是最后躺在她的床上。她的床很大,又有床柱。

这条街呈四十五度角倾斜,我在对街停车,抬头寻找她窗口的灯光。窗内一片漆黑,她放在逃生设备上的那只塑料小猫头鹰还在。她睡了。不,不,厨房附近有微弱的灯光。是电视机吗?她可能还醒着。她可能出去过,但回来了,可能还醒着。现在才十一点半。喔,我要进去!不,不,不行。这太蠢了。我开车在街上绕弯儿。我没借口在这里出现。

我转弯又开回去。我会想出借口来的。

我把车停在车道上她的车后方，跳上她前廊的木阶梯，按了门铃。我会说我要睡在这儿；我会说我需要睡在这儿，我被关在门外了。这很尴尬，我会说，一边咯咯笑。嘿嘿。怪事一桩，我会说。刚好到附近，惊觉已到这里了。塔夫在贝丝家，我会说。抱歉。你好吗？你睡了吗？

她会让我进去。我们会到海边，和上回一样。上次我半夜出现，欲火焚身。我问她要不要到海边，她穿着睡衣，却兴冲冲地回房更衣，她换装时，我把香蕉、无花果酥饼干和一瓶酒装进袋里。她带了毯子。我们坐进车里，车里很暗，座椅冰冷，我们打开暖气，紧握对方的手，火速驶过金门大桥，穿越海岬，墨黑的路面环绕着紫色的山丘，宛如行驶在沉睡的巨大躯体的轮廓里。开过古老而歪斜的木造军营，炮塔高高耸立于太平洋上，一路开往克朗凯特堡海滩。我们把车停在黑暗的营房边，下车，脱去脚上的鞋，走上小池上那座灰色木桥，脚步声如雷，海洋黑黝黝的，风直接从海面吹来。我们蜷缩在毛毯里，仍光着脚，用彼此的胳肢窝暖手……

她没应门铃。

她看到我会摇头，但依旧会让我进去。我再按两次门铃后，转身对街而立。

有辆车，黑色闪亮，开上山坡停在街角。车里坐了个女人，三十五岁上下，盛装打扮，独自驾驶。她拉起手刹，在钱包里翻找东西。我距离她不到二十英尺。她一抬头就会往这方向看。她会抬起头看走廊，会看到我。她会打开副驾驶座的车门，叫我跟她走，分享她的床。正如我所愿，我会说，有些诌媚的意味。我不会在乎我们做什么，做什么都行，什么都不做也行。这不重要。只要有张床，有个空间，有温暖，她的脚和我的纠缠交错。我会说她的脚趾冷冰冰的，她会用脚磨搓我的腿……

这种事不时发生。

那女人在钱包里找着她要的东西，于是放掉手刹，开上山坡，转弯。特丽萨不在家。我离开了。

联合街上，酒吧人潮才刚散去，街上到处都是人。朱莉在一间叫蓝光的酒吧里当酒保，那间酒吧除了漆成淡蓝色外，还装满镜子，里面许多人穿着平底休闲鞋和白长裤。我是上次在穆迪的派对上遇到朱莉的。我会顺道拜访她。我会假装我是来这儿找人的，或者我就走上前，告诉她我是来看她的，因为我突然想起她，想见她一面。她会喜欢这说词的。她会喜出望外，受宠若惊。她可能会说：我喜出望外，受宠若惊！

我停在五条街外。联合街充斥着穿白长裤和平底鞋的人潮。来自马林、纽约和欧洲的人。酒吧门外，保镖不让我进去。我把驾驶执照留在车上了。

"要有身份证件。"

"我知道，可是——"

"抱歉，走吧。"

"我只是想——"

"掉头，走开。"

当然我想象着宰了他的画面，为了某个原因，我是用一把双刃的大刀杀他的，就这么砍在他那颗柠檬般的脑袋上。

"听着，我只是——朱莉在吗？"

"不在。"

"她走了吗？"

"她今晚休假。"

我往车子走去，与数十位穿着白长裤的人擦身而过。有些穿卡其服的独行客。喔，如果有事发生就好了。但一点事也没有。这全是某种可怕的机器，只有预料中的事才会发生。

我走到白鸡储藏库打公共电话。我要打给梅雷迪思，她会出来的。

她接起电话。我问她近来可好。她说还好。我问她在做什么。她说什么也没做。我问她要不要做什么。她说好啊。

梅雷迪思和我的关系仅止于朋友,从大学起,又因为她在洛杉矶,我在这里,我们都只用电话联络。她来这里度假,要住一个星期,就住在海特街附近。

我去接她。我们走到妮基小店。那里很小,人挤人,又闷又热。

"要跳舞吗?"

"我要再多喝一点。"她说。

在鼓声咚咚的吧台喝过酒后,我们开始跳舞。我们舞技拙劣,甚至撞到了其他人,刚开始跳就流了一身汗。狭小的地板上挤满了人,我们被迫贴着身子跳舞。为了有些空间,我们侧身往角落走去,就在扩音器下方。那里声音震耳欲聋,不管播放的是什么(地风火乐队①?),低音很重,极具侵略性。那声音轰隆作响,接着有如洪水般冲进我们的脑子里,流到各个角落,逼出所有思想;它带了十个手提箱,放在主卧室里;它重新整理家具;低音还在我们脑子里回荡,将声波传入神经元里,加入储存在那里的每样东西里,加入我们记得的电话号码与童年的记忆里。我们贴近身体,而唯一可看的地方当然是往下,梅雷迪思摇曳着身躯,忽远,忽近,忽远,忽近……

我们离开酒吧。我们会到海边。

到海边要开很久。

现在,临时保姆已做完他想做的每件事,已骑上装有藤篮的自行车回家去了,在他的贼窝里,他会告诉朋友们这件事,大家笑得乐不可支。他给他们看拍立得照片——

不,塔夫会想办法。他会装睡或装死,等斯蒂芬睡着后(把冰

---

① 地风火乐队,1969年成立于芝加哥的一支放克乐队。

箱里所有的食物一扫而空后），他会出现在他身后，拿东西猛力揍他。用他的球棒，那支我们刚买的金属球棒。他会用球棒打烂斯蒂芬的脑袋，等我回家后，他就成了英雄，疲惫，全身瘀青，但是个英雄，心情愉快，他不会怪我出门，他会了解的。

我：呦！真险哪！

他：可不是吗！

我：你饿了吗？

他：你现在才问？

梅雷迪思和我停好车，脱下鞋。沙滩冷冰冰的。我们往海边走，沙滩上营火点点。我们挑了个靠海的位置，身后的车灯照得我们通体发亮。我们把一条小毛巾铺在地上，坐下，互相依偎着。但我们的动力起了变化。我们就快陷入那种无罪恶感的享乐中，那是我们之前努力想达成的，才二十分钟之前，这似乎是无可避免的，但现在我们坐在这里，突然觉得很勉强，那事若发生在我俩身上会很蠢，我们是朋友，不至于如此愚昧。于是我们聊工作。当时她正在帮电影《海豚》做后期制作。

"真的啊？"我说。我不知道这件事。

"比听起来要好。"她说。

她想制作电影，想拥有一整间摄影棚，想制作更多、更好的电影，怪异的那种，想有一种集体作业，就像沃霍尔工厂那样，所有人都在。

"可是你知道吗，"她说，"想达成所有目标可能得花上五年、十年，而且要花好多钱——我是说，即使我现在开始。漫长的等待真要人命，等着达成你计划的目标。这些时日的摸索，做临时工或《海豚》的后期制作——"

"每件事都得花上一辈子。"

"没错。要明确地知道你想做什么，肯定地知道你要制作什么，如果有条件、有时间，作为工作主体的每项计划都安排好了，一切都拟妥：会有哪些人参与，办公室会是什么样子，桌子要摆哪里，沙发，热水浴缸……"

"应该更简单才是。"

"应该是自然发生。"

"立即发生。"

"每天都是一次肃清世界的革命，不流血的那种，这种革命对重建的兴趣高过任何一种毁灭。每天我们都以崭新的世界开始，或更好的是，每天我们都以这个世界开始，以我们所知道的这个世界开始，早上九点、十点，我们就把世界给毁了。"

"你不过——"

"我知道，我不过是在自相矛盾。好吧，所以会有某种程度的毁灭，但不会牺牲任何人，或违反任何人的意愿。"

"没错，没错，所以……"

"这么说好了，每一天，每天早晨，数百万人，时间一到，就把这蠢东西全部拆掉，每一座城，用铁锤、锯子、石头、推土机、坦克车，什么都行。摇撼结构。我们群聚在建筑物里，像蚂蚁一样，然后架好了线又拆掉，破坏一切，日复一日，所以这个世界到中午就夷为平地了，所有建筑物和桥墩和高塔都铲平了。"

"我也有过这种梦想，愚公移山的梦想。"

"是啊，是啊。等拆卸工作完毕后，背景一片空白时——"

"然后我们重新开始，但不是'罗马不是一天造成'的那种方式，甚至不是重建德国的那种方式。我是说，我们一觉醒来，把世界拆得只剩地基，或甚至拆到地基底下，然后，下午三点以前，我们就有了新的世界。"

"三点以前？"

"是啊，两点或三点，要看是冬天还是夏天。我们得有足够的白昼来享受这件事。我是说，我认为我们可以在那里做某件事，比如说，假设有十亿人，或更多，多得不得了，我是说，全世界的人,像我们这样的人应该会有二十亿,对吧?"

"二十亿……"

"是啊,所以你带着这些人散播消息说:从现在开始,每天我们从零开始,创造一切。"

"你是说,像是一个更公正平等的……"

"是的,当然,更多公理,什么都更多,但除此之外,还有对做这事的所有政治经济方面的考虑,我是说,在那之外的感觉——我是说,想象走在一片废墟当中,你明白吗?那不是很壮观吗?不是到处有死尸或什么的那种废墟,我是说,只是断垣残壁,像分解后的东西,清除干净,因此每一天你都将看见一个裸露、纯净的景致。你得有很多辆卡车和火车把东西运走,运到加拿大或别的地方。"

"每天你都从零开始,每个人聚在一起说:嘿,我们在这里盖几栋大楼,然后,嗯,在那里,盖一座五百英尺高的填充河马,然后在那里,那座山前面,盖一个该死的,呃,其他东西。"

"当然,当然,但你必须有能力加速做每件事,让每件事变得比目前更容易,从施工等角度来看。比如说,你会需要大型机器人或什么的。"

"当然,机器人,当然。"

"我可是很严肃的。"

"我也是。我和你是一道的。"

"我们做得到的。"

"当然。"

"别人也会感兴趣的。"

"我们认识的每个人。"

"甚至是怪里怪气的人。"

"包括约翰。"

"对,祝他好运。"

"我知道。你知道他今晚说了什么吗?"

"你见过他?"

"是啊。"

"我该打通电话给他。"

"他说他刚接受一种测验,一种能告诉他该从事哪种工作的测验,所以有人告诉他该怎么过他的人生。"

"老天爷。"

"真残酷。"

"我们得改变他。"

"激发他。"

"他和每个人。"

"把大伙儿聚在一块。"

"所有这些人。"

"不再等待。"

"透过群众的力量。"

"停顿是有罪的。"

"享乐也是。"

"抱怨亦然。"

"我们要快乐。"

"要不快乐也难。"

"要不快乐还得勉强自己呢。"

"我们有义务。"

"我们有优势。"

"我们有冒险的平台。"

"跌倒时有靠垫。"

"应有尽有。"

"有的是空间和时间。"

"一件罕见而了不起的事。"

"几乎是史无前例。"
"我们必须做些特别的事。"
"非这样不可。"
"不做是猥亵的。"
"我们会利用已有的,把大家所有的汇合起来。"
"我们会尽量听起来不那么令人生气。"
"没错,从现在开始。"

我告诉她我们讨论这些事多么有意思,因为在谈论的当口,我就已经开始着手改变这一切,目前正在制定总体计划,那将解决以上所有问题,将激发数百万人朝伟大的目标迈进,我和几位中学时的朋友——穆迪和其他两位,弗拉格和玛妮——正在整理思路,能粉碎所有关于我们的错误观念,能帮大家挣脱那些当有的责任及徒劳的工作生涯等枷锁;我们将如何强迫或至少敦促数百万人去过更特别的生活,去(站起来加强效果)做特殊的事,去环游世界,去帮助、开创、破坏、重建……

"你要怎么办到呢?"她想知道,"组政党吗?游行?革命?政变?"

"办杂志。"

"喔……对呵。"

"是的,"我说着眺望海洋,浸渍在它的喝彩中,"我们的杂志会办得有声有色,会有一间很大的办公室或一间阁楼,会有艺术展览屋,也许还有一间宿舍——"

"就像沃霍尔工厂!"

"是啊,可是不要有毒品或易装者。"

"没错,集体作业。"

"一种运动。"

"一种军队。"

"包含一切。"

"无种族。"
"无性别。"
"年轻。"
"活力。"
"潜力。"
"重生。"
"海洋。"
"火。"
"性。"

我们吻在了一起。撇开这些有关计划和新世界的言论，接吻时我们坐直身体，一开始像朋友般亲吻，睁着眼睛，快笑出来。可是等我们的手开始游移时，我们便开始相信（眼睛闭着，两人的头一下晃这儿、一下甩那儿）我们是在和对方接吻，但不只是这样，我们像拯救世界的武士般接吻，电影散场，最后两位，唯一能拯救一切的两位。而且因为我们喝得太多，闭眼便无法保持头部直立，于是我们斜倚在地上，不久梅雷迪思底下的毛巾就像扭曲的蛇皮，我们把裤子脱了，空气接触到我们光溜溜的皮肤，凉飕飕的。而性，免不了的性，将强化我们的力量。一场宣言在这伟大的苍穹底下攀至顶峰，伴随着澎湃海洋的赞许。

岸边出现响声。我眯着眼，看到一群人朝我们这边走来，人声鼎沸，爆发出阵阵噪音与尖笑声。我用手肘支撑身体，用力眯眼看。他们有六七个人，衣着整齐，穿着深色长裤，穿了鞋子、戴了帽子。我们把枕在梅雷迪思头底下的毛巾拉出来，遮掩我们赤裸的下半身。我们会表现得很平常。我们重新摆出拥抱的姿势，这样他们就不会打扰我们，但这并不表示不这么做他们就会打扰我们。

声音愈来愈大，也愈来愈近。

"等他们经过就好了。"我对着梅雷迪思的嘴唇轻轻地说。

"有多远？"

"嘘。"

声音变大，可听见沙沙的脚步声，然后，他们并未走过，反而突然攻击我们。到处都是脚。我抬头看。其中一位拿了我的裤子，乱摸乱搜，之后把裤子往海边扔。他们是墨西哥人，墨裔美国青少年。四男三女，或五男两女，年龄不详。

"你们两个在干什么啊？"有个声音问道。

"不乖喔！"另一个声音说道。

"哦，你的裤子在哪儿呢？"

目前只听到女人的声音，口音很重。我们腰部以下赤条条，动弹不得。我握住围着我俩的毛巾，难以置信——这是什么？这是很倒霉的开端，或是结束？

我寻找我的内裤，它们在长裤里，在海边。我拿起另一条毛巾，被我们压着的那一条，拉出来围在腰上，站起来。

"你们在搞什——该死的！"有人往我眼睛里丢沙子，弄得我满眼都是。我狂乱地眨眼，像发癫痫一样。我站不稳，于是坐下。

"搞什么——"沙子在我眼睑下，我眼睛睁不开。我会瞎的！

女孩们在攻击梅雷迪思。

"嘿，亲爱的！"

"嘿，小宝贝！"

"滚开。"梅雷迪思说。她仍坐着，头枕在膝盖上。有个女孩用力推她。

我瞎了。我狂乱地眨眼，把沙子眨出眼睛外，同时心想我会不会瞎，我们两人会不会很快就死了。这种死法真蠢。人就是这么死的吗？我们打得过他们吗？我可不要让这些人杀掉我们。他们有武器吗？目前还没有。塔夫，塔夫。眨眼，疯狂地流泪，有只眼睛清干净了。我又站起来，再把毛巾围在腰部，用手握住，就像刚洗好澡出来时那样。

他们团团围住我们，间隔距离几乎可说是完美，几乎是完美的男女穿插阵式。真奇怪。

有个女孩绕到我身后,想扯下我腰上的毛巾。我不知道他们要的是什么。我想,搜刮我裤子的那家伙已经拿走我的钱包了。现在呢?

"去你妈的,滚开!"我挥拳想打这个女孩。我在地上张望,想找我的内裤。"你们到底要什么?"

"我们什么也不要。"有个男的说。

"喂,你有钱吗?"有个女孩说。

"你一毛钱也别想拿到。"我说。

这些人是谁?其中一位正对着我笑,一个戴着软呢帽的矮个子。后面有人推我,我踩到毛巾,跌到沙地上。梅雷迪思仍抱膝坐着。他们也拿了她的长裤。

他们高高站着,张大嘴笑。有笑声。他们有六个人。有人走了吗?梅雷迪思是在哭吗?三男,三女。身后的车灯照着他们,每人都有三四个影子。另一个人上哪儿去了?这里有一个高个子,一个身材中等的家伙,一个矮个子,戴软呢帽的那家伙,他看起来年纪较大。女孩们穿着短裙和黑色夹克。

"你们干吗还不走呢?"梅雷迪思说。

这问题回荡了一分钟,蹒跚飘荡。蠢问题。当然,这才刚开始。

"好吧,咱们走吧。"矮个子说。

他们开始——老天——走了。我们只要开口问就行了吗?太离谱了。

矮个子,这群人当中年纪最大的,转身看着我们。

"嘿,听我说,我们只是四处溜达而已,抱歉。"

然后他沿着岸边小步跑开,赶上其他人。

结束了。

他们走了,我精神来了。这些混账!我头脑清醒,肌肉孔武有力，热血沸腾。发生事情了。我们还活着，我们赢了！强有力的我们！他们怕了。我们把他们吓走了。他们怕我们。我们赢了。我们叫他们走开，他们就走了。我是总统。我是奥运选手。

我在沙地里找到我的内裤，冰冷的内裤，把内裤穿上，接着再穿长裤。梅雷迪思也在穿裤子。我摸摸口袋。

"该死的。"

"钱包不见了吗？"

"没错。"

他们往来时的方向走了，现在已走了有一百码了。我赤着脚在沙地上奔跑，感觉不错。我的腿强健有力，轻盈如燕。我头脑清醒、敏捷。他们有武器吗？塔夫，塔夫。现在情况会变糟吗？不会，不会。我很强大，我是美国指挥官。跑到半路时我开始吆喝。

"喂！"

没回应。他们没注意到，或者是不敢相信。

"喂！等一下，该死的！"

几个人停下来转过身。

"站住！"我说。

他们全都停下脚步，等在那儿，看着我跑向他们。

在他们面前二十英尺处，我停下脚步，双手叉腰，呼吸急促。

"好了，谁拿了我的钱包？"

停顿了一下。他们面面相觑。

"没人拿你的钱包。"戴软呢帽的家伙说，看起来三十岁左右。他转身面对那伙人。"有人拿了他的钱包吗？"全都摇头。这些该死的人。

"听着，"我说，"你们以为自己在搞什么？如果不解决这件事，你们将付出很大的代价。"

没人吭一声。我朝年纪较大的矮个子点头：

"我该找你谈这件事吗？你是老大吗？"

这几个字就这么不经意地脱口而出。你是老大吗？我就这样说出来了。听起来真棒。这就是大家讲话的方式。但我是否应该把这句话中的"是"去掉呢？你老大吗？

他点头。他显然是老大。

我提议借一步说话。来这里。他同意了。大家都是这么做的。靠近他后，发现他更矮了。我低头看着他，他脸色坚毅，呈古铜色。

"你听好，我不知道你们这些家伙干吗来整我们，可是现在我该死的钱包不见了。"

"我们没拿钱包啊，朋友。"他说。

他是说朋友吗？这太奇怪了，很像《龙虎少年队》里的讲法，他刚刚真的说朋——

"听着，"我继续说，"我看到你们所有人了，我认得出你们每一位，如果被捕，你们的麻烦就大了。"

他考虑了一秒钟。我目光如箭。我是老大。啊哈！

"那么，你要什么？"

"我要你们把我该死的钱包还给我，这就是我要的。"

"可是我们又没拿。"

高个子听到了："我们没拿你该死的钱包。"

"好吧，"我现在是对他们每个人说，大声地说，"在你们过来恶搞我们之前，我有个该死的钱包。然后你们来了，开始整我们，现在我那该死的钱包不见了。这就是那些警察需要知道的事。"

警察。我的警察。

矮个子看着我："拜托，我们没拿钱包。我发誓。你要我们怎么做？"

"我认为你们这些家伙必须回去帮我找，如果你们不照做，我就要叫警察来，警察会把你们统统抓起来，他们会找出我那该死的钱包的去向。"

矮个子透过帽缘看着我,再转身面向他那伙人。

"走吧。"他说。

于是他们跟着我走。

我们往回走,我走在旁边,以防他们出现任何可疑举动,或偷袭我。我们回到刚才的地方。梅雷迪思站着,已穿好衣服,手里拿着一条毛巾。她不知道这是怎么回事。他们又回来了?

"好了,你们最好开始找,我希望你们找得到……"我在此停顿,有个女孩嫌恶地看着我,"要不然你们就完了。"

他们分散开来,开始寻找,用脚把沙踢开。我站在一旁,同时看着他们每个人。我双手叉腰,监督他们。我是工头,我是老板。他们拿起我们原先躺着的那条毛巾,摇一摇,每人至少摇两次。他们拖沓着脚步四处走,捡起树枝,再丢到海里。

"可恶!"有个女孩说,"我们又没拿那该死的东西。我们什么也没做。"

"去你的你们什么也没做!那是人身攻击,白痴!我是说,你认为警察会相信谁的说词?两个坐在沙滩上的正常人,还是你们这些人?我是说,抱歉,但这是该死的事实。你们这些家伙完蛋了。"

我就是警察,一位友善但刚毅的警察。我是在帮他们。我假设他们其中一个人还藏着我的钱包,他们只是在拖延时间。我得想个法子吓吓他们,拿回钱包。然后我——要吗?——我不该那么说的——好吧,当然:

"我是说,我不知道你们的绿卡和其他手续办得如何,但这件事可能会搞得很难看,你们这些人。"

看不出他们有任何反应。

他们继续找。梅雷迪思也开始找,但我握住她的手臂。"不要,让他们找。"

其中一位女孩坐了下来,愠怒不语。

"我真的希望你们这些家伙能找到那该死的钱包。"我说,觉得自己不停地说话比较好。我决定抛出最后一张王牌,"你们偷走的是我爸爸的钱包。"我不知该对他们透露多少,可是我想把钱包拿回来,不计任何代价。

"而爸爸刚死,"我说,"那是他留给我的唯一的东西。"

是这样,没错。他的东西很少,个人物品很少,我们卖了他的衣服和西装,那钱包是我唯一保留下来的东西,在一个小箱子外,箱子里装着几张纸、几张名片和他从办公室带回来的镇纸。

他们继续找。我看着他们的长裤口袋,检查有没有隆起。我想了一下,不知他们让不让我搜身。

"听着,"矮个子说,"我们真的没拿。你要什么?"

我知道答案:我要钱包,然后我要他们坐牢,我要他们处境凄惨。我要他们,全部七个人,或五个人,全部,穿着灰色制服,在他们睡得不安稳时,在帆布床上时,牢服磨搓得他们发痒,蠢脑袋里装满悔意,脸颊湿透,流着祈求原谅的眼泪,不是请求单纯的上帝或狱卒的原谅,而是求我原谅。他们会遗憾。他们的小脑袋瓜会因愧疚与懊悔而爆炸。我死去的父亲漂亮、磨损、柔软的真皮钱包——

"不在我们这儿。"他说。

"那你们最好跟我来,"我说,"我们得找电话。你可以告诉警方你们的说词,我会告诉他们我的,看他们反应如何。开溜的话,你们就完了,因为这样他们就会认为是你们拿了我的钱包。"

我们互相对看。他开始往停车场走,那伙人尾随在后。

梅雷迪思拿起另一条毛巾,甩了甩。我们走在他们三人后面,盯住他们。总共三人,我可以解决两个,甚至三个都没问题。我巨大无比!我是美国!

没人讲话。我们的身影,一人两个,错综交杂,跳跃在沙地上。脚踩在地上发出沙沙声。沙滩上的房舍灯光稀少。金门大桥尽头那怪异的风车矗立在前方，黑漆漆的。

到停车场后，才发现我原先以为是电话的东西，那个装在灯柱上的方盒，竟然不是电话。

我们在路灯下站了一秒钟。我左右张望着，抬头望向海滨公路另一侧的房屋，家家户户的玻璃窗都面朝大海。我寻找着援助，也许阳台上有人，也许有人在慢跑，也许有人骑自行车经过，但所有人都在睡梦中。

"好吧，我们得走过去，"我说，"我们要穿过公路，直到找到电话为止。"

现在还是我做主。我们是一个团队，我是他们的领导，是他们的典狱长。他们似乎同意了。

我走向他们，以为他们会转身朝公路走。等我走到他们身边时，却没人动。我突然身陷在他们三人当中。

情况突变。

"去你的。"高个子说，一拳挥向我的脸。我来不及躲闪，不过他也打偏了。又一拳，这次是从后方袭来的。也没打到。接着有条腿出现，落在我的胯下。我跪倒在地，瞪着水泥地。口香糖、油渍——他们跑了，摇手晃脚，活像大蜘蛛，一路笑嘻嘻地跑了。

"去你的！"他们说。

那一脚踢得不重，我还扛得住。然后我站了起来！我站起来追赶他们。我在停车场道路中央，看见他们就在右前方五十码处，钻进——什么？该死的！该死的！——两辆车，在马路中央，准备好，发动——

他们怎么知道？他们怎么知道？

我走到马路中央，他们立刻关上车门，两辆车朝我飞驰而来。带头的是一辆旧敞篷车，深绿色，黑色车顶，引擎盖很大。之前出现过的一位女孩正在开车。该死的。像一辆逃窜的车！我站在马路中央，他们朝我开来。我要看到那该死的车牌号码。

他们直冲我开来，起初慢慢地，后来加速行驶。我看到了。车牌号码，笨蛋！车牌号码，傻瓜！他们朝我开来，我大声叫出他们的车牌号码，每念一个便伸手指着他们，并强调手指的动作，确定他们知道我在做什么，知道我逮到他们，逮住他们了！

"G！
"F！
"6！
"7！
"9！
"0！"

漂亮！漂亮，你们这些呆子！你们这些愚蠢呆笨的王八羔子！

他们绕着我开，吆喝，大笑，朝我舞弄中指。

我嘶吼着，兴奋，高亢！

"哈哈，你们这些傻瓜！我逮到你们了！我逮到你们这些浑球了！"

他们驶过我身边，开上公路，加速，逃逸。我看到第一辆车的车牌，但没看到第二辆的。我跑回梅雷迪思身边，之后在一条街外找到电话。

"等等，冷静一下，你在哪里？"接线生说。

"不知道，在海边。"

"出了什么事？"

"我们遭到攻击，被抢了。"

"被谁？"

"一群墨西哥小鬼。"

我告诉她那辆车的外观。我想告诉她车牌号码，但她说她那边记录了也没用，得等警察到了再告诉他。我挂上电话。

G-H……6-0……

该死的！

G-H-0-0-

该死的!

我们坐下。

我没有受伤。我思考自己有没有受伤。没有。我们坐在路边水泥墙上,有一会儿我担心他们会再回来。也许还带枪过来,也许想除掉目击证人,一位开车路过的司机。不会,不会。他们走了,他们走了。不会再回来了。我跳下水泥墙。我坐不住,太兴奋了。我在她面前走来走去。我看到他们的车牌了!愚蠢的混蛋。

警车两分钟后停在我们面前,看起来好大一辆,引擎轰隆作响。这辆警车完美无瑕,闪亮耀眼,像个超大型玩具。警察走下车,身材魁梧,蓄着小胡子,而且——有没有搞错?现在已经凌晨两点多了——还戴着墨镜。他自我介绍,要我们坐在警车后座,我们照办。这是辆漂亮的车,干净,黑得发亮,完美。我回答:

"是的,我们刚才在沙滩游荡。"

"他们有七个人。"

"墨西哥人。"

"我很确定,凭他们的口音和长相。肯定。他们说英文,可是有墨西哥口音。"我试着回想他们的长相,那老小子长得像谁呢?《巴雷塔》,对,他长得像罗伯特·布莱克[①]。

"他们拿走了我的钱包。"

"我不清楚有多少钱。二十美元吧。"

"我们正要打电话找警方处理。"

"是的,他们跟我一起走。"

"我不知道为什么。因为他们说他们没拿。"

"不过他们后来踢了我胯下一脚,坐进两辆车里,就逃走了。"

---

① 《巴雷塔》为1975年上映的警匪电视剧,主角是一位名叫汤尼·巴雷塔的卧底警察,由罗伯特·布莱克主演。

"一辆深绿色黑车顶的大敞篷车。"

"没错,没错,我之前记下来了。可恶。开头是G-H,然后有个6,有个0。我想最后是0吧。这样够了吗?这样就查得到吗?"

这辆车真干净。我爱这辆车。一把霰弹枪就挂在我们面前眼睛的高度处。方向盘边的计算机闪着蓝光,漂亮的东西。无线电发出嘶嘶声与哔哔声。那位警察听着对讲机,回答问题。他转过身。

"好了,看来我们抓到几个嫌疑犯了。我们在下公路的地方拦到一辆车。现在要到那里去,这样你们就能正确辨认他们的身份了。"

我看着梅雷迪思。我们才在车里坐了三四分钟。有可能吗?

"你们已经找到车了?是深绿色的敞篷车吗?"我挨近前座,问他。

"我也不确定,但我们最好去一趟。"我们去了。

梅雷迪思和我望着窗外,眼睛闪亮而专注,活像周六夜晚路过市区的观光客。我们转进另一条公路,转眼间四面都是灯光,像有车祸似的。至少有四辆警车。五辆。每一辆都停在那里,警灯不停打转,忽隐忽现。路上有警察,有的来回走动,有的站在警车外,正对着从车里拉出来的对讲机说话。这是大事。

我们的车停在一座高架桥前。前方约二十码处停了辆旧敞篷车,浅蓝色,黑色车顶。

"不是这辆。"我说。那位警察转过身来。

"什么?"

"绝对不是这辆,"我说,"他们的车是绿色的。深绿色。黑色车顶。我很确定。"

他看着我,然后转过身,朝对讲机说话。一分钟后,他又转向我们。

"好,我们要请你看看那辆车里的人,只是再确定一下。"他说。

"绝对不是那辆车。"我说。

"是不是都得看看。"他说。

蓝色敞篷车旁站着四位警察,其中一位打开前门,伸手进去拉一个戴手铐的人下车。那人摇摇晃晃地下车,站好。他转向我们,眯眼。他留了头金色长发,蓄山羊胡,穿着法兰绒衬衫、迷彩短裤、黑色短靴。闪烁的警灯让他变成了蓝色,然后是红色,接着又变回肉色,然后是蓝色,然后又是红色。他隔着挡风玻璃望向我们的车里。

"你认识他吗?"

"不认识。绝不是他。我肯定他们是墨西哥人。绝不是这辆车。"

"好吧,在这儿等着。我们得看完每一位乘客。"

为什么?

这位警察对外头的警察比了个手势。他们带出一位年轻女性,她染了红发,穿着迷你裙和长筒靴。

"我的天,那些可怜人。"梅雷迪思轻声地说。

"不是,不是,"我对那位警察说,"你要知道,攻击我的是墨西哥人。你知道吗?矮个子,黑头发。这些人是白人哪。"

他们又带出三个人,两男一女,全站在那里,肩并肩,警灯照得他们脸孔发亮,泛着红光蓝光,他们眯着眼朝我们的车灯望。也许他们是我们认识的人。梅雷迪思紧抓住我的手臂,滑到座位底下。"老天,希望他们看不到我们。"

我往前靠,再次告诉那位警察:

"不是他们。"

他对着对讲机讲了一会儿,并在活页夹上做了记录。他带我们回去时,一位警察正在帮站在路边的那些孩子解开手铐。其他警察回到车里。我们赶忙低头。

我们回到海边的停车场。一到那里,那位警察就转过头来,递给我们他的名片。警察也有名片呢。

我们下车。我问他找到那些墨西哥小鬼或钱包的可能性有多大。

"机会不大，"他说，"你要找的是钱包，知道吗？那是件小东西，这里有张意外通报卡。就是你的意外通报号码，如果你有任何事要通报，就打这个号码。或者如果我们需要联络你，你也会需要这个号码作为警方参考之用。"

说完他就走了。

梅雷迪思想回家睡觉。我想回车上，开车寻觅那辆绿色敞篷车，如果要追捕他们，得先弄个武器来，然后开车，搜索，整治他们，每个人，个别处理。

但我得回家看看塔夫，那位临时保姆是否已做了我担心他已做了的事。

开在里士满单调的大道上，回海特街，一路上，我们聊得不多。她在朋友的住处下车，答应回洛杉矶前我们再见个面。然后我便驱车回家，在海特街和莫萨尼克大道路口看到一群笨小鬼，靠墙壁坐着，戴着毛线帽抽着烟，把玩着那些木棍，把这根愚蠢该死的木棍和另外两根往上抛，仿佛那可以娱乐二三十秒似的，他们就这么上上下下、来来去去地抛木棍，我的天——然后沿着费尔街，开上八十号公路，往海湾大桥驶去。

混账东西。愚蠢的混账东西偷了爸爸该死的钱包，那是我所拥有的唯一一样该死的属于他的东西，除了钱包外，还有一些文具、纸张、名片、中学毕业纪念册，以及一些有关他从军的文件——

那些该死的小鬼。那些浑球。我明天会回海滩盯梢。我会记得的。

天上云层浓密厚重，在灰色桥面上方缓缓移动，活像海马幽灵。

开到桥上时，我开始感受到体内酒精沉重的下坠拉力，逼得我时睡时醒。我打了自己几巴掌，为了听声音，也为了那种痛感——醒来！打开收音机。桥下层，路面笔直，车辆穿梭不息。这是一条

《太空保垒卡拉狄加》里的那种跑道；这是计算机里的电路系统，一台老旧不稳的计算机，一台 2XL——

我又打瞌睡了。醒来！

这桥是隧道。只要在桥上开车，我就会回想起那次车祸，那个我听了一百遍的车祸：妈妈开着她那辆浅灰蓝色的金龟车，在马萨诸塞州某地，载着当时走路还不稳的比尔和贝丝，开上一座双车道的桥。突然有个车轮爆胎了，车子滑行、偏离车道，穿越过重重车阵，撞烂路中央的护栏，车头垂挂在护栏上，她看着整件事从发生到结束，比尔和贝丝尖声喊叫，我还在她肚子里。

桥上有好几辆车。有辆黑亮亮的宝马载满了人。桥上的路灯让这些车看起来更闪亮、更光滑、更快。我们都要回家，回泥砖砌成的家，回木头造成的家。有家人坐在一辆蓝色小——老天爷，给那孩子系上安全带啊！

愚蠢的浑球拿了我该死的钱包。

我孑然一身，永远不会再出去了。我何时会再出门？几个星期后吧，或许永远都不再出门了。我迷路了。我困在这座桥黑暗的回廊里，在下层，开在往反方向的车辆底下，它们往旧金山去，而我往伯克利去，到平地上，回我们的家，那里没人了，只剩下我的床，寂然无声。而塔夫呢？阳台有血迹。保姆把他带走了，或者保姆就留他在那里流血，以示警告。他脸上有记号，数字、星象学的玩意儿在他胸前，那是逮捕罪犯的线索。都是我的错。我会逃跑。他们会到某个热带地区找我，却猜不到我已经跑到俄罗斯去了。我会到俄罗斯，流浪漂泊直到死的那天。我怎能离开呢？孩提时候，爸妈从没留我们单独在家。他们不出门。他们待在家里，安稳地坐着，在起居室里，令人安心，他坐在沙发上，她坐在她的椅子上。

那次车祸后，她不敢在水上、悬崖边或双车道公路上开车。有一次她带我们去加州，那时我们都还不到十岁，去看美洲杉，一路往山上开，她做到了，绕着山路蜿蜒上山，一路都是双车道，可是

她却不敢开下山,因为下山要开在外侧车道,路旁没有护栏,只有陡峭的悬崖,比尔试着安抚她:

"妈,只要——"

"我办不到!我办不到!"

于是她把车停下,等州警来帮我们把车开下山,她坐在副驾驶座上,转过头来朝我们微笑,十分难堪。

我离开桥,开下山,往公路支线——奥克兰或伯克利开去。我又打瞌睡了,之前才差点撞上路中央的分隔岛。我又重新打自己的脸,一直打一直打。我摇下车窗。阿什比大道出口。好,好。快到了,快到了。大学路。我一路开回家。斯蒂芬下手了。也许我该现在离开,到机场去,假设最糟的情况。一看到警灯我就回转。我会走索拉诺大道,开下山,这样才看得到有没有救护车,如果有,我就可以回转,在他们看到我之前开往机场。

钱包不见了。爸爸坠入更深的深渊里了。那个钱包可以不时提醒我,爸爸曾存在过。每次用它,它都在那儿,在我口袋里!现在却被愚蠢的墨西哥蜘蛛,那些混蛋,给偷走了。那是我唯一拥有的他的物品。地毯线头松了,家具裂了。不能托付给我任何东西,每样珍贵的东西都掉了、破了、进水了。

情况不该如此,塔夫和我住在肮脏的小房子里,地板有破洞,每样东西都解体了,我丢了东西,让一群小鬼拿走了爸爸的钱包。塔夫和保姆在一起,那个邪恶的家伙。

俄罗斯会很冷,不过现在也许不冷。我可以在机场买件夹克。

吉尔曼大道出口!我不会崩溃。我会搬去和朋友住。我会熬过去的。我要么搬到俄罗斯,要么熬过去。我转进我们住的那条街,佩拉尔塔,没有灯光,没有警察,没有救护车、警车、消防车的灯光。

门关着。阶梯上没有血迹。我走上阳台,隔着窗户,看到保姆的自行车还靠在火炉边,然后,我走到门口,看到塔夫成大字形躺在沙发上。好，好，至少他还在。

虽然他可能已经死了。他还是有可能死了。门没锁。也许是别人杀了塔夫和保姆！我没想过这种可能性，可是当然有可能这样！窃贼闯入，拿了他想拿的东西，然后……毒死他们两个！或者他就是斯蒂芬的同伙！这全是一场阴谋。

我走进屋内，小心翼翼，双拳紧握。我走向塔夫，寻找血迹——没有。也许被下毒了；或被殴打了，内出血。我把脸贴近他，他的呼吸吹到我脸颊上，热热的。

还活着！还活着！

但他也可能快死了，就像那部电影里的小男孩，布鲁斯·戴维森和安迪·麦克道尔的儿子。我怎么知道？我就是知道。送医院？不，不行。他还好，他很好。他还在沙发扶手上流口水呢。

斯蒂芬呢？这就对了。斯蒂芬走了，因为他对塔夫下毒。塔夫快死了。塔夫只剩一小时好活了。送他到医院也没意义了。中毒热线的那位女性会哽咽地说："你无……你无能为力了……"然后就破嗓了，歇斯底里地。我要打起精神，叫醒他，这样我们才能在这最后一小时聊天。我该告诉他吗？不，不行。我们要开开心心的。我会做得很漂亮。

"嘿，小家伙。"

"几点了？"

"一点。"

他没死。他会活下来的。一切都很正常。正常，正常，正常。好。好。正常。正常。很好。

我走进厨房，把钥匙咔嚓一声丢进存零钱的碗里，瞄了卧室一眼。斯蒂芬不在。走到后面卧房，打开门，那里，斯蒂芬睡在床上，学校报告散落一地。

我叫醒他。他收拾东西。

"他睡觉时会说梦话。"他说。

"是吗,他说什么?"

"其实也没什么,只是喃喃自语。"

我开给他一张支票,帮他打开前门。他骑上自行车,仍处于半梦半醒状态,骑走了,模样笨拙,扭来扭去,像只花蝴蝶。

我回客厅,塔夫手脚张开,柔若无骨地睡在沙发上。他从他房里拿了条棉被,现在已掉落在地上。他嘴张着,在他灰色运动衫上有块黑色圆形的口水池。

"嘿。"

"嗯。"

"嘿,帮我一下。"

"嗯。"

"我要抱你上床。手举起来抱住我。"

他举起手臂圈住我的脖子,再用另外那只手抓住这只手,头贴在我身上,这样才不会撞到门框。

"别撞到我的头。"

"不会的。"

门框砰的一声。

"哇呜。"

"抱歉。"

"白痴。"

他还穿着牛仔裤和运动衫,我把他放到床上,再拿毯子盖在他身上。我走到厨房查看录音机,再打开冰箱看看。我想了一会儿,能打电话给谁。谁还醒着?会有人想过来的。谁呢?

我走回自己的房间,把零钱丢到梳妆台上。

钱包。在梳妆台上。

钱包在这里。

第六章

　　起初我们听到这个消息时,几乎一点感觉也没有。MTV 电台刚宣布,他们极具潜力的节目《真实世界》——内容为七个二十来岁的小伙子住在同一个屋檐下,让摄影机拍下他们的生活——下一季将在旧金山拍摄,正在征求申请者,寻找新的演员阵容。
　　在办公室听到这个消息后,我们笑得东倒西歪。
　　"有人看过这个节目吗?"
　　"没有。"
　　"没有。"
　　"看过一些。"
　　当然我们都在说谎。大家都看过这个节目。我们全都鄙视它,却又为之着迷,充满病态的好奇心。这节目之所以有趣,是因为它很烂、无聊透顶吗?或者因为在这个节目中,我们发现了许多熟悉得不得了的情节?也许我们就是那样。看这个节目,就像听录音带里自己的声音:声音是真的,如假包换,但无论你以为自己的声音有多么悦耳流畅,一旦透过这机器播放,传回你耳中,就变得高八度,有鼻音,很恐怖。我们的生活就像那样吗?我们讲话就像那样,长相就像那样吗?没错。不可能。就是。不。那是我们中上阶层平庸的生活,庸俗而频发的中学时代愚昧叛逆的酒后驾车行为(只是打个比方),和家人在一起,特别是被包装在一个有彩色沙发、浮雕台灯与台球桌的舒适地带的生活。这一切,只有那些过得比《真实世界》里的演员还无聊的人才会觉得有趣,不是吗?
　　然而这绝不容忽视。
　　我们认识的人中有一半(偷偷摸摸或明目张胆)争相寄出了申

请表。我们心想,不知能制造哪种乐趣将这一池春水推至最高点,而这也正是大家所迫切需要的。

我们有位投稿人,戴维·米尔顿,写了封信给他们,我们准备在杂志创刊号刊登。信上写着:

亲爱的制作人:

　　有异物在我体内深处发散,非得传递开来不可,否则我会爆炸,而世界也将在不知不觉中默默承受骤然失去我这伟人的痛苦。我灵魂的每一部分都是史诗,然而,若少了挥洒的空间,谁又在乎我是谁?这就是为什么我势必要成为MTV《真实世界》的居民,只有在那儿,在数十万双炫惑的眼光中灼烧、发光,那至今尚无法控制的自我,才能穿上美丽的外衣,这只是我应得的,也是整个市场应得的。

　　我是柯克·卡梅隆①和科特·柯本②的综合体,调皮且反复无常,摩登但平易近人,古怪但容易理解,我是另类与主流文化之间逐渐扩散的暧昧地带的居民,我是预言启示录已逝而不安的先知,但我乐观开朗、时髦漂亮、风骚性感!

　　王尔德曾写道:"好的艺术家存在于他们的创作中,因此他们本人乏味之至。一位伟大的诗人,一位真正伟大的诗人,是所有生物中最不诗情画意的人。但二流诗人却绝对迷人……(他们)活出他们所无法写出的诗篇。"如同道林·格雷一样,生活就是我的艺术!喔,MTV啊,用我吧,拍我吧,将我从无形无体的沉睡中唤醒,把我放在如梦似幻的《真实世界》里吧。

戴维·米尔顿

---

① 柯克·卡梅隆(1970—),美国演员,曾在电视剧《成长的烦恼》中饰演父亲一角。
② 科特·柯本(1967—1994),涅槃乐队的灵魂人物,主唱兼吉他手。

咯咯一阵笑之后,在解决我暂时性的妄想症(我觉得米尔顿挑明了是在取笑我)之后,有那么一秒,我们很严肃地看待这件事。我们打算拉广告、找经销商以及所有为我们的创刊号而准备的破烂玩意儿,但现在我们一筹莫展,因为我们什么也没有,什么也不是。

但是,我们已经组成一支震撼团队了。有穆迪,当然,现在玛妮也加入了,大学毕业几个月后她就离家在外居住。是的,我们中学时约会过;是的,她当过拉拉队长,不过是不太合适的那种,严肃的那种,从来不笑的那种。现在我们当中,只有她还在读《女性》杂志和《民族》周刊,也只有她知道切·格瓦拉是做什么的。还有刚加入的保罗,他在我们南方二十英里处长大,密歇根湖边,芝加哥黄金海岸寒冷残酷的街道上。另一位创社成员,是我的小学死党费拉格,我强迫他抛弃女友,辞掉华盛顿的工作,搬来伯克利,成为杂志的开山始祖。他走了这一趟,与我们联手创社,在一张靠窗桌前,花了好几天做"市场研究"(纯粹展示之用,把好看而无法证实的统计数据陈列在广告商面前)。不过他不久就发现我们其他人早已知道的事:这份工作是没有薪水的,即使能拿到钱,也会是很久以后,而每天待在这里的数小时将变得荒谬可笑,在这摇摇欲坠的仓库中污秽的角落里,楼上房客走动时还会有灰尘自屋椽飞落,门锁也只是装饰用的,每个月还得破费二百五十美元的房租。

可是在这里,在旧金山,在这栋建筑里,不会有人告诉你,你是在浪费时间。

这层楼的其他部分,有(除了偶尔玩抢椅子游戏弄乱秩序外)房东的桌子,我们的房东兰迪·斯蒂克劳德(这可是真实姓名[①])

---

① 房东的姓斯蒂克劳德(Stickrod)原意为棍棒。

是一名杂志顾问,前阵子协助《联机》杂志创刊,创办这家杂志社的那伙人,最近才空出我们现在待的这个地方,搬到楼上去了。对面是莎莉妮·马尔霍特拉的桌子、文件整理盒和一台小计算机,她协助经营《说走就走!》,一本有关经济旅游的小杂志,此外还自己办杂志,目前暂时定名为《咱们》(*Hum*),印度语"我们"的意思。这本杂志将目标定为南亚美裔二十来岁的小伙子,为他们／向他们／听他们说话。还有《波音波音》,一本"神经杂志"(neurozine),由卡拉·辛克莱与马克·傅劳恩费尔德共同出版,他们是一对来自洛杉矶的塑料／发雕／皮革新浪潮、看起来大约 1984 年出生的夫妻档。这层楼后面有个家伙出版了一本《星球大战这一代》,这就毋需多作解释了。综合以上,我们这层,我们这栋楼,藏有宝物,多得快要涨破了,这里不只是个工作场所,也是创作与努力改变我们这种生活方式的地方。

很幸运,这座仓库是在旧金山南方公园附近,占地约六条街,即将(如报上所言)濒临被炸毁的边缘,因为这里正是《联机》和其他几家杂志的发源地,其中多半是计算机类的烂杂志,不过也有《旧金山周刊》《鼻子》(幽默杂志)和《未来的性》(网络黄色书刊,赤裸的人穿着虚拟现实的服装),更别提那一大堆新成立的软件公司、网络开发公司、因特网供应公司(现在是 1993 年,这领域还很新)和平面设计公司、建筑设计公司,它们全围着或很靠近有个名叫南方公园的绿色小椭圆形(和电视卡通可没关系[①]),公园四周是维多利亚时期的小型建筑,中间被一个人潮络绎不绝的运动场一分为二,公园里有片葱茏得无以复加的草地,将复杂而绚烂的青春高度浓缩,草地上一块绿色椭圆形广场上挤满了年轻的、进步的、新的、美丽的青年。他们在大家都流行刺青以前就已经这么做了;他们骑摩托车,身上的皮衣闪亮耀眼;他们练习(或声称练习)巫

[①] 有一部名叫《南方公园》的卡通片,经常通过夸张手法来讽刺美国文化和社会时事。

术；他们是查尔斯·布朗森光辉年轻的女儿（布朗森在《联机》实习，那里迷人又年轻的女性和实习生及助理的比例是一比一），他们是一体的、相同的。还有写政治话题的自行车邮差，有重两百磅还扮装的自行车邮差，有宁愿去冲浪的作家。在这里大吼一声仍能吸引人潮，旧金山年轻又有创意的精英全在这儿，而且他们只想待在这儿，他们不想去别处，因为从科技方面考虑，纽约落后了十年或十二年（那里甚至还无法发电子邮件给任何人），从流行层面考虑，洛杉矶又太二十世纪八十年代了，这两个城市与旧金山形成了强烈的对比。旧金山这里没有钱，没人被允许赚钱或花钱，或不允许看起来已经花过钱了，钱是嫌疑犯，而赚钱、在乎钱（至少一年赚［比如说］一万七千美元以上）是落伍的，是中学生的玩意儿，是完全不重要的。这里没有衣服是新的。如果你的衬衫不是二手的，而且价格还超过八美元，我们会说：

"哟，这衬衫可真好哪。"

"是啊，还……不错啦。"

而且没有车不是老爷车，更适切的说法是，没有车不是老得快散掉的车、烂车、廉价车。经常爆满的南方公园周边的停车场里，停满了突变的汽车和汽车怪胎。在旧金山，无论好想法或坏想法，都不至于蠢得该受打压，或者是大家不够诚实，不敢告诉别人那些想法真的很蠢，所以，我们有半数人是在做愚蠢、注定要完蛋的事。而为《联机》工作却是至高无上的光荣：肩上背着他们刚拿到的黑色背包，或参加"求生研究实验室"那些家伙举办的派对，他们制造大型机器人，又叫它们互相打架。虽说物质报酬少得让你笑掉大牙，公寓租金也开始变得有些可笑，但我们一个字也没说，连声抱怨也没有，因为那位长相甜美的光头新闻播报员说这是"地球上最棒的地方"，我们先是觉得恶心，但后来甚至有点相信，就某方面来说，我们相信自己必须一天工作十八个小时，不管是为了我们自己还是那些新成立的科技公司，因为我们置身在一个特别的地方,我们很幸运,觉得很幸运,即使几年前才发生过山火和公路崩塌。所以我们聚在这里,在每个温暖又不是太温暖的晴朗日子,每天沐浴在阳光和可能性(出问题的可能性)里,当每个人都啜饮着拿铁咖啡,吃着墨西哥卷饼,假装未探彼此底细,我们有种感觉:至少在这一刻,我们与朋友同在,在这片如茵的草地上,每件事都处于火红炙热的状态,我们觉得这儿有事发生,换个比方说吧,我们正乘着风破着浪,而且是大浪呢,当然,这浪也不能太大,不能像夏威夷那种,会卷走珊瑚礁上的人的那种巨浪。

当然,我们和我们的杂志不能泄漏我们是这场景或任何场景中的一分子。我们逐渐拿捏到完美的平衡点,一方面很接近发生中的事,知道哪些人牵涉在内,以及他们的行为模式,但另一方面,我们也保持距离,以局外人的心态,甚至和其他局外人在一起时亦是如此。为了取笑其他杂志,尤其是楼上的《联机》,我们编了一张"哪些红／哪些不红"的清单:

哪些红	哪些不红
太阳	雪
烧酒鸡	维基冷汤
烙铁	冰饮料
熔浆(融化的)	熔岩(硬掉的)

我们在本地媒体组织刊登广告,说我们不是这个也不是那个,但这会是(除非有怪异可怕的事发生)文明史上第一本有意义的杂志,这本杂志将由／为了我们这些二十来岁的小伙子(我们试过别的措辞,可是都不好:二十几岁的人?二十岁的人?)所创造的,我们正在寻找作者、摄影师、插画家、漫画家、实习生,任何想助我们一臂之力的人都将有事可做,我们需要好几百人,若有好几千人来也行。我们提出这一大串声明,几天(或几小时?)之内,

履历表如瀑布般涌来。其中多数刚大学毕业,有些在自己名字上画图,或在页边空白处设计图案,并附上他们在贝茨①、里德②和威腾堡③那些年的成绩单。我们打电话给每个人,但打得不够快,我们想"迎娶"每个人,能找到他们、能有这层关系使我们欣喜若狂。我们为每一个人提供工作。

"你需要我干什么样的活?"他们问。

"你想做什么?"我们说。

"有固定的工作时间吗?"

"你能在什么时间工作?"

我们能接收任何人,无论他们是多没出息的窝囊废,我们也不在乎,甚至他们大学念的是斯坦福、耶鲁,我们都不介意。对我们来说,重要的是数量,要累积大量的人。大多数来的人还有别的工作,但感谢老天,许多连份差事也没有,于是父母给他们一年左右的时间站稳脚根。每次只要有人跨进门,踩过我们的垃圾,绕过我们的纸箱,把自己交给我们,我们见到的就是一位兄弟、一位姐妹,他们已经狂热地相信我们所做的事迫在眉睫了。

"我看到你们的告示了,我就是觉得非来不可。也差不多是有人干这事的时候了。"

"很好,谢谢。"

"我现在手边有几首诗……"

虽然我们无法容纳所有人的天分、癖好和安排(约有五位不同的人都想写有关打零工不胜枚举的用处),我们知道自己挖到宝了,我们搔到痒处了。我们要所有人追求自己的梦想,听从自己的心声

---

① 贝茨学院位于华盛顿州南普吉湾地区塔科马市的公办学校,这一地区是微软、星巴克、波音等许多跨国公司的总部所在地。

② 里德学院美国俄勒冈州波特兰市东南部的一所私立、自主的文理学院,也是前美国苹果公司总裁乔布斯的母校。

③ 威腾堡大学,位于美国中部俄亥俄州春田市。成立于1845年,是一所私立住宿的文理学院。

（他们不也像我们一样热血沸腾吗？）；我们要他们做我们之后会觉得有趣的事。嘿！莎莉，干吗做那个愚蠢的保险配给的工作呢？你不是喜欢唱歌吗？唱啊，莎莉，唱啊！我们很确定自己在帮别人代言，替好几百万人代言。要是我们能放出风声，散播这件事、这本杂志的消息……我们会让这本杂志成为跳跃的基台，发言的跳板。

我们写了创刊号发刊词：

  我们这一代，除了不识字、沉闷、穿法兰绒的"偷懒鬼"之外，真的还有什么人吗？一群不到二十五岁的人，在无财团背景与营销手腕的情形下，是否还能出版一本全国性的杂志？对真实议题提出真实看法？有使命感与幽默感？拥有胆识、目标和希望？谁会读这种杂志呢？可能就是你。

双关语来啦，在最后一句①。

为了筹资架设另一条电话线、装传真机，我们在公园里办了一场烘焙拍卖会。所有投稿人都带来了食物，筹到了一百美元左右。我们央求每位认识的人，把他们的长途电话转成流动资产。

"但你非这样不可。他们要有好原因才肯捐钱，他们说如果我们拿一百人交换，可能就帮我们打广告，还——"

我们设法与其他人结盟，他们也和我们一样，承载着无形无声却无穷的人类潜能，而且正试着让这份潜能发言、歌唱、尖叫，塑造一股政治力量。或至少利用这潜能，让自己登上《时代》杂志或《新闻周刊》。

有个在华盛顿特区叫"不带头就走开"的政治团体，1993年即已宣称成员高达五十万人。另外有个想法类似、叫"第三千禧年"的团体，是一位年轻的肯尼迪家族成员在某次家庭度假的脑力

---

① 最后一句中"可能"的英文与"迈特"的英文为同一个词"might"。

激荡会议中产生的。双方都希望自己的成员呈千倍数成长,希望登记选民,希望成为美国退休人员协会的青少年版本,然后,一旦人数整顿好,武器分配好,他们就要打这场我们都得上场的仗,一场将成为我们的世界大战的战役,或起码是一场我们的越南战争,也就是:

社会福利金。

根据许多经济学者估算,等我们六十五或七十岁或管你几岁,等我们退休时,财库剩余的钱可能就不够发放给我们……社会福利局破产了。"不带头就走开"和"第三千禧年"到处制造新闻,登记选民,办记者会,要大家注意这迫近的决战时刻,我们接洽这些组织,宣誓要团结一心,可老实说,我们完全弄不懂他们在说啥。虽然我们也和他们一样,渴望激起我们这四千七百万个灵魂的动机并付诸实际行动(某种行动,虽然我们尚不知究竟是哪种行动),不过我们最感兴趣的还是他们的邮寄名单。

并不是说我们不支持他们。我们可是非常支持的,即使不是物质或意识上的支持,最起码也是观念上的支持。只不过我们没什么经济上的顾虑,因此很难点燃做这事的动机。我们想加入他们抱怨助学贷款压力的行列,但后来又想到我们当中只有穆迪有助学贷款。我们想抱怨工作难找,但我们又不是真的想要工作,至少不想要会让人抱怨的那种工作,所以很快就一声不吭了。那社会福利金呢?至少就我个人而言,我再怎么漫天胡想,也无法想象自己活到五十或五十五岁,所以觉得这问题仍待商榷。我们真正想要的,是没有人过着乏味的生活,是大家记得我们,这样我们才能深深烙印在别人心头。

我们试着让别人相信我们是一本有关生活方式的杂志。

"明白吗?我们所说的是一种生活方式。"

"嗯。"

"懂了吗?不是那种生活方式的生活方式。生活。方式。一种生活的方式。"

"是的。"

"一种方式。属于生活的。"

在那些从事我们认为值得且勇敢的事的人身上我们发现力量，而且他们迫切地认为自己必须做那些事。我们崇拜菲德尔·瓦尔加斯，全美最年轻的镇长，至于他的政见，我们却一问三不知，但他的年纪（二十三岁），我们可清楚得很。我们推崇温迪·科普，她二十五岁时就创立了"为美国教书"，把刚毕业的大学生分配到人数或财源不足的学校，大多是在城市。我们热爱这种人，他们创办大型组织，设法替老年问题找出新的解决方案，并散播信息，利用有效的公关、炫目的宣传照（还拍成黑白或彩色幻灯片）。

我们很愿意，也准备好了，无论我们需要与谁结盟，不管我们需要做什么，我们都蓄势待发。如果我们必须安排活动或赞助人演讲，如果我们必须参加喧闹的大型摇滚音乐会，坐在桌前，发放印刷品，望着下方摇头晃脑穿露背装的十来岁小女孩……即使我们必须上电视、上杂志，说的话被人广泛引用，过着如摇滚巨星般的生活，握有如救世主般的权力——无论要付出什么代价，我们都已准备好了。只要告诉我们要去哪儿，要和谁谈话，你们报纸的销售量或大概的阅报率，并概略地告知你们要我们说些什么。

就像二十世纪六十年代！看哪！看哪，我们彼此说着，在世界不安定而醒目的缺陷中，充满害怕与惊奇。看情况变成这样！看，譬如说，这么多游民！看他们硬要在我们非走不可的路上随地大便！看房租飙得多高！看银行在你使用自动提款机时暗地里收取了哪些费用！还有"票务大师"！你听说过他们的服务费吗？你打电话买张票要花多少钱，他们每张该死的票要收你（例如）两美元？你听说过这回事吗？真是该死的荒谬。

但情况很快就会好转。等我们开始出版，等我们的杂志大约六个月后攻占全世界，这些问题都将被提出来讨论、再讨论。我们看着文件档案。当我和一位貌美如花、名叫黛布拉的摄影师促膝而坐时,我看到的不只是可能的约会对象,脑海中也立刻浮现我们的主题歌被呼喊出来的样子。在她的摄影集中,有张照片是一个一丝不挂的男人在沙滩上裸奔,因速度快而影像模糊。

"这就是我们的封面!"我说。

"没问题!"她说,我想这是否将提高我和她约会的可能性。

封面上摆个裸奔的人,这使我联想到:我们,也要,脱光光!没错,封面上会有黛布拉裸奔的男友(还和她同居呢,真糟糕),内页则会有好几百位裸奔的年轻人!我们将仿造封面那张照片的光线和画面,可是,我们会有好几百人,全都在沙滩上奔跑,一群赤裸的充满希望的肉体,从左到右全速冲刺,理所当然象征着这件事明显可象征的一切。我们打电话给黛布拉,安排好之后,开始打电话寻找裸体模特儿。我们打给朋友,打给每位我们认识的人。

这想法的规模缩小了。我们不需要好几百人(反正,镜头哪容纳得下好几百人呢?)。我们只需要一些人,十来个吧,八个,或五个。当然我们一定会参与,抛砖引玉嘛。所以有穆迪、玛妮和我。现在要多元化。我们做什么都得多元化,至少表面上得如此。并不是说我们的员工或任何事物都得各具特色,而是说要显得多样化。所以当有拍照机会时,我们便陷入一阵慌乱。我们务必要看起来像美国年轻一代的完美代表!这次拍照我们需要三男三女:三位白人,一位黑人,一位拉丁美洲人,一位亚洲人。但我们只有我们自己,三四位白人(甚至连个犹太人也没有!)。这次拍裸照我们需要一位非裔美国人,或一位拉丁裔男人或女人,任谁都行。另外还要一位亚洲人。莉莉不肯。艾德,我们在《联机》认识的销售专家,他是黑人,也不肯。绝望的我们心想:莎莉妮是印度人,她能代表较为人知的少数民族吗?她肯在一张颜色分明的模糊照片中现身吗?

"你愿不愿意——"

"门都没有。"她回答。

我们打给乔恩。

乔恩是我们的黑人朋友。她偶尔到这栋楼来帮别的杂志工作,有天她路过这里时和我们打招呼,后来帮我们的创刊号写了篇有关男女关系的文章,没人看得懂。我们提到过她是黑人吗?(我们觉得她也可能是拉丁美洲人,因为她的名字和其他种种,但我们没问。)她在布朗大学接受演员训练,所以当我们问她要不要赤条条地到处跑时,她欣然同意。所以我们凑到四个人了。其他我们认识的每个人都拒绝了。我们最后又通过朋友找到了一个家伙,我们觉得他很不错,因为他剃了个光头。

"我们没办法付你钱。"我们说。

"没关系。"他说。

我们不清楚他为什么想拍这张照片,为什么想和四位陌生人共乘一辆车,在某个沙滩上裸奔、拍照,不过认真想想,反正我们也不想知道。

于是在一个异常寒冷的十月早晨,我们来到马林岬角的黑沙海滩。刚脱光,我就注意到第五个家伙的阴茎该在的地方,有个金色的东西刺穿过阴茎。像根针或铁钉,或别的什么,不盯着看很难看出端倪。我看着那东西,觉得头晕。身为虔诚惶恐的天主教徒的我,到十几岁才敢正视自己的阴茎,到大学才碰过它,所以看到这个景象,我甚至不知道有这种做法——接着我将注意力转移到玛妮的胸部,她的胸部在穿衣服和不穿衣服时不大一样,仔细想想,还有点大小不一。乔恩的看起来很正常,柔软坚挺,肯定是我们当中唯一一位每样东西都适得其所的人。然后我设法查看穆迪的阴茎是否明显比我的大,我的结论是,至少在软趴趴这方面,我俩打成平手,势均力敌。

我们年轻,赤裸着跑在沙滩上!

黛布拉准备好了,坐在一条圆木上,面朝海洋。我们从二十码外起跑，然后沿着海岸全速冲刺跑到她面前。我们试着拉开间距，这样到她面前时才会分散开来，每个人都能入镜，所有颜色和尺寸。这会很漂亮、很浪漫，而且还有该死的痛。我们的阴茎上下摇晃，加速时还会左左右右、前前后后拍打，谁会想到是从左到右？好痛！不该这么做的。阴茎不是拿来跑步用的。我想到鼓起的围巾刷过人行道；我想到有只鸟把一条虫甩到死。这痛很荒谬。我们跑过去，她也许拍了两张，然后我们再做一次，至少跑了十二次。后来跑步时，我大半时间都握着阴茎，只在跑到她面前时才放手。我无法想象那位用东西穿过阴茎的家伙感觉如何。那东西肯定不是用来固定阴茎的。除非他有某种挂钩，比如说钩在肚脐上。

有张镜头是我们背对着黛布拉奔向海洋，动作和之前的一样生硬。然后我们穿上衣服回家。拿到照片后，我们发现照片上的自己模糊不清，而我们为人口统计学所做的努力——两个女人——黑人——根本就看不清楚。所有跑过她面前的照片都派不上用场，也就是说阴茎所受的折磨全白费了。只剩下最后一张照片，跑向海洋露出光溜溜屁股的那一张。我们就用这张。

那张照片是我们创刊号前六张折页的最后一张，这六页是摆在前述创刊词前的蒙太奇视觉画面。每一页都有个方格，张张照片并排在一起，照片上打了一个字，亦即：

在一张骄纵的年轻女郎照片上：不[1]。

在枪械展售照片上：不[2]。

在两尊穿结婚礼服的巧比瓷娃娃① 照片上：不[3]。

在一位电视布道家赞扬群众的照片上：不[4]。

在一位萨宾族女性② 被强暴的细部照片上：不[5]。

在一位冷笑的年轻人特写照片上：不[6]。

---

① 这种洋娃娃体型圆胖，双颊粉嫩，头发鬈曲。
② 位于意大利中部亚平宁山区的一支古老民族，三世纪时为罗马人征服。

在一堆女高跟鞋的照片上：不[7]。

在衣领和领带的照片上：不[8]。

在亚当和夏娃被逐出伊甸园的照片上：不[9]。

我们十分相信这些都是一种聪明绝顶、未卜先知的作品，极有可能挑起暴动。倘若以上含意暧昧不清，以下再略作说明：

[1] 我们既不骄纵，也不懒惰！

[2] 我们并不认为枪械该在柜台上展售，就像这张照片。

[3] 我们是不婚族。

[4] 或非宗教主义者。

[5] 我们坚决反对强暴。

[6] 以及冷笑。

[7] 以及高跟鞋。

[8] 还有领带（与束缚同义）。

[9] 以及被上帝逐出花园。或因全身赤裸而感到羞耻。或因偷吃苹果而感到羞耻（最后一项尚待证实）。

在这六张折页最后，在所有否定、所有我们将立即予以驳斥的事物之后，是出其不意的结局：一张全版照片，五人裸奔，背对摄影机，奔向海洋。这张照片上方，描画在漆黑天空里的（这是张黑白照片）是两个字：迈特。

砰！

大致上，我们肯定自己做的事是划时代的，从我们的工作时间就可看出这一点。我们的工作时间是对意志力的考验，也是同侪压力与罪恶感负面影响的例证，因为我们显然一点也不传统，却开始过着朝九晚五的生活，偶尔多做两三个小时，全看隔天得完成哪些事，为了我们自己，也为了全人类。

一定要做！等待是可憎的！

白天穆迪和我从事平面设计工作，主要是替《旧金山纪事报》的内部促销部门工作。穆迪也做其他营销工作，我还打零工，通常

是在帕克贝尔公司位于圣拉蒙的总部。我在那里每天花八小时设计纪念证书的模板。玛妮一周有四晚在餐厅当服务生，不过渐渐地，我们的账单变成由《旧金山纪事报》支付，之前他们的大老板就很同情我的遭遇。我告诉黛安娜——一个十几岁女儿的单亲妈妈——我家也有个小伙子，她眼眶盈满泪水。他们现在雇我们设计广告、海报以及各类版面和各位专栏作家的促销活动。我们做这工作又快又棒，这可是众所皆知。

"商业版需要广告。"他们说。

当然，我们说。结果是：

《旧金山纪事报》——让它成为你的事业。

"体育版也要有广告。"

《旧金山纪事报》体育版——我们知道比赛分数。

我们烦透了如此滥用自己的创造力，因此决定不要用这种方式等着筹钱创办《迈特》。每当有人问起《迈特》杂志，我们总说我们是刷爆信用卡并靠平面设计工作赚来的钱筹办的，但我们说不出口的惊悚事实却是：我不过是开了张支票。创刊号的印刷费大约是一万美元，花掉了大半的保险金和处理那栋房子后我分到的钱。起初我想，我们会告知所有人实情。我们的努力还有更好的譬喻吗？从我们父母的灰烬（照字面意思解释）中升起，这一笔钱让我们能照自己的方式做事，而不必把构想贩卖给别人，不必筹钱，也不必在确定——肯定会这样——没人会拿钱投资如此荒诞不经的企业时，彻底抛弃这种想法。这么做就不必等别人同意了；这么做就不用听命于他人了。穆迪和玛妮知道办这本杂志的钱是这么来的，但别人都不知道，自始至终都不知道。也许他们不会懂；也许他们会过度诠释。虽然在投资第一笔钱之后，将来要再捐献的钱就不多了，因为杂志社一旦开始营运，几乎可立即付清所有款项，虽然付酬劳给我们的希望微乎其微，但反过来说，情况也可能瞬间骤变，状况可能扭转，如果说，我们不只是一群名不见经传的傻瓜，出版一份财源不足的杂志，相反地，我们当中，有一位是一部收视率高、影响力大的 MTV 揭露真实生活电视节目的明星？

我们拿了申请表。

玛妮和我决定两人同时申请。我们填写简短的问卷，并按照要求，拍摄录像带，说些我们希望他们会觉得有趣的话，做些我们希望他们会觉得有趣的事。有些人玩滑板。有些人跳踢踏舞，介绍家庭状况，跟狗玩。我呢，则是坐在仓库书桌前，由穆迪掌镜，拍我胡讲瞎说一通，然后，就在电光火石间，我开始打起鼓来，患癫痫症似的。我做着我帮爱情男孩当鼓手时的例行动作，这爱情男孩不知为什么每打鼓就猛眨眼，浑身抖个不停，活像坐在一条摇晃的电线上。我们觉得这卷录像带挺搞笑的，可能恐怖胜过好笑，但穆迪大笑不已。我们寄出这卷录像带。

两天后，有个叫劳拉·福尔杰的女人打电话来。她是节目制作人或演员经纪人或之类的。她显然认为我是天生要上电视的那种人，能鼓舞全国的愤青。她要我到《真实世界》新总部面试，半小时左右，面试时也会录像。

面试在星期日进行。塔夫还睡着，我开车从伯克利出发，开上距离水面好几英里的桥，驶向 MTV 位于北滩的临时办公室，就在内河码头边，地点选得蛮好的，位于城里许多广告商之间。我满心骄傲与恐惧。我当然想试镜，希望他们看到我所有的一切，但我并无意这样做。既然事实上我就是在这么做，我很担心被人（贝丝、塔夫、戴维·米尔顿）发现。我说服自己相信我不过是为了研究社会学或新闻事业。这会是多么滑稽的故事啊！但说实在的：我真的只是好奇吗？或者我真想上电视？如果我真想上电视，那我是什么样的人哪？

抵达时，四处渺无人烟，早到了二十分钟。因为出现在MTV的人都不会早到，不会紧张，责任感也不够，不会提早到，于是我就在附近走走，等时间到。迟到两分钟后，我走了进去。这间办公室才设立几个星期，在接待员桌上，却已经有了一个用波纹不锈钢制成的又大又好看的MTV图案。等候时，年轻助理陪我聊天，想让我觉得自在。等待、聊天时，我发现，呃，我已经在试镜了。我开始更努力思考自己的措辞，想让它们更难忘，想同时呈现出有趣、尖锐、深度又带有中西部等特色。我注意到我的腿，我双腿交叉。不过要怎么交叉才好呢？很有男子气概的那种，或是女人和老男人的那种？如采用后者，他们会不会以为我是同性恋？那会有帮助吗？

接着有位女性走了进来，说滑进来还更贴切些。她低头看着我。她是妈妈，我女友，我老婆。她是劳拉·福尔杰，打电话来的那位制作人/演员经纪人。她长得很像艾丽·麦古奥[①]：微古铜色肌肤，深色瞳眸，一头牛奶巧克力色的直发轻柔地披在肩上，像极了坠落在天鹅绒舞台的天鹅绒布幔。

她请我到另外的房间，她要在那里面试。我跟着她走。我已准备好把自己交给她。她会倾听，她一听就知道。但我的头发也许乱七八糟的。之前我本想到浴室整理一下，但苦于没有机会。可笑。今天，对我、对我的头发来说，可能都是这辈子最重要的一天，我

[①] 艾丽·麦古奥（1939— ），女演员，因影片《爱情故事》获得金球奖最佳女主角。

却听天由命。如果我说我现在想检查头发,她会以为我爱慕虚荣、神经过敏,我们可不能让她有这种错误的想法。当然,也许她要的就是爱慕虚荣的人。我可以当这个爱慕虚荣的人。总有人爱慕虚荣。当然,他们通常是模特儿。我永远不可能够格,永远……除非当贝纳通①的模特儿,奇怪又不漂亮。这我倒是做得到。长相怪异,但怪异中带着挑衅。就像吸食海洛因的人,或脸上有雀斑、头发蓬松的那些人。可能就是我。

喔,你看看她。我虽想上劳拉·福尔杰的节目,但我更想和她安定下来,共组家庭,在北卡罗来纳岸边十英亩左右的房子里。我们会养条叫"船长"的狗;我们会一起下厨,煮给她父母和邻居吃。养一群长得不像我而像她的孩子,五官突出纤细,那娇俏的鼻子。

"好了。"她说,在摄影机后方坐下。

录像带开始动了,红灯亮了,一切就绪。

"你是在哪里长大的?"

"喔,这我知道。芝加哥郊区,一个叫森林湖的小地方。大概在芝加哥北边三十——"

"我知道森林湖。"

"真的?"我说,感觉到格式开始变化,引号去掉了,一场简单的面试转变成另一件事,包罗万千的事。"那只是个小郊区,大概只有一万七千人。我很惊讶你——"

拜托,森林湖是那些城镇之一,就像格林威治或纽约州的斯卡斯代尔。我是说,它不是美国最富有的城镇之一吗?

是吗?是吧,我想是。我猜是吧。我不知道。可是我没认识什么有钱人。我们家不富有。我朋友的爸妈有的是老师,有的卖医疗

---

① 服装品牌名。

用品，有的开裱框店……爸爸妈妈开的是二手车，我们每件衣服都是妈妈在马歇尔那种大卖场买的。我想我们属于镇里半数低下社会经济阶层。

你父母是做什么的？

妈妈在我十二岁左右时才出去工作，到蒙特梭利当老师。爸爸是律师，商品导向的律师，在芝加哥工作。期货交易。

你的兄弟姐妹呢？

我姐姐在加州念法律。我哥比尔在智囊团工作。

什么意思？

喔，他一开始是在遗产基金公司工作，旅居东欧，提供前苏联共和国，管他们叫什么，有关转换成利伯维尔场经济等方面的意见。然后他写了一本有关缩减政府规模的书，只讨论美国的情况。书名叫《改革从根做起：让政府更小、更好、更像家》。你该看看这本书。封面甚至还引述金里奇① 的话，意思大概是所有美国人，如果他们是美国好人的话，就该读这本书。

我猜你们两人很少谈论政治。

没错，我们是不经常谈论政治。

你小时候家里有钱吗？

我不知道。时有时无。我们从未真正缺过任何东西，可妈妈总有方法让我们觉得我们是捉襟见肘的。"你要把我们逼到贫民窟去

---

① 纽特·金里奇（1943— ），美国政治家。1978年当选乔治亚州国会众议员，后成为国会保守派共和党领袖。

了!"她会这么吼着,通常是对爸爸,但也会对其他人,并不特定对谁。我们从不清楚家里的状况,抱怨是荒谬的。我们住在美好的城镇里,有一栋房子,有自己的卧房、衣服、食物、玩具,还到佛罗里达度假——每次都是开车去,这点请你注意。我们从十三岁左右就开始打工,整个暑假都在工作,比尔和我割草,贝丝在"三一冰激凌店"①穿着咖啡色灯芯绒制服,当然我们也得自己掏腰包买我们可怜短命的二手车"小兔子"②和生锈的"大黄蜂"③。我们全都读公立学校,大学念州立的。所以我并不认为我们家很有钱。没有存下来什么,存下来的东西是在他们过世后才发现的……

嗯。
我上了吗?

什么意思?
我可以上节目了吗?我录取了吗?

稍安毋躁,我们才刚开始。
喔。

那你会不会觉得跟别人不同,有没有因财富而引起的社会分歧呢?
几乎没有。就算有,也是一种反向关系。那些行为和穿着好像有钱人家的小孩会受到排挤,大家都可怜他们,不让他们受欢迎。到哪儿都是这样。公立学校的小孩被同侪训练,不停地被灌输

---

① 美国冰激凌商店,创立于1946年,因出品31种美国口味冰激凌而闻名。
② 1946年由富士产业株式会社生产的小型摩托车。
③ 雪佛兰的一款汽车。

这种观念：太突出可能引起对自己不利的注意。所以一看就知道家里有钱，同义于太高、太胖、脖子上长了颗疖子。我们全往中等靠拢。这是校园内的普遍现象：最有钱的小孩总想融入团体，他们是最绝望的一群，不停地开派对，想要那些大家由衷羡慕的小孩注意到他们，比如说足球队的那些家伙，他们住学校后面一栋老旧木造房子里。有人缘的小孩开卡车，买最破烂的汽车，父母离异或酗酒或两者皆有，住在最没人想住的地区。有钱的小孩，比如说那些总把衬衫扎进裤子里，头发总是梳得整整齐齐的小孩，或者，呃，尤其是就读镇上私立学校的人，我们认为他们没指望了，有麻烦了，古怪透顶。我是说，你能想象住在森林湖这样的城镇里，有这么多很棒的公立学校，却还有人每年砸一万美元把小孩送到一间叫"乡村时光"的私立学校吗？这些人真怪。你知道我们是怎么叫那间学校的吗？

不知道。
蛮好笑的。

怎么叫？
我们叫它"乡村娘娘腔"。

……
乡村娘娘腔。明白吗？乡村娘娘腔？

你们那个镇容忍度还真低。
说同构型很高，是的；但说容忍度低嘛，不会。当然整个镇白人占大多数，但如果你有任何形式的种族主义，至少是表现在外，表示你不懂人情世故，所以基本上我们并未带着任何歧视观念长大，无论是直接或抽象的。镇上的人都很富有，又不大搭理社会议题，说犯罪嘛，除了我和我朋友不停发生的公共破坏行为之外，镇上从未听说有这回事。镇上的人大可把那种事当成娱乐，摔跤竞赛是别人在比，是在别的地方举行的。我唯一听说过真正有种族歧视的例子是在我读小学的时候，有个长相滑稽、戴眼镜的瘦个子搬到我们住的那条街街角，他在他房里挂了一面那种旗帜，南方的旗……

南部联邦旗帜。

对啦。所以这小子，年纪和我哥哥一般大，大我三岁，搬到镇上，那时我大概九岁，他一搬来就几乎闹得天翻地覆。首先，在公交车上，我哥哥比尔看到他在椅背上画了个卍字，我们从没有人亲眼见过这样的符号，所以有阵子这是轰动全镇的大新闻。他真的有种族偏见！然后，这小子创立了一个非正式的社团，让他家附近的一群小孩改变信仰——抱歉，这个词不好——后来他们全都开始在笔记本上画卍字，还说带有种族歧视的那个词。

哪个词？
我可能记错了，是犹太猪猡，对吧？

没错。
是犹大还是犹太？

我认为是犹太。
嗯。我以为是犹大。反正突然间，小孩子都在讲这个词。我们原本是文明的异类，突然间被——就某方面来说这是在倒退，因为有种族偏见的宣传者出现了……反正，我们附近有个孩子，叫做塔德，他本来和大家处得不错，可是突然间大家发现他竟然是犹太人！他马上就受到排挤了。当然，很多不是我亲耳听见的。这些家伙年纪比我大，和我哥哥比尔一样，所以我从比尔那里听来一些，但即使是那时候，小孩子都不该听到这种消息，所以爸爸妈妈压根儿就不让我们知道这些事。"坏孩子。"妈妈说，然后就没了。孩童时的我们什么也不知道。任何亵渎的事我都不懂，对性、对任何事都一无所知。我一直到十二岁才知道"那两粒"指的是睾丸，而不是屁股上的那两团。别笑。小时候我一问这种事就挨骂。那时，我甚至连自己的生理结构都不了解，因为我是天主教徒，而且——

我离题了。所以在某方面，比尔试着和这些孩子做朋友，希望这卍字事件像病毒一样只会暂时流行一阵子。但就我所知，那时我开始异想天开，想象那小子家里发生的事。每次我们开车经过，我都会回头引颈而望，寻找那面很大的南部联邦旗帜。其实一眼就可以看到，它整个遮住那小子房间的窗户，垂挂在那儿，中间松垮垮的。我不知该想什么，那面旗帜在屋里有多长，所以每次开车经过，我都希望他和他爸爸站在门前，正在烧十字架，还有蒙面人把绳套扔到树枝上。我真的这么想。我们没有可参考的，你知道的。这小子像外国人一样怪，就像那些住公寓的小孩。我就是找不到方法来处理这些信息。我们镇上很多方面都很死板，什么都要一模一样，皮肤的颜色、汽车的款式、草地的翠绿程度，但在这上面是一张空白的画布，所以——此外，我猜每个小孩都会这样——我随时都能接受，所有我认为是真实的知识突然而且彻底地被颠覆淘汰了。

黑人小孩呢？

镇上有几个黑人。也许一共四五个吧。小学时有个叫乔纳森的。他住在老榆树路，一条自东向西的大马路，刚好作为森林湖和高地公园的分界，离我家不远。他还好，是个会害羞紧张的那种人，但人蛮好的。后来他搬走了，有阵子，镇上没半个黑人小孩。然后T先生搬来了。

T先生？

是的，这是……老天，我想是我们在读初中或是高中的时候，就在《天龙特攻队》停播一两年后，我们听说了这件事——老天爷，然后大家都只聊这件事。大家还在为《普通人》将在镇上拍摄而手忙脚乱——麦当劳餐厅贴满了罗伯特·雷德福的照片——但镇上从未出现过像T先生这样的大人物，当时他还是超级巨星。我忘记他那时候在做什么了，也许是两部影集拍摄之间的空当，你知道要挪出空当有多难，但这个超级巨星仍然办到了。他搬到绿湾路的一栋豪宅，占地十英亩左右，有大门，高耸的红砖墙面对着街道。那地方就在市中心附近，与我们的圣玛丽教堂才几间房子的距离。

他到镇上时你们做了些什么？

我们兴奋得快发狂了。我是说，小孩子们。《天龙特攻队》一直都是我们最喜欢的节目：我们开《天龙特攻队》派对，常在七年级自助餐厅里跑来跑去，唱着主题曲——答答答大！大答答……答答答答答！不过我们的父母，现在回想起来，虽然还算热情，却也有所保留。首先，有钱人不想让大家以为他们也对名人感兴趣，尤其是来路不正的名人，我猜他们是这么想的。毕竟，这家伙被发掘时还是个夜总会保镖呢。当然，他砍掉那些树只让情况更糟。

我想我记得这事。

是啊，到处都刊登了这条新闻。那可是丑闻。我们原本是大家以为很保守的白人市镇，孰料这个戴金链子、有莫霍克族血统的大块头黑人来了，他拿起电锯，把他地产上的树都锯掉了，只留下大概两株，锯掉两百棵左右，大白天，一个人拿着电锯，砍起树来了。真不敢相信。真有胆！他说他会过敏，可是大家都不信。你看，这城镇相当以它的树木为傲，理由充足：我们有一些很好的树。镇上到处标示着:"美国绿树之城"。我们非常喜欢这些标示。结果他却把这些树全砍了,没人知道该说什么,因为他们想痛斥他——有些人真这么想——但大多数人担心这会显得自己有种族歧视,或小鸡肚肠。我们这地方,有黑人管理员在才艺表演时唱《深深的河流》,全体都会起立喝彩呢。所以最后大家只是作壁上观。爸爸觉得这整件事很好笑,老爱把辩论内容念出来,我们笑得前俯后仰。每次镇上因芝加哥报纸报道而感到无地自容时,他就会说:"喔,棒呆了。"他从未认同森林湖,镇上一位朋友也没有,也不开款式正确的车——

我们见过他本人一次,T先生,有次我们在去往教堂的路上,看到他就在那儿,在他家大门前,拿着那把电锯。怪得很,他在修剪树丛呢。

我们怎么会讲到这里的?

黑人小孩。他有两个念高中的女儿。所以她们出现时,黑人学生人数马上增加两倍,变成四个黑人学生了。我想是四个吧。

你们中学有多少学生?

一千三百个左右。

而你们那儿离芝加哥才二十多英里?

是的,其实北边还有个城镇,也许五英里远,叫做北芝加哥,镇上大多住着黑人。至少就我了解是这样。

什么意思,就你了解?

呃,我从没去过那儿。我去过高地公园,那是个犹太市镇,我都在海伍德买啤酒,那里全都是些意大利餐厅,那些修剪草坪的墨西哥人都住在那里。沃基根有个购物中心,我想,老是聚着一群水手,而利伯蒂维尔是那些发型像曲棍球的小孩住的地方。

那你们是怎么对待T先生的女儿的呢?

大家似乎都很喜欢她们,就我看来是这样。我们都觉得她们人很好,很风趣,但我一点也不了解她们,说真的,我连她们的名字都不知道(那时不知道,现在也不知道)。她们小我一岁,总是开着两辆白色的奔驰到处跑,都是定做的,车牌上写着:T先生三号。不过大家都蛮喜欢她们的。毕竟,她们是T先生的小孩呀,也因此是学校骄傲的来源,至少我们这些孩子是这么觉得的。我们抢先告诉别人的就是这件事,真的。这件和《普通人》有关的事。

她们是唯一的黑人小孩吗?

我只记得我姐姐班上还有个黑人小孩,那家伙叫史蒂夫,我不知道他姓什么,从没人知道过。并不是说我真的不想了解我姐姐班上的任何人,只是这个史蒂夫,因为他是他们班上唯一的黑人,所以我们只知道他是黑人史蒂夫。

什么?

没错,我听到我姐姐这么说,基本上无论何时提到他都是用这个名字。他普普通通的,又不是特别受欢迎,不过人蛮好的。所以大家都喜欢他,我猜大家之所以喜欢他,是因为他与众不同,所以有奇怪的新鲜感,这很奇怪,就像有个小孩理平头,或有个女孩,我忘了她叫什么名字,和很多篮球队员鬼混,但她却是侏儒。

所以这是压制咯。
你这话怎么说呢?才不是。

你喜欢森林湖吗?

是的，我喜欢，但很多人不喜欢。很多人抱怨。许多人羞于提到他们是在这里长大的。但我不会因为生长在一个有绿树，有小溪，有很好的公园（至少我家附近是这样）的美丽单纯的郊区而感到抱歉。并不是说我们有机会在八九点或任何时候离开家，搬到另一个比较不这么繁荣的地方。不过我应该说，就像任何看似稳定满足的情况一样，这里安稳、注意细节，同时又重视家庭——也就是说，舒适但又深受中西部影响——同时这里有时候会静悄悄，寂静得出奇，在这静默底下，有个细小微弱的声音，就像从狭缝中钻出的空气，像有人从外星球喊叫的声音，于是黑暗中，大家都离奇死亡。

怎么说？

喔，比如说自杀啦、古怪的意外啦。有个我小时候认识的小孩，可能是在地下室里闲逛时，突然有堆木头掉到他身上。他窒息而死。那是镇上第一桩死亡事件。他好像是十岁吧。然后，约两年后，轮到里基的爸爸了。

里基的爸爸？

里基·沃夫葛兰姆是我的一位死党，就住在小溪对岸，那条小溪恰好流过我们两家屋后。他、杰夫·法兰德和我常同进同出，我们加入同一个游泳队，做什么都在一块儿。我们隔了条溪还能这么好，真的很奇怪。仔细想想，我们一起做的事大多与破坏行为有关，朝汽车扔些像冰块、石头、山楂、橡树果实、雪球等什么的。

回想起来我也不知道那是为什么。我们讨厌那些过往的汽车吗？我们只是无聊，喜欢对过往的汽车、卡车等一切扔一些东西。这样的事还在不断升级。一开始只是扔一些东西，但有一年冬天，我们用雪做成七八个很大的雪球，在路上建了一堵雪墙。我们把雪墙堆在路中间，躲在边上的灌木丛中看，还咯咯笑着。那堵墙大约有三英尺高、三英尺厚，就在路中间，我们太过聪明，警察知道我们的把戏，就待在杰夫的家里。我们在那里设计如何让司机要么停下来、掉头，要么就把雪墙铲掉，体会墙的厚度以及工艺。

"需要传动装置。"杰夫会说。

"是的。"我会回应道，根本不知道他说的是什么，我对车一概不通。

还有一个夏天，我们更过分。我们拿打火机和汽油玩耍，点这点那个。我们常常玩的把戏就是把网球涂上一层汽油，然后点燃，在街上踢。

"火球，"我们会边玩边喊，"火球。火球。火球。"

猜猜我们管这个游戏叫什么？

我不猜了。

我们管它叫火球。

好吧。

不过有一天晚上，比我们大一岁的蒂米·罗杰斯，一个又高又瘦的鬈发男孩，他提出了一个建议，说我们应该把汽油倒在公路上，然后……但是我们没有火柴。必须有个人跑回家，悄悄地拿一些过来，不引起任何怀疑。但是我们不知道该让谁回去，谁会有那种烧烤用的长长的火柴，然后蒂米·罗杰斯就拿出了他的打火机，一个小小的打火机，蹲在倒满汽油的路上——这时候我本能地跳开了——点燃了，整条街一下子都着了起来。太不可思议了，火大约窜了有五英尺高，整个森林湖的道路都着了。不过并没有持续很久，只一会儿而已，但是已经足够引起警察的注意了，他们来了，到处找我们，我们当时就躲在灌木丛中。我们把整条街给点了！然后我们回到杰夫的家，又看了一遍《二手车》，这是我们第六次看了。

"这跟里基的爸爸有什么关系?"

喔,那天天气晴朗,夏季才刚开始。我在家里,用乐高盖火星城市,按照我在素描本里画的精密建筑结构草图盖的,城市就在我画的飞天恐龙和友善的大脚外星人旁边。我在灰色有坑洞的基础板上——那是我的生日礼物——盖好地基。然后杰夫打电话来,说我们最好到里基家一趟,因为发生了一件可怕的事。

"什么事?"

"里基的爸爸把汽油泼在自己身上,接着点了根火柴,然后全身着火在庭院里到处乱跑,然后停下不跑了,然后就死在那里,就在他家前面。"

我跟妈妈打了声招呼,然后沿着马路走到尽头,跳过溪流水浅的地方,先到杰夫家,再一起走到里基家。他在起居室看电视。他家的起居室和我们家的差不多,木板装潢,又黑又暗。他说嗨。我们说嗨。电视上是早期的音乐录像带节目——在MTV出现前——正播放着鲍勃·迪伦一首歌的录像带,叫《小丑》。我们喜欢这个录像带。电视上有东西朝屏幕飞过来,好像是3D立体画面。我才刚开始读《滚石》杂志,也听说过鲍勃·迪伦,我知道如果我想知道任何事,就必须认识并喜欢鲍勃·迪伦,所以我真的很想喜欢上这首歌,但后来里基捷足先登。

"我喜欢这首歌。"里基说。

我有点生气。我决定放手。

里基有两个妹妹,比他小很多,偶尔会在起居室晃进晃出。我们继续看电视,离电视很近。

"看起来像什么?"杰夫问道。我真不敢相信他竟然问了。

"你知道像什么吗?"里基说,"就像《夺宝奇兵》的结局。"

我们也只看过结局,纳粹分子打开装圣约的法柜,幽灵跑了出来,起初还和蔼漂亮,后来转为愤怒,法柜里窜出火苗,杀了所有纳粹分子，用坚硬的火绳刺穿他们，然后纳粹头目一个个就像蜡像一样融化，先是皮肤，然后是软骨，接着是血液，依序剥离他们的头颅，宛如不同颜色的水。这场景让我们害怕，又使我们着迷。

哇，我们心想，像《夺宝奇兵》呢。

我们和里基坐在一起，坐在那里看了一会儿电视，然后觉得无聊，便走到前院，看草地上有无任何记号，比如血迹或其他任何东西。可是什么也没有。草地看起来完整无缺，青葱蓊郁。

你为什么告诉我这些？

我也不知道。这些是我常说的故事。这不就是你要找的吗？撕裂这个纯朴小区的恐怖死亡事件——

告诉我：这真的不是你为这次面试拟的草稿，对吧？
不是。

这压根儿就不像真正的面试，是吧？
是不太像，不像。

这是你计划好的，这种面试风格，是你捏造出来的。
是的。

不过这构想倒是不错。有点像是把一大串故事绑在一起，否则，硬要把这些故事兜在一起就会太做作。
是的。

这些故事的重点是什么？

与森林湖有关的故事重点应该很明显。它把我们困在某个世界里，将来许多人都会很熟悉这个世界，尤其是那些享有观看《普通人》拍摄实景这种殊荣的人，在这部电影里，蒂莫西·赫顿[①]出演了一个具有突破性的角色。这部影片于1980年荣获最佳影片奖。之前提到有关自杀的那几段是我个人成长中所遇到的，当然，这些自杀事件引发了我日后的假设——我认为我和我认识的人非常有可能死得荒谬且戏剧化——也为本书后半部发生的事情埋下伏笔。而那些有关种族和民族的事，是为了澄清我们成长的环境，那里的相似度高得惊人，我们也深陷其中，那里迥异于我和塔夫在伯克利的生活，伯克利简直太多元化了，虽置身其中，却相当讽刺，我们觉得很不自在，感觉被排除在主流之外。那就是在内与在外。而有关莎拉的故事——

莎拉？莎拉是谁？

喔，我本来想早点提到这部分的。我快速叙述一下：

我们是在我升大四那年知道妈妈生病的，爸爸把我们叫到起居室聚会。那年夏天真是一团糟。我做了些怪事，那年夏天和那年秋天。那时我喝了很多酒，打破了一些东西，和平常一样，做梦时会用手刮墙壁，也开始搭陌生人的车从派对回家，和一些怪朋友在一起喝酒。一个湿热的夏夜，我参加一个派对，在那个叫安德鲁的家伙的住处。他住一间老旧的木结构房屋，在公路旁，有点远，而且他经常办这种大型派对，户外的那种，而在森林湖很难举办这样的派对，因为那里有太多机警勤劳的值勤警员。我、玛妮和她的一票朋友到那里去——她们稍后还会再出场，等我说到返乡寻觅爸爸妈妈时——喝了很多酒，把储存在铝桶里的啤酒倒进亮晶晶的红色杯子里，厚玻璃杯，杯内是白色的。不久——感觉不久，但可能不是——与我同行的那些人都走了。玛妮问要不要送我回家，我说不

[①] 蒂莫西·赫顿（1960— ），美国著名演员，1981年获53届奥斯卡金像奖最佳男配角奖。

用，我正在和杰夫聊天，我要留下来。这是我那几年来第一次和杰夫聊天。我们一起长大，有时在他家一待就是好几天。家里鸡犬不宁时，我们头一个去的就是他家，他妈妈是最像我们亲人的人。

你知道我的意思。杰夫和我中学后就失去了联络，但在这场安德鲁的派对上，在昏黄的阳台灯光下，两人手里拿着满满的罐装谢弗啤酒，又熟络起来，互相用拳头击打对方的手臂，做这类的亲昵动作。等派对地点从安德鲁家转移到一间叫"味好美"的酒吧时，杰夫和我决定要一同前往。

"你和我一道去。"他说。

"好，好。"我说。我想回到十一岁，再和他在一起，朝汽车扔鸡蛋。不过后来，我们走向他停车的地方时，我却毁了这一切，我对他说："杰夫，妈妈快死了。"就这么脱口而出，我不知道自己在做什么。

不，不对，我知道我在想什么，我之前就想过，我整晚都想告诉他，当我们在阳台灯光下聊天时，因为他认识她，打一开始他就在那里。但我是这么不经意地说出口，在我们走去开车的路上，而他停下脚步，用粗哑的声音（他从小就是这副破锣嗓子）说："我知道。"

所以在走去开车的途中，我俩都哭了，但只哭了几秒钟，然后我们坐进他的车，驶上公路，穿过市中心，路过森林湖和布拉夫湖，前往"味好美"酒吧，一间位于利伯蒂维尔和沃基根公路旁的酒馆。停车场停满了车。每个人，从足球队员到他们的跟班和其他人，真的，都来这儿好几年了。而我却不曾来过。

酒吧里人满为患，我顿时感到一阵恐慌，如果杰夫知道了，那所有人都会知道。届时将一片死寂，喘息声不息。还有窃笑声。但大家什么也没说。我们走了进去，酒保是个两颊通红的胖家伙，名叫吉米。还有个叫哈腾史汀的家伙，块头大，年纪也大，曾在小熊队打球。

还有莎拉·马尔赫恩。喔，喔。

我们几乎是一块长大的，莎拉和我，参加同一个游泳队，当时我九岁，她十一岁，之后几年我们都在那个游泳队，但我们从未交谈过。她年纪比我大，游得比我好，跳水更是比我厉害多了。我是游泳队的债务，是跳水队的债务。我游泳慢，跳水差，连后助跑跳都不会，甚至连一圈半也转不了。她全都能做：后助跑跳、一圈半、两圈、反身跳一圈半，什么都行，双脚总是并拢，脚趾伸得挺直，跳下水时也很会压水花。她参加混合接力赛，预赛总是拔得头筹，名号人人知晓，扩音器大声播着她的姓名。但我从未和她讲过话。初中时没有，高中时也没有，两岁的差距太大了，而且她的头发太直、太黄了。

然后莎拉出现了，在酒吧里，我忘了是怎么和她聊起来的，也不记得我们谈了些什么，但后来杰夫走了，我则和莎拉一起坐在一辆轿车后排，莎拉的朋友开着车。车上有烟味和旧塑料味。莎拉抽着烟。

接着我们上了她的床，在她父母的大宅院里，做了这个那个，但我醉晕过去了，然后——

我在一张罩篷床上醒来，莎拉已经醒了，看着我。家具和墙壁全都浸浴在浅黄色系里，仿佛上了油漆的不只是墙，连空气也涂了层漆。我们坐在她房间的地板上，聊着小学时的事，谈着大人告诉我们要好好对待那些年纪轻轻就会死的智障孩子。我们放着唱片，聊着秋天的计划——她想当老师，也取得了证书，目前担任家教。

后来我们从车库溜了出去——她父母在家——她开车送我回家。车子停在我家车道上，我们坐在车里，我想告诉她一切，说我其实正在和别人交往，她叫柯尔斯顿，昨晚发生的事是个错误，是可怕的罪行，我犯错是因为我很困惑。

然后我看到窗内有个人影，有人坐在起居室里，看着我们，我不想向莎拉解释妈妈的事，不想对妈妈解释莎拉的事，于是——

我们蜻蜓点水似地吻了一下，我跳下车。

那就是莎拉啊。

是的。你知道，这种形式是有意义的，这一点才是最棒的，就某方面来说，因为还真的有这种面试，我对陌生人开诚布公，还有摄影机拍着——MTV大概还留着我的录像带（申请表上说："我们将无法退还您这卷录像带，而录像带中——小部分也可能在这次影集中穿插播放。您在申请表上的签名即赋予我们这么做的权力。"）——而且除此之外，把这些事全压缩在这些问答中，正好完成了从本书前半部（稍微比较不具有自我意识）过渡到后半部（内容愈来愈以自我为中心）的阶段。因为，你看，我认为我的家乡和你们的节目适当地反映出我所描述的舒适繁荣的主要副产品，也就是一种完全影射的自我中心主义，完全不需要与所谓共同的敌人搏斗，无论是贫穷、共产主义或任何东西。在此情况下，我们所能做的，或者说，我们这些稍微带有一点自我迷恋的人所能做的——

等等，你认为你们当中有多少人是自我迷恋的？

所有好人。或者说，自我迷恋其实是以两种方式呈现出来：向内和向外。举例来说，我有个叫约翰的朋友，他把一切都导向内：谈论他的问题、他的女友、他不乐观的前途、他父母的过世，絮絮叨叨的，他能讲到你全身瘫痪为止。他对任何事都不感兴趣。那就是他全部的世界，无止境地探索他黑暗的心灵，那个他脑子里的鬼屋。

另一种呢？

那些以为他们的个性很强势，他们的故事很有意思，其他人非知道不可、非得从中学习不可的人。

我猜猜，你……

呃，我假装是后者，但其实属于前者，肯定是这样。不过，我的感觉是不自我迷恋的人也许很沉闷。并不是说你总是一眼就能看出哪些是自我迷恋的人。自我迷恋的最佳典范并不会表现在外。不过他们做事更公开，以确定大家都知道他们在做什么，或迟早会知道。那些《真实世界》的申请者，我保证如果你把这些录像带全放进一颗时空胶囊里，二十年后再打开，你会发现，在各个层面上推动世界的这些人，至少会是茫茫众生当中最醒目的人物。因为在成长的过程中，我们即已思索自己与政治—媒体—娱乐短暂性之间的关系，在安全舒适的家中，费时思索自己将如何加入这个或那个乐团或电视节目或电影，而做这些事时自己看起来又将是如何。对这些人而言，默默无闻在存在主义上是不合理的，是站不住脚的。因此，要好好谈论这一切——当然这个时代的文化产出将反映出这一点——大肆谈论这一切，每部电影都充斥着言词，谈论着，反复思考谈论疑惑，谈论我们的职责、我们的需要和义务，在世纪交替时喋喋不休地谈论，你知道的。因环境而增强的自我中心论。

自我中心论。
当然。这是避免不了的，无所不在的。你明白的，对吧？我是说，我是唯一一个看到自我中心论的人吗？

那曾是个笑话。
是的，是的，没错。

这么说来，你认为你能带给节目什么呢？
你知道吗，关于这点我想过很多，我想我会从两方面着手：第一，我可以当个悲剧人物；第二，我们有本杂志。

对了,那本杂志叫什么来着?

《迈特》。

买特吗?

不是,是迈特。怎么大家都想成买特呢?真荒谬。我们怎么会把杂志命名为买东西的买呢?与迈特相比,买特是个暧昧不明的词,对吧?

那这名字究竟是怎么来的?

这个词有双重含意,你明白吗?你会爱死它的,这棒透了,它同时有两种意义,可跨坐在两个意思的篱笆上。就本例而言,"迈特"可同时意味着力量和可能性。

这样子啊。

是啊,我知道,很棒吧。

这本杂志刊登些什么?

你看,棒就棒在这儿,我们会是绝佳搭档。我们的杂志锁定的年龄层和你们是一样的。我们想让大家清楚地知道,我们不只是一群到处找地方坐、乱放屁、看 MTV 的人。我的意思不是 MTV 有什么不好,真的,只是——你知道我的意思。所以呢,我上这节目,这节目拍摄我们出版这本杂志的事迹,接触到数百万民众,为时代精神下定义,激励年轻人为伟大而努力。

你们工作时间很长吗?

是的。

多长?

我也不清楚,一星期七十小时左右吧。也许是一百小时。我不知道。我们都做到很晚,因童年过得太舒适而惩罚自己。玛妮也许是我们当中工作时间最长的。她在旧金山附近奥克兰的一家餐厅当服务生,尽管如此,仍和我们一起熬夜——但这样很好,对吧?年轻人,努力工作,你知道的,想实现梦想,为伟大而奋斗。那是很好的电视素材,对吧?

呃……

或者不是。我们很有弹性。我是说,我也可以做少一点。我可以做兼职。我可以把大部分的工作丢给别人做。怎样都行。全听你的。

这会是我们必须讨论的问题。

没错。这表示我拿到这角色了吗?我拿到了,对吧?我是否在其他那些无趣又逊色的申请人的弥漫烟雾中闪闪发光?我是说,现在一切不都很清楚了吗?你难道不想要有个悲剧人物吗?

悲剧人物。

是的。演员共七位,对吧?

没错。

所以,我们把事情解决一下。首先,你们要找个黑人,也许两个,他们得是嘻哈乐歌手或饶舌歌手或随便什么,然后你们要找几个真正美得如诗如画的人,看了令人赏心悦目但又无知得一塌糊涂、品位极差、无知透顶的人。他们的存在有两大目的:一是让画面美观,二是用来陪衬那个或那些黑人,黑人可尖锐精明多了,但一不留神就会得罪他们,他们会很乐意斥责那些傻瓜的。所以现在有三四个人了。你也许想再加个男同性恋或女同性恋,看看他们有多容易被激怒。也许再添个亚洲人或拉丁美洲人,或两者都加。对了,要有个美国原住民。你该找个美国原住民!那一定很棒。没人认识任何印第安人。我是说,我没遇到过印第安人。其实,大学时有个叫克雷特斯的家伙,他说他有十六分之一印第安人的血统——不过你得找个容易被激怒的人,而不是被动的那种。你需要的是真正关心"用北印第安战斧切肉"和红毛番这类的事并将为此争辩的那种人,那会很棒的。所以,我们想想,目前已经有五六个人了。你还需要一位真正保守的专业人士,医生或者律师,研究生之类的。接下来就是我啦。

悲剧人物。

没错。我明白乍看之下,我似乎乏善可陈。我是白人,连一点犹太血统也没有,发型又难看,穿着也不得体,等等——我知道这有多乏味:住郊区,中产阶级,有父有母(为什么我们似乎都如此乏味,我们所有人?我们果真像表面这般乏味透顶吗?)。当然这对我申请大学毫无帮助,我跟你说。但你需要像我这样的人。我代表了成千上百万人,我代表着每位在郊区长大的白人,但另一方面,我还有其他的有利条件。我是爱尔兰天主教徒,绝对可以大肆渲染这点,只要你想。还有中西部这玩意,不用我说你也知道这相当有价值。如果你想要透彻的乡村风味,尽管放手去做,我就读的学校就在玉米田中央,我见过母牛,每天,南风吹起时,牛粪气味便扑鼻而来。喔,还有,那是所州立学校。所以,我可以当这个在郊区长大的普通白人,中西部人,了解有钱人和伊利诺伊州中部人的世界,我的长相并不吓人,虽以和为贵,但也有原则,而且——这是最重要的部分——我最近的悲伤往事触动了每个人的内心,我的挣扎成为大家的挣扎,并能激励人心。

一定很难吧。
什么?

抚养你弟弟。
你怎么知道他的事？

你在申请表上写了。
喔，对呵。嗯，不会，其实一点也不难。就像……你有室友吗？

没有。
有过吗？

有过。
就像那样。我们是室友。很简单，其实比和一般室友同住还简单，因为你不能使唤一般的室友扫地或出去买奶油。所以这是两个世界的最佳组合。我们互相娱乐。所以不会，并不——喔，但如有必要，也是可以的。也可以很难。事实上是的，是很难。非常难。

你打算如何安排上节目的事呢？
什么意思？

你弟弟等诸如此类的事啊。
喔，对，对。我已经和我姐姐讨论过了，节目播出期间，她很愿意照顾塔夫。她和我们住的地方只隔了一条街——等等，拍摄时间会有多长？

四个月左右。
我必须住在《真实世界》房子里咯？

是的，节目的构想是这样的。

是的，我是说，那样也可以。我们讨论过。打从一开始，贝丝、塔夫和我，就拟好协议。我们的协议是，我们会尽全力让一切保持正常，也要努力维持比我们成长时更正常的情况，但同时我们也不能觉得有义务牺牲一切，就像妈妈那样，从哪方面看，那都是杀害她的元凶，我们觉得。

你在申请书上说死因是癌症。

当然，技术上来说是的。但那是胃癌，相当罕见，成因不明，而贝丝和我——我俩反复思量这些事，但比尔继续过日子，他心智健康许多，各方面完全正常。贝丝和我后来想，罹患这癌症，这癌症的发展，是因为她把她所有的压力、负担、家里二十多年来的争执给吸进去了，吸进她的体内——就像，从某种方面来说，就像有个士兵跳到地雷上想保住他的……也许这比喻不好。我是说，她咽下了混乱，把混乱扣押在那里，任由它在那里化脓、扩大、变黑，然后就是癌症了。

你真这么认为？

当然，有点。

你刚说到协议？

我们的协议是，贝丝和我同心协力，重新开始，创造一个相对有秩序的世界，尽可能给塔夫正常的生活，在以上条件下，倘若机会来临，我们也会尽力做。重点是，我们不要彼此利用，不要把义务当成拒绝某些事的托词。至少如果我们还做得来，就不要推辞。我是说，你不知道我们把他保护得有多周到，真的，例如说，他这辈子甚至没听过几句脏话。但我们也同意要尽一切力量促成自己想做的事，不会在打消念头后又变得尖酸刻薄，多年后反倒怪他或相互指责，对吧？喔，对了，我想到一件很可笑的事。有个词是妈妈偶尔用来说我们的，我到中学才知道那是什么意思。我在你身上试验看看。好了，这个词是"可黏相"。

什么是可黏相？

喔，哈哈。你真逗，你真逗。我早该料到这种情形的。但说正经的，我也常这样纳闷着。如果我们因某件事生气，或感冒时抱怨还得抱病上学——顺便告诉你，妈妈不准我们留在家里，我们从未请假，直到高中快结束前——妈妈就会说，喔，别装一副可黏相！我们一直以为那个词的意思是因为没得到想要的东西而生气。直到高中我才想出答案。这个词被她的波士顿口音给糟蹋了。

可怜相。
没错，就是可怜相。当然，妈妈是有史以来最具可怜相的人。

有关这节目……
没错，提到《真实世界》，我想我还是会常见塔夫，但这段时间他主要会和贝丝一块儿住。贝丝也许会搬到我们家、睡在那里，等等，我则会尽量抽空回去，也许还不比现在少呢，真的。我是说，我都设想好了，来回通勤，从节目到我在伯克利的小窝，摄影工作人员也许坐我的车，陪我开车回家，每晚或随时都行，背景音乐播放着，我大老远回家只为了陪他，就像离婚的爸爸。你看出其中的潜力了吗？没有吗？这有点感人肺腑呢。而他偶尔也会到《真实世界》屋里来，和我在一起。这会很棒的。他上电视一定很棒。

他会有什么感觉？
我肯定他一定喜欢。

他在摄影机前会自在吗？
不尽然，其实他有点害羞呢。

嗯。
我的心很纯洁。

对不起？
没事。

你为什么想上《真实世界》？
因为我想要大家目睹我的青春年少。

为什么？
那不是很棒吗？

谁很棒？
不是谁。不，我是说，我的青春正如日中天。那就是贵节目的主旨，不是吗？展现新摘的果实，对吗？无论是在录像带里或放寒假时，管它是什么，放大青春，剪辑和音量放大了原本该在那儿的东西，在这个"有什么不可以"的时代，你们的身体什么都想要，饥渴、紧绷、翻搅着，是团能量漩涡，把什么都卷进去。我是说，我们是同行，真的，虽然我们采取的方式大相径庭，当然，你们的《真实世界》有些露骨，无意冒犯，但这些录像的人却只想当自己，结果你们这些家伙，你们的节目宣称要做更多，后来却使用怪异的能力，碾平这一群人的深度和些微差异。

那你干吗还来这儿？
我要你分享我所受的苦。

你看起来不像在受苦。
不像吗?

你看起来很快乐。
呃,当然。但也不一定。有时候很艰苦。是的。有时艰苦得很。我是说,你不能老在受苦。永远都在受苦是很难受的。但我已吃足苦头了。我现在偶尔才受苦。

你为什么想让人分享你的苦?
分享能稀释痛苦。

但情况可能恰恰相反,分享后的痛苦反而可能更大。
怎么说?

这么说吧,告诉别人你所受的苦,是可以洗涤自己,但是,因为大家都知道你的事,都知道你的遭遇,你不就是在不断地被提醒这事,无法摆脱吗?
也许吧。但换个角度看,胃癌是会遗传的,我们家族女性罹患的几率高于男性,可是,据贝丝和我推断,妈妈的癌症起源于消化不良,而消化不良是因为她咽下太多我们的骚动与残酷,因此我们下定决心,绝不硬生生吞咽任何东西,绝不让任何东西在胃里腐坏,浸泡在胃液里,胆汁吃胆汁……我们是洗涤过的人,贝丝和我。我不再依附任何事物。痛苦直扑过来,我承受,咀嚼了几分钟,再啐出来。痛苦再也不是属于我的东西了。

但如果这些信息出现在每个你遇到的人的眼光里……
那么就有那么多人同情我们。

但同情会消逝。

那我就搬到那米比亚。

嗯。

我是美国孤儿。

什么?

没事。

所以有关稀释……

格子框就在这里出现了。

格子框。

我们不在框里,就在框外。格子框是一种链接组织。格子框是其他每个人。格子框是我这个年纪的人,年轻人全体,像我这样的人,思想成熟,脑子灵活。格子框是我认识的每个人,年纪大多和我差不多。其他年纪的人我认识得不多,只认识六七个四十岁以上的人,不知该对他们说什么。但我这年纪的人,我们还在那里,还有能力,如果我们现在就开始。我认为我们是一体的,是一个大型矩阵,一队军人,一个整体,彼此负责,因为别人对我们没有责任。我是说,每个跨进门里协助《迈特》的人都成了我们格子框的一部分:马特·奈斯、南西·米勒、赖瑞·史密斯、雪莉·史密斯(和那个雪莉·史密斯没关系)①、詹森·亚当斯、崔弗·麦克罗威治、约翰·纽恩斯,族繁不及备载,所有这些人,这些来找我们

---

① 作者在此影射的可能是知名新闻工作者雪莉·史密斯,她曾于1986年荣获赫斯特奖,为资深体育新闻播报员。

或我们去找的人（杂志订阅者），我们的朋友，他们的朋友，他们的朋友的朋友，他们认识的人认识的人认识的人，人类汪洋荡漾合一，波澜起伏，激起浪花——

嗯。
或像雪地靴。

雪地靴。
雪深而缝隙多的时候，你必须穿雪地靴。雪地靴椭圆形中的格子结构，把穿鞋人的体重分散在较广的面积上，这样才不会跌进雪里。所以人与人之间的联系，那些你所认识的人，变成了一种格子框，你认识的人愈多，认识你的人愈多，知道你的情况、你的遭遇、你的麻烦等的人也就愈多，格子框愈大，你就愈可能——

掉进雪里。
没错。

这比喻还真烂。
是的，我还在努力中。

你还真不介意在鱼缸里，让人看得一清二楚。
我觉得现在我已经在鱼缸里了。

为什么？
我觉得无时无刻都有人在监视我。

谁？
不知道。我总觉得有人在监视我，他们知道我做了什么。我猜是从妈妈开始的，她看人的那种……她的眼睛很特别，两颗锐利的小眼睛总是眯成一条线，严厉地批评你；她从未漏掉任何事，不管她是站在那里看着，或是在地球的另一端。她什么也没漏掉。那就是为什么（比如说）我喜欢浴室。我喜欢浴室是因为通常只要待在里头，我几乎可以确定，至少是比较确定，没人在监视我。我在没人看得到我的地方感觉比较自在，例如没窗户的房间、地下室、狭小的房间。我有很强的直觉，觉得老有人在监视我或想监视我。并非任何时候，或许他们很少真正在监视我，但重点是任何时候都有可能发生，这一点很重要。这才是最要紧的部分，随时随地都可能有人监视着我。我知道。

你怎么会知道？

因为我总是在监视别人。看人的时候，我也看透他们。这招是从妈妈那儿学来的。光看是不够的，要眼脑并用，行动要像一群饿昏头的飞鸟，振翅、撕扯、戳刺……我只需瞄一眼，就能知道有关那人的一切。从他们的衣着、走路姿势、发型和双手，我就能看出来，我知道他们干过的每件坏事。我知道他们过去是怎么失败的，将来还会怎样失败，以及现在过得有多凄惨。

别人也对你做同样的事吗？

也许。

所以你怎么办？

躲在家里。卧室有时很安全，如果门关着、百叶窗也合着。可是如果监看你的人在树上，他们还是看得到一些东西。窗户用来眺望远方很好，可是站在窗前却令人不安。即使你检查过，发现没人在监视你，但监视你的人可能藏匿在某处，无法一眼看穿。他们可能在肉眼见不到的场所。有人用望远镜、双筒望远镜。我就用过望远镜和双筒望远镜。他们可能躲在衣橱里。衣橱应该要检查一下。大柜子更应该要检查，只需花上一秒钟。还有大皮箱。门千万不要开着。卧室很好，唯一的问题是镜子有可能是透视玻璃。好几年前，我检查过我们家的每一面镜子，确定镜子后没窗户，没人在监视我们。果然没有。

你太夸张了吧。

好，你要听悲伤的故事，对不对？昨晚我回家后，放了张唱片。我最喜欢的歌曲缓缓流泄，我大声和着，尽情欢唱，但又不至于吵醒塔夫，他就睡在隔壁房间。我唱歌时，双手会用一种强迫式的怪样子拨弄头发，就像洗发的慢动作姿势。我独自一人欣赏音乐时，就会这样拨弄头发。我唱着歌，做着这双手在头发里的慢动作，歌词乱七八糟，虽然当时是凌晨两点五十一分，我却很快因自己唱歌时的窘态而深感难堪，我相信有人可能趁这好机会看我，隔着窗户，穿透黑暗，跨过街道。我很确定，清清楚楚地看见有人，或更可能是有人和他的朋友，在那里放肆地取笑我。

那一定把你逼——

喔，拜托。不这样，还要脑子干吗呢？如果少了这不时的思绪纷扰，我不知道人还怎么活下去。要是我，我会疯的。

喂，喂，喂，你确定要告诉我这些吗？

这些什么？

你父母，这妄想症……

我又给了你什么？我什么也没给你。我给你的，是老天知道、大家都知道的事。他们的死是很有名的。这会是我对他们的纪念。我给你这些东西，我告诉你有关他的腿和假发的事——我会在这个段落稍后提到——也说出爸爸告别仪式的那晚,我心里想着是否该在他们的衣橱前和我的女朋友做爱,但讲完这些之后,到头来,我又给了你什么?表面上你好像知道什么了,但你仍一无所知。我一讲给你听,事情就烟消云散了。我不在乎——我怎么可能在乎?我告诉你我睡过多少人(三十二个),或爸爸妈妈是如何离开人世的,我又真正给了你什么?什么也没有。我可以告诉你我朋友的姓名和电话号码——

玛妮·瑞果:415-431-2435

K. C. 傅勒:415-922-7893

柯尔斯顿·史都华:415-614-1976

但你又有了什么?你什么也没有。他们允许我这么做。为什么?因为你什么也得不到,你拿到一些电话号码,有一两秒钟时间,这些号码似乎很珍贵。你拿了我给得起的。你是个叫化子,乞求别人施舍,什么都行,而我就是那个行色匆匆的路人,把二角五分钱扔进你的纸杯里。我给得起这个,这点小钱不会让我破产。我几乎是给了你我所有的一切。我给你我所拥有最好的事物,这些是我喜爱的事物,我珍惜的记忆,无论好或坏,就像我家墙上挂的那些家人的照片,我就算拿给你看,照片数量也不会因此而减少。我什么都可以给你,我给得起。我们看午间的电视节目,有些凄惨落魄的人在百万名同样可怜的观众面前,揭露他们丑陋的秘密,我们倒抽口气,但是我们又从他们那儿拿了什么,他们又给了我们什么?什么也没有。我们知道亚尼内和她女儿的男朋友发生性行为,但那又怎样?我们会死,在那之前我们又保护了什么呢?保护全世界的人,什么,我们做了这个或那个,我们的双臂做了这些动作,我们的嘴吐出了这些声音?算了吧。我们觉得,揭发难堪或私密的事,例如手淫的习惯(我一天大概一次,通常是在淋浴时),就是告诉别人,就像原始人害怕摄影师会勾走他们的魂魄,我们以自己的真面貌认同自己的秘密、自己的过去和疮疤,而揭露我们的习惯、损失或行为，多少让人流失自我。但情况正好相反，反而变得更多——血流愈多，给予愈多。这些事，这些细节，这些故事，管它是什么，都像蛇蜕下的蛇皮，它把蛇皮留在那里，任人观看。它干吗在乎蛇皮在哪里，谁看到了这条蛇和它的蛇皮？它把蛇皮留在蜕皮的地方。几小时、几天或几个月后，我们偶然发现有条蛇很久前蜕下的蛇皮，于是知道了有关这条蛇的一些事，我们知道它大概这么粗、这么长，其他却一概不知。我们知道现在这条蛇在哪儿吗？这条蛇在想什么？不知道。现在这条蛇也许正穿着皮草大衣；这条蛇也许正在越南河内卖铅笔。蛇皮不再属于它了，它之所以披着这层皮是因为这是从它身上长出来的，但后来蛇皮干了、蜕了，这条蛇和每个人都能观看这蛇皮。

而你就是那条蛇？

当然。我就是那条蛇。所以说，这条蛇应该要随身携带它的蛇皮，它应该把蛇皮挟在腋下吗？应该吗？

不应该吗？

不，当然不应该！它又没该死的手臂！蛇哪有可能携带蛇皮呢？拜托。可是就像这条蛇，我也没有手臂（这是譬喻的说法），无法随身携带这些东西。此外，这些东西甚至不是我的。没一样是我的。爸爸不是我的，不像那样。他的死和他的所作所为不是我的。我的成长过程、我的家乡和家乡的悲剧也都不属于我。这些东西怎么可能是我的呢？要我负责，要我替这份信息保密，真是可笑。我出生在某个乡镇和某个家庭，这个乡镇和家庭是碰巧发生在我身上的。我什么也不能拥有。它是每个人的，是共享的。我喜欢它，我喜欢成为它的一部分，我可以为了保护身为它一分子的人而杀人、死亡，但我不会把它占为己有。拿去吧。把它从我手里拿走吧。要对它怎样都行。让它有用。就像用泥土发电一样，棒得让人无法相信，我们竟然能从那种东西制造出美丽。

那隐私权呢？
廉价、过剩，取得容易，遗失、重获、买到、卖掉也容易。

那剥削怎么说？表现癖呢？
你是天主教徒吗？

不是。
那你干吗扯到表现癖？这名词真可笑。有人想庆贺自己的存在，你却把这行为解释为表现癖。真小气。如果不想让人知道自己的存在，还不如死了算了，免得浪费空间，浪费空气。

那尊严呢？
人难逃一死，死到临头时，你就明白根本没尊严这回事。死亡从未受到尊崇，总是残忍无情。死亡有什么好尊崇的？它从未受到尊重。而死得无人闻问呢？简直是侮辱。尊严是种矫揉造作，可爱但古怪，就像学法语或搜集围巾，而且稍纵即逝，瞬息万变，也很主观。所以滚一边去吧。

所以尊严可有可无咯？
妈妈在起居室奄奄一息时，我不定时会到客厅，很怪的是，那里几乎是屋里光线最明亮的地方，我坐在那里的白色沙发上，身旁全是她的洋娃娃，写我在她告别式上的致词。我把那张纸藏在沙发下，一小张从笔记本里撕下、折起来的纸。我走到客厅，从沙发下抽出那张纸，接着思考我要写什么。

当时你妈在起居室里？

是的。她在那里，因注射了吗啡而半死不活。我姐和我认为她随时都有可能走，真的，所以每天早上，或每次我们让她孤单一人超过半小时，我们就会跑进起居室，猜想她是不是已经走了。其实，我们不会跑进起居室，不想惊动她或激怒她，因为她马上就知道我们在干什么，所以我们会跑到起居室门口，站在那儿，朝室内偷瞄，看着她的胸部，盯着她的胸骨，直到胸骨有所起伏，我们才知道她仍在呼吸。有时要等很久，有些时候，如果她盖了毯子或什么的，我们就必须再往前走一步，得靠近她，身子向前倾，搜寻她脸上的动作。这种情况持续数周。但过一阵子之后，尤其在她失去意识后，就只剩呼吸了，而我们也开始盘算时间安排的事。

怎么说？

呃，你不得不开始盘算如何将时间控制妥当。比如说，每个人都从大学返家过圣诞节，我们真的想在所有人回家前结束这一切。我想要大家都在那儿，我在脑中想象了一百回，所有的朋友穿着西装或礼服，鱼贯走入，头垂得低低的，一大群人坐在一起，在正中央。其实，那年放寒假，他们也想着同样的事。他们希望她会在他们回家时过世。

可是……

可她就是苟延残喘。贝丝开始叫她"终结者"，我认为那有点不敬，可是——

你知道，我们说话时，我可以在摄影机镜面上看见自己的投影，我看得出我的样子不对。我会不经意地冷笑。嘴唇噘起，眉头深锁。老天，我不上镜。那会是个问题，对吧？

所以有关你的致词……

是的，所以我在那里，写致词稿，在沙发上，妈妈在另一个房间里。因为沙发是白的，我又常掉笔，所以我用铅笔写，把铅笔放嘴里，一改再改，写了再写。我不知该采取哪个角度，不知该从何讲起。从她小时候讲起？那该是她的自传吗？或讲些小故事？我开头写了又写。但最后的定稿却更像是我对她死亡的想法以及她的死对我的影响。

有意思。

是啊，当时我认为那样最好。我叫比尔讲述她的生平，说她是多好的母亲，她有哪些个性上的特点。他却话锋一转，提到她多么支持我们的搜集癖好，他自己搜集火车，我搜集玩具熊，贝丝搜集洋娃娃——当然，这样讲绝对不够，我是说，那怎么成呢？怎么能把她的生平浓缩在——所以我坐在那里，比尔滔滔不绝，我死盯着麦克神父，我们的神职人员，我应该向他示意，让他知道我真的要站起来讲话了，因为在告别式举行前几天，我仍无法决定讲什么，但我仍旧准备了一篇讲词，在告别式前一晚完成我的小作品，当时夜已深，黑暗中，我在客厅里。所以比尔在致词时，我看着麦克神父，与他四目交接，我朝他点头，表示我真的有话要说，想和聚在这里的人分享，顿时我又想变卦，想就这样结束整件事，这样我们才能跳上爸爸的"日产"车，已经整理好放在停车场，直驶向佛罗里达，起码半夜时会到半路。但后来麦克神父介绍我，于是我站起来，然后……

什么？你刚跳过了。

没什么。我刚闪神了。反正，致词时，我让在场的每一位了解，我们/我受骗的感觉有多强烈。但我仍心怀慈悲。我说了些话，大意是，你知道，我可以站在这里，抱怨她永远见不到我的子女，这整件事有多不公平，在爸爸过世一个月后她也走了，对我们来说这有多难接受。但后来我的声音开始颤抖，说我们不该有如此悲伤的想法，我们应该在黑暗的星空里摘下一颗闪亮的星辰，想着她，然后，在附近再找另一颗星，想着爸爸。

嗯……

是的，我知道，我知道，这很恐怖，很没价值也很平凡。更糟的是，我还在她临终前画了张她的肖像。

但那跟这——

她当时已离世多时，假如说失去意识就等于死亡的话。她常喃喃自语，偶尔还会突然坐起身子，口中念念有词，但其他时候只有呼吸声、咕哝声、蜡烛和她热烘烘的皮肤。还有等待，真的。我们坐在那儿，不分昼夜，交换位置，贝丝和我，通常还有楼下的塔夫，贝丝和我坐着、看着，握着她温热的手，睡在那儿，有时还趴在她身上，等着最后一刻的前一刻来临，这样我们才来得及聚在一块儿，等着最后一刻到来。就在这一切当中，有天晚上，黑暗中，我坐在她左侧的椅子上，突然一股冲动，想把她画在一张大素描纸上，用红色蜡笔画。我先描出轮廓，稍微绘出概略的线条，确定全都能画进纸上，再作调整。左边好像画不下了，于是我把她的头稍微挪向右边，这样画面上才摆得下整个枕头。我先概略描出床的轮廓，金属床架。然后动手画她的脸，其实，我通常不先画脸，因为我发现如果画得不像，素描其他部分就全毁了。但这次她的脸很好画，她的轮廓就像简单的几何图形，脸颊凹陷，只高出枕头那么一点，她的脸因某种把脸弄平的过程而塌陷变平，因黄疸和从皮肤里排出的排泄物而闪闪发亮（这些排泄物原本应该从体内其他部位排出，倘若那些必要的系统还能运作的话）。接着我画那些橡皮管、静脉注射袋、床边缘的铝质栏杆、毯子。画好后，看起来相当写实，是张好画，中间部分画得很仔细，愈往纸张边缘画得愈粗略。我还留着这张画，虽然边缘已经破损了……我从来不善于保存图画；我留着它们，却又虐待它们。比如这张画，它也许是我在课堂上或其他时候画的可能有一万张图画当中最重要的一张，目前是，也许将来也是，但我找到这张画时，却发现它塞在一本老旧的活页夹中，只塞进一半，边角早已毁损。我怎么能对妈妈的这个回忆如此粗心呢？我当初干吗提笔画它呢？我是说，那又有什么意思？

也许纯粹是一种感伤的……
我怀疑不是。但我记得我也想过要拍照片。那时，我看着照片画了许多张图，心想稍后可派上用场，这些照片我要照很多张，从各个不同的角度，之后再用这些照片做资料。

但你没有。
对。老实说，我甚至没认真想过要这么做，但重点是我曾这么想过。

然后你就到佛罗里达去了。
告别式过后，我们在教区牧师家里待了二十分钟，喝喝茶、吃吃饼，然后说再见。当时还是我女朋友的柯尔斯顿也在场，还有比尔和达恩舅舅，过一会儿之后我们说些像"大家稍后再见，爱你们"的话，然后掉头就走，肾上腺素分泌，精力充沛，一路开车到半夜，最后停在亚特兰大。第二天，我们一直开到高速公路旁出现沙滩才停下，我们到了佛罗里达，买了新泳衣，把沙带进车里——在任何情况下，爸爸绝不会让我们开这辆车或把食物带进车内——晚上在旅馆房间看HBO台，塔夫和我白天玩飞盘，在一个雪白的沙滩上，暖风吹拂，挟带着湿气，我们晚上打电话给比尔，考虑拜访当地的亲戚——汤姆和达特，我之前提过——但后来没这么做，因为他们很老了，暂时我们与这些人一刀两断了。

然后你——
我从没好好埋葬他们。

抱歉？你什么——
我不知道他们在哪儿。

什么意思？
他们是火葬的。他们决定，我猜是一起决定的，把尸体捐给科学研究，天知道这念头是怎么来的，又是打哪儿来的。我们不知道为什么。就我们所知，这跟他们长久以来的信念无关，我们从未听过他们谈起这件事。爸爸不信神，这我们知道，妈妈说他膜拜"神树"，所以爸爸把身体捐出去还有点道理，但妈妈是很虔诚的天主教徒，谈到这些事时，她比爸爸更浪漫、更情绪化，甚至还有点迷信；但突然间，指示就在那儿——我忘记我们是事前或事后知道的。回想起来，一定是在爸死后和妈死前——事情经过就是这样。等他们被带到验尸处或不管哪里，有个捐赠服务公司把他们带走，带他们到这个或那个医学院，天知道他们在那里被用来做些什么。

这很困扰你吗？
当然。当时我们觉得那种行为有点崇高。捐赠遗体的事让我们吃了一惊。当每件事都有点令人难以招架时，我们只是照办，我想部分原因是这样安排事情比较容易。

什么意思？
嗯，棺材和相关的东西啊，或没有这些东西。

你们连棺材都没有吗？
没有，什么也没有。当然，我们分别办了一场告别式，但我们没花工夫买棺材,心想反正里面会是空的。

所以你们没有标准的丧礼咯,比如在公墓里……
没有。

他们也没有墓碑。
他们没有墓碑。事实上,我们根本不知道他们在哪儿。我是说,遗体捐赠公司的人答应使用完毕后会先将遗体火葬,然后再寄回给我们,但他们没这么做。至少到目前还没有。他们应该在三个月左右寄回骨灰,但现在已经快两年了。

所以你也没有他们的遗体咯?
没错,其实有点好笑,那些人不把他们叫遗体,而是叫骨灰。不过我们还是认为这些灰可能快送到了。贝丝认为他们还没退回来,是因为我们搬了几次家。她认为他们可能试过联络我们,但找不到,因为我们搬到伯克利那间出租别墅去了,后来又搬了一次家,所以失去了联络。我认为他们可能还在那里,在某个地方。

你曾试着联络捐赠服务公司吗?
没有,我想贝丝试过。其实,我们每隔几个月就会聊到这件事,但次数愈来愈少。这很难,因为拖得越久,我们就发现自己离那段时间越远,甚至连点到这个话题都变得越来越不可能。有些叫人难堪,真的,至少我是这么觉得——这件事和没墓碑、没葬礼、出售或处理屋内大部分物品。一切做得如此仓促,我们搬到大老远的地方,要做的事又那么多。我试着念完大学,两地来回跑,三天在芝加哥,四天在香槟城,整个春天都是如此。贝丝得处理其他所有事务:设法把房子卖掉,算出不动产价值,在伯克利帮塔夫找学校,支付所有账单,卖掉妈妈的车……我们认为自己的所作所为都会被原谅,真的,任何判断上的误差,任何错误,所有可怕的错误。有些我们卖掉的东西……

你很懊悔。

有时候。有时贝丝和我都觉得这样最好,我们卷铺盖离开的方式,和家乡断得一干二净,与大部分的……你知道,那很怪,但有些人不赞成我们把塔夫带走,搬到加州,他们认为最好的支撑我们的关系网在那里,在森林湖,废话一堆。但老天哪!我们再走也不够远,我们肯定最后将成为当地的悲哀传奇,可怜的名人,而塔夫将成为这座城市的受监护人……想都别想。所以我们没办葬礼什么的,也没工夫买棺材。贝丝总说爸爸妈妈不想要葬礼,葬礼和墓碑这回事只是闹剧,是荒谬的传统,全是商人搞的把戏,一种假日到家乐福大采购那类的事,而且花费也太贵了。所以我们可以用这点,假设我们是在完成他们的心愿,借此宽慰良心。

你认为他们真想那样吗?

不,从不。贝丝是这么想的,贝丝很确定,贝丝在那里。但我……我真的觉得他们不敢相信我们还没埋葬他们,甚至连他们在哪儿都不知道。这很恐怖,真的。

也许吧。

但我真的认为替死人涂敷香料、帮他们穿衣、化妆……是很残忍、很中古世纪的事。其实我也很希望他们就那样消失了,走了,这样他们一过世我们就再也见不到他们,就那样飘走了,因为他们没被埋葬,也许——

你会梦到他们吗?

我姐不断梦到他们。这期间,在她的梦里,爸爸妈妈通常都很开心,聊着、走着、说着有趣的事。他们死后,我从没见过他们聊着、走着、说着有趣的事。我们谈到这件事时,当我们没有为责任归属或这类事情起争执时,我姐和我会坐在沙发上,她微侧着头,头发缠绕在手指上,拼凑出她最栩栩如生的梦境。多数梦里,我们的妈妈都在做些简单的事,例如开车或煮饭。她梦到爸爸时,爸爸通常是蹑手蹑脚地四处走动,或刚杀了人,或在追贝丝。但通常有爸爸的梦都是好梦。我很嫉妒她,因为我也很想再见到他们走路、聊天,甚至是在梦中杜撰的也好。但我没梦到他们。我不知道为什么,也不知如何解决这个问题。

为什么不试试在睡前思念你爸妈?那至少是一种可行的方法。
这我试过。我是说,我试着这么试过。比如说,现在,我在想:是啊是啊,我今晚就这么做,谢谢你提醒我。但到睡觉前我就会忘记。这已经发生过一百次了。为什么我不记得要在睡前想念爸妈?为什么我就是无法在枕头上留张字条,写着"想念爸妈"?为什么我做不到?我是说,那报酬会很丰硕的,比如说,如果我在睡着前想着妈妈,就很有可能在梦里让她重新活过来——做梦这回事,就我们大家所知,常是可高度预期的——但我还是没办法做到,没办法记得,没办法去做必要的基本工作。真让我惊讶。其实,我有一次梦到爸爸,算是吧。梦中的我正开车在老榆树路上,那条路在我家附近,当时是冬天,没下雪,只是天色阴暗。我正开下山,从便利店回家,忽然间,也许在两百码远的地方,我看到在一条平行的路上,隔着一百万株枝丫扶疏的树木,有一辆车,跟爸爸的车一模一样,一辆灰色的日产某某型汽车,车内有位白发男性,穿着一件老旧的褐色仿麂皮外套,看起来非常像爸爸,除了这一点,即使是在梦里,我仍有些怀疑那是他。在梦里,我知道他走了,我知道我看到的一定是巧合或幻象,但后来我又突然想道:现在的情况,甚至是在梦里,符合逻辑又不符合逻辑。我突然想到,他很可能还活着，首先他的死就没什么道理，太突然，不符合时间常理，而且……然后，把其他因素凑合起来：他断气时我们没人在他身边，也没收到他的遗体——骨灰，抱歉。在那次梦中，我想到那可能只是另一场骗局，也许他根本就还活着……

另一场骗局是什么意思？

嗯，就像所有又喝酒又能成功保有家庭和工作的人一样，他是个厉害的魔术师。那些把戏一旦揭发，当然就显得没什么了不起，但在当时很长一段时间里，这些把戏却愚弄了天性鬼祟多疑的一整家子。最著名的把戏是"戒酒会"，内容包括参加戒酒会聚会，甚至是在我们家里，同时又有人偷来暗去。那很棒。他到某戒酒治疗中心去了一个月左右，那段时间我们到东部拜访亲戚。回家后，他在那里，神志清醒，滴酒不沾，得意洋洋。我们全都欣喜若狂。我们觉得终于结束这一切了，我们家突然间变得如此干净，崭新明亮，很自然地，因为他神志清醒、强壮及其他种种，他将征服世界，并带我们同行。我们坐在他的腿上，我们崇拜他。也许这有些言过其实。经过这么多年吼叫追逐种种事情之后，我想在许多方面，我们还是很恨他、很怕他，但我们的复原力还很强，想要一切正常——仔细想想，我们其实并不确定何谓正常，或我们是否曾为正常的一部分——但我们仍满怀希望。然后是那些聚会，包括在我家起居室举办的那次。我们应该要躺在床上，但有一次我偷偷溜下床，隔着楼梯栏杆偷看，看见那些大人抽烟抽得四周烟雾弥漫，爸爸在那里，坐在圣诞节他才会坐的沙发的位置。看见那些大人在我家里感觉很怪，爸爸妈妈是不招待朋友的人，但重点是他连那时候都在喝酒，也许甚至是整个晚上。我们永远不会知道，他们也不知道。这把戏耍得利落，如果你认真想的话。那是我必须尊敬的把戏，因为我自己也邪恶又残忍。

如果那段时间他都在家，怎么可能喝酒却没人发现呢？

哈，是的。家里一个酒瓶也没有。我们搜过家里。妈妈盯得很紧，我们也是。但你知道酒在哪里吗？你听了之后会呛到的，实在是太简单了。他常一大早出门，那是他真正独处的唯一时间，而且也不会令人起疑，买瓶伏特加和四五公升奎宁，再把这些东西带回家。

然后他……

是的，他会把瓶里的奎宁倒一半出来，用伏特加装满，再除去伏特加的证据。所以，晚上，当我们全聚在起居室里，看着《三人行》等节目时，他会走进厨房，然后——喔，这情节很棒——把奎宁（伏特加）倒在，不是他通常喝酒用的短脚杯，短脚杯在马虎的旁观者眼中表示酒精，他用的是高脚杯。只用个高脚杯，我们就全被耍了！重复一次：倒进短脚杯的是什么？酒精。倒进高脚杯的是什么？汽水。当然！是的，高脚杯是装好喝、冰凉、不含酒精饮料的上选容器。你猜得到吗？他一定觉得自己是全世界最聪明的家伙，或至少比他那些笨头笨脑的孩子聪明。这种情形持续了大约一年，这期间，我们满怀骄傲与希望，相信他已经把酒戒了，我们不用再离家了，可以一连好几天或好几个星期，到朋友或亲戚家，不用再聊着离开他这类的话，正当我们全都在重建之时，同时——太不可思议了。当然，除此之外，他用高脚杯（记住：高脚杯 = 汽水）反而喝得更多，而我们也变得越来越困惑，因为在他表面上清醒的同时，十点过后却仍满嘴胡言乱语，仍会突然暴怒而且很难消气，每天十一点一到，就会笔直地坐在沙发上睡着。

所以被发现后他就戒酒了？

喔，老天，没有。妈妈跑到阳台上，拉上滑动门，放声尖叫，号啕大哭，双臂紧搂住肩膀，也许还说了几句威胁要离开之类的话。但后来我们有点投降了。妈妈被他和我们搞得精疲力竭了，我们本来是三个小孩,最近变成四个,她勉强同意让他继续喝酒,他生来就要喝酒,而且千杯不醉呢。顺便告诉你,喝了酒还能正常生活,不是会发酒疯的那种,只要不被激怒,倒也无害于人。所以有了小婴儿之后,搬家或离开顿时变得很难(甚至连威胁要离开都难),所以我猜,在某个时候,我们累倒了的妈妈就跟他妥协了:一晚就只能喝这么多,不能再多了,等等。如果你想想,他努力骗我们这么长时间,当然是为了不让我们离开——他会安排时间想尽各种方法,做些容易被揭发、可怜的小骗局,比如说用奎宁和高脚杯——这样我们才不会离开。想到这点,嗯,他是不完美,但也是个相当不错的男人。所以在那之后,他减少晚上喝酒的量,欣然接受这份休战书,在家只喝啤酒或葡萄酒,当塔夫开始爬行、后来会走路时,他相对也比较稳定。老实告诉你,我们还宁愿这样。戒酒会的气氛令人不安,还有那些大人在我们家里,喃喃低语,抽着香烟,这似乎不适合他,他根本就不是会和大家打成一片的那种人。从某方面来说,我们就是不要他参加戒酒会。他自己控制戒除喝酒的行为,这是我们比较喜欢的方式。而且或许他在戒酒会也很不快乐,因为戒酒会要扯上那些高权力等关系,那些他嗤之以鼻的事。反正,这整个治疗事件结束后,情况稍有好转,因为一切都摊开来了,我们知道他确实的界限,他也清楚我们的,于是我们能为可能出现的状况做准备。之前我很难做到这点,从来不知道会发生什么事。你看,从很小的时候开始,我就有这种荒诞恐怖的想象。比如说,有好几年,我深信等我们上床睡觉后,我家楼下就会变成人体实验研究室,介于我看过的《八号房禁地》和《欢乐糖果屋》[①]两者之间的场景,整个楼下到处是死气沉沉的男人和死尸——而这,只要他稍微有些不稳定,就能在非必要时,结合并制造混乱与恐

[①] 《八号房禁地》于1978年上映,是以医院为背景的惊悚片,片中描述女医生揭发医院黑幕的过程。《欢乐糖果屋》描述一位穷苦的男孩获得机会,参观一家最怪异的糖果工厂。

惧——我是说，对我来说，在发生那次"门"事件后就结束了，维系父子之间脆弱的信任之绳啪的一声断裂了，那时我大概八岁。

什么是……

那时情况有些混乱，他有点失控。我不记得事情是怎么发生的，但我显然做错了某件事，所以应该受罚——你知道可笑的是什么吗？每次我们该受罚时，他都会叫我们"各就各位"，意思是去他那里，趴在他腿上——真奇怪，你相信吗？——我当然不会做那种蠢事。其实他下手也不重，真正下手重的是妈妈，但他慢吞吞地摸，笨拙地抓，那很恐怖……很难捉摸，因为我们清楚得很，我们知道他已经神志不清了，所以我们才不想靠近他那——你知道那个游戏，章鱼游戏吗？你四处跑，想办法从一边跑到另一边，跑过所有同学，越过红线，过了红线他们就不能碰你，但你不能靠近任何一只手，他们小而完美的手臂突然变得危险异常，恐怖之至，玩过吗？——在某方面，这就像一种因怀疑、因行为不可预测而引发的更深层的恐惧感。我们晚上就是不想靠近他，以免有怪事发生。所以等判决宣布，屁股快要挨揍时，我们拔腿就跑。每次我们拔腿跑，想办法跑得更远，跑得更久时——这通常只是我们一厢情愿的想法，实际上很少做到——他就会消气，或妈妈插手，或两者都有，于是给予缓刑。如果是发生在白天，我们就会沿着马路跑到公园、小溪或朋友家，等事过境迁。但如果是晚上——这种事通常也发生在晚上，因为我们白天见到爱打高尔夫球的爸爸的时间，每星期只有几小时——当然我们（或至少是我）不能往外跑，外面肯定比家里还糟，我们家附近住着从《午夜行尸》中跑出来的吸血鬼，还有从《月光光心慌慌》出来的威廉·夏特纳[①]那

[①] 威廉·夏特纳（1931— ），犹太裔加拿大籍演员，因饰演美国经典电视剧《星际旅行：初代》及衍生电影中的"进取号星舰"舰长詹姆斯·T. 柯克一角被广泛熟知。

种类型的蒙面人。晚上，我们只能选择待在家里，其实家里也有很多地方可以躲，虽然每个地方各有优缺点。在地下室你可以躲在暖气炉或爬行道里，但若想成功掩人耳目，必须把灯关掉，但你永远不知道真的杀人犯何时会出现在那里，在暖气炉或爬行道里，这是很有可能的，当然有可能。然后是衣橱，躲在这里通常很难被找到，但在衣橱里，虽然可能让人觉得很暖和、很安全，但会突然被找到，衣橱滑动门咿的一声打开，两只手顿时出现在那里，来抓你。所以最好的地点是楼上的浴室或自己的房间，这两处都很容易上锁，而且也能撑得比较久，可以等门另一边的情况稳定下来。所以那天晚上，我跑进我的房间，关上门，锁上，耳边响着他在楼梯底下的咆哮声。顺便说一下，他最开始的反应竟然是命令我们下楼，走下楼梯好让他用手抓住我们，把我们拉到沙发那里，让我们转过身，要我们趴好，然后殴打我们，真不知他是怎么想的……荒唐。我们又不欠打，我们不欠打，当然不，我们从来就不应该被打屁股，因为我们很完美、很完美、很完美，刀枪不入，或者说如果不是很完美，至少也是被激怒时才会做出那些事。所以，我躲在房里，瞪着门，气喘如牛，四下环顾，想法子。我望着壁纸。那其实是一种很大的照片，我的是橙红色的森林秋景，妈妈和我一起挑的，我们觉得它很漂亮，贴在墙上后还坐在地上凝望着它。那晚，在我房里，我想跑进壁纸里，穿越那座森林，因为那座森林看起来很深，而且那里是白天。不过，我没真的考虑这么做，我又不笨，也没有妄想症，但后来我望着另一面墙，就是床边没贴壁纸的那面墙，我用奇异笔在上面画了二十几个小怪物，他们是快乐的维京人，但也可能变得凶猛、残暴，我画他们是要他们在我睡着时保护我，在这次这样的情况中复活。但他们没有复活，为什么他们没复活？吼叫声持续着，确定他还在楼下，我溜出房间，摸到走廊，一把抓起电话，跳回房里，把电话线拉过门缝，再把门锁好。我把电话拿到床上，打给接线生，询问波士顿的区号。后来我想到，不是波士顿，是米尔顿，在波士顿外。我打电话询问米尔顿的相关信息，找露丝阿姨或朗恩姨丈。她参加过戒酒会，朗恩姨丈陪过她，他们知道什么是什么。我该怎么办？我要问他们，他们会知道，他们会插手……然后脚步声开始往楼梯上走，这种情形偶尔才会发生，只有在他暴跳如雷，而妈妈无法让他冷静下来时才会发生。脚步声重重地踏上楼梯——他干吗走这么慢，慢得叫人发狂？——我挂上电话——现在时间不够了——想着计划。我打开枕头上方的窗户，然后扯下床单。沉重的脚步声停了，表示他到二楼了，离我房门口只有六七步了……我扭转床单，让它看起来像我在电视上看到的绳子或什么的，接着把它绑在床架上，这时爸爸试着转开门把，接着突然大叫一声我的名字，我吓得跳了起来，然后是重击声，吆喝的命令声，如果我来得及把这东西绑好……脚步声愈来愈响，然后床单绑好了，绑了两次，我使劲拉，看够不够牢固，好像还可以，只要撑几秒钟就行了，只要撑到够我接近地面跳下去——所以我在床上转身，开始往后跑，一只脚踏出窗外，我能感觉自己光着的小脚正踩在房屋这侧粗糙的木头上……然后重击声停止了。我还在往下降，半个身子几乎已在窗户外边，那是个潮湿的夜晚，我看得到地面，邻居的庭院，两手紧握着床单……我停住，呼吸急促，像只动物，猜想他是否被叫开了……一片死寂。然后，门飞了进来，木头爆裂，他出现在我头顶上。

他把门踢开了。
嗯，他毁了门，门锁、门把，所有这些东西。

哇。
很夸张，对吧？

嗯，是的。那他后来更严厉地惩罚过你吗？

不算。妈妈听到门坏了的声音，赶忙跑上来，所以他只逮到我几秒钟，后来妈妈进房里来，他的麻烦就大了。最后这成了又一例证，和之前许多次一样，我们证明了他的不稳定性——他极为反复无常的表现，我应该这么说，因为清醒时他是个相当正常的人，甚至有些滑稽——我们觉得又得了一分，在我们那张永久的计分卡上，又记下一笔他的罪行。我常想把瘀青、伤口展示给校方看，我从一些校外专家口中得知这么做会有效，老师会看到，然后事情败露，大家多少都知道，他会拿到某种警告什么的，然后事情就到此为止。

所以这是一种虐待儿童的情况咯？

喔，老天！不是。只要抓住我们，他打我们屁股时下手并不重。我记得连痛都不痛。

喔。

下手真正狠的是妈妈。她比爸爸更常打我们，可是我们一直都知道，她打人的时候多少会控制住，虽然她的确经常说"我要宰了你！"来安慰自己。我们会在餐桌前说些自以为是的话，然后她会踏步走过来，用力打我们的头，足有一分钟，有点像是空手道中劈的动作，挥舞着她肌肉发达的古铜色手臂。我们会抱着头，挥动双手架开落下的拳头，她细长的手指有许多硬块，因为她戴了好几颗大戒指，她妈妈给的。过一阵子之后情况反而是好笑居多。起先一点也不好笑，我们吓得抱头鼠窜，跑上楼或跑出门躲几小时，大叫着"我恨你，我恨你"，想要她死，想有个新家，想搬去和我们觉得比较亲密、比较正常的朋友住，随便哪个朋友都行。当然一小时内我们就又坐在她的大腿上，像蛤蜊一样快乐。等我们年龄愈来愈大，情况就变得有点好笑了。是比尔先开始的，我想，当她用空手道劈他的头，吼着"你们这些该死的小鬼！"或什么的，他却滚动眼珠，张大嘴笑。他只是坐在那里，承受这一切，等她疲倦。之后我们就有点跟着他做。那时我们已经是青少年了，并不把这件事看得太认真，有点像是让她把拳头挥完。过一阵子之后，甚至连她自己都忘了当初为什么生气，打我们时还会边打边笑。那情景很怪异，我可以告诉你，她打着贝丝或比尔的头，说她要宰了他们，结果自己却在笑。

但这的确会让你产生一种畏缩的心理，一种随时准备好的心态。你看到她手举起，僵直的手腕，手指全握在一起，像功夫的动作，以及——

当然，我们也常彼此互殴，我们小孩子花许多时间策划真正置对方于死地的方法，把对方丢出窗外啦，扔到楼梯下啦，所以我们真的从来不知道应该期待什么，因为各种不同的暴力门槛，如你所知，可以而且也已在一瞬间被衔接起来，一旦跨越这门槛，几乎就无法回头了。赌注提高，地面变得更不稳固。所以我们变得紧张兮兮，防御心过重，至少是贝丝和我，比尔年纪比较大，只要爸爸靠近我们，出现任何想搂我们的举动，我们就会紧张得像癫痫发作那样，双手乱挥双脚猛踢。我们有着绚烂而黑暗的想象，我想，再加上足够的社会服务声明信息，一些健康统计之类的……以我的情况来说，我想，那大多只是我自己的想象，我把他想象成使我夜夜噩梦连连的杀人凶手和怪物，甚至竟然相信，如果一连串错误的情况发生，总有一天，虽然那会是意外，但总有一天他会杀我们其中一位，这几率高于平均值。举例来说，那扇门没有人去修，它和上头锯齿状的缺口一直在那里，大约十二年之久。我们从未有机会去修理这类东西。

他是做什么的？

他是律师，办理期货交易。

你妈妈呢?

她是教师。报答我吧,因我所受的苦难。

什么?

我给你的还不够吗?报答我吧。让我上电视。让我和千千万万人分享这些。我会慢慢地、细腻地、有品位地做。大家势必得知道。这是我应得的,我活该。我上了吗?我让你伤心欲绝了吗?我的故事够惨了吗?

惨。

我就知道这有用。我给你这些东西,你给我一个舞台。把我的舞台给我吧。那是欠我的。

听着,我——

我还可以告诉你更多。我有好多故事。我可以告诉你有关他们戴的假发,那时,在起居室,那年秋天,他俩同时拿掉假发,在起居室的时候,你知道那吓着我了,他们头上斑斑点点,头发像撕碎的棉布,他们笑啊笑,目光闪烁。还有他跌倒的次数。我可以表演断气说遗言。我有好多东西。有好多象征意义在其中。你该听听塔夫和我之间的对话,他说的那些事。很棒,难以置信,你没办法写出更好的脚本。我们谈到死亡与上帝,我无法给他答案,讲不出东西帮助他入眠,没有童话故事。让我分享这个。我也可以用任何你想要的方式做。我可以搞笑、感伤落泪、直截了当、不拐弯抹角,什么都行。只要你告诉我。我可以伤心、鼓舞人心、愤怒。唾手可得,立刻就有这些东西,所以就看你了。你选,你挑。给我东西。回报我。我答应会乖乖的。我会伤心又带着希望。我会是导线。我会是跳动的心脏。请看这个!我是四千七百万人共有的放大器！我是完美的汞合金！我生来就又稳定又混乱。我什么也没见过，却也什么都见识过了。我二十四岁，心境却如一万岁般苍老。我因年轻而胆大包天，狂妄不羁，充满希望，虽然与过去、未来纠结交缠，我俊美的弟弟，他是过去也是未来的一部分。你看不出我们举世无双吗？我们背负着另外的事，另外的重责大任？这一切并非无缘无故发生在我们身上，我可以向你保证。这一切没有逻辑，只有假设我们受苦是有原因的才有逻辑。只要对我们公平一点。我满怀着这一代的希望，他们的希望在我体内激荡澎湃，威胁着要冲破我坚硬的心！这个你看不到吗？我可怜也可恶，我知道，这全是我自作孽，我知道，不是爸爸妈妈的错，是我自找的，是的，但我也是环境的产物，因此务必被展示出来，代表了鼓舞与警惕人心的故事。你看不出我代表什么吗？我同时是受难的道德家，也是无道德的杂食动物，出生在郊区的空洞＋懒散＋电视＋天主教＋酗酒＋暴力；我是穿着二手丝绒衣的怪胎，使用欧莱雅不黏超强发雕的麻风病人。我是失根的兰花，被扯离所有根基，本身是孤儿，还抚养着另一位孤儿，想带走一切，用我创造的事物取而代之。除了朋友和小家庭所残留的东西之外，我一无所有。我需要社群，我需要回馈，我需要爱、人际关系、施与受。如果他们爱，我愿意淌血。让我试试。让我证明。我会拔光头发，扒去皮肤，站在你面前，脆弱颤抖。我会打开一条血管，一条动脉。错过我，后果你要自行负责！我可能将不久于人世。也许我已经感染艾滋病或癌症。将有坏事降临在我身上，我知道，我知道，因为我已目睹了好多回。我会在电梯里中弹身亡，我会被某个出水口吞噬，会溺死，所以我需要现在就捎来这信息。我只剩这么多时间了，我知道这听起来很荒谬，我看起来还年轻、健康、强壮，但天有不测风云，我知道你或许不以为然，但事情发生在我身上，发生在我周遭的人身上，真的，你会看见，所以我必须在还来得及时把握住这次机会，因为我每分每秒都可能离开人世，劳拉，妈妈，爸爸，上帝,喔,请让我把这展现给千千万万人看。让我成为格子框,成为格子框的正中央。让我当导线。外头有这么多颗心脏,我的最强壮,如果有——是有!——将血液输送给千万人的微血管,让我们成为一体,那我是——喔,我想把血液输送到每个人的心脏,血液我懂,在血液中我觉得温暖,可以在血液里优游,喔,让我把血液输送给每个人那颗跳动有力的心脏吧!我要——

而那就可以治疗你了吗?
是的!是的!是的!是的!

第七章

可恶。烂节目。

我在电话中,从劳拉·福尔杰的口中得知这个消息。我没被选上。她告诉我,就差那么一点,他们很喜欢我,我的故事很惨(这是真的,是真的),但我的故事只是数百个故事当中的一个,我不过是多如牛毛的人之一,他们大多比我年轻,背负着这种十字架或那种包袱,身世凄楚无比,但最后,他们不能录用一位以上的郊区白人男性,必须决定一名人选,而那个人不是我。我的位置,我的石弓,被一个叫贾德的人给拿走了。

"贾德?"我说。

"是的。"她说。

"贾德?"

"是啊,他是画漫画的。"

去他的。这样也好。我也松了口气。这可能是错的,可能是错的,不是吗?这可能是错的。那是个烂节目,一个让人看了几乎会吐的烂节目,节目使每个人变得面貌可憎、糊里糊涂、脑袋空空、没有深度。可恶。让那个画漫画的被变成漫画吧。我不需要,我们不需要。我们不需要《真实世界》,不需要任何拐杖,我们不需要这节目给我们一个持续数月的角色,这节目没什么了不起的,只不过是观众多,遍及全球,对全世界容易受人摆弄的青少年的心智有着不可限量的影响力罢了。不。我们会在逆境中继续下去,只靠这些简单的器具,只用这双小手。我们会让这本杂志在一无所有中经营下去。如有必要,靠想象,靠我们自己的想象。任何东西都行。

几星期后,我们收到一个厚厚的信封,是那个贾德寄来的,贾德·威尼克。他在信纸上画了图案,好几十个表情滑稽的小人物,摆出各式各样有趣的姿势。他因某种原因向我们应聘，所以寄来大约五百幅漫画，每幅似乎都是他大学时代一天一天画出来的。

这些漫画画的是一群年轻人（主角是一名女同性恋，看吧，这是二十世纪九十年代的现实生活）住在一间褐石盖的房屋里，画得不错，很传统，画工很好。但不适合我们。创刊号发行一个月左右，《迈特》就变了。我们的冲劲不如当初炽热，而发行另一期，从某种层面来说，似乎是责任大过热情。毕竟，我们在办杂志时最不想要的，或者至少是我在这些事当中最不想要的，就是某种形式的工作。我们必须避免那讽刺而残酷的命运：我们这些鼓吹大家挣脱工作和生活观念枷锁的烦人的大嘴巴，竟也成了某事某物的奴仆，成为奴隶，对广告商、对投资人有义务，朝九晚五地工作——是的，我们仍希望能改变同胞的生活，当然也希望能改变这个世界，仍期望某个时候能发射到外层空间，但另一方面……我们把范围缩小了，刀刃磨利了。我们现在有目标了，我们决定谁是好人、谁是坏人；谁是朋友，谁是敌人（障碍）。

我们开启一种模式，几乎是立刻推翻意见及自我吞噬。无论主导的想法是为什么，尤其是我们自己的，我们一概予以驳斥，自我矛盾。我们对温迪·柯普（那位我们在创刊号大力推崇的年轻改革家）的想法改变了，对她举国闻名的"为美国教书"组织的看法也改变了。我们原先赞扬她的勇气与该组织的目标：将年轻、有热情、教育程度佳的教师分派到资源不足的学校服务两年，但现在，在第二期一篇文长六百字的主打文章里，我们批判这个非营利组织企图以白人中上阶级大学教育的方式，解决都市内部的问题（主要是黑人问题）。"仁慈而专制的施惠态度。"我们说，"机巧的自私自利。"我们叹息："贵族的义务。"我们嗤之以鼻。我们引述一位教授的话作为总结："'为美国教书'的研究报告所显明的，是有关当今中产阶级白人与少数年轻族群在意识形态甚至是心理层面上的需要，而不是这项计划所锁定的中下阶级。"

砰!

因为一般大众并不认为我们已被神选上,可表达人民的希望与恐惧,可替他们及所有人代言,创造历史,因此我们决定试试他们会相信什么。第二期封面庆贺这本杂志"发行五十周年",封面棋盘格里摆了二十几张过去的封面——1964年10月:"披头士是红蕃!"1948年11月:"死亡:隐藏的杀手"——以证明其真实性。第二期发刊词,写于科特·柯本死后一个月左右,谈论到死亡,感动了我们每个人:

  没想到你竟然走了。即使是现在,我一觉醒来,仍无法相信:你走了。每天早晨,我都不愿起床,不知该好好过这天或浑浑噩噩度日。我如行尸走肉,无精打采,像幽灵般飘荡。我觉得灵魂出壳了。我半人半鬼。你走了。

  打一开始,大家就知道你与众不同。你优于常人,散发着神秘的光彩,一种怪异而不寻常的美丽。但,不知怎的,我却觉得我已认识你一辈子。也许我是。这可能吗?

  我一向对你深信不疑,我也认为你始终相信着我。你讲话是对我、关于我、为我。在我最难熬的日子里,你闪耀明亮,像指引方向、带来力量的烽烟。一块磐石。活生生的人!我崇拜你,我要步上你的后尘。

  有些人说你搞砸了,心神不宁,是个坏榜样。有些人说权势弄人,你无法好好处理。他们说你的方式骇人听闻,你的行为有违道德。这些都是真的。你粗鲁狂妄,坚决勇敢,不屈不挠。你是个不顾一切、独来独往的人。有时你简直快把我逼疯了,但那是因为我爱你。因为,不管别人怎么说,我都相信你。接着发生了那件事。但那不是你的错,是我们的错,我的错。

  为我们让你承受的一切,为生活让你承受的一切,为你让自己承受的一切，我说声抱歉。你与名声、成功、媒体搏斗。我知道你从无意伤害任何人。蝴蝶怎会伤人呢？带着高度的希望与满怀的热情，我说：理查德·米尔豪斯·尼克松①，美丽的蝴蝶，自由翱翔吧，坚强地飞吧，永远活下去。我爱你。

我们继续寻找那些和我们一样满脑子想法却有志难伸的人。我们刊登一篇菲利普·佩利的专访，他是前任童星，曾于《失落的大地》中扮演帕库尼人恰卡。在这篇访谈中，他痛责他父母，怪他们离婚害他过得凄惨落魄，只能住在好莱坞一间简陋的公寓里。

在乐园里有麻烦吗？

是啊……我十六岁时爸妈离婚了，后来我所有的钱都因他们离婚而无法动用。直到今天，我还他妈气得要死！把这句话写进你的杂志里。爸爸是比佛利山的外科医生，有钱得很。妈妈离婚后也拿了一大笔赡养费。我不和他们讲话。

你现在在做什么？

我做过各种你想得到的该死的工作。我的第一份工作是卖冰激凌。我还做过面包师、加油站小弟、糕饼师，也在赫顿当过助理经纪，在文具店工作过，还做过油漆工。我用我这双手徒手拆掉大楼。不过大多数时候都是游手好闲。

所以有关"童星是一辈子享福的秘诀"是假的？

是的，这秘诀因我而粉碎。

这期最后一页是个假广告，由我们五位朋友主演，为某个叫

---

① 指因水门案丑闻而下台的美国第37任总统尼克松。

"街头和谐牛仔裤"的产品代言。这五位充当模特儿的朋友在南方公园一隅摆姿势,一位坐在大垃圾箱上,另外两位斜倚在仓库墙壁上,正中央是梅雷迪思朝镜头噘着嘴,把两角五分硬币丢进一个浑身长毛的乞丐拿的杯子里。出演这位游民的是我们的汽车修理工朋友杰米,他张大嘴笑着,做出大拇指朝上的动作,手里拿了块厚纸板告示牌,上面写着:将为时尚工作。

不知道为什么,我们认为这种东西会让广告商喜欢我们。并不是说我们需要服装广告、香烟广告或大公司的广告,或任何人——算我没说。

尽管我们变得短视、近利又悲观,却仍坚持这个想法:若踏对脚步,我们的命运将可能一夜之间反转。因此,穆迪和我坐一块儿,看着贾德的漫画,心想是否该叫他过来一趟,给我们看更多作品,商量投稿事宜。我们都认为他压根儿就不适合《迈特》,主题上或美学上均如此。他跟我们做的丝毫扯不上关系,真的,除了他——

我们爬到电话那儿,由我来打这通电话。

"是啊,你要不要过来一趟,把摄影机——呃,把你的资料带过来。"

两天后他真的来了。他走进来,一个长相普通、头发又黑又多的人,我们起身迎接他,然后迎面而来,在他脚跟附近,是一只跳来跳去的八脚昆虫,有黑色的录像设备、灯光、麦克风、活页夹。莎莉妮,MTV 的忠实观众,正在房里另一头敲打麦金塔键盘,心中充满敬畏。我们忘了告诉她这些人要来。真是一团混乱。外头人行道上,路人停下脚步,脸贴在窗户上。我们带贾德到会议桌,就在拳击沙袋下方,开始这场表演秀。

贾德带着他的资料,假装他真的很想让他的作品刊登在我们这本只有一万名读者的小杂志上,尽管两个月内,将有千千万万人注视着他的一举一动。穆迪、我和他坐在一起,假装我们是一本正牌杂志的编辑，一本大家会像这样坐下来讨论事情的杂志，假装我们在乎他的作品，相信他的作品属于我们的（正牌的）杂志。我们穿着平常的衣服，短裤和T恤。之前，我们考虑过要穿什么，后来又想起不该考虑要穿什么，于是决定就穿我们原本会穿的衣服，当初根本没考虑要穿什么。我们喜欢穿短裤和T恤，一边扎进去，只在右边露出一英寸，皮带露出来，T恤其他部分挂在外面。这就是我们的外表。从中学时代起，经过审慎考虑，避开许多可能的错误后，我们一直这么穿。我们没有刺青，因为我们觉得刺青表示太注重自己的外表或什么的，虽然刺青热自1994年起方兴未艾，但我们确定一年内，也许只要再过几个月，整个刺青热潮就会破灭。（毕竟，这种东西能撑多久呢？）染发、穿洞、烙印、创意头饰、颈饰、T恤，所有其他表示和装备也一样。我们不蹚浑水了，于是选了对外表和穿着最漠不关心的方式。我们经历过"看我"的外表崇拜期，度过"拒绝看我，转而喜欢阴暗叛逆的外表"的外表转型期，最后拒绝以上两者并优雅地选择"看我，如果你非看不可，但你休想从我这儿得到任何鼓励"的外表自负期，即面无表情。并不是说我们不想令人赏心悦目，穆迪和我，因为既然我们曾为了上MTV这个烂节目费这番折腾，外表看起来起码还算迷人，也很不错，这样可以提高我们和查尔斯·布朗森的女儿睡觉的机会，或至少是和"中央咖啡"的那个女孩，头发垂到这里、脚长到那里的那个。

我们与贾德讨论要如何合作以及合作多久。我们态度严肃认真，却也适度冷漠。讨论期间，我们小心翼翼地选择人口统计学方面的措辞，必须同时听来伶牙俐齿又漫不经心，既松散又聪明，精力充沛又不急切，因为我们也是假装年轻的年轻人，传达自己身为年轻人代表的形象，为了这批年轻人也为了后代子孙，传达值此之际的年轻人是什么样子、我们是如何表演的，尤其是当我们假装不是在表演，同时又要假装是自己的时候。同时，让劳拉·福尔杰明白她所犯的错误，让我们这场小表演弄清楚谁才是真正的明星，比这衣衫褴褛的贾德更耀眼的明星——我们是灿烂夺目、有光环的行星，他不过是渺小冰冷的月球——这样也不错。

我们不得不和贾德互动时，他给我们的第一印象和后来的表现一再显示他是个非常好的人，穆迪和我必须表现得比贾德冷酷，因为我们想让大家清楚，我们一开始就不是那种想上《真实世界》的人——甚至连试镜都不会去！我们需要让随意看电视的观众搞清楚，虽然我们很愿意让自己因这个节目挤进世界各地的娱乐场所和地下室，让绝对会崇拜我们的少女们和他们年纪较大、疑心较重的哥哥们盯着看，让课间坐在公寓附赠的沙发上、吃着色拉三明治的大学生死命盯着看，但我们必须让这些人明白，我们之所以上这节目，纯粹是自娱的怪癖——如果你们仔细瞧，会看到我们正在挤眉弄眼和微妙地冷笑。这一切——我们和他会面，摄影机和所有设备，将来也许会用在《迈特》杂志上，作为不久后即将出现的某种讽刺锋锐文章或哈哈镜的材料。我们用两种方式表演，各种方式都行。我们可以凝视着这个叫贾德的人的眼睛，他的眼睛长得和我们的眼睛没什么两样，我们可以向他倾倒仁慈与了解，和他开玩笑，与他一同拟定计划，同时算计着我们可能从这层关系中获得什么，能得到多少机会，却又不必认真地污损我们努力的纯正性，让他的存在损毁我们的努力，就他而言，他也许只是劳拉·福尔杰因为淘汰了我觉得过意不去，派来安慰我们的。

即使我们认为自己做得很漂亮，表现得很冷淡，就像我们的真面目，看起来很好，讨论与贾德职业生涯有关的重要话题，讨论这些漫画对我们、对他的重要性，怪事还是发生了：负责摄影和音响的两个家伙，年纪有点大，帽子反戴，显然无动于衷，几乎是朝我们翻白眼，因为他们看透了这整件事，知道我们是利用这次事件取得曝光率，向所有人和我们自己证明我们是真的，我们就像其他每个人，只想让自己的生活被录下来、被证明，感觉我们做的事只有在进入录像带时才会成真。

第一次来访后，贾德又来了三四次，数月后，旧金山《真实世界》跃上屏幕，穆迪和我也在那里，第二集，出现了大约八秒，我们希望这八秒能让那些头脑愚钝、会因崇拜明星而买广告的无产阶级挑起眉头，而不是讨大学生和中学生的欢喜。我们实现了其中一个愿望，另一个却未实现。在电视上露脸丝毫未解决我们的财务窘境，反而我们现在认识或曾经认识的每个人都打电话或写信来说他们看到了。他们怎么能在我们露脸的那一瞬间认出我们来，真令人匪夷所思。八年没消息的小学同学与我们联络；从前的师长与我们联络；毫无疑问，全都是因为对贾德说的那些话，我用一种迷人而懒洋洋的腔调说的那些话充满象征意义，令人难忘。那些话是：

"你知道，如果你不用你想的方式画，那就糟透了。"

在电视上露脸让我们变成附近的小名人，特别是在莎莉妮眼中，她正忙着《咱们》的事务，关于"进步的南亚美裔二十来岁小伙子社群的新声音"。在这本刊物中，有些文章是关于南亚美裔社群里仍延续着的听命结婚的传统，还有帮派活动，此外还有个健康建议专栏，由她的医生父亲执笔。穆迪和我帮她设计这本刊物，以交换使用她的激光打印机和她频率高得惊人的、令人难以置信的、在工作时半色情的搓背。楼上的朋友及闲杂人等开始回避我们的办公室，因为每次他们踏进来，莎莉妮都在掐揉我们的肩膀，而我们呻吟着、咕哝着、喘息着，她还常常会残忍地模仿印度人初来乍到的讲话方式。

（浓浓的印度口音）"喔，我想你太紧张了！感觉到你肩膀的紧绷！你需要出去，更放松，去跳跳舞，和其他年轻人开开派对。"

她时常在我们工作的时间来烦我们，还说我们需要多运动。

"你们会好看很多，如果你们做点运动的话。"

我们提议满足她明显想看我们裸体的渴望，邀她参加下次的裸体拍照。

"我不用裸体吧？"

"说真的,要。"

"不。"

"'不'是指你不要裸体,还是你不相信我们?"

"都有。不。"

但贾德说好。这是我们第二次裸体大摄影。这次我们准备展示人体的真实样貌,当然,这么做是为了反应常听到的抱怨:媒体和广告扭曲了我们对自己身体的认知,一般人不会也无法达到强加给我们难以实现的期望。我们想做的只是看看这是否会有效,召集三四十位朋友及旧识,最好是有三四十种不同的尺寸和形状,要他们脱光光、摆姿势。接着我们会把这些照片摆在这一页,不加修饰,放在一个简单的方框里,老天赐予的身体一个接一个,让大家明白真实的人长得几乎不可能像电视里的人那样,所有的肉体,虽然不一定都很漂亮,但起码也是有用的,是真实的,是——

好了。所以我们雇了一位摄影师,一个冷静、轻声细语的荷兰籍家伙,名叫罗恩·范·东恩,由他掌镜,一次破天荒的摄影,他几乎分文不收,只要求我们支付底片费用,并给他保留底片的机会。是的。当然。

为了展示包容性与多样性,为了分清楚这个和那个,以尺寸、形状或颜色等肤浅的特征为辨识基础,猥亵、野蛮,为了速战速决,我们打电话寻找自愿者:

你有黑人朋友吗?

喔,是吗?多白?

真的?我想他是印度人。

那大块头的朋友呢?

是啊,对,胖的。

不,我们需要男生。女生已经够多了。

他有多大?

你想他会愿意吗？
　　还有，你认识胸部很扁的人吗？
　　例如，像洗衣板。骨瘦如柴。
　　伤痕在哪里？看得到吗？
　　你说她哪里有毛？

　　与第一次拍裸照时不同的是，这次找人相当容易，因为现在我们有了一本真正的杂志给大家看，因为这次不必让阴茎乱晃着跑步，而且我们之前也做了两大妥协：我们答应裁掉脖子以上的部分，让人看不出照片中的人是谁；我们让每个人穿内衣，如果不穿上面起码可以穿下面。这么做是为了他们，也是为了现实考虑。我们语带感叹地发现，杂志里好几页都有赤条条的人（特别是那些人的肉体显然不完美），并无助于杂志上架流通。没错，杂志真的销售一空了，当然，这是另一个令人心碎的妥协——而且知道每次妥协都是一条穿越我们灵魂的五线道高速公路——但重点一定要传达到全美国，无论它抵达时有多破烂。

　　贾德说他会带个朋友来，他也是《真实世界》的演员。我们兴奋莫名。有两位《真实世界》的演员在场，这绝对会上电视，会是把我们推上顶峰的一件事。我们看见那辆车沿着小巷驶来，一辆颜色老旧的蓝色道奇车或某种车，典型的旧金山车，四四方方、受尽风吹雨打的老东西，感觉到片段开始拼凑起来，我们做着某件具有社会学重大意义的事，媒体播报率恰到好处，有个观点被适度地放大了，散播到数百万——

　　没有摄影机。车子开了过来，但——

　　没有厢式货车尾随在后。我到车子那儿和他们碰头，他们把车停在摄影棚后面的巷子里。我尽量装作轻松平常，来来回回在巷子里张望，寻找厢式货车。但没有厢式货车，没有摄影机。我们以为会有摄影机。

"嘿。"我说。

"嘿。"贾德说。

"摄影人员没跟来啊?"

"没,他们今天拍瑞秋。"

"喔,嗯,好。我们今天本来就不想让那些摄影机妨碍我们。"

"没错。"

"摄影机可能会让人分心……"

"是啊。"

"……在你面前,什么都拍,你说的每句话和做的每件事。"

"没错。喔,这是帕克。"

"嘿。"

"嘿。"

我和帕克握手。他穿着及膝短裤和无袖背心,手长脚长,眼神机警得令人不舒服。我一握住他的手,他就讲起话来,连珠炮似的,一口气也没换,眼睛眨也不眨。我一听见帕克说话,立刻猜想他是不是嗑了某种迷幻药或者幻觉剂之类的。我看过有些电视电影讲的就是嗑这种药的人。有部电影是由道格·麦基翁与海伦·亨特①主演的,海伦·亨特吸食天使尘②,自学校二楼窗户跳下,掉到地上,爬起来,到处乱跑,最后死掉。也许帕克也嗑了迷幻药。嗑迷幻药就像这样吗?讲个没完。

他在讲有关《真实世界》的事,说他将如何凭借这部片子一路攀上顶峰,没什么阻止得了他,还说他也是个自行车邮差,他说:"你知道汽车车道占了摩托车跑道,该死的,居然一路到顶都是这样。"

他大概是我见过最扰人思绪的人,全身上下都有抓痕,连脸

---

① 指1982年拍摄的《绝望的生活》,片中描述青少年嗑药、自杀等现象。麦基翁在这部影片中饰演因吸毒而头脑不清的十四岁少年。
② 一种麻醉药和致幻剂。

上都有。也许他养了几只猫？很难说。他的话匣子一打开就停不下来。以前参加摩托车越野赛，演员阵容里有些美女，但她们好像很冷淡，是啊，找个经纪人开派对，酷，可恶，是啊，小子，小子，小子，好吧，很快就要分开了，好吧，小子。小子。

他很棒也很恐怖，很迷人也令人作呕。他的眼睛饥渴。他妈的是啊，应该要看的，屎蛋，妈妈们发牢骚。他拉起衬衫让我们看他的乳头。

我们全都在巷子里闲晃，等着轮到自己给范·东恩拍照。柯尔斯顿（和她在一起总是很愉快）来了，还有卡拉，几位实习生和朋友，还有他们的朋友。我们打给每一位认识的人。

一位拍完了换下一位，我们走了进去，关上身后的门，在摄影棚里和范·东恩独处。他示意我们走到白色屏幕围成的 U 字区域里，比手势要我们把衣服脱掉，想脱什么就脱什么。我们脱了，在我们脱衣服、笨拙地不知该如何处理自己的手臂和手的时候，心里也纳闷他对我们的身体作何感想。我们不知该拿这两只手怎么办。我们把手放在身体两侧，然后伸到前面遮掩私处，再放到背后。当摄影机对别的东西感兴趣时，你该拿你的手怎么办呢？他按下快门，前后方的闪光灯同时发出嘶的一声，我们冻结在白光里。然后又暗了下来。他每人拍五张左右，几张正面，几张背面——我们付不起拍更多买底片的钱——然后拍完了，我们打开摄影棚厚重的门，走入刺眼的光亮中，亮度比闪光灯强一百倍。那可是正值中午的旧金山哪。

但我们很肯定这些人，这些同意脱光光的人。我们对那些拒绝做这件事的人较不以为然。我们许多朋友都说不，我们认为他们不只是过分贞洁而且异常小气，又小，又没热情，而热情正是一种基本的勇气。我们比较喜欢那些摆姿势的人，更喜欢像穆迪、玛妮和我（和帕克）那样提议要脱光光摆姿势的人，即使拍出来的照片不大可能用得着。赤条条！我们认为赤条条是有意义的。那些摆姿势的人是我们的同类,过着我们喜欢且人人称羡的那种生活,他们是无法说不的人。有了这一切,我们怎可能——大家怎么可能说不呢?

巷子里,帕克不耐烦了。开派对,可恶,动啊,美妞,去他的,摩托车越野赛,X9-45GV,痛饮,将要分开。我们在说话(或他在说话)时,有只小狗朝我们跑来,抖着鼻子到处闻。我们和这只狗玩,不久便发现这只狗(虽然看起来获得妥善照料)没有名牌。遇见这只狗之后不久,帕克便决定要留住它。拍完照后,他和贾德准备离开,然后在我们与贾德的抗议声中,他一把抓住这只狗(毫无疑问这只狗是附近的住户养的),把它带到《真实世界》住宅里。连狗都可以加入演员阵容。

过了不久,我也进了那宅院,前往参观并和贾德在池里玩水,也看见了那只狗,并看到其他演员无所事事地到处闲荡,看来是无事可做。这节目使他们陷入一个怪异的难题里:因为他们不能工作(无聊),也不能旅行(不可行),所以他们无法生产或迁移,结果只能从沙发游荡到厨房再到床上,聊着、等着冒犯人或被冒犯。

拿到照片后,穆迪和我一连端详了数小时。我们仔细研究,想认出谁是谁。但因为主角的头都被裁掉了,所以无法一眼看出影中人的身份,连自己都快认不出来。我们分不出有位实习生和一个毛茸茸的大个儿之间的差别,那大个儿不知是打哪儿冒出来的。让我很尴尬的是我们分不出柯尔斯顿和卡拉之间的差异,她们两人都很瘦而且完美无瑕。最吓人的是,我花了一秒钟才分辨出我和帕克——我们都穿着同样的短裤,体格相仿,摆的姿势也一样。唯一的差别在刺青:我没刺青,但他有小兔子、熊蜂和小鸟刺青。另一方面,人与人之间的不同也令我们感到诧异,我们这群人真怪异,那大胸脯的女人胸罩穿得还真高,那家伙背上的毛还真多,那人肩膀的形状真奇特,这人的屁股怎么扁成这样——比我们原先想象的怪异。各式各样的畸形,料想不到的缺点,臀部过早下垂,所有花和蛇的刺青,每个人胯下的毛还真多,从丝袜和内裤里蹦出来,那女人即使有着明显的胸部,说服力十足,却不知怎的横看竖看都像男人——

这些人。

这些人是怪胎。

更糟的是,塔夫以为他是我们当中的一员。虽然他总是和我的朋友混在一块儿——他年纪还很小的时候就认识弗拉格、穆迪、玛妮等人,把这些人当成他自己的朋友——最近这种混淆攀升到令人担心的新层次。虽然他在学校人缘还不错,却提不起劲和同年龄的孩子交朋友。他简直不相信他们会说那些蠢话。女孩子没救了,男孩子也好不到哪儿去。所以他总是很乐意参加我们这伙人的社交聚会,不回避任何人,特别是如果参加者大多是陌生人,兴致高昂,想玩一种热闹的室内游戏。玛妮办烤肉聚会时,十五、二十个人围坐在排成V字形的沙发上,发现塔夫就在这群人中央,向他们说明比手画脚的规则和微妙之处,并不稀奇,这游戏我没教过他,但他就是了如指掌,而且马上就可以筹办。他出现在社交场合是可预料的,而在办公室里——

保罗:"嘿,塔夫。"

穆迪:"嘿,塔夫仔。"

有人注意到他就是他时,我们全都得往后站立一秒钟,看着他的真面目,至少他表面上是一个七年级的小男孩。当然,有阵子他也认不清他自己,直到最近才明白这一点。有次他跟玛妮和我开着车从沙滩回来。她和我正聊到一位新来的实习生,二十二岁,比我们以为的要年轻。

"真的吗?"塔夫说,"我以为他和我们一样大。"

他在后座,往前挨近,头钻进我们中间。

"喔,我的天哪。"玛妮说着咯咯笑出声来。

塔夫过了一会儿才领悟到自己刚说了什么。

我转头看着他。

"你才十一岁，塔夫。"

他面红耳赤，回后座坐下。玛妮仍哈哈大笑。

虽然我很想鼓励他融入自己的朋友，但我也怕如果他太投入，就无法随时随地满足我的需求。如果没有塔夫坐在他房里，随传随到，随时愿意供人差遣，被压在墙上，肾脏挨打，被带到（这种时候他通常会被带到）伯克利港口，拿东西丢来丢去；如果没有塔夫，该如何是好？没有塔夫就像没有生活。每当我们想在水边丢东西，但又无法大老远开车到海边时，我们就到港口。这港口是用垃圾填埋而成的一块突出地形，状如手指，由大学大道笔直延伸至旧金山湾。经过停泊的船只，餐厅和俱乐部之后有一座公园，和马路平行，一座地形高低起伏的大公园，放眼望去不见半株树木，遍地绿草如茵。这里像是放风筝者的避难所，尤其是最远的那处，最深入旧金山湾的那一点。那里总是挤满了放风筝的人，一些儿童和他们的父母，但这些放风筝的人多半是半专业的那种，带着他们的箱型风筝、双把手遥控熊猫牌 F-16 风筝、有细部和窗户和驾驶舱的风筝，以及结构复杂、尾巴长三十英尺的悬臂风筝，这些风筝来回击扑，在空中快速描出一条对角线后碰触草地，接着再飞快升空，风筝主人面色凝重，势在必得，像是掌舵的机长。

他们把露营车和厢式货车停在那儿，在几乎连着旧金山湾的死巷里，在折叠椅上，坐着，聊着哪些牌子的风筝线最好，或放风筝的人都有哪些癖好，或他们要怎样才更能在我们想丢东西的时候妨碍我们，彻底地妨碍我们，仿佛想惹毛我们。每次我们往港口开，都祈祷他们不会在那里，但这次，就像大多时候，他们就在那里。我们停好车，把鞋留在车里，东西拿出来，塔夫带着他的——

"嘿，你不能戴那顶帽子。"

"什么意思？"他说。

"我们戴的是同一顶帽子。你要把你的脱掉。"

"不要,要脱你脱。"

"不,你脱。脱帽的话,我的头发会很难看。"

"不会的。"

"会的,你的头发还是直的。你知道我戴过帽子以后的头发看起来的样子。"

"很难看。"

"什么?"

"没什么。"

"快点啦,拜托?"

"不要。"

"塔夫!"

"好啦。"

"谢了。"

"怪人。"

我们准备好就走,带了各式各样能让我们丢来丢去的东西。先是足球,但丢足球之乐向来持续不久,因为塔夫的手还太小,抓不住球。接下来是棒球,这我们真的需要好好练习,因为他现在的球队比之前的好,他现在和年纪较大的孩子同一队,他们又高又壮,所以他的屁股开始挨揍了,被虐待了,顿时被冷落了,被困在外野,有时在右外野。在努力了这些年之后,这对我们哥俩来说都是奇耻大辱。所以我们丢高飞球,很用力地丢,但也不能太用力,免得扔到那些风筝,让它们在我们头顶上下晃动、左右摇晃,风筝线在我们中间乱挥乱砍时,从天上给打下来。

他漏接了。他之所以漏接是因为他在试验,要把戏。

"嘿,别玩那种接篮球的动作,小白脸。"

"别玩那种接篮球的动作,小白脸。"

"咬我啊。"

"咬我啊。"

今天我们在玩"模仿我"。

我们把手套扔掉,改丢飞盘,等着满心敬畏的群众围观。这里的空间不像沙滩那么大,也不像丘陵上的公园那么宽敞,而场地愈小愈需要技巧,不能使出我们平常丢飞盘的那种蛮力,也不可能抛出我们最著名、最受人赞赏的那种又高又远、如史诗般的弧线。但我们设法做到,让飞盘横切过斜斜的风筝线,绕过路人身旁,接住,当然是用各种令人惊艳的方式接:在两脚之间(但不像有些玩飞盘的肉脚那样),从背后(跳起来,转半圈,从左到右),或点二三四下,驯服它,让它转速减慢成微弱的旋转,用一只手指就能降服它。我们真是太棒了。大家都这么认为。

我们前方有对夫妇,男的是黑人,女的是白人,正带着女儿散步,女儿四岁左右,皮肤的颜色是胡桃色。这女孩的皮肤色调比她父母的好看许多,也很引人注目,她可是她父母两种色素混合的初步产品哪。褐色加白色变成浅褐色,皮肤颜色混合就像颜料。

"丢啊,废物。"

"接招。"

塔夫丢歪了,飞盘朝那家人飞去,差点砍了那小女孩的脑袋。飞盘被那父亲捡了起来,他想扔给我,却像扔马蹄铁一样吃力。可怜的家伙。

这公园是人种创新混合的避风港。大体而言甚至还超越伯克利,这里是某种实验室,这绿草地也许是测试人种混合的实验室,世界上混合种族/民族双人档的首都。在这儿所有成双成对的人当中,不管是结了婚或正约会或第一次约会或只是在一起慢跑,大概有半数都是以某种方式混合,其中大多是黑白配,但也常见亚洲白人配(甚至还有不知为什么较不常见的亚洲男人/白人女人配),拉丁男人和白人搭档,亚洲人/拉丁男人,黑人/亚洲人,还有一些女同性恋。宛若广告片制作人帮银行选的这些演员阵容——这种一个,那种两个,不传统——"给我二十世纪九十年代。给我未来!"

顺带一提,塔夫和我依惯例总喜欢开玩笑,正处在"拿这可疑的种族的重要性开玩笑"的时期。我们不知是谁先开始的——当然不是我们当中较年长、较有责任感的那位——但内容是这样的:

我说:你的帽子有尿味。

他说:你这样说只因为我是黑人。

两人放声大笑。

这种架构适用于任何情况,真的,举例来说,性向方面:"你又找我麻烦,只因为我是同性恋吗?"宗教方面:"是因为我信犹太教才会这样吗?是这样的吗?"喔,我们觉得好玩极了,或起码我觉得好玩,因为他几乎不知道自己在说什么。当然我必须在此严正声明,这种闹剧只存在于我俩之间,只能关起门来开这种玩笑,考虑到这种诉求许多或大部分可能会落到他五年级的同学、他们的家长,或(比如说)理查森老师手上。

在展现傲人的丢飞盘技巧约半小时后,我们在风筝区中央休息,在草地上看着风筝尾巴在我们身边跳跃摆荡。金门大桥就在前方,看起来很小、很亮,用塑料和钢琴弦做成的。旧金山这座城市,这座伟大的城市啊,左边凌乱不堪,白色灰色相间,但湾区却平坦、水蓝,隐约荡漾着涟漪,水面上船帆点点,汽艇滑过,溅起彗星般的浪花。

然后我兴起一个念头:游到恶魔岛去。这会是件大事,不是从恶魔岛游回来,而是游向恶魔岛。看起来没那么远。也许有半英里?在水面上总是很难目测距离。但如果风平浪静,我做得到。蛙泳。我是说,这有何难?只要你不慌张,也不要太快累倒,就不过是件慢慢游的事。

塔夫也要加入。这会是件大事,我们游到恶魔岛,一起游。这会是创举,两个家伙有点悠哉游哉地一起游到恶魔岛。我们两人私底下秘密计划，找一天把泳装带来，从石头上一跃而下，出发。那会很惊人，这种事若扯上塔夫，总会使人印象更深刻。

"哎哟。天啊。"

塔夫休息得无聊了，便开始捡草皮上草坪通气机造成的干掉的圆锥体泥块，从大约三英尺远处，朝我丢来。他小心地扔向我下腹部，看着泥块弹起来，每丢一次就咯咯发笑。

在丢了也许二十颗圆锥体泥块之后，我仍对他不理不睬，于是他开始丢小松果。但他只有五颗松果，所以每丢完这五颗，他就得在我身边走来走去，跪着，鬼鬼祟祟地，还在咯咯笑，把松果捡回去，然后又跪着回到原来的地点，再次开始丢松果。

我又忍受了三回，然后决定给他他想要的惩罚。第四次他走过来，我绊倒了他，然后坐在他身上。接着他哭了起来。等我让他起来后，他又破涕为笑——"烂人！"——他装哭，我早该知道的，因为他不哭，他从不哭——但我放他起来，我给了他空间和机会去——哎哟，使招数。我很怕他的招数，他后退，找到起跑点（仍跪着），朝我走来，施展那个招数：拍打手肘，对我发动攻击。这是他的三大招数之一，如下所述：

（一）飞行物招数：使出这招时（这是他最常使用的一招），他会拿个物体，如球、毛巾或枕头，朝我丢来，动作呈现优雅的弧形。然后，当我被这呈弧线飞来的物体分散注意力时，他跑向我，尾随在那物体之后，肩膀先到。你可以假设，这物体先用来扰乱敌心，接着再发出致命的一击。

（二）拍打手肘招数：这招也是他目前正在使用的，比飞行物体招数更新，但比飞行物体招数更没道理。他用这招攻击我，先是右手肘，笔直地朝我打过来，所采取的姿势是挥刀攻击时的那种，或跑步向对方显示他犯了愚蠢错误的那种。然后,他朝我走来,先用右手肘,同时也用左手打自己的右手肘。他为什么要打自己的手肘,原因不明,除非是为了分散注意力,如飞行物体花招。当然,有些时候飞行物体招数能突袭成功,但拍打手肘招数却是每出必败,因为这招只会把人的注意力带到他所选择的武器上,也就是他的手肘。

(三)拍打脚踝招数:这招类似拍打手肘招数,我想这很明显,只不过在使用这招时,他并非以拍打手肘的方式攻击我,而是单脚跳,用一手抓住另一只脚,另一手拍打这只脚的脚踝。此招数毋需多作评论。

所以目前他正朝我过来,双膝着地,手肘先到,他用左手掌拍打这只手肘,看起来像个愤怒的、有被虐倾向的双腿截肢者。我现在提不起劲,来不及闪避,所以干脆就让他爬到我背上。不久我们就在草地上打滚,几秒钟内,我压住他的肚子,把他两只脚垂直交叉,脚踝在他的膝盖后,然后像胡桃钳那样,把他的小腿推向脚踝,让他痛,痛得要死。

"现在——"他勉强吐出这几个字,他的肺可能已经在我的体重施压下爆裂了,"你……处罚……够了——"

"我什么够了?"我现在差不多是在他身上弹跳。

"处——"

"一个字一个字说清楚。"

大家都在看。

我跳开来,就像有人注意到我们当众扭打时我通常会做的动作,因为现在他年纪愈来愈大,身材愈来愈壮,也因为我长着有创意的脸毛,所以我们不想让人想到——如果是我看着一位成年人坐在一个小男孩身上,在公园正中央,发出咕哝的声音——我可能会想到的事。

天色变暗,风筝人潮离开了,慢跑的人来了,我们便离开了。

回家后,我听到梅雷迪思的留言。

"听到后就打电话给我。"她说。

我打了。

"是约翰。"她说。她刚挂上约翰的电话,她说他讲话含混不清,还说要吃身旁的那些药丸,在他沙发旁的那张桌上,在他位于奥克兰的公寓里。

"天哪。"我说着,关上卧室房门。

"是啊。"

"他干吗打给你?"

"他说你不在家。"

"你认为他是认真的吗?"

"是的,也许吧,你该过去瞧瞧。"

"我要打给他吗?"

"不要,去就是了。"

我叫塔夫待在家里。

"把门锁上。"

我在车里。

我是英雄。

约翰才不会真的这么做。

他只是希望别人注意他。

喔,可是他可能真会那么做。

这交通真要人命。现在是五点。该死的,交通会烂得一塌糊涂,该死的。走高速公路?不行,不行,更糟。我开到圣巴布罗大道,往南行驶,一路往前开,但——为什么现在一定要是五点呢?有收音机,一定要打开,因为在车阵中飙车穿梭时一定要开收音机。收音机打开了。这是使命,有事发生了。窗户要打开。既然窗户打开了,收音机也要开大声一点。有事发生了。

他才不会做。如果他真想这么做,他干吗告诉梅雷迪思药丸的事?哈!

约翰刚换治疗师,正在服用左洛复①,最近举止愈来愈反复无常。梅雷迪思和我轮流处理。

"我整个早上都在吐。"他会这么说。

他老是在吐,老是干呕,吐出胆汁、血,一小块一小块的肝。没人知道原因。他来电,听起来怪怪的,说话缓慢、吃力。

"你在哪里?"

"在家里。"

"还有谁在?"

"没人了。"

"那你为什么听起来像喝醉酒了?"

"吃药的关系。"

沿着圣巴布罗大道开。这里和那里几乎都很好,只要过了大学大道,那里每间精品店——

你的车也动一下啊,蠢猪!是的,就是你,开走!

沿着圣巴布罗大道开往奥克兰,那里的建筑东倒西歪,大门紧闭,空无一人,看起来像道具建筑物,二次元的——一路开着收音机,佩特·班纳塔②,喔,佩特·班纳塔。

开你的卡车,愚蠢的混账,开!走,走!走,开金龟车的猪脑袋!该死的混蛋!

时间花太久了,太久了。他现在可能已经死了,可能死了。他没死。他是在假装。他要我注意,他想博取同情。这没骨气的。

---

① 左洛复,抗抑郁处方药,对六种情绪焦虑症有疗效,是所有抗抑郁剂中治疗范围最广的。
② 佩特·班纳塔(1953—),20世纪80年代美国摇滚乐女歌手,曾获格莱美最佳女演唱艺人奖。

也许他会这么做。也许就是这次。不敢相信这次又是我！我会有个去世的朋友。我要有个去世的朋友吗？也许我就是要一个去世的朋友。可能会有许多好处……不，我不要一个去世的朋友。也许我要的是一个去世的朋友，而不是一个快去世的朋友。

抵达他住的那栋大楼时，我正愁该怎么进去。可以按电铃吗？不能按电铃。他不会开门让我进去的，没办法——我没想过要怎么进去——该死的，我得爬太平梯，也许还得打破窗户，也许——可恶，我可以按别家的电铃，任何一家——但他们会问是谁啊，我该怎么说？我不会告诉他们发生了什么事——我为什么不告诉他们发生了什么事？告诉他们有个蠢蛋吞药自杀！我又不用帮他保密。该死的，该死的，但后来……啊！这里！有个女的走出来了！刚刚好！太棒了！我就这么走进去，刚好赶在第二扇门关上之前，这女的长得不错，虽然有点小鼻子小眼睛的，身上的味道像——那是什么味道？喔！杰西卡，六年级同学！喔，杰西卡，我欠你一通电话，我一定要记得——这小五官女人长得蛮可爱的，其实，或许老了点，但——

该死的。我跑上四楼，一步三个台阶，迅捷如印度人，而且该死的他连门也没关，我冲进去用力把门摔在墙上以加强效果，我以为有戏可看，也许会看到血迹，看到他口吐白沫或是他冰冷发紫的尸体，也许还没穿衣服呢。干吗没穿衣服？要穿着衣服。但他就在那里，坐在榻榻米上沙发一样的东西上，喝着酒。

这该死的家伙。

"你在搞什么鬼？"

他只是笑。我在这里干吗？我恨这家伙。

或许他已经做了。

"你已经吃药了吗？"开大老远的车，跑了这么多层楼，我变得很亢奋，"你已经吃药了吗？去你的，如果你吃了，你这该死的蠢猪——"

桌上有药丸,散开的,散落在蜡染桌布上。我指着像药丸小型展的那堆,全散开来,像碗里的水果糖。

"这些是什么?"我用手指着问道,"这些到底是什么?"

他耸耸肩。

我扫视公寓。我像警察,一条警犬、一个机器人。我搜索着细节——线索!我将救他一命。我是他唯一的机会。

我走进浴室,打开医药柜,把所有东西都倒出来,动作粗鲁,其实没必要这样乱扔东西的。我甚至还敲打了浴室的花洒。蛮好玩的。我取出两罐装了看似处方药的瓶子。证据!我重踏步走出来,低头看着他。

"这些是什么?"

他撇开嘴笑。该死的笑容。

"这些到底是什么啊?这些就是那些吗?"我指指桌子,又指指药瓶子。我读瓶上的标签。左洛复、劳拉西泮①和其他药。我知道左洛复是什么,但没听过劳拉西泮,有可能是痔疮药。

"好吧,好吧,听着,你现在就告诉我,你到底吞了什么,呆瓜,不然我要叫警察了。"

呆瓜?我怎么会突然冒出呆瓜这两个字?我已经好几年没讲呆瓜了。该用更有气魄的字。

"我什么也没吃。"他说,咯咯笑着,被我逗得挺乐的,"别生气,别担心。"他说,故意装出醉醺醺的样子。浑球。"真好,真快乐。"他真的是这样讲的。我想踢他那颗脑袋瓜。

"剩下的在哪里?"我指着那堆药丸。

他做了个俏皮的耸肩动作,双手手掌朝上。

"去你的,我要叫警察来。他们会找出来的。"我找电话,"电话在哪里?"

---

① 用于镇静、抗焦虑、催眠、镇吐等。

电话在墙上。他总是很整齐,即使是储物柜里那些空酒瓶都个个排列整齐。我开始拨号。

"不要,不要打。"他说着说着,情绪突然激昂起来,拉长第二个不要的语音,"我什么也没吃,放——轻松。"

"放——轻松?"

"是啊,放——轻——松。"

"你讲话干吗像浑球?"

他比了个喝酒的手势,手往回抛,那种手上没酒时比的手势。但因为他手上有酒,所以酒洒了出来,整杯酒倒在他衬衫上。

"白痴。"

我看着酒瓶,几乎空了。他下午独自一人喝墨尔乐①。我不知道这个人是谁。他两条小腿前侧瘀青,头发像刚睡醒。哪种人会在下午自个儿喝闷酒?还有那泳装日历!这电话我是非打不可的。

"啊,去你的,我非打不可。我的手才不要沾你的血。"(又说了一遍。)我拨了911,感觉到一阵兴奋。这可是我第一次打这个电话。铃响几声之后,砰!接线员接起电话。我控制住了局面!我有新闻!我有状况!我告诉接线员这浑球的事——说时还朝约翰竖中指——他可能已经吞药了,也可能没有。他可能吞了什么东西,我补充道,确保她会派人过来。我挂上电话,然后将电话朝他摔过去。

"他们快来了,呆子。"

我四处踱步,寻找更多线索。厨房。我砰的一声打开橱柜门,结果一小把银器掉进水槽里,坠毁,如一百个铜钹铿锵作响。

"喂!搞什么?"他说。

"搞什么?"我从厨房吼道,"搞什么?搞你啊,搞什么。"

我又走回浴室,查看水槽底下。什么也没有。我甩上医药柜

---

① 一种葡萄酒,原产地为法国波尔多。

的门,尽量发出噪声。我有这个权利。我要把这地方拆掉。我现在想找出任何东西:枪、毒品、金条。现在是在小说里,是在该死的小说里。

我在他面前坐下,坐在地板上,在他的酒杯和铬合金咖啡桌的另一头。有张他父母的照片,拍得很差,影像拍太大了。

"他们要洗你的胃,笨蛋。"

他又做了那俏皮耸肩咧嘴笑的动作。我要把他的头像葡萄一样挤爆。

"你有什么问题?刚和谁分手了吗?"我说着,刻意不提乔治娅的名字,想要他明白我的用意,"是因为你和谁分手了,是吧?别告诉我这是因为你没和谁约会。"

"随你说。"

"天哪。"

"去你的,你又不知道像什么。"

"什么像什么?"突然间我感觉这也许是我们最后一次交谈。他可能快死了,那些药丸已经淹没他了,拉他走了。我应该对他好。我们应该聊些高兴的事。在伊利诺伊州中部开车旅行,那几英里的路又长又直,你可以开到八十、九十码,摇下车窗,玉米收割了,只剩下荒芜灰色的田野,在那里,你感觉到自己仿佛正穿越时间,仿佛你是颗又大又吵的飞弹,正把地球剖成两半,所到之处留下满怀感激的残骸,但同时也知道——从前知道,一直都知道,其实,至少从其他人的角度看——不是那样的。在对面来车的眼中,我们是快速嘈杂的噪声,一阵闪光。从上头看——即使是洒农药的小飞机也可提供这种角度——我们根本就不是那样,不吵,无力,丝毫不令人感动,未留下任何痕迹,未制造任何噪声,我们只是某种黑色的小东西,在一条笔直的道路上一路往前开,所发出的只是微细的嗡嗡声,匍匐爬过这个平坦、可怕的格盘。

"那你说像什么?我也有过,你知道,男女之间的问题。"我想引导他继续说。

"不是那个,是这个。"他指着他的头。

"什么?"

他垂下头,那颗头有如一千磅重。他每过一秒就醉得更沉。

外面有只狗在叫。那只狗发狂了。

"他们死了。"约翰说。

"谁?"

他用手扫过头发。喔,看戏了。

"真蠢。"

"所以我不能——"

"没错,你不能。"

"你可能会在危地马拉山上被强奸,你可能——"

"我可能什么?"

"听好,这一切——我是说,一个人喝闷酒?酒、药丸,这一切?你真他妈老套。"

有人敲了敲敞开的门。

"在这里。"

警察好雄伟。房间因他们而变小,房里充满黑色。有两位警察,他们想知道出了什么事。可是派他们来的人不知道吗?

等我说到他不知何时吞了什么时,我大拇指比向约翰,然后:那浑球对警察做了那俏皮的耸肩动作!

但他开始露出紧张的神色。也许他真的吞了什么。我几乎同情起他来。接着我看见他死了。在急诊室里,医生用那些电子仪器急救,那个医生使用时会喊"离手!"(砰)的东西,他的身体很厚,像条鱼。然后我看着他。他的发型这样最好看,长的。理平头不好看。他现在还蛮俊俏的,古铜色的皮肤——

然后又死了,就像立体镭射摄影卡,这面看到一张图片,翻面又看到另一张。

他告诉他们没什么好担心的,他不过是喝了点酒。

"你们两个没别的正事好做了吗?"约翰问。

但现在我想要有事发生。我要解脱。在这么大费周章之后,现在非有事发生不可。

约翰伸手拿酒瓶,看来他想再倒一杯酒,就在这里,就是现在,再倒一杯好酒。其中一位警察停下手边的动作看着他,他把笔含在嘴里,表情困惑不已,眼睛几乎快呈斗鸡眼了。约翰停下来,把酒瓶放回去,再把两只手放腿上。

另一位警察在便条纸上写着什么。便条纸好小,他的笔也好小。看起来太小了,便条纸和笔。就我个人而言,我还宁愿要大一点的便条纸。但话说回来,便条纸变大之后要放在哪里?到时就需要有个套子,看起来可能很酷,但这样便条纸就更难抽取了,尤其是如果又有那种闪光配件……我想你需要的是小小的便条纸,这样才配得上你的万用腰带——喔,如果他们叫它万用腰带,该有多棒。也许我可以问。当然不是现在,但以后会有机会问的。

约翰就坐在那里,双手交握,放在他皮包骨头的膝盖中央,像在等情人节礼物似的。警察的对讲机发出杂音,是讲话声,说医护人员已经上路了。他们说无论如何约翰都得上一趟医院,确定他平安无事,这一切在他们看来似乎是家常便饭。这两位警察很从容,他们见过这种事。我也很从容,几乎想请他们吃东西。我瞄了一眼约翰的厨房,有一盘葡萄。我可以请你们两位吃葡萄吗?

倏忽间,约翰一把抓起桌上的药,一口气全吞了进去。

"刚才发生了什么?"有个警察问道。

大概有二十五粒。不可思议。

"他刚把药丸吃了。"

"什么药丸?"

"桌上的那些。"什么?你们这些人瞎了吗?

"那究竟是什么?"我问约翰。我想打开他的嘴把药丸给挖出来,就像逮着老鼠的猫、拿到玩具的婴儿。

"我没见过这么愚蠢的事。现在他们肯定要帮你洗胃了!"

他现在眼睛闭上了。

"你这蠢猪!蠢猪!"

救护车来了,又来了一辆巡逻车。我们离开公寓,约翰躺在担架上,天色已暗,附近突然都是红色、白色,灯光扫射过周遭的建筑物,像闪光贴纸。

我开车尾随在后,不知他们会去哪家医院。他们是怎么决定的?他们并不是前往最近的医院。救护车行经之路我从未开过,而且速度比救护车应有的速度慢。这要么表示他们不太关心他的状况,要么表示他已经死了。

我遇到了红灯,停车,就在一群黑人小鬼头旁边。也许他们会开枪打我。我置身于任何事都有可能发生的区域。怎样我都不会讶异。地震、蝗虫、毒雨,我不屑一顾。上帝、独角兽、带着火炬和令牌的蝙蝠人出现,都有可能。如果这些小鬼刚好是坏孩子,还有枪,想开枪杀个人当入会仪式或其他任何理由,他们要射杀的就是我这种人,就是我,玻璃应声破裂,子弹破窗而入,我也不会讶异。脑袋里有颗子弹,我会开车撞树,在我等人把我从撞毁的车里拉出来时,虽然只剩一口气,但我既不慌张也不喊叫。我只会想:奇怪,正好跟我想的一样。

快到阿什比大道时,我正试着想那个谜语,内容是有个小孩生病了,医生不能帮他动手术,因为这小孩和这医生是亲属或者他是医生的儿子,这怎么可能呢?我想不起来这该死的谜语。

我在一个红绿灯那里跟丢了救护车。

等我到医院时,那位医生,一位疲惫、绑着马尾辫、三十五岁左右的女人,走过来向我简要说明情况,但并不表示同情。"你就是很会演戏的家伙的朋友咯?"

* * *

我从候诊室打电话给贝丝。我得让她过去看塔夫。我要待到约翰胃里空无一物的时候。

"那要多久？"她问。

"不知道，一个小时？两个小时？"

我坐在候诊室里。

喔，那个柯南①让我笑死了。我在候诊室这头望着那端的电视机，候诊室摆满了廉价的椅子，还有两个小孩和他们的妈妈（一个胖女人）吵吵闹闹的。他们吵得不得了，我听不见柯南讲话。柯南正在做现场救援这类的事，同时零零碎碎唱着某首慈善歌曲，他和安迪争辩着，因为柯南唱得兴高采烈的，即使他不能用唱歌救自己一命。这些小孩子鬼喊鬼叫，我几乎听不到电视节目的声音。我挪了挪椅子，想靠近电视机些。看，现在斯廷进来了——喔，这样的安排真好，让斯廷在这时候出现。他和安迪、柯南一起录像。还有那个叫斯普林斯汀的鼓手，长相像邮差、笑容僵硬的那个。我忍俊不禁。这节目真是好笑极了。

我真希望身边有支笔，有几张纸。这整件事的情节很不错，可以写成短篇小说之类的。也许不行。以前就有人自杀过。但我可以稍加修改，添加些旁枝末节的事，我到医院这一路上的所思所想，有关印度的夏天、医生的谜语、看柯南主持的节目。这情节不错，朋友正在洗胃，你却在哈哈大笑。那种事也有人做过，也许连电视上都演过，是《警戒围栏》吧。但我可以更深入。我应该更深入些。我可以说明自己知道，比如说，以前曾有人做过，但我别无选择，只能再做一次，因为事情真的就那样发生了。但后来听起来会好像是这个叙事者生长在媒体泛滥的世界里，无论生活中发生什

---

① 指 NBC 电视台《夜间柯南秀》的主持人柯南。

么事，都逃不过电视、电影、书籍等描述的影响。该死的小孩子！鸡猫子喊叫着，真让人头痛。除了这该死的尖叫声外，其他都很好。所以我要跳过这部分。我会写道，当我经历着与过去所见非常类似的事时，我同时也领悟到经历这些事的价值，虽然这些事非常可怕，因为它们将会成为日后很棒的题材，尤其是如果我现在用向急诊室柜台人员借来的笔，或等回家后作笔记的话。

也许车里有笔。

但去拿笔是很蠢的行为。

所以我并不哀叹这次经验无法下笔就结束，反而将赞扬这次经验，尽情享受这次经历及它与艺术或媒体的十几个相似处，这些相似处并不会使它变得廉价，反而将使它更丰富，哈！层次更多元，程度更深，不会吞噬或麻痹心灵，反而将启发心灵，拓展心灵。所以先是这次经历，有朋友威胁着要自杀，接着举出过去曾有人做过类似的事，然后是察觉到其中的相似点，因为雷同而感到愤怒，再接受、拥抱相似的存在——相似丰富了这次经历，最重要的是领悟到有朋友威胁着要自杀然后洗胃的价值，这不单是生活经验，也是实验性短篇故事或长篇小说段落的素材，更别提有理由觉得自己的经验优于其他同龄的人，尤其是那些未见识过我所见过的每件事的人。这里还可以举出另外的一些经验，如花式跳伞、徒步旅行游遍欧洲、一屋二夫或一屋二妻等。

喔，这些胖小孩。看看这些孩子，这些小猪仔。是基因的关系吗？恶心，竟然有胖小孩。

我意识到了自我的危险，但同时我也将穿越所有相似性的迷雾，穿越混和的隐喻和噪音，试着展示核心，它还在那里，作为核心是有效的，尽管有着浓浓烟雾。核心就是核心——就是核心。永远都有核心，怎样也说不清。

只能以讽刺的方式表达。

我进去看他。

有根管子从他嘴里伸出来，另一根从鼻子里插进去。在他嘴里的那根管子好像太大了，模样有点猥亵。他脸色发白，面部扭曲，好似这管子不只吸干了他的胃，也取走了一切，是种惩罚。他睡着了，打了镇定剂，也许是吗啡，头往后仰，往左向呼吸器的方向。他的手好像被绑在床上。

他的手被绑在床上。绑着的东西又厚又黑，是魔术贴。他一定抵抗过，或揍了谁一拳。

他双脚张开，双手往外伸，左手看起来仍很紧张，紧抓住虚无的东西。他那双竹竿腿，因为喝醉时撞到家具，到处都有瘀青。而且他赤着脚——

现在太冷，不能赤脚——

而且地板也不如想象中干净——

不是应该更干净吗？他们应该弄干净——

我应该打扫——

我之前看过，不知道为什么，这病房，我到过这儿，这是妈妈因流鼻血而住进来的病房，他们先带她到急诊室，帮她插管，输血，把血注入她——

但这间太大了，太大也太白了。这个大房间与其他病房隔开，当初设计的时候肯定是想摆放更多床位的。正因如此，显得很突兀，他的床就摆在正中央，整间病房就他那一张床。

我站在房间的另一头，不知自己想不想碰他或靠近他。反正也没什么区别。他又不会知道。他睡着了。

可以在这种病房挂几张图。有几张图会很好，就像牙医诊所那样，有人在你身上动手动脚时，还有东西可看。

但你快死了，而你最不想见到的就是勒罗伊·奈曼①1983年大

---

① 勒罗伊·奈曼（1927—   ），被誉为当今美国最受欢迎的现代画家。构图用色突破许多现代艺术的藩篱，颜色绚丽，图案充满动感与活力。

师集里的复印图,那太恐怖了。但也不是说有什么是适合快死的人看的。

但如果你真的喜欢高尔夫……

他们应该让墙壁留白。

我肩靠着墙,然后头也倚在墙上,就这么静静地凝望了一会儿,手掌心放在白色泥炭空心砖上。他从小就这么瘦小,看起来总是比别人娇小,也因此看起来年轻好几岁,不过他泳技超群,在游泳池里,在海边,振臂一滑,漂亮无比。我试了一秒钟,让自己有事做,把呼吸调成与他同节奏,看着他胸膛起起伏伏,身体其他部分动也不动,两手握拳,双手被绑着。在他脸色愈来愈苍白时,我看着这愚蠢、该死的傻瓜浑球睡觉。

然后他起来了。他醒了,站着,把嘴里、手臂上的管子都拔了出来,摘了结点和电极,赤着脚。我跳了起来。

"我的天啊,你在干什么?"

"去你的。"

"你这话是什么意思?"

"我是说,去你的,浑球。我要走了。"

"什么?"

"去你的,我才不要当你烂书里的一段该死的故事。"

他正在抽屉里找东西。

"你在找什么?"

"衣服啊,混蛋,我要离开这里。"

"你不能就这样走。你中毒了。"

"喔,拜托,我想做什么都可以。我要回家了。"

"我要告诉护士。你——你应该留在这里过夜。然后我在这里待到凌晨三点左右,等他们说你没事了,睡得很熟,于是我带着一颗沉重的心,终于可以回家,回塔夫身边,回我的义务身边。然后我明天再过来,到精神病房探望你,然后——"

"混蛋，你听好了，我才不管呢。这真是该死的蠢话。我就应该躺在这儿，小腿挂着瘀青，而你却扮演着忠实的朋友，总是陪在我身边，喔，喔，负责到底，在我迷失、一无是处的时候……听好了，去你的。我才不要扯进来。去找别人来象征……糟蹋的青春或什么的。"

"听着，约翰——"

"约翰是谁？"

"你就是约翰。"

"我是约翰？"

"是啊，我改了你的名字。"

"喔，是啊，为什么叫约翰呢？"

"那是爸爸的名字。"

"天哪！所以我是你爸啊。该死的，喂，这太夸张了。你真是个怪胎！"

"我是怪胎？我是怪胎？去你的，我是怪胎。"

"好吧，我才是怪胎，我才是怪胎。随便。但我又没叫你到处说——"

"你到底在说什么？一开始让你落入这步田地的是你自己！你却告诉我，你当着我和两位警察的面，抓了一把药吞进肚子里，还说你不要别人注意？去你的。"

"但那又不表示——"

"就是。"

"不是。"

"听着，你要的关注我给你了，而且给了好几年。好几年来，我听你杂乱无章地说着你每次的起落，听你说那家健身房是怎么不让你加入，你和这个或那个分手，和梅雷迪思或其他人吵架……我是说，这些内容并不有趣，我不得不承认，但我一直都耐着性子听你说，长久以来都是如此。我是说，我知道你让你的治疗师相信，你现在的生活是有史以来最糟的——我真不敢相信你真的告诉她你小时候曾遭到虐待,你这个该死的骗子!——但你知道吗,你目前接二连三的问题,还有这个最近才开始的酗酒行为,都只是因为无聊。注意,是'无聊'。是无聊,你觉得无聊。你很懒惰。我是说,每件事都好无聊——喝酒、吃药、自杀。我是说,甚至没人会相信这屁话,这真是他妈的无聊。"

"那就删掉吧。"

"也没那么无聊啦。"

"你变态。"

"随你怎么说。这是我的,是你给我的。我们在做买卖。你要的关注我给你,我救你出来,陪着你在精神病院待了三天,你还想做那件事,那我就是现身坐在你床边、讲些鼓励的话的人。反正,重点是,因为这一切,我在你身上投资的种种,现在我得到了这个,这也是我的,而你,因为是你自己作孽,让自己成为悲剧演员,你必须履行这份合约,在期限内演出,巡回表演。现在你是隐喻了。"

他沉默不语,手里抓着一套在衣橱里找到的手术服。他把手术服扔到柜台上。

"好吧,把我写进那本该死的书里吧。"

"真的吗?"

"是。"

"你不是因为我才这么做的吧?"

"有关系吗?"

"不太有关系。"

"随便啦。我会回床上去,躺下来,做做其他的事。你得再把我绑起来。"

"好的。"

"那吗啡再多给我一点,如果你不介意的话。"

"当然，当然。听着，我真的很感激你这么做。"
"我知道。把那根管子给我。"
"拿去。"
"谢啦。现在把毯子盖好。"
"好啦。"
"好了。"
"会很棒的。你等着瞧吧。"

约翰得在精神病院待三天。他打电话给我，我回电。电话响了十二三次。有个年纪较大的人接了电话。
"喂？"他小声地说。
"喂，约翰在吗？"
"谁？"
"有个叫约翰的家伙，蛮高的，头发是淡金色的。"
"喔，没有，没有，现在大家都没空。"
"为什么？"
"嗯，大家都在团体活动，至少要一小时。我是不得不从活动中跑出来接电话的。他们要我来接电话。"
我这才明白我是在跟患者说话。
"那你可以帮我留言给他吗？"
沉默很久之后，他说："我不知道可不可以。等一下。"
电话砰的一声掉了下去，我可以听见话筒悬挂在电话线上摆荡的声音。整整过了一分钟，他拿起电话，呼吸凝重。
"好吧，我想我可以冒这个险。"
我请他转告约翰我打过电话。
"好，约翰打来过。"
"不是，是我打给约翰。"
"喔，喔。"他焦躁起来，"你打给约翰。他认识你吗？你是他的亲戚吗?"

"不是。"

"你是他爸爸吗?"

"不是。"

"那你不能打来,如果——"

"好吧,我是他爸。"

"你才不是。你刚说——"

"听着,我会再打来的。别担心。"

"喔,谢谢你!"

我傍晚时过去了一趟。

我被带到门口,在登记处签名。走廊尽头有个普通房间,铺着蓝色地毯,摆着几张沙发和一张硬木衔接成的长桌,看起来有点像是初一年级的教室。约翰在左边第一扇门内,房里有些阴暗,他侧躺在床上,两手放在腿中央,脚上盖了一条毯子。

我坐在对面的床上。

"怎么样?"

"你闻到了吗?"他问。

"闻到什么?"

"你闻不到吗?"

"闻不到,是什么?"

"昨晚另一个家伙找不到厕所。"

"哪一个家伙?"

"我的室友,在外面的那个老黑人。"

"喔。"

"昨晚一整夜,他不停地呻吟,敲窗户,哭着说:'我要死了,拜托来个人帮帮我,我要死了。'真是难以置信。"

"他是要死了吗?"

"没有,他不是要死了,他是想大便!"

"我以为你说他在窗前。"

"是啊,他找不到厕所,所以就在那里解决了,就在窗前。"

"喔。"

"接着他一声也不吭,一直到早上,到处都是屎,沿着他的腿流下来,流到他鞋子上,他整晚走来走去的——"

"好了,好了。"

"房里有大便脚印,在门口。"

"好吧,所以……"

"他们暂时把我移到另一个房间,然后把地板清干净,再把我移回来。"

"我什么也没闻到。"

"是啊,他们喷了香水什么的。"

"真还蛮香的。"

"他们把我绑在床上。"

"什么时候?"

"我进来的第二天几乎都绑着。"

"哦。"他希望我愤怒或震动。我不确定是哪一种。"那是正常的吗?"

"他妈的快把我搞疯了。看我的手。"

他让我看他的手腕:擦破皮了,有些瘀青。

"还有这些。"

他要我看他的脚踝:泛红,有斑点。

"我是说,你被绑过吗?"

"我想想看。"我想到一些我所能说的激烈话,"没有,我从没被绑过。"然后说,"但我也从没假装过要自杀。"

"你刚说了什么?"

"没什么。"

"去你的。"

"不,去你的。"

"你以为那是演戏吗?你和那该死的护士。她真是个臭婊子。她叫我'马丁·辛'①。"

"你长得又不像马丁·辛。"

"她是说演戏像。好像我是在演《现代启示录》②。"

"喔,我没看过。"

"你没看过?"

"没完整看过,至少没看过她讲的部分。"

我看了他一秒。

"你长得比较像埃米利奥③。"

他用手肘撑起身体看着我。

"不好笑。"

"我知道。"

"他们绑住我,因为他们以为我可能会再犯。"

"为什么他们会这么想?"

"因为我说我会。"

"可是你不会。"

"为什么不会?"

大便男走了进来,皮肤发紫、暗沉。他挥挥手,在他床上坐了一分钟,用手掌抚平床单,然后站起来,拖曳着脚步走了出去。

约翰挨近我,低声地说:"看到他走路的样子了吗?他们全都那样走。吃了'冬眠灵'④就会拖着脚步走。"

"是啊。"

---

① 马丁·辛(1940—),美国著名演员,下文提到的电影《现代启示录》中的主演。
② 一部以越战为背景的影片。
③ 埃米利奥(1962—),美国著名演员,马丁·辛之长子,亦为演员的查理·辛之兄,全名 Emilio Esteves Sheen。
④ 一种强力镇静剂,主要作用为消除幻觉、妄想、思想混乱等病症,促进睡眠,安定焦躁不安的情绪。

"你知不知道我被锁在房里。"

"我猜也是。"

"关在里面,就算我想出去也出不去。"

"是的,嗯……"

"我是说,那很怪,对吧?这些人,我压根儿就不认识,竟然有权力不让我离开?从哲学的层次来看,很怪,对吧?"

我同意那很怪。

"我好累。"他说。

"我也是。"我说,也许说太快了,"我们都累了。"

他把膝盖靠在胸前。

"不,我是真的很累。"他说。

他往他的那一侧翻了个身,背对着我。

他要我鼓励他。

我把手放在他肩上。我真不敢相信他要我讲一些安慰的话。我很气他要我对他讲一些安慰的话,但我还是说了,把我从电视、电影里看到的情节拼凑起来。我告诉他有很多人爱他,如果他自杀了,会有很多人崩溃,同时心里暗想,这是真的吗?我告诉他,他潜力无穷,有好多事要做,但我其实认为,他永远不会让身体和脑子发挥更大的用处。我告诉他,我们都有黑暗的时期,却越讲越生气,气他的装腔作势,气他的自艾自怜,气所有这些。但他什么都有。他自由自在,无父无母,也没人靠他养,有钱却没痛苦,眼前也没有什么危险的威胁。他是第九十九点九个百分点,和我一样。他没有真正的义务,想上哪儿随时都行,睡哪里都可以,随心所欲游走四方,却仍那样做,浪费大家的时间。但这些话我忍住没说——让我留待日后再说——反而对他说些最快乐、最积极的事。虽然我并不怎么相信这些话,但他很相信。我说着这些自己听了都想吐的话,一切这么明显:生存的理由,根本不是坐在精神病房的床沿上,讲几分钟就解释得完的。他却因此而振作,令我更不了解他这个人,为什么一场胡说八道的讲话就能说服他活下来,为什么他坚持要把我俩拉到这步田地,彼此形同陌路,他怎么看不出我俩此时有多愚蠢,究竟是什么时候他的脑袋变得这么空,而我是从什么时候开始失去了他的行踪,我为什么认识并如此在乎这个心软又无主见的人。我又把车停哪儿去了?

第八章

我们拿地上的粪便没辙。《迈特》办公室的地上有粪便。粪便从瓷器马桶开口溢出，流到地砖上，再滑过门缝，现在我们主要的工作区有略带棕色的半岛形污物，如果我们还在付房租，我们会抱怨，得叫人来处理。但我们不能打电话叫任何人来修理任何东西，因为这栋建筑被认定为因地震遭损而需要整修，因此房东四个月前就宣布这里不宜再住人，而没有人知道我们还在这儿，尤其是房东。其他房客全搬走了，可是因为没人正式告知过我们搬迁计划，或发出任何一种官方信函，因为兰迪·史迪克劳德出城去了（我们好一阵子没见到他了），所以我们仍死皮赖脸地待在这里。

我们仍未支付投稿人稿酬，也没给兼职同仁薪资，我们自己就更不用说了。即使我们能利用这本杂志，回答有些压抑已久的问题——你能喝自己的尿吗？哪种蝴蝶吃了不会死人？——所得的收入也无法证明我们工作的合理性，这叫人有些沮丧。我们被击垮了。我们很无力。玛妮鼻涕流个不停，至今已两年；穆迪这辈子似乎都甩不掉单核白血球增多症，桌上总放着一大罐维他命C，令人看了浑身不自在。我们之所以还能存活，是因为不断有志愿者和实习生涌入，一次六位。我们聘用了一个叫朗斯的人，也让他加入《迈特》的行列，他显然是爱达荷州最大的几个马铃薯农场的继承人，因为他把衬衫扎进裤子里，而且也很愿意处理本杂志的商务事宜，从广告到永远都在盘算中的营运计划，一个月内，他就成为我们的副总裁兼代理出版商。不久后又来了一个叫泽夫的家伙，他刚从雪城大学毕业，从纽约搬来旧金山为我们工作，而且是免费的。

就像多数年轻的帮手一样，泽夫精力旺盛，我们不知该如何是好。我们差遣他跑腿，吩咐他将文件归档。我们没东西供他归档了,直到保罗跟我们打赌,说他能叫泽夫把一大箱唱片公司的宣传照片归档,好几百张,其中没一张我们用得着,更不用说按照字母顺序排列了。

这件事花了他将近一个星期,但他还是做到了,逗得我们挺乐的,也暂时让我们不去注意到,在许多方面,我们开始彼此憎恨。我们停滞不前的挫折感满溢了出来,影响了彼此的交谈方式——"不,我打赌那很快就会结束了,老兄"——我们的自我厌恶转变成看彼此不顺眼。

恰巧在这时候,完全没注意到周遭状况的泽夫依然积极乐观,提出下期的封面报道:未来。

刊头词:

> 未来:来了吗?
> 猜想未来将发生各种形形色色的事情是很有趣的。谁会做什么?会发生什么事?这些百思不解的难题。但可试着思索较小的事情,比如说未来的食物:将来要吃什么?食物的味道会一样还是会不一样?食物还需要咀嚼吗?那衣服呢?衣服会更紧身还是更宽松?

我们询问各个领域的专家,问他们对1995年及之后将发生什么事有何看法:

> 窗户清洗的未来
> 叙述者:理查德·法布理,出版商,美国窗户清洁公司职员
> "将来会有越来越多的人注意到清洗窗户的专业工具……毕竟,这些工具很美丽,许多是由黄铜制成,并有着3D立体雕塑般的外观,简直就可摆在博物馆里炫耀一番。"

饮料的未来

叙述者：苏珊·舍伍德，编辑，亚利桑纳州饮料分析师

"整体而言，1995年大家饮料会喝得比较少，但喝得比较好。"

泽夫写信给威廉·福尔曼①，请他预测1995年将发生的事。福尔曼回信了，用蜡笔在那张信纸的背面表示他很乐意投稿，但想获得报酬。我们从未支付过任何费用，而且现在手边的钱也达到了历史最低，因此我们询问是否可以用与金钱无关的事作为报酬。他说可以，以下就是他要的：（一）一盒零点四五口径的金沙柏牌子弹；（二）在一间温暖、光线明亮的房间里，两位裸体女郎做他水彩画的模特儿，与他共度两个小时。

泽夫前往位于第二街的手枪店。我们有位兼职助理，名叫米歇尔的酒保，说她愿意担任模特儿，还会带个朋友来。福尔曼从萨克拉门托偕同一位友人驱车前来，该位友人坐在穆迪家厨房里，穆迪负责陪他，同时间福尔曼在穆迪客厅里，帮米歇尔和她朋友作画。

我们等画图活动结束后才交出子弹。

这期的主题是《二十位二十多岁的人》，用来调侃我们自己和《纽约时报杂志》前阵子赞扬《三十位不到三十岁的人》的一篇报道，那是一份名单，名单上的人我们一位也没听说过，可能我们再也听不到他们的名字了。最重要的是，名单内没有我们，这让我们忧心忡忡。我们的序文是：

放轻松：《迈特》向您推荐二十位改革、影响、赚钱方面

---

① 威廉·福尔曼（1959— ），美国年轻一代小说家，生活另类，至今已出版十余本小说，最新作品为《贵族家庭》。

的杰出青年，他们甚至连"放轻松"都不会写。二十位最热门、最嬉皮、最摇滚的二十多岁的小伙子，习惯匆忙套上一条二手牛仔裤和马丁大夫鞋的人。二十位继承遗产的人。二十位知道"年轻、享乐、喝百事可乐"不只是呼口号的人。二十位想买可乐赠给全世界而且已经在柜台前排队的人。你的二十位，我的二十位，我们的二十位……《迈特》的二十位。

我们跨页报道的那些人，个个有名、有钱、迷人，穿着体面，而且通常都是那些已经有名、有钱、迷人、穿着体面的人的子女。穆迪的室友布伦特打扮成搭乘喷气机四处游玩的桑德斯上尉——桑德斯上校①之子。我们新来的实习生南希装扮成朱丽叶·托克——门基乐队成员彼得②之女，一位充满希望的摇滚明星。当然还会有一位肯尼迪（我们叫他塔德，他还排演过），一位没名没姓的模特儿，一位黑人电影制作人（他说："我要为黑人同胞创造出童话故事"），一位哈西德派③大吼大叫的主办人（名叫徐洛摩·"肉桂"·梅尔），还有一位自上东区来的饶舌歌手（热门单曲：《并排停车的臭婊子》）。好端端地，我们又朝可怜的温迪·柯普开火了。

　　辛迪·康恩，二十五岁，《为美国上街头》创办人
　　《为美国上街头》是康恩在哈佛写毕业论文时萌生的想法，目前为资金数十亿美元的非营利公司。这项计划将刚毕业的大学生分派至美国最危险的城市街头，目的是以全新的面孔、开放的思想、优良的血统重振美国警力。"所有正规警察看起来都又笨又丑，"康恩说，"现在是改善执法者格调的时候了。你

---

① 桑德斯上校（1890—1980），一译"山德士上校"，"肯德基炸鸡"创始人。
② 门基乐队为1965年组成的四人乐队，彼得·托克是团员之一。
③ 英文为Hasidism，希伯来语"虔诚的人"之意。该教派起源于正统犹太教内的复兴运动，于18世纪中叶由犹太教神秘家所创。另指18世纪犹太教传统音乐。

可以打赌心狠手辣的罪犯会坐直身子,注意到将他们上手铐的人是否穿着体面,而且,打个比方,是否有耶鲁的硕士学位。"

当然我们也批评了《不带头就走开》:

> 法兰克·莫里斯,二十九岁,富兰克·斯摩利诺夫,二十九岁,《不组织就移民去!》创办人
>
> 这两位是政治中立但具有政治影响力的《不组织就移民去!》的幕后智囊团成员。该组织宣称成员约有"一亿三千万",于短短两年间已出版三本小册子并发行一个徽章。但他们并未因胜利而安逸。"我们不会花一个半小时的时间坐下来用餐,甚至也不读同行的通讯报,除非每位 X 世代的男女皆在重量级杂志上见到我们的照片。"斯摩利诺夫说。那么接下来呢?"我们要的是内阁成员任命,"莫里斯说,"但看样子佩罗不会参与 1996 年竞选。"

泽夫比着表示"谁?我吗?"的手势,装扮成凯文·希尔曼,很奇怪,他的出现似乎能强调本刊重点。

> 凯文·希尔曼,二十六岁,作家
>
> "偷懒?我才不会。"希尔曼笑道。他的确有资格笑。他的书《偷懒?我才不会!》自一月初起即高踞《纽约时报》畅销书排行榜榜首,而且丝毫不见下滑迹象。这本书只不过是将希尔曼与多位友人为时一周的谈话记录下来而已,而谈话内容意外地被保存在录音机里。"我忘了录音机还在录,等放出来听时,它就是那么、那么、那么该死的真实!"下个月,希尔曼将与肯尼迪一同在 MTV 电台一个另类国家周末摇滚上客串 VJ。

莎莉妮恬静地摆姿势,做印第安打扮,假装是电子琵琶演奏家纳迪亚·沙迪克——"古典琵琶、乡村琵琶、琴颈滑音琵琶,样样精通。"两周后,我们接到公共电视台(PBS)教育性节目《卡门·圣地亚哥究竟在哪儿?》的制作人的来电。

他们一定要纳迪亚上节目。

我们答应传话给纳迪亚的经纪人。稍事讨论后,我们决定纳迪亚的经纪人将由保罗担任。我们把电话接到录音机上,再由保罗回电给那位制作人。

保罗:喂,米斯先生,我是纳迪亚的经纪人,保罗·木头王子。(我觉得木头王子这个称呼是保罗临时想到的。)

制作人:嗨!是的,我刚拿到你的电话号码。该怎么联络你?

保罗:打到《迈特》杂志。

制作人:好的,我们在《迈特》杂志看到那篇报道。你了解我们的节目吗?

保罗:了解。

制作人:喔,那好。纳迪亚似乎就是我们要找的人,我们想找人在节目中客串个小角色,或说明音乐情报。当然我们也很希望她会弹鲁特琴。

保罗:(闷不吭声)

制作人:那是我们节目内部的一个笑话。我们每天都会偷些叫"战利品"的东西[1]。

保罗:嗯,没错,战利品。

制作人:所以假如我们能请她来弹鲁特琴,那就太好了。那只是我们的笑料。

保罗:她还是从孟加拉国来的呢。

制作人:喔,是啊,我们很喜欢多元文化。

---

[1] 鲁特琴(lute)与战利品(loot)的发音相同。

保罗和米斯商量日期与收费，最后预定次月让这位虚构的纳迪亚上节目。（我们苦苦哀求，但莎莉妮硬是不肯去。纳迪亚是不会出现了。）

这期的封面是五位二十来岁小伙子的特写镜头，他们全都向杂志的远方望去，遥视更美好的明天，图的上方写着：

未来：就在这里！

就在这期送印前，我们这栋大楼的房东终于发现我们还在，于是让我们在一个星期之内滚出去。

我们把办公室从这栋不宜人居的仓库搬到市中心一栋玻璃办公大楼的五楼。《旧金山纪事报》内部促销部门想要我们住得近些，这样穆迪和我才能提供快如迅雷的服务，于是让我们搬去和他们在一起，外加莎莉妮和《咱们》，卡拉和《波音波音》，给我们八百平方英尺左右的空间，有落地窗，月租一千美元，支付这笔钱对我和穆迪来说易如反掌，因为我们超收了他们的设计费。

但枯燥乏味的工作开始了。窗户开不了，甚至连信手拈来的有关犹太人和摩门教徒永远讲不完的笑话也无法遏止沮丧颓败的潮流。我们的灵感走到了尽头，如今剩下的只是程式化的重复，那些人们期待我们做的事，每天重复去一些昨天已经去过的地方，说着一些说过的话，感觉就好像是另一种动物的活法，完全不是我们计划内的，那种感觉真的很糟糕。

在家的时候总是忙着到图书馆去还过期的书，给塔夫的非洲地图找广告纸板，到小超市去买东西，在那里，我们认识他们，他们也认识我们，他们还知道我们不需要推车，拎着东西就上车，我们喜欢拎东西，六包东西，我拎四包，塔夫拎两包。一天晚上，从小超市购物结束之后，就在书店出来的瞬间，从街的北边，伯克利的左中位置突然来了一道移动的咕咕响的光。摩托车灯光闪烁,警车闪着灯嘟嘟叫着,然后是黑压压的人潮。不可能是丧礼——外面都已经黑了——但是——

他们开过去,就在我们以为他们会消失在视野之外的时候,他们停下来了。

一个男人朝我们走来,从阵队中走过来。

"是克林顿。"他说,"他在潘尼斯之家吃饭。"

我们跑过去。

塔夫和我就在队伍的最前面。这简直太让人兴奋了。(记得吗?是1993年至1994年的时候。)我向塔夫解释这件大事,告诉他在这幢楼里的可是总统,不是其他总统——虽然也没什么差别——但这是总统,我们太喜欢他了。他说话就像一位总统,并不总是那么具有权威感,但是他知道怎么组织语言,一些开头和结尾很复杂的语言,一些从句——你甚至可以听出他的分号用在哪里。他知道怎么回答问题。他知道那些缩略词,知道外国领导人、代表的名字。真的很棒,让我们的国家看起来非常棒,这非常重要,正是我们一直期待的。有太多次塔夫和我躺在床上,他躺在我的腿上,我们一起看克林顿演讲,听他列举第一点、第二点、第三点。天哪,他是怎么做到的?我会说,塔夫,这个人真的聪明,太聪明了。这个人到现在都读书,他博学、迷人,而且那么真实——他是真实的,是的,和以前的几位相比更真实,以前的都太老了,老得遥不可及,让人无法了解——尽管我们期待他是真实的,他已经不能再真实了,而且他也够聪明。现在他在这里,就几英尺远,在那里吃着加利福尼亚当地新鲜却有点冒险的食物。

我们决定等到他出来。我跑到电话亭给柯尔斯顿打电话,她当时在睡觉,但是她说马上过来。塔夫跑到旁边的商店去买东西:无花果酥、根汁汽水和焦糖糖果。

"不要买卡通书。"我说。

"好吧。"他说。

"真的,得快点。小子,这可是总统。"

"好的,好的。"他说。

他走的时候又来了很多人。简直就是一场骚动,一场城市中的喧嚣,如同弗兰克·卡普拉① 导演所描绘的:

"查理,这里是怎么回事?"

"总统在里面。"

"总统?好,那我会……"

塔夫回来的时候那里差不多已有二十个人,都挤在餐厅的门口。街对面车子都停在那里,车门开着。那些特工走着,眼睛四处看着,低声说着话,做着他们特工的工作,希望他们的朋友能看到他们威风的样子。

柯尔斯顿穿着睡衣来了。此时差不多已经过了二十分钟,门前挤了大约五十个人,还有一些人走到街对面,挤在豪华轿车旁边。

我们就在队伍的前面,在门前二十英尺不到的地方。我们吃着点心,塔夫喝着根汁汽水,他坐在地上,用脚夹着沙土。对于他喜欢的事情,他能很认真。

又过了半个小时,这里多了约一百个人。我们后面也有很多人,一直排到其他街区。我们不明白为什么大家都在街对面,那里至少有一百英尺远,他们可以过来我们这边,更靠近我们一些。

"真蠢。"我对塔夫说,指着那些远处的人。我觉得塔夫知道什么是蠢很重要。

时间一点一点过去,我们的腿都酸了。等的时候只能彼此玩玩游戏,但是一玩就会彼此碰到,被秘密特工人员盯着看了一会儿之后,我们停下来了。我们看起来有威胁或者很可怜吗?

现在随时都有可能出来了。

---

① 弗兰克·卡普拉(1897—1991),美国导演,曾三次获得奥斯卡最佳导演奖。

我想到一件事。要多久克林顿才会出现呢?肯定过不了多久了。那到时候他要怎么决定从哪里挤出来呢?他不可能有时间和我们一一握手的,连和几个人握手的时间都不可能有。他必须找一个位置,选择我们当中最值得也是最具代表性的一群人。

我试着让塔夫脱下帽子。他一直戴着那顶有尿味的帽子,到学校戴着,课间戴着,不睡觉的时候都戴着。他是想要盖住鬈发——他的头发已经开始变厚了——帽子可以让头发变直一些,但是帽子会让我们失去机会的。那顶帽子让我们看起来不够尊重。我们看起来像是年轻的无赖或者毒贩。

"把帽子拿下来。"

"不。"

"把帽子拿下来。"

"不。"

天哪,门开了。一群人拥出来了,然后是那个高大的银发男人,天哪,他真的很高大。他的脸色很好。他的脸怎么了?怎么那么粉红?我问塔夫为什么他的脸是粉红色的,塔夫想了一会儿,他也不知道。

大家都拥过来,毋庸置疑,还有尖叫声,大部分都是说我们爱你,因为每个人现在当然爱他,因为他是关键人物,他是我们的大人物。他说着一些让我们相信的话,他的口才那么好,他知道我们爱他,他来这里享受阳光,就在伯克利,在潘尼斯之家,在我们的小镇,在我们的餐厅里,他就在这里,备受喜爱,大家都说着感谢的话,簇拥着他。因为我们在伯克利,总统在这里,塔夫、柯尔斯顿和我在这个世界的中心,今天是个历史时刻。

但是塔夫看不见,因为有一个丑恶的无赖挤到我们前面来了,把塔夫挤走了,太过分了。我想要把这个人挤到一边去,我们等了这么久,付出这么多的时间和精力,却让这样一个无赖抢走我们看克林顿的机会?

这肯定不行，我要把他挤走。但是也许总统会从我们这里经过呢？他会知道我们是天选之人吗？他当然知道。如果有人知道，那就应该是他。

冲着人群挥手了一分钟之后，他朝着……我们这个方向来了。当然！当然！他来了。他来了！天哪，他的脸好大。为什么这么红润？为什么红得这么奇怪？塔夫被挤开了，他的脸被挤在那个无赖的后背，我一把抓过塔夫，把他举了起来，他的帽子掉了。克林顿从我们左边走来，走到我们这里，我们在中间，很多手都朝他伸过去，要和他握手，他也伸出手来，我尽量让塔夫的手能伸出去，让他够得到，正当我把塔夫的小手伸出去时，比尔那厚厚的粉红大手就在那里——时机刚刚好。总统拉着我弟弟的手，我一阵眩晕，因为我们完成了这个时刻，这个时刻开启了新世界。

塔夫拉到了他的手！如果拍张照片就好了。那样，几十年之后，当塔夫竞选总统时，就可以拿出他和克林顿握手的照片，那就好像是神的手创造了亚当，就好像是克林顿握了肯尼迪的手。

那么塔夫应该感谢谁呢？在就职典礼上他要感谢谁呢？他当然知道要感谢谁。他会感谢我。他会在那里，穿着蓝色的西装，又高大又精神，终于不戴他那顶有尿味的帽子，他会说：

"我将永远不会忘记我的哥哥，他一直那么努力，他受了很多苦，他举起我，越过周围的人群，让我开启了自己的命运之旅。"说命运这个词的时候要低声轻语，语气放在第一个音节上。

塔夫比我还擅长这么做。大半时间我的都会落到身后，这本身很可笑，但这效果不是我们想要的。我们正在假装尽全力投棒球，做出挥臂、抬腿等动作，然而，最后一刻，我们并未使出全力投球，反而让球自指尖滑落，突然变成慢动作，球从手里松开，呈圆弧形往高空飞行，球速慢得可怜，是只剩一只翅膀的鹈鹕。然后我们接到球，再以同样的方式扔回去。就这样玩了半小时。

开车路过的人恨透了我们。他们减速，几乎停下车来，对我们在街上玩投球游戏感到气愤。他们的愤慨表示他们过去从未见过有人在街上丢棒球，也许听说过有这回事，但从没想过，在这种日子、这种年纪，竟有父母不但乐见其成，反倒还从旁赞助，亲身参与这样的事。

这些人，这些珍贵的伯克利人。坐在沃尔沃车内的男人看着我们，瞠目结舌，好像我们正在剥婴儿的皮。

其实我们只是在拖延时间。我们有事。

我们走进屋里。

"名单拿了吗？"

"拿了。"

"纸拿了吗？"

"拿了。"

"好了，走吧。"

我们上车呼啸而去。

过了一年半分分合合的日子，柯尔斯顿和我终于一刀两断，我们双方都同意，所有关心我们的人也都能接受，但连锁反应却很快暴发，光提到都觉得可怕……

所以首先是我们分手了，然后柯尔斯顿决定搬到旧金山，我觉得很好，我们需要保持距离，这样我才不会想偷偷监视她，在星期六凌晨一点，感到一阵突如其来的嫉妒与恐惧，相信她正在家里，在沙发上，和某位男子气概比我强上好几倍的人在一起。一切完美极了，直到刚读完法律学校二年级的贝丝决定搬家，离开伯克利，不再和我们只隔几条街，不再随传随到，不再近在咫尺，在我们需要时提供各式各样我们可能需要的帮助，她要到城里去，横跨旧金山湾，到处水汪汪，越过那桥，好几英里远，到旧金山，和……柯尔斯顿住在一块儿！

柯尔斯顿甚至还打电话来。

"这不是很好吗？"她问。

接着贝丝也打来。

"这不是很好吗？"她问。

一点都不好。塔夫和我孤立无援了。一切都没了。我做什么都得靠自己，我将失去我仍掌握着的一切，然后将气发泄在塔夫身上，而他将默默承受我的压力，接着是我的愤怒与随之而来家中的不快乐，然后他会坚持报考军校，将在那里表现优异，长大后将搜集动物头盖骨，写信给受刑人。结果没这么糟，贝丝几乎每天都开车回伯克利，但为了减缓紧张气氛，加上我们的租约只剩几个月，塔夫小学读完要念中学，我们别无选择，只有跟她走。我们要在旧金山找地方住，目前仍在寻觅中。

我们不知该从何找起。这次我想住阁楼，在苏玛区一间很大的阁楼，可攀上屋顶，用之不尽的储物空间，有天窗，我们可以在墙上作画，画出精致的壁画，蓬荜生辉，最后这些壁画将价值数百万美元，被保存，小心翼翼地搬移，用卡车搬运到现代美术馆（MOMA）永久展览。但我们在苏玛区一带找，从海湾大桥到米慎街，情况与想象的天差地别。那里一棵树也没有，水泥墙太多，皮革也太多了。

一旦我们将苏玛区排除在外，对于我们该住哪一带，每个人似乎各执一词，众说纷纭。

海特街？不行，不行，玛妮说。毒品、游民，到处是从马林来的可怕的嬉皮青少年吵着要零钱。

米慎街？不行，我不准，不能让塔夫住在那里，穆迪说。毒品、妓女、帮派。

而其他地方似乎都离他的新学校太远。我们看到德罗斯公园旁有间两卧公寓招租，于是前去查看，尽管保罗说城里许多毒贩把德罗斯公园称作是他们地形起伏的碧绿家园，而且不过几个星期前有一对年轻人中弹身亡，两人莫名其妙遇害，就在大白天，陈尸于烈阳下。

这间出租公寓的屋主是一对年纪稍长的同性恋情侣,住在大楼另外半边。公寓很大,天花板很高,粉刷成淡紫色和长春花的颜色,除了颜色以外都很棒,租金我们也负担得起。我填好表格,给他们我所有的信息,谎报我们的收入(我可学乖了)。当晚,我写了封长信给他们,恳求他们把公寓租给我们,重申我们是最先看到的,我们很安静,也很乖,悲惨绝望,被老天选来活着受苦、受教育。我想(而且差点儿就)告诉他们我前晚做的梦,半梦半醒时做的梦,梦中我进入塔夫的血液里,我是某种微小分子,也许就像《神奇旅程》①描述的那样,进入他血流里,看到各个皮肤层,还有红色、淡紫色、紫罗兰色的东西,泥泞色和黑色的物体,我以疾如风的速度吹到各处,景物来回飞掠过眼前,在微血管里,在微血管外,但后来,霎时间,我穿越蓝天——我不确定这时我是否仍在塔夫体内;有没有可能塔夫的身体也涵盖了天空?——先穿越常见的蓝色层,然后是大气层的白色,接下来寂静无声,进入漆黑的太空,看见地球,在下方。我不知为什么认为这个故事,这种事,会让他们喜欢我们,但后来又担心这会不会给他们太多信息了。

我开车到二十四小时营业的金格斯复印店,传真这封信,如此一来他们一早便能收到,在旭日东升时展读这封信,会爱死我们,不再考虑其他房客。早上他打电话来。

"戴夫吗?"

"我是。"我说。

"你传真来的信写得不错。"

"谢谢。"我松了口气。没事了,老鹰已——

"但我们其实想找同性恋情侣。"

---

① 第一部利用微缩科技深入人体拍摄的科幻片。

在半晌的停顿之后，我真的在考虑告诉他我其实就是同性恋。他怎么知道我不是？我就那么蠢吗？

我叹口气，挂上电话。

真是太离谱了。旧金山房屋租赁市场正处于空前高峰期，一大肇因是《真实世界》无止境的播映，这节目鼓吹大学毕业生租房同居。我们受到如害虫般的对待。我们比同性恋情侣还不如；我们比已婚夫妇、未婚情侣、女性室友、男性室友还不如。房东不回我们电话。我们看到有个地方，采光良好，两间卧房，就在适合我们的地区，我们知道自己是最先看到的（我们总是最先看到的），尽管那矮胖的房东自己就是一位单亲父亲，尽管我们交给他所有银行记录，证明我们的净值和交房租的能力，他却把公寓租给——

"谁？"

"一位医生。"

我们吓坏了，深受打击，震惊于在这种时日、这种年纪，如我们这般的两人竟受到歧视，只因我们其中一位二十五岁，无法确定是否自主创业，一年只赚两万两千美元，并和他十二岁的弟弟住在一块儿，而文件上写了这个弟弟付了将近一半的房租。

哦，租房子的故事实在不是那么有趣。

但我们真的够格住在这样一个地方：邻居都安安静静的，靠近他的新学校，靠近电影院，靠近超市，这样我们可以走路来回，不用开车或者推车就可以拎着东西来回。像大家一样。塔夫的房间里有一扇巨大的朝西的窗户，我的房间有一扇朝着养老院社区的窗户，虽然想想有些绝望，但合情合理，我也愿意做出这样的牺牲，让他住大房间，那里光线好一些，还有能看到海湾的窗户。我们在旧金山住下了。突然间，我们骑自行车只要五分钟即可抵达海滩，贝克海滩，沙丘起伏，左边是太平洋，右边是金门大桥，和要塞公园只隔着几条街，那里栽满松树和桉树，最近才解除，却几乎成了废墟。我们骑着自行车徜徉其间，一座鬼城，有着白色灰泥建筑和放置着木堆的鹦鹉绿草地，每样景物都慵懒、随意地躺卧着，在这世界上最没价值却又最有价值的财产上。要塞公园毫无道理，遍地是原始森林，凌乱的棒球场就在价值百万美元的住家附近，但话说回来，旧金山本来就没逻辑，这城市是由橡皮泥、胶水和彩色美术纸搭建成的。这里是神仙、精灵、手拿着新粉笔的快乐孩童画成的。为什么不是粉红色、紫色、彩虹色或金色？高速公路附近十六号大道的自行车护栏该用什么颜色？绛紫色。绛紫色，光线十足，恰到好处，让角落干净清爽，每片玻璃都闪亮刺眼——楼柱、扶墙、小塔——每条公路的残余物——彩虹风袋——枝叶扶疏，青翠蓊郁得近乎色情。只有在某些地方，才会觉得这里像真正的住宅区与商业区，有着功能性的道路和明显的建筑物。其他时候只是怪异与信仰。光开车往返玛妮在卡斯特罗街的住处就足以媲美史诗，这儿有座丘，那里又有座山。喔，地势平坦、笔直，伊利诺伊州的悲哀哟！这里的美景和那里的美景，到处都是丘陵，曲线，也许我们的刹车失灵，也许别人的刹车失灵。在鲜明强烈的色彩逐渐褪去时，这总是一种冒险，由一大群穿着艳丽的废物主演。随处可见旧金山风味的东西，增强大家来到旧金山的想法，这伟大的城市，他们说有游民穿着泳衣在人行道上倒立，在熙来攘往的街角拉屎，不知羞耻，处变不惊。搞运动的人向穿着镇暴服的警察投掷贝果，自行车骑士足以使市场街的交通瘫痪，因想骑上海湾大桥而被警方逮捕。我们初次来到海特街时，就有个人摇摇晃晃地经过我们身边，头上涌出大量鲜血，十秒钟后另一个人跟了上来，头上也冒着大量鲜血，手里拿着网球拍，吆喝着，显然是冲着第一个流血的人而来的。与居民有关的招牌告示无穷无尽。很多东西是被禁止的，包括葡萄和砂糖，还有禁止在都市里开车、在市中心溜滑板、开隧道穿越马林等警告牌。路牌遭到窜改：

停止
开车

停止
穆米亚①的死刑

公交车连着绳索或电缆或某样类似的东西，开在公交车后方经常需要等待，可以顺便读读东西，因为这些公交车不会停太久，既然是衔接绳索或电缆或——突然眼前出现一道火光，公交车会停下来，司机走下车，到公交车后，使劲拉扯那条绳索或电缆，开心地笑着，喔，哈哈，因为在这里实在不用这么赶，不管是什么人，不管是去什么地方，而那些搭公交车的人是最不赶时间的。有一对八十岁的双胞胎常光临联合广场，巷弄的呼吸中荡漾着尿骚味，青少年聚集在米慎街、海特街这种烂地方——"兄弟！来片比萨如何？"——风自太平洋吹来，风势强劲，沿着基立大道吹拂过里士满，攻击塔夫卧室朝西的窗户。

新公寓的坡度不错，平面狭长，有条走廊连接每个房间。因为走廊地板铺着木头，长三十五英尺左右，如果大楼楼梯口的门开着，我们可以逐渐加速跑三四英尺，然后，有了这三四英尺的加速和另外必要的十六七英尺冲刺到足够的速度，还有二十英尺左右可供漂亮的滑行，如果塔夫的房门开着，书桌前的椅子也移开，这个距离还可拉长。

塔夫是新学校里唯一一个住公寓的学生。他有许多同班同学住在附近，但他们都有自己的房子，在"普雷西迪奥高地"又大又棒

---

① 穆米亚·阿布贾迈尔（1954— ），原为电台记者，曾任全美黑人记者协会主席，1982年以枪杀费城白人警察之由获判死刑。然因审判不公，因此声援者认为此判决乃种族主义下的政治迫害，因此纷纷声援穆米亚，声势浩大，在法国、南非、菲律宾、古巴等国民间皆有声援穆米亚委员会。

的房子，有用人房、车道、车库。我看到学校名单，看到我们的住址后面写了"4号"，我恨这两个字。我要打电话到学校叫他们删掉这两个字。他读七年级了，有一位慈祥的男老师，他觉得有必要每天问他一次心情好不好，除此之外，一切都很好、很正常，而且塔夫的人缘好得不得了，一个月内就有三次犹太教成人礼、两次生日派对，还有其他各式各样的社交活动。虽然他有这么多活动，这么受欢迎，我得不停地开车送他去这儿、去那儿，但我却松了口气，大大地松了口气，因为这缓冲了搬家对他造成的冲击。

我开车送他到班上一位女孩家里，那里有一个聚会。三小时后，我到那里接他，他很震惊、很困惑。

他们之前在玩转瓶游戏①。

"真的？"我说，"转瓶游戏？我不知道还有人玩。我是说，我好像没玩过，从来没有……"大家围着他。在场的只有他和另一位是男生，其他六位都是女生。他被陷害、设计了。他是新同学，他们要争夺亲吻权。

"你亲谁了吗？"

"没有。"

"没有？为什么没有？"

"因为我几乎不认识他们。"

"嗯，当然，但是……"

"我不想。"

我不知该说什么。我想，我真的很想接下来这几个星期就谈论这件事，不只是希望他把所有可能的细节一字一句说出来，因为我对别人经历的事充满好奇，也深觉有必要唠叨他为什么这么娘娘腔。我仔细衡量这些选择，因为我是策略好手，最后决定，取得任

---

① 转瓶游戏，参与游戏者轮流转动一个横躺在地上的瓶子，瓶子停止转动时瓶口指着的那个人就要接受大家亲吻。

何信息唯一的办法就是在谈话间尽可能不要添加（比如说）讪笑的口吻。我也小心翼翼地不把自己的懊恼投射在他身上，失去的机会、没亲到的女孩、我错过的毕业舞会，事实上我不要他有这些遗憾，任何遗憾。回家的路上，我们讨论着当晚发生的细节，回家后，坐在沙发上——他睡觉时间早过了——看着《周六晚间现场秀》。

"她们可爱吗？"

"应该是吧。有些人。我不知道。有两个不是我们学校的。"

我听得入迷，希望不会破坏他愿意和我谈这些女孩的兴致，这不是他第一次和我谈这种事，但我常咯咯窃笑，所以他通常选择与贝丝分享。

但贝丝现在是工作的第一年，最近事务过于繁忙，我们越来越少见到她，这是个问题，但也还好，如果这发生在一年前，才真是个大问题。塔夫已经长大到我觉得可以离开他几小时，因为我们和他的新学校只隔了十二条街，他可以走路上学。刚开学和他快迟到时，我还是会开车送他上学，但其他时候，因为我在计算机前忙到凌晨三点，忙着改变这世界的容貌，早上都在睡觉。他醒来，边做午餐、早餐，边看卡通边消化早餐，然后，等他要出门时，我通常——一星期大概一次——会从枕头上抬起头来，时间够久得让我说：

"嘿。"

"嘿。"

"还好吗？"

"很好。"

"你最好赶快走，要迟到了。"

"我知道。"

"你吃早饭了吗？"

"松饼。"

"吃水果了吗?"

"吃了一个苹果。"

"真的?"

"真的。"

"你要怎么去?"

"骑自行车。"

"链条还是坏的吗?"

"还是坏的。"

"戴安全帽。"

"再见。"

"戴上!"

因为他的链条卡住或坏了好几个星期了——我们修了两次,但很快又恢复到无用、不动的状态——所以他是用一种滑行的方式骑自行车上学的。他并没坐在坐垫上,而是一脚踩在踏板上,另一脚在地上蹬,把自行车当滑板或滑板车。他曾对我描述过,但我从未见过他这么做,直到有一天,他出门后,我想上趟厕所再回床上睡觉,却注意到他的午餐还放在餐桌上。我跑出去追他,已不见他的踪影,于是我开车到学校,以为不会在路上见到他,但他就在那里,往第一个红绿灯走,在加州街和莫萨尼克街交叉口。难以置信。他就是在做一脚踩踏板一脚在地上蹬的动作,像是侧坐骑自行车,看起来像在开玩笑。没有正常小孩会这样骑自行车。当然他也没戴安全帽。我按喇叭,在路口拦住他。

"你的午餐。"

"喔。"

我太累了,没精神数落他不戴安全帽的事。

大多时候,我都觉得很糟,良心不安,我心里知道,因为我没帮他做早餐,没送他上学,他长大后会剥兔子皮,用弹弓和喷枪创作。但话说回来,与其他某些家长相比,我可称得上是斯波克医生生①呢。举例说,塔夫班上有个小朋友的父母离婚了。有天下午,我们这群家长,大约十五人,在马林岬角外的停车场,站在我们的车旁,等着接参加这次为时两天露营之旅的孩子。那位离婚的妈妈皮肤晒成古铜色,粗糙似皮革,留着金色长发,嘴上抹着粉红色口红,身上穿着橄榄球运动长衣和紧身长裤,口沫横飞、手舞足蹈地说着她如何处理家里大麻的问题,那是她另一个正在读高二的儿子:

"我想他要抽就会抽,"她刻意耸肩,"所以我让他在家里点火。最起码我知道他在哪儿,在做什么,没开车四处溜达或什么的。"

虽然她是和另一位家长聊天,却看着我这边,我有种感觉,因为与她相比,我还比较接近她那位高中儿子的年纪,也因为我留着有创意的脸毛,所以她期望我对她的论点表示同感。

但我吓得说不出话来。她应该坐牢。应该由我来养育她的子女,也许我是唯一一位有资格教养这些孩子的人,有太多这样的家长太老、太沉闷了。更糟的是那些和她一样的家长,他们学着孩子的穿着,用孩子的方式说话。但"点火"?现在哪还有人说"点火"?

我告诉贝丝这件事,她一如往常,被我们家长同胞的无能逗乐了。她和我携手合作,和平共处,轮番上阵,一起参加家长会。我们是马戏团家庭,是秋千家庭,时间拿捏得恰到好处,技艺超群,穿着绿色紧身衣。

我们不按常规过节。教会完全出局了,多数相关的节日也一样。感恩节我们有一搭没一搭地过,因为塔夫和我都不怎么喜欢火鸡,不吃馅料,也不做把蔓越莓果酱放进罐子里的工作。但我们仍过圣诞节。比尔、贝丝和我会打印出塔夫的清单,各分一部分。贝丝负责袜子和衣服;比尔负责清单上的一些东西,另外还负责帮塔

---

① 本杰明·斯波克(1903—1998),为全球知名的小儿科医生,育儿专家,一生致力于儿童医疗照护及儿童发展研究。

夫买些他认为对任何萌芽中自由论者的发展很重要的书籍，有一年他买了两本书：威廉·贝内特①编著的《美德书》，以及《文化素养辞典》。

圣诞节前几天，比尔会从洛杉矶北上，我们将尽全力试着用妈妈的方法摆放礼物。如同其他我们还会花心思过的节日一样，我们过圣诞节的方式表明了我们对爸妈及他们的处事方式的敬重，但通常会演变成恶意且拙劣的模仿。

妈妈是圣诞节的极端主义分子。她会连续几周每天购物八小时，清单列了又改，改了再改，礼物从圣诞树那儿挤出来，几乎排到门口。这是她冷酷无情的努力，想超越过去几年，结果使圣诞节看起来不但欢乐、奢侈，也很讨厌。爸爸也是圣诞迷，但外在表现没有那么热诚。他有个惯例，身为父亲，他总是熬到三更半夜，把礼物摆好，第二天很晚才起床，走下楼来，喔，大概是十点左右，不是为了看我们拆礼物，而是帮他自己做一份并吃一顿丰盛的早餐。咖啡、丹麦奶酥、培根、柳橙汁、葡萄柚、报纸等，而且是用最悠闲的速度。我们等着，两眼斗鸡，满心期待，附近的孩子大多四五点就醒了，在我家窗外热闹地玩着新雪橇，嘲笑我们，骑着他们的环保车呼啸而过，用新月形的靴子推踏板，在冬天的暖阳下闪闪发光，完全如神话般。

这次圣诞节可把我们乐坏了，因为贝丝和我表演那老套的把戏。比尔坐着，不赞同但也哈哈笑，双臂交叉，静静地摇头。那老套的把戏从我们起床后、塔夫开始拆礼物前就已开始，情节如下：

贝丝：喔，你现在可以打开礼物了。

我：不，真的，等等。（把衬衫线头拉出来，然后慢慢地，慢慢地解开鞋带，然后再绑上鞋带。）好了……现在。

---

① 威廉·贝内特（1989—1991），美国著名教育专家。里根政府时期任教育部长和全国慈善捐款委员会主席；布什政府时期任全国毒品控制政策办公室主任。

贝丝：真的，等一下。我要上厕所。（水龙头的水声。然后寂静无声。然后是冲水声。更多水声。然后是刷牙声。）

贝丝：（从浴室出来，梳洗好了，拉平毛衣）好了，我准备好了。开始吧。

我：等一下，等一下。你知道现在什么最好吃吗？葡萄柚。

贝丝：嗯，葡萄柚。

我：大家吃点葡萄柚吧，然后你们知道吗？我们大家可以一起去好好地散个步。

贝丝：那真是太好了。

我：新鲜空气，稍微运动一下……

贝丝：而且更接近上帝……

我：而且更接近上帝。

贝丝：我们可以明天再过圣诞节！

贝丝：（思考，舌头弹出嗒嗒声）喔，明天不好。星期四怎么样？

我：星期四不好，而且周末也排满了，星期一好吗？

这时贝丝和我早已笑翻了，眼泪都流出来了，脸孔扭曲，得靠家具撑住身体。我们自娱自乐。

塔夫等着，不觉得好笑。他见过这把戏。

在塔夫的礼物上写地址是我的任务，圣诞夜那晚，我做了每件我能做的事，把每件事做到尽善尽美。有些礼物我寄给虚构的收信人，或寄给附近的其他孩子。很多塔夫的礼物我寄给自己，那些真正写着他名字的却故意写错别字。或者我使出填写学校表格的那一招：写错他的名字，写成"特里"或"佩内洛普"，再把这名字划掉，写上他真正的名字，小小的，写在下面。有些礼物我写上是"我们"送的，有些是"圣诞老公公"送的，但我最喜欢的是：

上帝送的。

他不知该谢谁。收取战利品时，他不想显得漠不关心，而我们也就顺势利用他这份想讨人喜欢的渴望。一包彩色黏土被拆开了。

"谢谢你。"他说。

"谢谢谁?"

"我不知道,你吗?"

"不,不是我,是耶稣。"

"谢谢你,耶稣?"

"是的,塔夫,耶稣为了你圣诞节的欢乐而牺牲了生命。"

"是吗?"

我转头看比尔。他不蹚这浑水。

"是的,"我说,"贝丝,是吗?"

"他的确是这样,的确是的。"

工作越来越沉闷,一成不变,只有偶尔出现濒死的情形时才得以改善。所谓濒死的情形随时都有可能发生,可能是我坐在办公桌前,正写着大范围揭露真相的胡言乱语时发生的,那可能是一篇反对文章,指出世人相信且遵守的多数事情的谬误。我们揭穿《圣经》为黑人小孩所写的版本,揭露学生贷款计划的黑幕,也揭发有关大学的整体概念,有关工作的概念,有关婚姻、化妆及"死之华"乐团①的概念,我们的任务是指出所有类似的诡计,这项工作很有收获,可以将真理带给从不曾怀疑的——

我肚子上挨了一脚,像是被金属鞋尖狠狠地踢了一脚。我在办公桌前。这很像抽筋,但更像是有根汤匙从我肚子里往外刺,由内往外挤,一根想离开我身体的汤匙,可恶。我很习惯怪异的疼痛,通常是因为吃太少东西喝太多咖啡所致,但通常不会在白天。疼痛通常是一大早出现,或深夜里,三更半夜,我瞪着计算机屏幕,想起那年冬天——

---

① 旧金山著名迷幻摇滚乐团,成立于1965年。

我继续工作。疼痛总是会减缓的，但这次却不这样，反而越来越严重，这疼痛，我以为可能跟我最近肠子蠕动慢或缺乏蠕动有关，因此我站起来，想走去洗手间。就在我双眼望着去洗手间的路上要经过的大厅时，图画却摇晃了起来，然后景物倾斜了，我变成从蝙蝠侠摄影机的角度看办公室——这可是新角度呢！——然后每样东西都变蓝了——地毯。我倒在地上，现在有五根汤匙了，在同一处有五根小汤匙，有点像在扭转、挖掘，有笨手笨脚的人在那儿，穿着尖鞋跟的鞋跳舞，甚至是用力踩着，我的右腹部变成了舞池。我这才了解到我……我在地板上打滚。我看着沙发，也许有三英尺远，我一定要到沙发那里。沙发是我的家，沙发是解答。只要我能够……到……沙发……那里……

没人注意到。我中弹了吗？我没有中弹。没有枪声。但如果是那种消音手枪呢？可能是消音——我没有中枪。但我快死了。绝对是，绝对是。我要死了。终于。

我讲不出话来。我试着挤出两个字：救——命。却只发出微弱的喘息，小狗般的呼吸，我的话被鬼拿走了，在他们离开我的——

我快死了，终于。该死的，我早就知道。我活该。你知道，大家都知道。是艾滋病，我病发了，是和那个到处乱搞的女生在一起，保险套还破掉的那次染上的。我还记得一清二楚是在哪里——一间墙壁歪斜、俯瞰南旧金山的三楼小公寓里，天将破晓，我站在床边，她在床上趴着——而这个谁，是的，当然，我知道，这全在一瞬间发生，可恶我应该在进行时检查保险套的，但我们喝醉了，连自己在做什么都不知道，搭我俩都认识的朋友的便车，他把我们放下，他知道即将发生什么事，我们跑啊跑，沿着街道跑到她家——

该死的。塔夫，我对不起你。我还有时间打电话给你吗？谁来照顾你呢？贝丝？或你自己？不——该死，比尔得搬过来——该死，他要在哪里工作？他有那个智囊团，弗拉格也在那里，但——

如果他要塔夫搬到洛杉矶呢？喔，我必须确定那不会——但塔夫其实喜欢洛杉矶，所以——喔，看那些云飘移的样子，隔着窗户，在那上头，一片纯白，只带着一点灰，仿佛有些瘀青，而且——

该死的！好痛！我要生孩子了！

这些人为什么没注意到？他们为什么不觉得我在地上打滚很不寻常？我曾在这个地毯上打过滚吗？我试着回想这可能在什么时候发生过——

隔壁《旧金山纪事报》有人注意到了，隔着玻璃，于是走过来，然后到处都是人。有人搀扶着我走到沙发那里让我休息，然后问我一些问题：哪里痛，有多痛，为什么痛。也许我是在耍他们。

"你是在耍我们吗？"保罗说。

"去你的。"

我忍住不说我快死了。我只是大约百分之九十五确定我要死了，因此不想惊动任何人。但我很快就知道了。我说："医院，医院。"

"我带你去。"莎莉妮说。

"谢谢你，好的。"我说。

我跌跌撞撞地走到电梯，贴着墙壁走，靠在莎莉妮身上。莎莉妮闻起来好香。喔，你闻起来好香哟，莎莉妮。我快死了，莎莉妮，快死了。老天，我驼背了，我走不动了。要有人背我。莎莉妮背不动我。该死的！我得告诉——他该知道——走到电梯口时，我几乎想转过身叫人打电话到塔夫的学校，让他到医院和我碰面，但我没法走那么远的路回去，也许我可以告诉大堂警卫，他再打电话到办公室，然后就有人可以打电话到塔夫的学校——喔，但那该死的留言会被糟蹋的，该死的——不，塔夫不应该知道，我不要他看着我死——我要像爸爸一样无声无息地死去，大白天，鬼鬼祟祟地，就是这样，我们已经共度一些时光了，我们不需要说再见，该死的，这电梯真他妈慢，莎莉妮，你闻起来好香哟。

我在车里差点哭出来,因为这时的痛比我痛得跌到地上时要强烈十倍。但我很强悍,像军人般强悍。但这简直快把我撕扯成两半了,我全身酸痛,这酸痛就像有一百个小纳粹浑球在我体内用钢尖的鞋子踢我的肚子——该死的!艾滋病就是这样让人痛死的吗?是的,是的。不,不,不。也许吧。喔,那件事发生时我就知道,保险套破掉,打一开始我就知道不对,那次性行为,还有我的生命和罪恶感。还有塔夫!一切都白费了!

喔,这比我们上次泛舟时还糟,那时亚美利加河水位太高,我们去了,全都去了,然后遇上了激流,往下俯冲,大家全都掉下木筏,我在急流中,不一会儿就喝了一加仑的水,身子直不起来,无法浮在水面上。我试着找塔夫,看他在哪里,是不是也落水了,但我没见着他,我全身几乎都在水面下,心想这还真荒谬,在某次搭木筏小游一番时却溺死,以这种方式走还真悲哀,而且无力营救塔夫,无论他在哪儿。但等河流恢复平静,我恢复平衡时,我看着已恢复平静的水面,他在那儿,塔夫一个人在那艘大木筏上,是唯一一位没落水的。他笑疯了。

艾滋病不会这么突然暴发的。有东西破了。是我的盲肠。这会死人吗?当然!一向如此!不,不。然后呢?这是什么?我一定是快死了。内出血。肿瘤!一颗出血的肿瘤!

"我快死了,莎莉妮。"

"亲爱的,你不会死的。"

"那这到底是什么?如果我快死了怎么办?"

"你不会死的。"

莎莉妮开车颠簸不平。她开在这些坑坑洼洼的路上,莽莽撞撞的。她开车太不稳了,紧急刹车,她很莽撞。可恶,莎莉妮。

"莎莉妮,你能不能开得……稳一点?"

"我正在努力啊,亲爱的。"

"握着我的手。"我哀求。我想把手放在她右腿上。我想睡觉。

然后我突然感到一阵欣喜,这欣喜持续了一秒。我不用工作了。穆迪得完成明天到期的工作。我正在做一件重要的事,一件比我可能做的任何事都重要的事。喔,真是松了口气啊,不必选择,不必因为浪费时间、闲晃、该做这事的时候做了那事而感到愧疚。这时不用做决定,只有活下去。

真简单,真容易!

怎么会越来越痛呢?现在这疼痛射击我,行星在我体内爆炸了。我被击中了,我被击中了!天空蔚蓝如常,旧金山碧蓝的天空,也许我没到医院就死了。喔,莎莉妮,你今天为什么要穿这件有肋骨图案的紧身衣呢?在我要死的这一天?我们为什么没约会呢,莎莉妮?在安全带之前——不是在安全带之前,而是在大家都系上安全带之前——妈妈常会在突然刹车时举起手臂,用力朝我们胸前推过来,仿佛她的手臂什么事都做得到,她的手臂很脆弱,我也很脆弱,待了几年,保护了几年,对不起,塔夫,对不起,对不起,我很虚弱,我要被带走了,我之前就想过会被带走。我不要土葬。我要我的骨灰,或我的整个身体,从上往下丢,从悬崖上,直升机上,火山上,去到海里……喔,但要哪个海呢?

哪个海?

哪个海呀?

在候诊室,他们先问我的保险资料,我没有保险。几年前我保过几个月的险,但后来他们不再寄账单过来,我说一旦我付得起,我会付的,我发誓我付得起,信用卡就在这里,拜托取出我体内的那个东西。拜托,我站不起来了,我要坐在这儿,就在这里回答问题,不,其实也许我会躺在这里,横躺在这些椅子上,头枕在莎莉妮的大腿上,其实,也许我会走进隔壁房间,我可以躺在那里的地板上,然后我可以大喊:混蛋!混蛋!该死的大混蛋!

是肾结石。我醒来,被麻醉了。柯尔斯顿在那里。我已经好几个星期没见到她了。贝丝工作忙,走不开,所以打电话给她。柯尔斯顿送我回家。

"我以为我要死了。"

"我猜你也会这么想。"她说。

我躺在沙发上。柯尔斯顿走了。

塔夫站着俯瞰我。

"嘿。"我说。

"嘿。"他说。

"嘿。"

"嘿。"

"好了,够了。"

"你还好吗?"

"还好。"

"那晚餐怎么办?"

"你想吃什么?"

"墨西哥卷饼。"

"你可以自己做吗?我想我动不了。"

"我们有材料吗?"

"我想没有。"

"我们有现金吗?"

"没有,拿卡去取钱。"

他走到提款机取了钱,再到杂货店买了牛肉、意大利面酱、卷饼皮、牛奶。他出门时我小睡了片刻,梦到遭迫害。我惊醒,这样不好,这样躺在沙发上,虚弱无力。我要坐直身子,泰然自若。没有人会死。他以为我会死吗?也许他以为我快死了。他以为我快死了,却没告诉他。不,不。他不是这么想的。他又不是我。

他带着东西走进来,经过我身边,走进厨房:"你要我煮吗?"

"是啊,可以吗?"

"你也要吃水果吗?"

"我们有什么?"

"柳橙,半个哈密瓜。"

"好啊,好啊,谢谢。"

牛肉在平底锅里煎,我在噼里啪啦的声音中沉沉睡去。醒来时,塔夫正在清理咖啡桌,把那几堆报纸、杂志和他的数学作业放到桌下,放在另一堆东西上,位置和它们在咖啡桌上时一模一样。然后他走回厨房,拿出两个盘子,摆得好好的,几堆煮得刚刚好的牛肉,卷饼卷好放在盘子边,有个碗装着切成大小适中、拿着就可以吃的水果,有柳橙和哈密瓜,全都新鲜多汁,黄澄澄的。他又走进厨房,出来时手里拿着牛奶。

"餐巾纸。"

他走回去,拿出一卷厨房用纸。

吃完后,我又打瞌睡了。有次醒来时听到手指头在游戏机上敲打的声音。我第二次睁开眼睛时,屋内一片漆黑,他不在了。

我走进他的房间。他睡着了,以一种坠毁的姿势睡着了,双手向外伸直,嘴张得大大的。他额头很热,像里头有东西在燃烧似的。

第九章

罗伯特·乌里希①不答应。就差那么一点。本来会很棒的。他的公关似乎挺喜欢这个主意,她赞成我们的提案,她听到这点子时还笑了,起码她还觉得有趣。乌里希正是我们需要的那种人:他是明星(或者说,这时已是快过气的明星),名字家喻户晓,但不知为何已经脱离了公众的视线,每个人都曾知道他,或许也曾对他感兴趣,但他却好一阵子没露脸了。我们需要一位名人,他会让大众、媒体,更别提难以愚弄的因特网群众相信他真的已经死了,但他的过世并不会成为全国新闻。因此,这位名人不能太有名,否则由我们这么一家在旧金山的二流双月刊报道他过世的消息,谁会相信?

但要找谁呢?乌里希是我们的第一选择,因为:(一)我们,和大家一样,曾是《钱加斯》的超级影迷;(二)我们知道他还有些幽默感,至少在一些脱口秀节目中,谈到他在影响深远的《为兄申冤》(主演还有提摩西·赫顿)里的角色时所说的一些自我贬抑的话,可以看出来;(三)他计划在最近出演一部名为《一个失去记忆的人》的影片。

"拉撒路人"。好极了。

"我们觉得不适合。"他的经纪人说。

然后是贝琳达·卡莱尔②。我们觉得贝琳达·卡莱尔也很适合。

"她现居法国。"她的经纪人说。

---

① 罗伯特·乌里希(1947—),美国男演员,曾参与多部电影及电视剧的演出,如《爱之船》等,因罹患癌症接受治疗。
② 贝琳达·卡莱尔(1958—),美国女歌手。

我们过滤了其他人选：贾奇·莱因霍尔德、朱莉安娜·哈特菲尔德、鲍勃·吉尔道夫、劳拉·布兰尼根，洛丽·辛格、托马斯·豪厄尔、小艾德·贝格利①。我们考虑过富兰克林·科弗，他是在《杰斐逊一家》中扮演汤姆·威利斯的演员，但后来并没有花工夫打电话给他，因为我们想到一年前的一篇访谈中，我们是用可能会让人觉得负面或至少是有点可怜的角度去报道他的。他的呼吁：

你还想向我们的读者说什么吗？

嗯，没有，没什么想说的了，除了帮我找份教书的工作！如有任何人知道哪些大学需要一位教演戏的老师，麻烦知会我一声。

然后我们灵机一动。演艺圈有个人，他自己可能也有过这种想法，他有一个全新的名字叫恶棍，并且和一档关注侏儒和智障患者的多媒体节目一起在巡回演出。

克里斯平·格洛弗②。

他很适合。太适合了。

马蒂·迈克弗莱。

我们打电话给他的经纪人，他听不懂我们在说什么。我们把信传真过去，内容稍作了修改，将奉承格洛弗所有作品的谄媚话写进去，包括他发明的中间名。接下来就是等。

一天后，电话响了。

---

① 均为美国知名艺人。贾奇·莱因霍尔德，曾出演多部影片，如《比佛利山超级警探》；朱莉安娜·哈特菲尔德为女歌手；鲍勃·吉尔道夫为1975年成立的英国新浪潮合唱团 Boomtown Rats 成员，原为乐团经纪人，后为主唱，并曾于1982年在电影《墙》中担任主角；劳拉·布兰尼根，女歌手，1993年演唱的《没有你我怎么活》为抒情歌曲冠军；洛丽·辛格，演员，曾获艾美奖，出演多部影片，如《浑身是劲》《银色、性、男女》《大脚哈利》及电视剧《外星人报到》等；托马斯·豪厄尔，演员，最新作品为《大雪崩》；小艾德·贝格利，演员，曾出演多部影片。

② 克里斯平·格洛弗（1964—   ），美国演员，曾出演电视喜剧动作片《神探俏娇娃》，该片于2000年被改编为电影《霹雳娇娃》。

我拿起话筒,放在耳边,一般接电话时的动作。

"喂。"我说。

"我是克里斯平·格洛弗。"

这通电话是从田纳西打来的,他正在当地拍摄一部由米洛斯·福尔曼①执导的电影。克里斯平·格洛弗打电话来了!

他读过我们的提案,很喜欢我们的构想。他事实上也一直想做类似的事。他想做,而且是全心全意想做;他真的想放出假消息,流出一些照片、证明,然后隐居起来,打点好身边的人,确定没人会泄密,让整件事持续数月,有葬礼、悼词、其他演员的评语,诸如此类,真是绝了,然后复活,胜利!这会很棒。这会是一件超越巅峰的事。我对着电话讲着,俯瞰旧金山市中心、公园、旧金山现代美术馆巨大的加湿器、细长的桥梁和山丘,我莫名奇妙兴奋起来。

"这一定会很棒!"我说。

"是啊,是啊,"他附和着,"那么,你们预计什么时候做呢?"

他办不到。他不懂为什么我们不能稍微往后延,下一期再做……他不明白、不了解我们那六位广告商不能等,我们那好几百位订阅者不能等。我们会再打电话过去,如果时间安排有所改变。

"你知道他是谁呀。"我说。

"我不知道。"穆迪说。

"他是我们唯一的希望。"

"不行。"

"我们别无选择了。"

"喔,拜托。"

"他很不错的。"

---

① 米洛斯·福尔曼(1932—),捷克籍导演,曾执导多部著名影片,如1975年的《飞越疯人院》等。

"去你的。好吧。"

亚当·里奇①。

演《八个就够了》的尼古拉斯。

我们还算认识他。我们有位投稿人,谭雅,是他的小学同学,他们一直保持联络。谭雅加入后,我们与他合作过两次。第一次我们简短访问过他,那次采访他和谭雅聊起他的鞋子和一把他打算买的雨伞。节录一小段:

> 谭雅:你有几双鞋呢?
>
> 亚当·里奇:十双,大概有十双吧。我有一把雨伞,刚买的。我买这把伞的时候,雨已经停了,我当时想最好买把雨伞,这样雨就不会再下了,等下次下雨我再用。结果雨又下了起来,自从买了那把伞之后,雨就下个不停。
>
> 谭雅:你觉不觉得那是因为你有预知未来的能力?
>
> 亚当·里奇:不,也许是因为我买了那把伞。

我们打电话到亚当·里奇位于洛杉矶的公寓,向他解释这个构想。他听着。我们解释这将是一场精心策划的骗局,其中蕴含着更高深的意思:嘲讽媒体对名人逝世消息的兴趣,模仿并嘲弄媒体的悼词。我们解释说这会是全国性的新闻,不但他会感觉很好,其实这也是在行善,因为他所扮演的角色能给当下正需要这样教训的美国上一课,大家都会认为他和我们扯上关系真是太睿智了。

我们说,你每个阶段都会参与,我们每件事都会征求你的同意。"这会很棒的。"我说,我相信这会很棒。我发自内心地相信,

---

① 亚当·里奇(1968—),美国演员,曾参与多部影片的演出。1996年,《迈特》杂志玩笑似地刊登一些名人过世的消息,名单中包括亚当·里奇,引起其他媒体相继报道。至今许多人仍以为亚当·里奇已经过世。

如果他演好,不只意味着我们将有最后的突破,也意味着,或许也是最重要的,他亚当·里奇的职业生涯将有转机。

我在脑海里想象他坐在一间狭小昏暗的好莱坞公寓里,周遭摆满了小艾美奖之类的奖杯,手上拿着任天堂游戏机,冰箱里塞满酸奶和冰激凌三明治,每天不是浇花就是看卫星电视。

他同意了。

"这一定会很棒的。"我告诉塔夫。

"他同意这么做?"

"是啊,是啊,完全赞同。你把下巴抬高一点。"我们在浴室里,他坐在马桶上,我正在帮他剪头发。

"这么做的重点是什么?"

"下巴抬高一点。"

"好啦,所以……"

"重点是,我们要取笑你在杂志上看到的那些悼词,其中——"

"悼词是什么?"

"就像颂词。等名人过世时,大家突然都关心起来,他们举行盛大的葬礼,有人号啕大哭,有人低头饮泣,即使他们不过是在电视上看过这家伙,知道他主演的一些角色、他念过的一些台词……"

"嗯,大家会相信吗?"

"会啊,人是很笨的。"

我把他的头转向镜子,把他的头发往下梳直,比较左右两边的长度。我又完成了一次杰作。他看起来仍像青春期前的偶像人物:挺直的鼻梁,前额笔直的长发,即使头发已经开始变多、变深、变鬈、打结,就像我。我不喜欢看到自己在他身旁。在他旁边我像个妖怪。我正蓄留的脸毛很可笑、很古怪。鬓角没碰到头发,稀稀疏疏的,看起来不像脸毛,反而像脚毛。最惨的是,我正在蓄留的山羊胡状况凄惨,因为我嘴角上方连胡子都长不出来,样子像永远在发育中的十四岁男孩。我满脸皱纹,浮肿,笑纹深深镂刻在脸上,两眼距离太近,太小,斜眼,邪恶。我鼻子扁塌,又太大。在他旁边,他那十二岁的脸庞光滑、匀称、柔软、和谐,我的却看起来扭曲变形,仿佛是拉皮的方法错了,每样东西不是拉得太长就是压得太短,总之就是怪异。

"大家发现后会很生气的。"他说。

"嗯,我们正希望如此。这些是我们想激怒的人。一开始就会在乎他的人,会因电视上看到的某人之死而感动的人,活该受骗。我是说,怎么会有人注意呢?为什么某个夸张喜剧的白痴窝囊明星会有好几百万人哀悼,而其他人却没有呢?一般人过着快乐的生活,在某些方面来说,也许过的甚至还可算是英勇的生活,结果却只能吸引二三十人来参加葬礼,而——我是说,这很不公平,很让人生气,不是吗?"

"哦。嗯,老实说,我觉得这有点变态。"

"我也是这么觉得的。"

"不,我的意思是,我觉得你们这些人做的事很变态。你们利用亚当·里奇来强调——"

"当然。"

"重点是,你们这些人就和他那些名人一样。你们觉得他很沉闷、很愚笨,而他之所以蠢,首先也是最重要的是因为他有名,而你们这些人没有名气;是因为他晚上九点还和布鲁克·希尔兹在一起,因为有一亿人知道他的名字,认得他脸的甚至超过一亿人。但没人知道你们。"

"你反应过度了哦。"

"我是说,你们这些人受不了这个愚蠢的人,这个叫亚当·里奇的人,你们觉得他的聪明才智根本不如你们,他没念过大学,没在毕业纪念册上写过标题,没经营过学校的画廊之类的,他没念过你们念过的书,却胆敢成为享誉国际、家喻户晓的名人(或曾经如此），只因为某件你们觉得很无聊的事，例如出演夸张的喜剧。所以你们拿他开玩笑，先是有关雨伞话题的采访，现在又是这个所谓善意的骗局。我是说，有什么比这更可怕、象征意义比这更清楚的？你们这些人残害这位年纪与你们相仿的人，你们还是孩子、还在看电视时，他就已经是电视童星，他是你们侵略心态下的牺牲者，你们声称他一切都清楚了才加入，但其实他一点也不了解这整件事的规模和潜在的后果，当然更不清楚你们的动机，你们在表面下慢慢沸腾的怒气，想玷污他、羞辱他的欲望，想把他贬低到你们的层次，比你们更低的层次。我是说，他知道你们在办公室里取笑他的那些话吗？他想象得到内含的恶意吗？想到就恶心。我是说，这到底是在干什么？这表示什么？这股愤怒是打哪儿来的？"

"才不是愤怒。"

"当然是。这些人已经获得你们这些浑球不管在什么年纪永远得不到的名气，而你们在内心深处觉得，因为没有前生也没有来世，所以名声基本上就是上帝，你们这些人全都明白这一点，相信这一点，即使你们并不承认。童年时，你在地下室盘着腿，坐在电视机前看着他，你认为你应该是他，他的台词是你的，他在《网络之星大战》①中的角色是你的，你在那场障碍赛的表现会很棒，你绝对会赢的！所以，在他不再是那种征服世界的名人时，做这些事给了你超越他、使他难堪的能力，用来平衡你感觉自己与那些人关系的不平等，他们能直接散发自身的魅力，不必凭借某份蛇蝎心肠的小杂志来提升自己。你和每一位像你的人，那些利用你们的问答或专栏或网站的人，你们都想成名，都想成为摇滚明星，但你们却在这可怕的困境里动弹不得。你们也想被认为是聪明的、合法的、永垂不朽的。所以办了这本小杂志，让你们的小众读者阅读，同时偷

---

① 美国ABC电视台于1976年至1982年间播放的节目。

偷生着像威诺娜·赖德,伊桑·霍克①或甚至是萨里·洛克那些人的闷气——

"记得销售一空的那一期吗?当时大家都到洛杉矶和纽约采访那些崭露头角的名人,刚好给了你们嘲笑他们的机会?有那个在《岳父大人》中出演的女孩,《海滩游侠》中的男孩,那个澳洲男孩,当然还有薄荷口香糖广告中的双胞胎。你必须让这些人看起来像智障者,即使你私底下对他们微笑,开着玩笑,表现得很和蔼,也接纳他们的意见。对艾拉·麦克弗森②也是如此,对在《生活真相》③中饰演娜塔莉的那位也一样。然后是可怜的萨里·洛克,那位性学家。"

"那不一样。"

"没错。你接到她的经纪人打来的电话,一通态度冷淡的电话,因为你们这些人上了某个新人类杂志的名单,即使你们压根儿就不会对《九十年代令人震惊的性事》的二十四岁的作者感兴趣——"

"是《〈真实世界〉里令人震惊的性事》啦。"

"好啦。所以你说,当然,当然,我们去采访吧,自己咯咯傻笑,你等不及挂上电话告诉每个人,满脑子只想痛批她一顿。然后在纽约时,你和她共进晚餐,晚餐进行得很顺利,你们喝了酒,觥筹交错间,好像聊了三四小时吧,她有些爱出风头,自吹自擂,但也非常慷慨(这你可没料到)而且想听所有关于我的事(这可吓着你了)和有关我们爸妈的事,还说了好多鼓励的话,其间,她仁慈地倾听着,等等,你却只想着平衡自己两相抗衡的念头,一方面你想录下她的谈话,日后用来攻击她,因为她竟然也敢比你有名、比

---

① 伊桑·霍克(1970—),美国演员、作家、导演。因1989年在《春风化雨》中饰演自杀的学生托德而崭露头角,曾出演多部影片。
② 艾拉·麦克弗森(1964—),澳大利亚名模,有"全世界最美丽的女人"之誉。
③ 1979至1988年于美国NBC电视台播放的喜剧片。饰演下文的娜塔莉一角的女星是明迪·科恩。

你迷人（还拥有宾州大学硕士学位呢），但同时，更要命的是，你想让她邀请你回她公寓。"

"我差一点办到了。"

"是啊，你和她一起搭出租车，看着她下车，不知道你该不该一起下车或什么的，就这么放她走，心想，我和她上床的大好机会泡汤了。"

"我差一点就办到了。"

"然后你回来了，仍旧写了篇不怀好意的文章谈论她。"

"她又没生气。"

"也许她脸皮厚；也许她没看到。但你看不出这是种残害同胞的行为吗？你就那样伸出魔掌抓人，像抓箱子里的玩具，帮他们穿好衣服，然后撕裂他们，扯去他们的双手，丢弃他们，当——"

"很奇怪你竟然提到萨里。其实她最近会来旧金山呢。"

"喔，老天爷。你不是要和她见面吧？"

"没错，我就是啊，小塔夫。我就是要和她见面。"

"我真不明白。"

"你本来就不应该明白。那对你这小脑袋瓜来说太复杂了。低头。我要清掉你脖子上的头发。"

我用毛巾刷掉他脖子上的头发。

"塔夫，你要学的还多着呢。"

"没错，没错。"

"只要紧跟着我，你就会慢慢学会的。"

"别担心。"

"我会怕。"

"你看起来很棒。"

"好短喔，你下手真狠。"

"不会，不会，很好看。"

塔夫不在，他在自己那新建的、但又有些烦人的圈子中，这时家里的情况就有些怪了。此时他在加布的家里，我没什么事情可做。不是说我无聊。我无聊吗？我来到走廊里，背靠着墙，我盯着我的鞋子看。我不应该配这双白袜子的，因为左脚小指头的破口变得更明显了。他什么时候会回来？他没说什么时候回来。我得给加布家打电话。但是我会表现出担心吗？我不想自己是一副担心的样子，不想成为嫉妒的家长，嫉妒孩子和朋友在一起，不想像那位H太太那样，我们很喜欢她儿子，但是她只是偶尔才让他出来，尽管他已经十二岁了，她还是很担心他会喜欢和我们在一起，喜欢和朋友在一起多于和她在一起。我把地上的地毯踩踩平，找到扫帚，扫了扫地。我打开冰箱，扔掉了一大袋坏了的橘子。还有红萝卜，都已经变黑、变软了。回到自己的房间，拉开百叶窗，街对面的养老院里，一个老人正在走廊上，走得很慢，在浇花。我回到厨房，拿起电话。要打给谁呢？我放下电话，打开电脑。起来，走到厨房。要煮什么呢？我们没有食物。我坐下来，盯着电脑，关上，站起来，等着门被打开。我把头倚在窗户边缘的框子上。如果我的头被固定在墙上会怎么样？我可以成为连体双胞胎，只有一个头，连着墙。我会变成一半是人，一半是墙。如果不被分开，我会死吗？不，我会活下来的。我会就这么和墙连着。塔夫会喂我吃饭，我会有一张特别的椅子，很高，我可以坐在上面。但如果我的头被连在墙上，我要怎么换衣服呢？我想了几分钟。然后想到一个办法：穿带纽扣的衣服。但是上厕所怎么办？我需要用便盆，或者安装导尿管。这样可以。

但是事实上，我的头并没有被连在墙上。我把头从墙边移开。

如果他四点以前回来，那我们还有一些时间可以玩。不过风太大了。他会太累吗？

门铃响了。

我朝窗外看，是他。他正朝我着急地跑过来。

"你的钥匙呢?"

"忘带了。"

我习惯性地嘲笑他:"你个健忘症患者,哈哈。"我把钥匙扔给他,钥匙掉在了人行道上。

我看着他捡起钥匙,转过身,推门,消失在墙边。

他进来的时候要吓吓他吗?不,不。他知道我在这里。要捏他吗?拿点什么倒在他身上?糟糕,没有时间了。

"嗨。"

"嗨。"

"玩得开心吗?"

"嗯。"

"你们玩了什么?"

"没什么。我们拿到照片了。"

"什么照片?"

"学校里的照片。"

"什么时候的事?"

"今天。"

"不是,我是说你什么时候拍的。"

"我不知道,大约是一个月以前吧。"

"你没有告诉我。你那天穿的是什么?"

"黄色的那件上衣。"

"哪一件?"

"深黄色的那件。"

"是干净的吗?"

"是。"

"给我看看照片。"

"你不会喜欢的。"

"为什么?"

"你自己看。"

"你的眼睛闭着吗?"

"不是。"

"你比什么手势了?"

"不是。"

"那是为什么?"

"你自己看了就知道了。"

他从书包里搜出照片,大约信纸那么大,背面有纸板,装在一个塑料套子里,他递给我,天哪,不,不,不,不,不,太糟糕了,简直太糟糕了,简直不能再糟了。把它拿掉吧。现在就拿掉。他们肯定会把它拿掉的。如果他们需要一个理由,现在就有一个。可以证明一切,这就是他们想要的证据。

"塔夫,太糟糕了。"

"没那么糟。"

"太糟糕了。"

"没有。"

"太可怕了。"

"随你怎么说。"

"不是,随你,随你,随你。天哪。你看起来就好像要哭了。天哪,你好像在求助。"

他是在求助。他的皮肤晒得黑黑的,头发金黄,看起来很帅——他看起来真的很帅,眼睛特别蓝——但是他看起来特别无助,特别脆弱,眼里几乎满了泪水……天哪,太糟糕了。这比语音信箱的问题更糟糕。语音信箱的问题我们已经说过无数遍了,虽然有所改进,但还是没有得到解决。

几年了,电话录音都是特别奇怪的声音。

当然大家会疑惑。塔夫怎么了?他们会打电话问我,我得装出一副漫不经心的样子。这就是塔夫。哈哈。但是有人打电话来的时候,他接电话的声音听起来好像他一直在大哭,把自己关在洗手间里哭,我使劲敲着门,朝他大声嚷嚷,他尽量控制住抽泣时接的电话。更糟糕的是,不管白天或者晚上,每次他都是这个声音,特别慢的"你好",是用那种十二岁男孩特有的痛苦的声音说的。我一直让他正常一点说。正常点说话,塔夫,你是个正常人,我们都是正常人,你可不可以正常点说话?别听起来好像我虐待你,好像你在洗手间里躲着我,因为我曾经是那个躲在里面的人,被门外的大人逼着,逃到洗手间里找地方躲起来,最后在衣橱里找到藏玩具的角落,很黑,光线被挡在门后的衣橱外。门被打开的时候,我的肩膀在颤抖……他也是这样,特别是在我面前,当我双手抱胸,看着他,训练他,冲他微笑,眉毛向上扬的时候……快乐一点!

现在又是这样的情况。这张照片简直太糟糕了。我得开始给他打行李包了。领养他的家庭会对他好吗?他会为他们拍一些好看的照片吗?领养家庭,领养家庭。

"塔夫,太糟糕了。你知道大家会怎么想吗?你知道吗?我现在不能去学校了。"

他正在做奶昔。

"你可以关掉这东西吗?"

"差不多好了。"

"天哪。塔夫,我没法出门了。我没法见人了,因为现在他们都有证据了,证明他们所想的。你的老师们,他们肯定认为我打你了。他们和你说过我打你之类的吗?"

"你在说什么啊?"

"太糟糕了。"

"为什么?"

"你并不是不开心。"

"是啊,然后呢?"

"所以你不允许看起来或者听起来不开心。"

"好。"

"因为那就是人们期待看到的。"

"对不起。"

"你甚至都没告诉我有拍照这回事。"

"他们发通知了。"

"他们没有。"

"好吧。"

也许这是逃脱的好时机。我可以打包，走人。儿童社会福利机构的人可能已经在路上了。他们会开什么车来呢？大卡车。或者是秘密地来。我们已经被包围了。我们可以穿过这扇门，从洗衣房逃走。我们穿过这扇门，乔装一翻——怎么乔装？用披风！我们有披风！——我们走出去，到车子那里，然后拿一些必需品，一些水果、腌肉，是的，我们去哪里？墨西哥？美国中部？不，不，去加拿大。然后就在家里上学，我们种田，然后在家里学习。但是在加拿大，他会开始说那里的话吗？我们都会说的。然后"对不起"就会被说得像"杜不起"。不行，不能这样，必须注意……

"我就是不明白为什么你不笑？"

"我以为我笑了。有几张我确实笑了。"

"然后他们选了这张？"

"我想是吧。"

可能这是他们计划中的一部分。他们选了最糟糕的一张照片就为了把他带走。或者这个摄影师是个人贩子。他和社会福利机构的人串通好了，让他们帮他搜集到更多孩子，然后把他们卖出去，卖到任何地方。他们会开什么车子来呢？

"我希望你能帮我离开这里，塔夫。"

"我说了，对不起。"

"我是说，你知道这会给我造成多差的影响，让我们看起来像什么？他们现在会带更多水果篮来。他们会给我们烤很多果酱蛋糕。"

"什么是果酱蛋糕?"

"就是大一点的甜甜圈。"

"哦。"他的奶昔做了一半。他想长胖一些。

我又看了一眼照片。很美,从一个角度来看。黄色的上衣很配他的头发,金色的头发在九月的阳光下特别好看,在海滩上也是。还有背景,淡蓝色的天,很配他眼睛的颜色。他的眼睛说着"救命啊"。不仅一张,这样的照片共有六张,下面还有四张更大的,最下面是一张最大的。天哪,所有这些呼救的塔夫们,十一个塔夫说:看我悲惨的人生,你们这些人,你们这些看初中生合影的人!班级,老师,看着我的眼睛,太明显了。抹掉我的过去,重新再来,让我像你,像你们一样正常、快乐。看看我学生时代的照片,看看我是怎么笑的。替我保存这笑容,因为每天晚餐前,他都在沙发上睡着,看起来像死了一样,当他没办法起床时,他就用力拉我的衣服乞求着,他让我给他做饭,之后,醒着的时候,他就特别严厉,盯着电视机屏幕,写着不让我看的东西,他在我的床上睡着后,我必须把他挪开,他半夜会起来,然后——

"你晚上想吃什么?"

"墨西哥卷饼。"

"我们星期天吃了墨西哥卷饼。"

"所以呢?"

"如果你做饭,你可以做墨西哥卷饼。"

"我们有肉吗?"

"没有。你得去买一些。"

"我能要点别的吗?"

"比如?"

"根汁汽水。"

"好,准备好之后叫醒我。"

我能把这张照片从我脑子里拿走吗？我们难道要这样每况愈下吗？和看起来一样糟糕吗？我知道这并不表示什么，但是怎么能看起来这么像呢？别的孩子看起来有这么忧伤吗？那个父母离异的女孩儿——她在哭吗？没有。所有这些孩子，他们都知道分数。他们知道保护自己的父母。但是塔夫不是。我所做的——上周我才帮他换了床单——所有这些，他就用这个回报我吗？

以前如果我们没有告诉妈妈学校要拍集体照，没有征得她的同意穿什么，她会杀了我们的。当然，还有一种可能让我们不告诉她拍照的事，那就是格子图案。二十世纪七十年代的人要穿那么多格子的衣服吗？特别可怕，似乎我们小学五年级以前的每张集体照都是穿格子衣服拍的，裤子也是。我们三个都一样。

"你知道，我们不需要把照片寄给大家。我甚至都不会给贝丝和比尔看这张照片。"

"你不用给他们看。"

"我也不会。"

"你不用给他们看。"

可能就是那时候玛妮打电话来。也可能是前一天，或隔天，或第二个星期。我在家，塔夫在沙发上，边写数学作业边叹气。音响开着，我把一个扩音器靠墙放，对抗邻居每星期四晚间非看不可的节目。电话铃响了。

"莎莉妮出事了。"

"什么？车祸吗？"

"不，不是，你知道在'太平洋高地'坍塌的阳台吗？"

"喔，不会吧。"

"她昏迷了，从四楼摔下来，头先着地。他们不知道她撑不撑得过去。"

我们前去探视。我想那时我们就出发了。也许我们等到早上才出发的。不对，一定是那时就走了，我们一定在那时候就出发了。或许玛妮不是晚上打来的。也许是白天。我留塔夫一个人在家。或许我锁了——

事情是这样的：

当时是半夜。塔夫在床上。卡拉从洛杉矶打电话给我（她和马克搬回洛杉矶了）。莎莉妮的妈妈打给卡拉，卡拉再打给我。我出门。想着莎莉妮可能已经走了。

走下楼梯时，我知道有人会趁此机会对塔夫下手。每次留塔夫单独在家，我都会有这种想法。我现在常让他一个人在家，不再雇用临时保姆了，因为他已经十三岁，可以留他一个人在家了，只要公寓的门锁上，大楼的门也锁上，还有后门，通往洗衣间的后门也锁上，那他就安全了，虽然那锁一撬就开，有跟没有一样。所以当然坏人会挑这条路进来。他会从后门进来，因为他一直在监视，一直在等我离开。他知道我要离开一阵子，因为他一直在偷听我的电话，拿着双筒望远镜盯着我。我一出门他就进来了，带着绳子和蜡烛。他是斯蒂芬的朋友，那个苏格兰人，当然！他会逮住塔夫，对他胡作非为，因为他知道我出门去看莎莉妮，她陷入昏迷，她从楼上摔下来了。

我去接玛妮。穆迪在医院和我们碰头。

莎莉妮的家人在那里：父母、妹妹、十几位堂表兄弟姐妹、叔叔伯伯、姑姑阿姨，有些穿着印度长袍，有些没有，另外还有一些朋友。破旧明亮的大厅挤满了人，一小群一小群，坐在地上，在候诊室里进进出出，候诊室整个被霸占了。其中有个女孩也参加了那场派对。我们得知了更多详情。那是在"太平洋高地"，莎莉妮和一位朋友一起去的，他们四处逛逛，最后走到后院外头。事发当时阳台上也许有二十个人，梁柱垮了，年轻人全往下坠。与莎莉妮一同去的人死了。其他十余人住院了，或住过院后出院了。莎莉妮是当中情况最严重的。大家都说她还活着真幸运。她落地时头摔破了。

我们在大厅等,坐在地上。然后站起来,踱步,低语。他们在动手术。或许他们已经动完手术了。也许他们已经动过许多次手术了——二十次、三十次、一百次。有一天,也许是隔天,有人通知我们可以进入加护病房区了,莎莉妮在那里面。在病房门口,我们拿起话筒,有位护士接了电话,另一位护士过来开门。我们走过其他病房,她就在那里——

她的脸破了,眼睛闭着,红肿,涨大,又红又紫,又蓝又红又紫又黄又绿又褐,眼眶发黑,装着呼吸器。他们对我们提过那顶毛线帽的事,那顶帽子就在那里,盖住她的头,因为他们剃光了她的头发,移除部分头盖骨,以减缓脑部肿胀。她的腿笔直往外伸,仿佛有夹板固定着,并用装满液体的绑腿包着,蓝色,软软的,就像睡觉时戴的眼罩。

老天,他们甚至没擦干净她身上的血,至少眼睛上面还有血迹,我是说那——

但她的两条手臂完好无缺。她的手臂光滑,棕褐色,半点伤痕、瘀青或污点都没有。

房里没别人了。玛妮、穆迪和我不知该怎么办,不知能不能碰她,要不要碰她,要不要讲讲话,或只站在旁边,或只说声你好,或祷告,或经过她身边,然后走开——你不和昏迷的人讲话的吗?他们听得到,对吧?就像未出世的婴儿,他们听得到。

我们站在房间另一头,双手掩住嘴,侧过头低声交谈,目不转睛,直到有个印度女人(她的表姐妹或朋友)走进来,没向我们打招呼,直接走到水槽前,洗手,擦干,再直接走向莎莉妮,抬起她的手,用两只手握住,对她讲话。

"你好,莎莉妮,你好,亲爱的……"

已经有人送花来了。

莎莉妮的母亲走了进来。她告诉我们,我们要洗手。我们照做,然后走到床边摸摸莎莉妮完好的手臂。她的手臂暖暖的。

几分钟后,有人带我们出去。泽夫在走廊上。我们把知道的告诉他。他听着,目瞪口呆,频频点头。

我们等待着。

好几天过去了。她的情况一开始渺茫,然后变好,然后又不确定,然后又变更好,不久医生信心满满地说她至少会稳定下来,虽然仍将昏迷。没人能确定她能否脱离险境。她摔得太严重了。她站在阳台上,然后——我们不认识那位身亡的女孩,但我们似乎都感觉到自己也曾在那栋房子里,也在那阳台上——更多人蜂拥而入。卡拉和马克自洛杉矶赶来。莎莉妮的好几十位亲戚现身了。候诊室无时无刻不人满为患。我们遇见莎莉妮的朋友、姑姑阿姨、叔叔伯伯,穿着西装的男士,穿着印度长袍的女士。我们在自助餐厅吃饭。我们离开医院,外头光线明亮,颜色总是海蓝海蓝的,旭日和煦。我们回去工作,然后又回来,然后吃饭、睡觉,莎莉妮在睡觉。我们偶尔会带百吉饼去,有时觉得很受那些亲戚欢迎,有时觉得并非如此。莎莉妮的母亲通常泪眼汪汪,其他时候她都在踱步,双臂交叉,背部挺直,吩咐医生做这做那。她自己也是医生,还组成了精英团队照顾莎莉妮。我们见到了莎莉妮的大学朋友、高中朋友、堂表兄弟姐妹。我们要去买东西,你们要什么吗?你们今天不能进去。医生在里面。明天再来。不,我们会留下来。你们为什么要留下来?我们一定要留下来。我等也等过了,也不眠不休的,也和医生商量过,握了手,知道探病时间。我知道规则:我们要留下来。我们不能问她父母任何问题。如果想知道任何事,必须问表亲或朋友。我们不能微笑,不能大笑,有任何状况都不行,除非她家人先微笑或大笑。我们必须穿着整齐。如果有人在等,我们必须准时。我们不能错过探病时间,一旦进去也不能占用太多时间,不能让大学室友或远从印度来的叔叔等待。最重要的是,我们也要受苦。每位在病人身边的人都必须承受所能承受的苦,经历所能经历的挣扎,或吃不好或睡不饱,都要一起受折磨,在受苦的同时还要待在病人身旁:离开床边、离开医院会减弱治疗力量,削弱康复的努力。病人生病时,你能到就要到。这些事我知道。象征自我牺牲的怪举动很重要。尽管真的抽不出时间探病,你还是要到。当你有天晚上回家时,塔夫说:"那你今晚要假装当爸爸吗?"他把这当笑话讲,因为你们俩已经连吃好几个星期的快餐了,每晚吃完饭你坐在沙发上就打起盹来,你应该深呼吸,知道这没关系,这种事情、这种挣扎和牺牲是很重要的,他现在不明白,但总有一天会懂。即使你已经进去见了莎莉妮,看见她的伤口正在复原,也握了她完好且暖暖的小手,你仍必须待在走廊上,对任何可能想讲话的人讲话。我们不确定莎莉妮的妈妈是否想和我们谈天,或是觉得有义务和我们说话,但我们假设是前者,因此一待就是好几个小时。有一天我带了一只泰迪熊给莎莉妮。我带来的这只泰迪熊从妈妈过世起放在车门边置物箱里好几年了,因为我认为这只泰迪熊里还留有她的身影。这只老旧橙色的小泰迪熊,小小的手脚有接缝,绒毛破旧、凌乱,每当我凝望着它那两颗又黑又圆的眼睛,我就在其中看见了妈妈,这是唯一一样能令我这样想起她的物品,威力强大得难以解释,使我没法看着这只熊小巧黑色的圆眼睛,因为每当我这么做,我都会想起妈妈让这只小熊说话时所用的那种尖着嗓子的滑稽的声音,那时我四五六岁,我们会玩那间小屋里的那些小熊,那间小屋子是她自己盖的,还用小家具装饰了。她会取出一只小熊,把它放在嘴前,拉高、拉尖嗓子说:"你好。"然后说:"我告诉你一个秘密哟。"她说着,把这只小熊放到我耳边,让我想象它要说的是什么秘密。我可以感觉到粗糙的绒毛在我耳边搔痒,我花枝乱颤地笑,惊讶、欢喜,简直快疯了。我绝对会疯掉的。所以有一天,我从车里拿出这只熊,这大概是三年来我第一次移动它,我带它到医院,刺刺的毛在我手里如钻孔机,我进去看莎莉妮,她在睡觉,戴着羊毛帽,墙上挂着她和她妈妈、姐姐的合照,很快乐的样子,她的眼睛现在不肿了,绷带拆掉了,伤口附近的皮肤剥落,长出新皮肤。我一个人在那儿,把这只熊摆在她手臂和身体间,退后几步,看着这只熊坐在那里,身高不及四英寸,它那又黑又圆的小眼睛回瞪着我,我觉得很虔诚、很骄傲,说服自己相信这么做意义重大。这只熊将发挥魔力,我将让大家过得快快乐乐的,我将带莎莉妮回来。

有一天,约翰(他并不认识莎莉妮)致电慰问。

"我在报纸上看到了。"他说。

"是啊。"

"他们要逮捕那位房东。他另外还有一百次左右违规纪录。"

"是啊。"

"有什么我可以做的吗?"他问。

"没有,我想没有。"

停顿。

"我今天又吐血了⋯⋯"

亚当·里奇不想自杀身亡。与他的角色不符。他希望是被谋杀的。

我们设计他是被一位失业的剧场舞台道具管理人杀害的,在"小毒蛇俱乐部"停车场,也就是一间传说中的洛杉矶夜总会。他喜欢那样,惨遭横死,更好的是他遇害的地点,明显表示甚至在血腥、突然的死亡之前,他还知道如何享乐。在重述他生平时,我们将提到他很久以前滥用药物的毛病,同时隐约赞同他的行为。我们设定他上瘾的不是毒品,而是维他命C,因为在和洛恩·格林主演《红色警戒》①时,他变得高度意识到防火安全的重要性,并相信补

---

① 洛恩·格林(1915—1987),加拿大播音员兼影视演员;《红色警戒》为1981年上映的电影,于1981至1982年被拍成电视剧,描述了一个全家皆为消防队员的家庭。

充维他命C能让皮肤具有防火功能。我们将提到他对摩托车越野赛和画图的兴趣,并对全世界揭露,《八个就够了》中的尼古拉斯不只是演员,也是蓄势待发、具有个人风格的导演。他遇害前正筹划一部"体裁混合的电影巨作,结合多媒体与互动元素",一项神秘、万众瞩目的计划,好莱坞人人皆知,叫做"开拓计划"。他很喜欢这个天才英年早逝的构想。

故事的开头是:

> 人说飞得太靠近太阳终将陨落。亚当·里奇——演员,偶像,反偶像,飞得太快,飞得太远。三月二十二日,他飞得太靠近太阳。他的同侪、他钟爱的人以及全国民众都哀悼⋯⋯

塔夫在沙发上,驼着背读历史课本。我在大厅里走来走去,搬弄手指,发出答答的声音。

"拜托不要再弄了。"他说。

"不。"

我情绪亢奋。今晚不同凡响。萨里要进城来。塔夫要去参加犹太男童受戒仪式,然后是萨里。好的,好的。好的,好的。

我们飞快煮好晚餐,然后他得换衣服——

"为什么我一定要换衣服?"

"因为那是宗教仪式,没错吧?这次又要到哪儿去了?"

"不知道。"

"你没拿到邀请函或什么的吗?"

"有是有,可是——"

"那邀请函在哪里呢?"

"不是在你那里吗?"

"我?为什么是在我这里?"

"我连看都没看过。"

"少来了,老天啊。"

他打电话给一位同学,取得详细资料,我们势必要迟到了,他走出房间,穿着那条我怕他会穿的裤子,那条口袋上有墨渍的裤子。

"你没干净裤子了吗?"

"如果有人偶尔洗一下衣服的话就会有。"

"什么?什么?这条裤子你从没拿出来洗过,你这自以为是的浑球。你得先把衣服拿出来洗,你这小……"

"没穿过干吗拿出来洗?"

"该死,为了像今天这样的场合啊!"

我送他到联合广场,到那个胖子阿巴克尔①曾待过的旅馆,管他在那里做过什么。他下了车,我很高兴见到他下车,这小浑球。我回办公室,穆迪、保罗、泽夫正忙着亚当·里奇的最后一篇采访稿,我们对外宣称拿到了这篇稿子,而且是独家:

问:你最欣赏的人是谁?

亚当·里奇:斯宾塞·屈塞②、詹姆斯·卡格尼③、巴比·鲁斯④,尤其是巴比·鲁斯。他是花花公子、女人、酒精都想打倒的对象,但他只是关注防线。那可说是我毕生遵循的目标。每天早上起来,我就指着防线。

问:所以你每天早上都打棒球咯?

答:没有。

问:哦。嗯,这真是相当值得采取的态度。你似乎很能接

---

① 罗斯科·阿巴克尔(1887—1933),美国喜剧泰斗、导演、制作人及作家。
② 斯宾塞·屈塞(1900—1967),美国电影演员,为两届金像奖影帝。
③ 詹姆斯·卡格尼(1899—1986),美国演员,1943年获奥斯卡最佳男主角奖。
④ 巴比·鲁斯(1895—1948),美国职业棒球运动员,是美国棒球史上最有名的球员,有"棒球之神"之称。

受典型的好莱坞生涯的起起落落。

答：这跟有没有远见有关。最近我的演戏生涯并不顺利。我学到最重要的事是，过去可能妨碍未来。

问：当然你还是有机会的。

答：话是没错，可是我不会靠吹嘘去赚钱。

我们只剩一个星期来完成这一期，更别提《旧金山纪事报》的工作，他们要宣传报纸的专栏作家，次日到期：

推荐赫布广告：阅读赫布·凯恩
乔恩·卡罗尔：大家来卡罗尔吧。

照往例，我们让事情尽量看起来顺利。我开回旅馆，这样才能先接塔夫，带塔夫回家，再回联合广场，到萨里的旅馆。我在那间胖子阿巴克尔待过的旅馆前减速，希望看见塔夫等在台阶上，在旅馆外头等我。他不在那里。

我在旅馆周围绕圈，等我又开回波克街，在旅馆前停车时，还是没看到他，我后面跟着该死的缆车，载满了悬挂在外的白痴——嘻嘻！——所以我又开车绕了一圈，再回联合广场时，看见观光客成群结队，该死的，我——

可恶，我到地下停车场停好车，跑到旅馆，进入大厅，穿着短裤。我快赶不上和萨里的约会了。她一定会等我的。她今晚就要搭飞机离开了，她今天来开会，今晚就要搭机离开，可是等我接到塔夫再送他回家，她一定已经走了。

该死的。有些孩子和他们的父母走了出来，但不见他的人影。他不在大厅里，像其他孩子等父母时一样，也不在台阶上，那是正常小孩可能在的地方，不在门口，不在电梯或前台。我找人问，他班上一位身材苗条的女孩说没有，她好一会儿没见到他了，但有些孩子还在楼上,也许他也在上面。

我搭着带镜子的电梯上楼,先是耀眼的红色地毯刺伤了我的眼,然后是景观,这是一部户外电梯,可俯瞰整座城市,真好,到了楼上,房间四面都是玻璃,气球被可怜地扔在地板上,有位DJ正在收拾设备。两个孩子还在这儿,盛装打扮,一个穿着吊带裤。塔夫没和他们在一起。我和其中一个一同搭电梯下楼,我问他塔夫在哪儿,但他不知道。

旅馆大门外,台阶上,联合广场里,又一辆可笑的缆车,到处都是观光客,却不见塔夫。萨里走了。我和这位性学家唯一的机会吹了,被这个不体贴的小——

我找电话,看他是否打电话联络过。可是没有。我回到旅馆,扫视大厅,再搭电梯上楼,观赏这景观真美,再次查看宴会厅,现在人快走光了,只剩几位家长,他们狐疑地望着我,我绝望地望着他们,但我不能和他们说话,我不是他们,不知道该讲什么,多作解释只会让他们确定把我看扁是对的,增强他们的恐惧,更觉得小塔夫真可怜。我又搭电梯下楼,在带镜子的电梯里,我看起来像个疯子。也许他已经死了,或被绑架了,当然,他被绑架就像波莉·克拉斯①被绑架一样,现在正受凌虐,被分尸。或先被送到国外。没这可能。怎么会没有,可能的,什么都有可能!

萨里不会等我的。喔,就这么一次能做这么一件事,能够做一件简单正常的事,比如和写性手册的作者共处一室,就这么一件小事,能不能就让我做这么一件事。

喔,等等。是的。他搭朋友的便车走了,是的,搭便车,这小混蛋,一声不响就搭别人的车走了。如果我在家里找着他——

---

① 1993年10月,12岁的波莉·克拉斯在加州家中遭人持刀绑架。同年12月,尸体被找到,举国哗然,要求设立新法,保护儿童,防制犯罪。一年后,克拉斯儿童基金会创立。下文提到的马克·克拉斯为波莉之父。

不，不，他还在这儿。我很确定。我望向旅馆的电话亭、餐厅、酒吧——干吗看酒吧？干吗看酒吧呢，蠢猪？用脑子啊！我又搭电梯上楼，喔，哈哈，风景真美丽，而且这电梯慢吞吞的。走出电梯进宴会厅，没人了。然后下楼到旅馆外。然后走到街对面的公园。然后沿街找，他现在肯定已经走了，跟被绑架了、死了差不多，当然，和波莉·克拉斯一样的年纪，对吧？喔，天哪。我会变成马克·克拉斯。我会制定新法，塔夫的法律，我会创立基金会——

我又回旅馆大厅，他就站在门边，衬衫扎在裤子里，头发纠缠在一起，向外张望，隔着旅馆厚厚的金色玻璃门，踮着脚尖张望。

我一把抓住他，一句话也没说，一直走到停车场，坐进车里，摇上车窗。他告诉我理由，他以为我会在另一扇门接他，不是我放他下车的那一扇门。我耐着性子听他说完，有意思……有意思……没骂脏话，忍住不吼叫。我不想做出这些举动，我们不能这么做，吼叫和骂脏话是禁止的，不生气，不大怒，不威胁要做这做那，不打他这里那里，相反，我冷静地、慢慢地、轻声地，仿佛正在读乔叟作品给年长的公民听，告知他我看事情的方式：

"妈的，塔夫！你究竟在想什么？另一扇门？为什么是另一扇门？你是在耍我吗？妈的！妈的！妈的！这种蠢事是不可能发生的。抱歉，伙伴。这不可能发生。我是说，拜托，塔夫，这种事真是太离谱了（音量提高，把我和他都吓了一跳）真是太离谱了！我是说，这种事是不可能发生的，我没工夫让你出这种纰漏。（捶打方向盘）妈的！妈的！妈的！我不能无止境地在市区到处开车找你，想着我何时该打电话报警，想着他们会在哪个大垃圾箱里找到你，受尽凌虐，四分五裂，而且——妈的！我的老天啊，塔夫，我差点就放弃找你了，我在那旅馆来来回回找了十遍，脑子里想着你碎成一片一片的景象，想象杀波莉·克拉斯的凶手在审判时朝我竖中指。怎么会有这种事啊！根本就没有（捶打方向盘）出差错的余地啊,哥儿们。没有出错的余地!(每讲一个字就捶一次方向盘)没!有!出!错!的!余!地!听着,这你是知道的,我们都知道,我们一直都知道,做事唯一的方法就是要有效率。我们要动脑子想,我们要保持警觉!我们必须步调一致,必须期待,必须动脑筋,我们要用大脑!时间很紧凑哪,塔夫,很紧凑!没有弹性!没有弹性!一件事一件事紧接着啊,老弟,每件事都安排好了,就像这样(双手握拳),明白吗?很紧凑,很紧凑(双手猛然往外拉扯,模拟测试一条短绳打的结够不够紧的动作)!每件事都安排得很紧凑!"

"你开过我们住的那条街了。"

我在贝丝家门前停下来,放塔夫下车,看着他踏上红色的玄关,贝丝朝我挥挥手,我也朝她挥挥手,我看着门关上,看着他们走上楼梯,知道他什么都会告诉她。

我现在没空担心了。

有萨里在,就没空担心。

我不知道萨里究竟想要什么。也许她想报复。她可能是想报复我揶揄她的书,想叫我到旅馆房间,而那里将一个人也没有。或等我进房后,会有人拿东西泼我,用奶油或者用焦油扔我。这整件事是个大圈套,是个陷阱。我活该,绝对的。任何下场都是我咎由自取,任何下场——没有任何攻击会出乎我意料。但仍值得冒这个险。和一位性学家在一起呢!她一定什么都知道,什么把戏、绝活都会,什么会爆炸的东西都有,会从我体内引出连我都不知道在那里的东西。

我从大厅打电话给她。

"我就要走了,两小时内要搭飞机。"

"我到了。"

"我马上下来。"

我等着见这位性学家。萨里。性学家。萨里。性学家。但这有多差劲？朋友昏迷不醒，塔夫在贝丝家，也许还呜咽着，至少是惊慌失措的，这是我第一次真正爆发——我爆发了吗？我爆发了，讲话的口气和他们如出一辙。

而我却在等这位我认识总共才三小时的女人。电梯门打开了，她在那里，提着公文包，大步朝我走来，而且接近时，味道如此香郁。

我们决定不吃晚餐，直奔我家。在飞机起飞前我们还有一小时。我们坐进我的车里，下雨了，"田德隆区"①灯火通明，回家途中一路畅通，然后就只剩我们两人在我房里。

我和这位性学家在一起！良辰美景岂容错过。我们进行着，身上仍穿着衣裳，但在进行中。和这位性学家躺在床上，和这位性学家躺在床上，和这位性学家躺在床上。和这位性学家在这里表示什么？没有比这更好的事了，对吧？这就是了，对吧？我未婚，而且将不久于人世，三年，也许五年，莎莉妮会希望我们大伙儿好好享乐的，甚至是和——尤其是和一位来自纽约的性学家，真是千载难逢的机会呀，我知道，莎莉妮也知道。因此，我是为这世界添加欢乐而不是剥夺欢乐的。剥夺对谁都没好处。我会给这世界加些东西，为这世界添上这次经验，此外，萨里和我将被编入这世界的结构中，只要做事情，任何事都行，就能让自己编入这个世界的结构里。

莎莉妮仍昏迷不醒，我和这位性学家发生性关系也无妨。我们怎能说不呢？我俩结合表示有大事发生，是道德意义上的好事，也是难以一言道尽的好事，也就＝存在＝反抗＝抽拉＝推挤＝证据＝

---

① "田德隆区"被誉为"旧金山最糟的地区"，聚集了许多毒贩、吸毒者、妓女和精神状况不稳定、在街上晃荡的人。尽管恶名昭著，但"田德隆区"仍相当热闹，现已成为老挝、缅甸与越南移民的集中地区。

信仰＝结合＋握手＝肯定＝游向岩礁再游回来＋从一边游到另一边，整个过程都在水里屏住呼吸＝激烈交战、小战役、大战役、任何战役＝一直都在证明重点＝否认泄洪＝嘲笑衰退＝力量－抑制－束缚－节制－咬指甲－不说话＋槌墙壁＋音量转大＋快速换跑道＋车辆经过＋一阵光亮＋喊叫＋要求、坚持、停留、获得＝反抗＝指印，脚印，线索，证据＝摇树，砍篱笆＋拿＋抓＋偷＋跑＝贪婪吞食＝不后悔＝失眠＝血＝浸泡在血液里，而莎莉妮需要的就是这种结合，血液输送，利用阳台！她要她的朋友不只是待在她身边，也要我们尽可能紧紧相依，不但是与她相偎依，也要彼此相依，创造摩擦、噪声，若有机会，她要我们有性行为，彼此发生性行为，把这种能量投射给她，这种爆发，这种爱——全结合在一起，哈！莎莉妮会赞成我们发生性行为的！然后，和萨里在一起，这时只是稍微摸索，闭上双眼，任脱下的鞋敲响原木地板，想着你闭上眼时会想到的那些事，同时感觉、定位、摩擦，比如说，就像太空旅行。火星漫步，穿着《2001年太空漫游》①那样的宇宙飞行服，每样东西都脏脏的、红红的。然后出现每位青少年都有的那种绘满插图的书，书中的影像揣摩太空旅行的模样，从现在算起三千年后，月形的宇宙飞船，星球上数英里高的尖塔高高耸立着，至今没人画过；然后是莎莉妮的眼睛，闭着，紫色的；然后是你没有保险套，然后你把艾滋病毒传给萨里，你必须告诉她，一年后，你会接受诊断，必须等候。不，这件事你会用写信的方式交代，你无法面对她，到时你就得搬到格林兰或北极海中的法兰士约瑟夫地群岛，否则你就在这里，亲口告诉她，请她嫁给你，你们将共同对抗艾滋，因为——不，她才不想和你扯上关系呢，浑球——

---

① 1968年上映的太空科幻电影，导演为斯丹利·库布里克，由基尔·达利主演。讲述了在不远的未来，一块神秘石碑被发现，一组航天员受命前去调查时所发生的一连串怪事。

这栋楼的大门开了又关,接着公寓的大门开了又关。然后卧室的门开了。塔夫。

"哎哟。"他说。

我走出去。被他撞见,这还是头一遭。

他看着他的衣柜。就这样站着,张望着。

"你在这里干什么?"我问。

"什么意思?"

"你现在应该在贝丝家。"

"她没吃的东西,所以叫我回来。"

"听着,要吃回那里去吃。告诉她非这样不可。叫她叫外卖。我一小时内去接你。"

他走了。

我回到萨里身边。她站起来,准备离开。

然后到机场。

沉默。闲聊。

我们在车外拥抱。

她穿越机场玻璃门,我望着,愚蠢地眨眼。

我们做了什么,是否发生了什么事,我们是否突破了,是否提供证据了,这些事并不清楚。

和亚当·里奇最后一篇访谈摆在一块的是一张他的整版照片,似笑非笑。标题写道:"别怕死神"。这个跨页报道很棒。看起来很棒,每件事都巨细无遗地陈述:他从小到大的照片,有一张是布鲁克·希尔兹高高地站在他身旁,甚至还有张奇怪的照片,那时他大概九岁,和穆迪的新女友米歇尔(她和亚当·里奇就读同一所艺术学校)合照。从各个角度来看都很棒,每件有关死亡的事都刊登了,大家会相信的。这可是件大事,我们认为。

"这可是件大事。"我们说。

"没错,这可是件大事。"我们说。

我们终于兼备天时地利人和了。租房的情况似乎稳定了下来,广告数量也多了些,工作人数创新高,有六或十或二十位实习生,现在我们在美国东岸的新帮手——丝凯·巴西特,一位二十二岁的演员兼服务生,朗斯不知是如何说服她替我们在纽约奔走的——处理开会事宜,筹办派对,打杂跑腿等。

"她是演员啊?"我们问。

"是啊,你们看过《危险游戏》[①]吗?她是那个班上的一个孩子。那角色很重要呢。她目前在演电视剧之类的。"

"那……她想从我们这边得到什么呢?"

这是标准反应。我们怀疑每一位想帮我们的人,担心任何真心想帮忙的人。那些人,比如说泽夫,大老远从美国东岸搬到西岸来帮我们,免费的,嗯……

我立刻租了这部影片,而且十分肯定,在那群黑人和拉丁美洲小孩当中(濒临险境的青春,明白吗?)有一位顶着肮脏金发的漂亮的白人女孩。她很强硬,妆太浓了,说话时嘴角有皱纹,如今为我们在纽约奔忙。她每星期在"时尚咖啡"当服务生,工作三十个小时,另外二十个小时演戏、试镜或把我们的垃圾硬塞进某处。她打电话来,满腔热血、谈吐风趣、声音沙哑。她是我们的一员,有了她,有了这篇亚当·里奇的报道,我们似乎真有可能咸鱼翻身,也许我们该加把劲,真正规划出某种营销计划,赚数百万美元,最后统御杂志界,有桥梁和小学以我们命名,届时再安排一趟航天飞机之旅,也许莎莉妮也可拿到一笔钱,也许她会回来这里,做她的事,因为她已经昏迷约两星期了,有一天玛妮和我去探望她,那是某个工作日,风和日丽,正是中午。有人领我们进去,莎莉妮在那里,眼睛睁开着。

---

① 1995年上映的电影,描述一位充满热情的教师感化放牛班学生的经过。

我的老天爷啊。

我们全身僵硬。没人告诉我们她眼睛睁开了。我们想跑去告诉她的家人。

她眼睛睁着,但不是茫然地睁着,而是真正地睁开着,绝对地睁开。她正看着我们!我稍微往旁边挪,看她的视线是否会跟着我,真的会,很慢,很慢,但……她一定是……

"嘿,莎莉妮!"玛妮说。

醒着的!

我们洗洗手,走到她床边(也许我们忘了洗手),如往常般身子往前靠,握着她的手臂,她的视线一直跟着我们,至少有一只眼睛看着我们,另一只眼睛没动,但她是真的在看我们,用那两颗或一颗大大的眼睛,看样子我们的出现令她惊喜万分,宛如初生婴孩般讶异、无言的眼神。老天,她的眼睛真大,眼白好大,看起来真的比以前还大,也许比以前大两倍。

世界百花绽放。她回来了,我们没有失去她,很明显她回来了,听见我们说话,很快就能开口讲话,然后,也许再过几天,就能起床四处走动,然后返回工作岗位,聊天、创作、搜集,最后重新帮我们搓背。

她的一位朋友进来了。我们向他抛个状况紧急的眼神,轻松但紧急,不想惊动任何人,但老天爷啊!

我们叫她动动脚趾头,她前前后后摆动整只脚掌。

真是壮观。

这是耶稣,是拉撒路①,是圣诞节。

之后,在候诊室,有位医生告诉我们,即使她眼睛睁开了,即使她仿佛有意识,从技术上看她也仍处于昏迷状态。仍在昏迷中的人睁开眼睛,对基本命令出现反应,并不少见。我们绞尽脑汁也想

---

① 《圣经》中的人物,耶稣在他身上行了神迹,让他死后四天复活了。

不出这到底是什么意思。对我们来说,她显然已经醒了,回来了,而且可能是玛妮和我让她醒来的。

我们晕眩地如导弹发射般离开。停车场里的车辆闪闪发亮,天空中满是飞鸽与手舞足蹈的大布偶,全都唱着"海滩男孩"早期的歌曲。我单手搂着玛妮,走到车子那里,快到时,我突然有个异想天开的念头。我的想法是这样的:玛妮和我应该发生性行为,而且是在车里。

我满脑子想着一颗新的星球,一颗刚发现的星球,星球上到处是动植物、有翅膀的鹿和蛇,其乐融融,我头昏眼花,进到车里时,我只是呆坐着,张大嘴笑,对着玛妮笑。我们都还活着,彼此也认识了这么多年,也撑了这么久,好久,我们都老了,累了,还没被杀死,没从桥上或阳台上或摇摇欲坠的阳台上摔下来。我真的认为,玛妮和我庆祝这一切最好的方式,就是两人赤裸相见,挥汗如雨。在她的公寓里,我的公寓里,或者车里,都没关系。海边,公园。

我得脱衣服。我无法开车。我们坐在车里,在医院停车场里。我做不了别的事。我不能回去工作。性行为才是现在应该做的事。

"她盯着我们瞧呢。"我说,想着性。

"真不可思议。"玛妮说,没想着性。

"她看起来好得不得了,就像她——我是说,她的视线跟着我们移动呢!"我说,想着莎莉妮的眼睛,然后想着性,想着我的公寓或玛妮的公寓谁的比较近。

"是啊,绝对是她,这么机警。"玛妮说。

我不语,望着玛妮,希望我的想法,那些有关性的念头,能渗入她的脑子里,或已经在那里了。她往前看,隔着挡风玻璃,希望我赶快发动车子。她转头看我,我仍盯着她看,咧开嘴笑(我不知该如何挑起这话题),我现在变成害羞地咧嘴笑。也许害羞咧嘴笑能奏效。

"我知道这听起来很荒唐，"我突然说出来，"但我现在真的是欲火焚身。"

她稍微愣了一会儿，诊断我困惑的程度，确定我不是闹着玩的。我是认真的，因为有那么一刻，我认为她可能也在我的星球上，那里也有挡风玻璃，但结果是她压根儿就不在我的星球上。

"我想我们该回办公室了。"她说。她说得没错。她很棒。我这么做时，她从不生气。这主意真蠢，是令人反感的主意。错得一塌糊涂。差劲！

我请她让我抱一下。她同意了。抱着她时，我又想到一个好得不得了的主意：玛妮和我应该有性行为。我刻意多抱了她一会儿——两人分别坐在自己的座位上——心里又想，也许她也想这么做了，也许她会改变主意，我们将兜完这圈子……

她挪开身子，拍拍我的肩膀，轻轻地拍了三下，像拍爬虫类宠物似的。好吧。我发动车子，倒车，往前，驶离停车场，往办公室的方向开。城市于前方若隐若现，建筑有高有低，白茫茫一片，每栋大楼都矗立在那儿，微笑着，低声笑着，一群巨大快乐的人哪。他们懂的。

亚当·里奇坚持要人到机场接他。我出机票钱请他飞过来，这样他才能参加这期杂志的发行派对，接受一些广播访问。我温和地建议，旧金山的机场快线很方便，也很便宜，我一向都是乘机场快线的，但电话那头沉默了半晌，然后他（他以前也这么做过）让我知道，我不是在招呼某位进城来的中学同学，我是在招呼一位好莱坞巨星，他的图章很久以前曾印在邮政编码上，他是大人物，他是亚当·里奇！亚当·里奇是不搭机场快线的！亚当·里奇是不住三流汽车旅馆的！搞清楚！

有没有可能亚当·里奇对有风格的导演以及说他是天才、正忙着"开拓计划"的那件事信以为真了？

我开着我的"思域"车去接他。我迟到了。我跑过铺着地毯的走廊，奔上自动扶梯，到登机门，然后下楼，到行李提取处。我不得不举着"亚当·里奇"的牌子。他不会喜欢这样的。

"是你吗？"

我转过身。

"亚当·里奇。"

"你迟到了。"

他就在那里。亚当·里奇。

我本来就知道他有点矮。这我知道。我不会表现出惊讶的举动。他晒成完美的古铜色，几乎是米色，头上抹着发胶，留着山羊胡，和照片上的打扮一模一样：背心装，冲浪短裤，太阳眼镜，模样相当俊俏。

我们走到停车场。

抵达旧金山时，他要的第一样东西是雪茄。他非要有几根好雪茄不可。他强调，在抽雪茄蔚然成风之前，他就已经开始抽了。他要我停在市场街一家他熟悉的店前，让他每个牌子都挑一些，那些你在7-11买不到的雪茄。

我在凡尼斯大道附近一家旅馆订了房间。之前我从未见过这家旅馆，是翻电话簿找到的。

"你一定会喜欢，"我说，"它很靠近……地方。"

它哪里也不靠近，但它是我打电话询问到的最便宜的一家，而且他们的广告很清楚，图片看起来也是最好的。

我们驶进停车场。那是一间像"红屋顶"的旅馆，就在繁忙的凡尼斯大道旁，附近有家汽车经销商，离"田德隆区"大约三条街。没空调，没游泳池。

他不高兴。他气死了。他要靠海的，他在电话上就已经清楚告诉过我们了。我们开车到码头。到那儿之后，我找了个公共电话边亭，翻阅黄页电话簿。他在车里等，戴着墨镜。十分钟后，我找到一间"最佳西方"旅馆,有空调,有游泳池,走五条街就可见到海狮。我在那家旅馆让他下车,付了住宿费。接下来两天,我要满足他所有的需求,因为我们觉得对他有所亏欠,因为这期杂志封面上写着:

> 再见了,亲爱的朋友
> 亚当·里奇,1968年生,1996年殁
> 他最后的时光
> 最后的一篇访问
> 他所留下的遗物

很成功,而且很轰动(当然是相较而言)。这期杂志上架时,我们同时寄出(用我们那台兄弟牌六百的传真机)新闻稿给一家媒体——《国家询问报》,发自内心想用这篇文章骗过他们。为了使问题能从我们身上转移,让这次骗局能撑多久就撑多久,我们计划将写这篇故事以及资料搜集的责任全推到一位行踪成谜的英国作家——克里斯多夫·佩勒姆范斯身上。所有问题都将引向他,虽然,奇怪的是,他会整整一个星期消失在人们的视线中,我们想,因为他在罗马尼亚出任务。

八分钟后,我接到一通令我们喘不过气的电话,是《打印稿》[①]一位制作人打来的。我们并未传真给《打印稿》。

"我们为什么没听说这事?"他想知道。

"喔,这真是个好问题呀。"我们说。

"你们与其他电视媒体接洽过吗?"

"没有,你们是第一位。"

[①] CBS电台新闻杂志类节目,报导最新消息、深入调查报导及名人访谈等,由派拉蒙电影公司制作。《打印稿》亦为一本杂志。

"很好，很好，你们可以帮我们联络到他的家人或朋友吗？"

"呃，当然。是的，也许吧，可以。"

后勤工作突然变得十分复杂。谁要假扮他妈、他爸、附近的杂货店老板？

"嗯，首先，"我们说，"我们必须联络到，你知道的，佩勒姆范斯先生。他知道所有详情。"

我们冷不防地被逮到了。我们假设他们会相信我们的话。（假如旧金山一份默默无闻、错误百出的杂志这么说，那么一定是真的……）我们不认为制作《打印稿》的人会对事实追根究底。几分钟后，那位制作人又打来电话。

"洛杉矶警局没有那次凶杀案的纪录。"

"喔，嗯——"

"不是说他们一定要有，但——"

他们想相信，正如我们想要他们相信一样。

"嗯，"我们说，"呃……"

二十分钟后，他再度打来：

"南加州任何地方都找不到纪录，那件事是在南加州发生的吗？"

"嗯，呃，是啊，应该是。"

"你们有更多信息吗？是哪天发生的？"

"呃……"（狂乱地翻阅杂志找那篇文章。）"如果我……记得没错……那是在……你知道，你真的应该和佩勒姆范斯先生谈谈。当然，他目前人在布加勒斯特……而现在那里是凌晨三点，而且——"

我们挂上电话，商讨如何应对。我们想叫保罗或泽夫假扮佩勒姆范斯，但他们都不肯。

"不要。"

"我不会模仿英国口音。"

那位制作人又打电话来了。

"没人听说过这件事。我们打给他的经纪人,他说他连听都没听过。"

新闻稿才传真出去一个小时就玩完了。

"你们给我听好,这究竟是怎么一回事?"那位制作人想知道。

我们告诉他这是一场骗局,闹着玩的。

他可不觉得好玩,很生气地挂了电话。

完了。

还没完。亚当·里奇还没完,因为机器已经运转了,要慢下来需要好几个星期。有位美联社记者理解力显然比别人差,还联络了在《八个就够了》中饰演父亲、目前人在密苏里州乡下的迪克·范·帕滕①,要他对这位在电视上演他儿子的人的离世讲几句话。他情绪崩溃,据说还哭了。因特网到处都有刊载。大家在聊天室争辩这件事,其中知道这是假消息的人大多咬牙切齿。多数人并不确定。亚当·里奇的朋友及前任女友好几天都处于震惊状态,相信他已经走了。有位女友以为他死了,于是打电话到他家,想最后一次聆听他在录音机里的声音,没想到亚当·里奇接起电话,她晕了过去。他打电话给我们,惊慌失措。

"你们听好,这完全失控了。我的亲戚都快气死了。"

我们寄出另一份新闻稿,这次是用来解释我们的嘲讽意味,确定大家一眼就可知道这是假的(但我们心知并非如此),其中的幽默是不言自明的(但当然不)。这份声明还附上亚当·里奇的一封短笺,他告诉所有人(在我们频频催促下):"他妈的放轻松点。"

接着出现激烈反弹,大家开始强烈指责亚当·里奇。《国家询问报》有篇文章,《美国期刊》数次报道,数十份美联社报纸提及,《纽约邮报》还跨页报道。多数报道在提到借口与动机之后都重提

---

① 迪克·范·帕滕(1928—2015),美国演员。

他的往事,说他为人卑鄙,不但吸毒还偷窃,下场令人不敢恭维。而且几乎每篇报道在结尾处都指控他这种把戏,放出死亡的假消息,玩弄大众情感,是一种让自己的姓名见报的蹩脚手段。

次日早晨,我到"最佳西方"旅馆接他,前去参加两场广播节目访问。

"你这几天在忙什么呢?"彼得·芬奇,KFOG电台①一位富有同情心的DJ问。

"嗯,我在整理一部落伍的东西,一部古装剧。"

"很好,哇,那你将……"

"制作兼导演。"

亚当·里奇太厉害了。我原以为会很惨,以为打电话来的人会谴责他,DJ会嘲弄他,但每件事都开诚布公,亚当·里奇很沉着,很自信,说话得体。他仍在表演,仍掌握一切。

之后,他回我们办公室,帮这期杂志签名,他的签名流露着自信,笔划直的直、圆的圆,过一阵子之后,泽夫和我带了一本给莎莉妮。

她转到另一家医院去了,就在塔夫和我住的那条街上,病房光线明亮,可看见诺布山。她意识清楚,至今头上动了十或十二或三十次手术,还要再动十五万次手术。我们为了逗她和她妈妈开心,大声朗读她的信,告诉她办公室发生的事。她失去短期记忆,所以不大记得泽夫,我们提到许多人时,还得提醒她这些人是谁。

"喔,你知道谁在城里吗?"我们说,"你会爱死他的。"

"谁?"

"亚当·里奇!"

"喔,我的天!为什么?"

"嗯,我们出的这一期捏造了一篇报道,佯称他死了——"

---

① 旧金山一家广播电台。

我觉得这篇报道真不错，但念到一半时，我瞄了她妈妈一眼，她妈妈不喜欢这篇报道。这篇报道也许不妥。当然不妥。她妈妈如此娇小，这几个月都待在莎莉妮身旁，而我却走进来讲这些。

我真是个白痴。我望着泽夫请求援助，但他没看见莎莉妮妈妈的表情。我转移了话题。

我们待了一会儿。旧病房大部分东西都移到了这里：她家人和朋友的照片、大幅的黑白照片、填充玩具、鲜花、她的手提式CD收音机、书籍。我原先并没打算找它，但后来蓦然想起，不由得四下找了起来。它不再枕在她的手臂和身体间，不在小桌子上，也不在窗台上。我假装随意在房里走动，心想也许它摆在某个重要场所，可能是在某处的玻璃盒里。

没有玻璃盒。

那只泰迪熊不见了。

什么东西都不能托付给我。

为亚当·里奇办的派对很糟。我们在俱乐部里到处分发杂志，每位服务生都拿着杂志四处走，随意翻阅，亚当·里奇的脸怵然出现在眼前，表情呆滞，已然是幽魂了。所以当我带着亚当·里奇到处走，把他介绍给大家时，每个人都很困惑。他们看看手上的杂志，再看看亚当·里奇，再看看杂志，不知道这是怎么回事。他是二十世纪七十年代的偶像，也是他们童年时期的片段和一个可能已经死了的人。这两项事实都让他不该在这些人当中走动，不该想在这场派对上找几位身材娇小的女子，带回"最佳西方"旅馆游泳池游泳。"我想亚当·里奇刚撞到我了。"有位朋友说，"那真的是他吗？"他们问，"他在这里做什么？"即使当他走上小讲台发言时，大家仍理不清头绪。就在这里，这本讽刺杂志上说他死了，怎么会——那些明白状况的人仍未受感动。他参加了这场由一家默默无闻的小杂志在一间二流俱乐部举办的派对，因为他在这里，由此可联想到，他本身并不引人注意。我们能让他在这间小夜总会里，在这个破烂的天鹅绒圆形酒吧里四处走动，表示他已穷途末路，从洛杉矶飞来，利用这群人，降格来到旧金山，提醒大家他过去曾有哪些表现，未来可能会有哪些表现。这很诡异，或很可悲。他做这一切真有可能只是想引人注意？他真有可能是利用自己的过去，来求取漠视过久的大众的同情心？

不，不。他心机不够深，也不够愤世嫉俗。必须是某种怪物，畸形饥渴的怪物，才干得出这种事。的确，干得出这档事的会是哪种人呢？

第十章

当然会冷。我知道会冷。我之前就必须知道会冷。怎么会不冷呢？十二月底了，老天，十二月底的芝加哥当然会冷。我在这里住了一百年了，知道这里很冷。我爱过这寒冷，拥抱并征服这寒冷，湖水结冰时，和皮特赛跑到湖边，研究巨大的冰柱、冰墙、波浪卷到一半时结冰的景象。如果有差劲或残忍的小孩打碎成形的冰，为了听碎冰声，为了看冰柱倒下，我会抗议。我会带随身听来，耳机放帽子下，虔诚地学习"回音与兔人"乐队①的课程，同时丢掷石头玩，看着石头跃过湖面的冰，听着石头蹦跳过单调变黑的"玻璃"，发出噼噼啪啪的声响，无止境地蔓延，是冰而不是石头，天空与湖面无法分辨，地平线模糊不清，像条被抹去或弄污的线。我知道这雪，知道冰堆与细雪的差别，在细雪上加点水，雪就会变成冰堆，如果你揉个雪球，打开水龙头，用水冲雪球，放置一分钟，雪球就变成冰球，如果你丢得太准，就会在你哥哥比尔的脸颊上，留下一道大伤口。我知道我的鼻翼感觉起来像是北极山洞坚硬结冰的壁面；脚趾冻成石头，和我只剩微弱的关系，在我鞋子里；风穿透我薄如纸张的牛仔裤，螫得我的腿刺痛。这些我都知道。

那么为什么、为什么、为什么我没带件该死的外套？更惨的是，我甚至连想都没想到。我不是忘了，不是，不是。我是从没想到，一次也没有。

一跨出飞机我就感觉到冷了，大步走在连接飞机和机场狭小的过道时，感觉更冷。没什么能让你不冷。我已经觉得冷了。这冷对我已不再有多大用处，我这趟来又不滑雪，现在甚至连雪都还没

---

① 英国四人合唱团，成立于1978年。

下。这冷唯一的好处就是作为迫切而明显的隐喻，作为伏笔。但我也希望只是下雨而已。芝加哥现在是晚上，天寒地冻，天色昏暗，而我就穿着用玻璃纸做成的套头毛衣。

塔夫在洛杉矶，和比尔在一起，而我在芝加哥。我会在机场租一辆车，返回我的故乡，探访莎拉·马尔赫恩，在我听到妈妈会死的几个星期后，我曾在她床上待过一晚。我也将拜访爸爸的朋友和爸爸时常（鬼鬼祟祟地）光顾的酒吧，也许还会去他的办公室、殡仪馆、我们的老房子，会去见爸爸妈妈的肿瘤医生，会探望忧心的朋友，到海边回忆那里的冬天是什么模样，我会找他们的尸体。

不，不，我知道我不会找到他们的尸体——他们火化了，当然，终于——但我长久以来都梦想着（因为我已经变形了，而且认为这可能会是可以告诉别人的有趣故事）自己差一点找到他们了，至少见到他们被送往的大楼，那间医学院。你知道我真正想看到的是什么吗？我想见到那位解剖爸爸妈妈尸体的人的脸，医生或博士，学生或护士或管他是谁。我见过他们，不是真正见过，而是在我脑海里想象过，在一间像兵工厂那么大的房间里，地板闪闪发亮，零星摆放着一张张不锈钢桌，每张桌子都有工具，用来撬开、钻孔、抽取的小机器，有着又长又细的电线，房里有医学院学生，每张桌子五人，桌子摊开来，也许摊得太开了，不舒服但空间非常大，像烤肉架，因为僵硬而显得诡异。天知道他们拿两个受癌症折磨的人的尸体来做什么，他们是被用来当作肿瘤案例研究或检查身体各部分，像街上那些生锈的车，拆除，受殖民的部分受到忽略，宁可选择相对良性的腿、手臂、手掌——喔，老天，爸爸过去常在万圣节玩一种把戏，只用一只手。我们有只看起来栩栩如生的塑料手，我们有这只手十年了，总是放在随手可得的地方，万圣节时，他会把自己的手臂缩进袖子里，然后把那只塑料手放在他的手应该在的地方。等喊着"不给糖就捣蛋"的小孩出现在门口时，他就会打开那孩子的袋子，先把糖果，然后是那只手，丢进袋子里。

棒透了。

喔，我的天啊！他会大声吼叫，挥动他那只没手臂的手。喔，我的天啊！那孩子吓死了，瞠目结舌。然后爸爸会镇定下来，冷静地把手伸进袋子里。我要拿那个……

所以我打算找出是哪家医学院接收了他们，然后我会到那家医学院，找到当时负责尸体解剖的老师，我会敲敲他的门。我会的。我没胆这么做，但在这种情况下我会的，我会克服我的——在那位医生开门看是谁在敲门时，我会快活地说：

我不知道我该说什么。说些可怕的话。但我不会生气。我只是想看看那人，打声招呼。我希望他比我矮，快四十岁，四十多、五十多岁，虚弱，秃头，戴眼镜。我自我介绍时，他会充满敬畏，会一辈子都没这么怕过，我的身影会像阴影笼罩着他，然后我会逼近他，自信满满，但态度从容，会开口问一些事，例如：

"告诉我，那像什么？"

"什么？"他会说。

"像鱼子酱吗？像一座小城，有只闪烁的大眼睛吗？一千只小眼睛？或是空的，像个干瘪的葫芦瓜？看吧，我就觉得那可能像是干瘪的葫芦瓜，中空，很轻，因为我抱她的时候，她很轻，比我预料的轻很多。抱一个人的时候，我就会想到这个，抱一个人的时候，为什么如果他们的手紧紧环住你的脖子会让你更容易抱住他们呢？就像，反正无论如何你都会撑住他们的体重，对吧？但他们环住你的脖子，会突然间变得容易，好像他们是攀住你，但无论是哪种方式你仍是抱着他们，对吧？为什么会没有差别，他们也是在抱着你——重点是，那时候，以前我抱她的时候，当她斜倚在沙发上看电视时，我通常会想，在她胃里的那个东西可能重得不得了。然后我抱起她，奇怪的是，她好轻哪！这表示那东西可能是空心的，不是万虫蠕动的巢穴、搅拌的鱼子酱，而只是某种干掉的、空心的东西。所以是哪一个？是干瘪的葫芦瓜，或是一小群一小群发亮化脓的秘密组织？"

"呃——"

"我已经想了好多年了。"

他会告诉我，我会知道。

然后我内心就平静了。

喔，我是开玩笑的。我要你的。有关内心平静那回事。我之所以跑这一趟，是因为旧金山那里太过平静了——我钱挣够了，塔夫在校期间表现优良——因此完全难以忍受。我要回家，寻找丑陋的事情和混乱的状况。我要中弹，我要跌进洞里，我要有人把我从车里拖出来痛殴一顿。

此外，我还得参加一个婚礼。

我和两个小学同学，埃里克与格兰特，待在林肯公园。我到的那晚，我们待在公园的角落里。

格兰特还在他爸爸的卤素灯工厂工作，负责送货。我们聊到他爸爸（我们认为或许他爸爸是刻意打压他）何时给他升职。他不确定。埃里克是我们中学的毕业生代表，从事管理顾问工作。他上次的一个任务是必须在肯塔基州一间养猪场待一个月。

"你对养猪业了解多少？"我问。

"啥都不懂。"他说。

他赚了一大笔钱，拥有他们住的那栋出租公寓。格兰特在那栋方方正正、显眼丑陋的三楼红砖屋里租了间房间。

他们住的大楼真的太丑了。

"是啊，"埃里克说，"但用这种角度想：如果你住的是街上最丑的房子，你永远都不必看它一眼。"

埃里克很会说这些哲语。我不清楚他是如何想到这些话的，但他和格兰特现在讲话都这样，充满尖酸刻薄的智慧，北美大平原的课题。有很长一段时间,格兰特是我们朋友当中唯一父母离异的,他一直都像个智者,是我们当中古老的灵魂。他步伐缓慢,说话前会先叹口气。他在中学附近的一座公寓大厦长大,我们让他下车时,他会说:"窗户摇上去,门锁上,我们到贫民街了。"

我们玩撞球。聊完穆迪等人的近况后,通常会谈到的话题是:

1)文斯·沃恩①,我们五年级就认识他了,现在来自家乡的每个人都密切注意着他,感同身受,双手交握:

"你在《失落的世界》看到他?"

"是啊,他还可以。"

"他的戏份不多。"

"不多。"

"他需要像《全职浪子》②这样的片子。"

"没错,哈哈镜那类的。"

2)他们的头发:他们两人都有关于头发的有趣的消息。格兰特不停地掉头发,掉得很严重,而埃里克终于放弃他从中学起就使用的喷雾发胶。发胶虽然让他看起来有造型,但活像戴了顶假发似的。

"不错喔。"我看着他的头发说。

"谢谢。"他说。

"我是说真的,这样你的头发看起来毛毛的,很自然,很蓬松。不错。"

"是啊,谢谢你。"

他们也要参加第二天的婚礼,玛妮的姐姐波莉的婚礼,她要嫁给某位我们不认识的人。我们都被邀请参加婚礼,大概十五个人都是波莉的妹妹的朋友,因此我们把这次婚礼当成同学会。大家都会

---

① 文斯·沃恩(1970—),美国演员。
② 文斯·沃恩引起观众注意的一部独立影片,拍摄于1996年。

在那里，多数人是明天或后天才到。格兰特和埃里克很好奇我为什么要在这里待上五天，我适可而止地告诉他们，让他们了解，但又不至于了解到会担心的地步。

我们回家时并未开灯。他们之前便挪开举重练习椅，腾出空间为我摆了张榻榻米。

"谢啦。"我说着钻进被窝里。

否则格兰特会把我塞进被窝的。

"你能来真好。"他拍拍我的头说。

黑暗中我听见格兰特在隔壁房间，他梳妆台的抽屉吱吱作响，也听到埃里克在楼上，在浴室，水流的声音。我睡着了，仿佛好几年没睡似的。

一大早我就开始了。我向格兰特借了件外套，随身携带录音机、一本笔记本和一张单子，上面列着我在这里的待办事项。单子上列了五十件左右要处理的事情，之前我先在计算机上输入，用激光打印机打印出来，然后坐飞机时再逐一添加。单子的前几项都是先前已提过的事：

"温本"（殡仪馆）

924（老家的门牌号码）

布劳（爸爸的朋友）

海德（他们的肿瘤医生）

莎拉（数年前我曾在她的床上醒来）

酒吧（爸爸常光顾的那间，在隔壁镇，我知道地点，但不知道名称）

海边（紧邻密歇根湖的沙滩，很多人聚集，约在那里见面，享受日光浴、玩水）

单子上还列了许多事项。我认为，这张单子是和吸毒狂欢的情绪等价的东西，把许多相异而且应该并不兼容的刺激物尽可能搅和在一起,在短时间内,五天内,共同构成一种社会家庭考古学的畅饮狂乐,看结果如何,有多少事能被捞出、带回、回忆、利用、推托、同情,让人知道,变成永恒。为了使负荷超载,我不停地在飞机上、在床上,往这张单子上添加事项,无关或随手拈来的事情——打电话或出其不意地拜访五年、十年没见的朋友,从未讲过话的朋友——想在这团混乱中丢进任何具有挑拨或残酷潜力的事物。例如,在纸张边缘用笔写下:

乌登(小学同学,他被送到军事学校,原因他并未向我解释,但那年冬天,他非常仁慈地写了封慰问信给我,虽然我们已将近七年没说过话。也许我会突然出现在他家门口,因为我从未给他回信,我也想看看他现在长什么模样,讲话是什么样子,也许我可以向他妈妈打声招呼,有天晚上我在他家过夜,因为看了《大灰熊》[有点像是长了毛的大白鲨]而睡不着,她用平底锅热牛奶给我喝,在厨房里轻声说些善良的话);简阿姨(她住在鳕鱼角;打通电话过去?);福克斯(爸爸从前的老板,总穿着细直条纹西装,一位弯腰驼背、不怀好意的人,当我和贝丝于几星期后清理爸爸的办公桌时,他走进办公室说了这样一句话,用很不仁慈的口吻,像是对一位被发现太常手淫的小孩说话的那种方式:"嗯,我们之前就知道他快死了。");捐赠公司(载运然后分配尸体给医学院的组织);医学院(最有可能用过爸爸妈妈尸体的那家)。

单子上还列了许多事项。其他朋友,爸爸妈妈的朋友,曾参加爸爸或妈妈丧礼的寥寥无几的大学朋友;小学和中学教师;我们那条街尽头,有个结冰小湖的公园;艾沃特太太,我以前常帮她修剪草坪,也常帮她做园艺工作(想看看她是否还活着);妈妈的朋友、同事,等等。

还有,写了这些事项的这一页旁边是这几个字,写得大大的,虽然歪七扭八,用左手潦草写下的。这几个字写得很大,全部大写,就在计算机打印的文字和手写的添加事项旁边。我是在奥黑尔

机场的公共电话亭里加上这几个字的,当时我正和在洛杉矶的塔夫讲话,就在我的飞机抵达之后。这几个字是:

大醉一场?

这是我抛给自己的问题,关于我在芝加哥到处做这些事时处于哪种状态会最好。我和塔夫聊着他和比尔在洛杉矶做什么时——那天他们去了击球场,还看了场电影(比尔变成有趣的人了)——我突发奇想,神志清醒得很,我应该整段时间都醉醺醺的。醉醺醺的状态,我想,会在这整件我努力要做的事情上添加一抹神秘的色彩,更别提浪漫的流动性,不这样做,我就无法倚靠这种流动性。我应该很绝望,破烂不堪,有点不知所云,步履蹒跚,从一处走到另一处。这会比工于心计、头脑清醒要适合许多,可将事情抽丝剥茧,深入核心,将除去一两层自我意识的白色噪音,将使我做更多蠢事。

但从另一方面来说,这样就很难提出证明资料了呀。在喝醉的时候……我真的有办法写下适当的摘要,录下听得懂的话吗?

我租了一辆车,在开往森林湖途中尚未排除"让自己无时不刻都醉醺醺"这个念头。虽然我从未连续喝醉后醒着超过三个小时,而且一个星期喝醉的次数很少超过一次,但我仍保留这个选择,决定婚礼时再做决定,那时我肯定会喝得醉醺醺的。届时我便可选择,倘若情绪还算适当,继续狂饮作乐,千杯不停,杯不离手,把酒放在热水瓶里,也许——

但怎么开车呢?醉醺醺的很难开车。

我朝北往森林湖开。四十一号公路和整个芝加哥地区在十二月底看起来阴沉、可怜,就像它们本来的样子。没下雪,只有银白的寒冷和废气,黑色的泥泞。

二十分钟之后我便抵达老家外,什么感觉也没有。我到森林湖了,在我家那条街上,隔着街在我家对面。我在车里,收听某个大学摇滚广播电台,满脑子想着邻居庭院的状况。景物变了。他们把树砍了吗?看起来他们似乎把树砍了。

车内起雾了,我没哭。转到这条街,我确定等我看见这房子时,我会做件情绪化的事。有那么一霎那,我有点希望那房子不在那儿,被移走了,被龙卷风卷走了。或者新屋主把房子铲平,从荒芜中重新盖起。但是,在街道转角处,我一眼就看见它还在那里——还在这里。他们把原来是灰色的木头漆成了蓝色,此外一切如故。我在屋前栽种的灌木丛仍在那儿,当时是为了防止蹒跚学步的塔夫冲到街上去,只是它们没长高。

我从笔记本上撕下一张纸,写了张字条:

亲爱的韦佛兰街924号住户:

我从前住在这里,住了大半辈子。我很想进去四处看看,但不想未知会一声便贸然来访。如果你们可接受我这么做,请打给我,电话是312……我会一直在这里待到星期六。

字条被放进信箱里。我并未抱多大期望,因为如果我是他们,我也不确定我会邀请自己进去。也许我会假装度假去了,错过这张字条。

我走到镇内火车站打公共电话。冷死了。我在找莎拉,我没有她的电话号码,不知道她住哪儿。最后一次见到她时,她住家里,和父母同住。或许她仍住那一区,或仍住在这个州。我试着拨打了一位在芝加哥的莎拉·马尔赫恩。

"是莎拉吗?"

"是的?"

"莎拉·马尔赫恩吗?"

"是的。"

"来自森林湖的莎拉·马尔赫恩吗?"

"呃,不是。"

"抱歉。"

我挂上电话,往手里吹热气。我是白痴。会有人看见我在这里,离开后首次回镇上,却在火车站外头打公用电话。没人用这个电话。但另一方面,没人会感到惊讶。他们早预料到会有这种事发生在我身上——他们知道发生了什么事,会假设我终于摔落谷底了,无家可归又吸食霹雳可卡因。又打了一个错误的电话,然后:

"莎拉吗?"

"是的?"

"莎拉·马尔赫恩吗?"

"是的?"

"来自森林湖的莎拉·马尔赫恩吗?"

停顿了半晌,然后,缓慢地:"是的……"

已经四年了,但她很亲切,她一下子就变得很亲切。我们聊到最后一次见面的事,那次我们得大清早溜出她家,这样她才能送我回家,她爸爸会宰了我,如果他知道的话。

"他去年过世了,你知道的。"

"不,其实我不知道。我很遗憾。"

老天。我不确定当时我说了什么,但不久我就问她是否将参加波莉的婚礼,她们在同一个班上。她说不去参加。我问她接下来几天是否有空一起吃饭或喝咖啡。

她说哪一天都行。

婚礼很正常,棒极了。我特别想参加一个平凡无奇的婚礼,尽可能死板传统。一开始传统婚礼的念头吓坏了我,但非常规的婚礼却更荒谬。我无法摆脱贝丝婚礼的记忆。那是在半年前,新郎是一位叫詹姆斯的好年轻人,金发,娃娃脸。婚礼是在圣克鲁兹附近一大片别墅的甲板上举行的,高高位于太平洋上方。

贝丝长久以来都梦想着在海滩上举行婚礼，赤着脚，穿着白色婚纱，在沙滩上，微风吹拂，我们所有人站在夕阳下金色的浪花前。但这种梦想不可能获得许可，所以她改成这间小房子，不管有没有沙滩，它都会是很棒的背景，一切都是奶油绿和雪白，塔夫和我还差点没赶上。

我们迟到了，我得出门帮塔夫买条裤子，开着红色的小车穿梭于旧金山，开上富兰克林街高低起伏的道路，回家换衣服。

我们在山丘上一个红绿灯处停车。然后砰的一声，车子往前弹了一下，玻璃发出碎裂声。我们被人从后头撞上了，某种卡车，某辆很巨大的东西。

司机是个女人，四十五岁左右，开着豪华型吉普车———一辆大车。她车里载了一家子人，两个十几岁的女儿和她丈夫，都很高，穿着整齐、正常。他们坐在车里往外望，面露忧色。正是大中午，我在日头下站了一分钟，破碎的玻璃洒落一地。塔夫和我走到人行道，我坐下，头晕。他站着低头看我。

"你还好吗？"他问。

"移过去一点，在太阳下我看不到你。"

"好多了，我还好。"

"现在怎么办？"

"我们非走不可。已经迟到了。"

我们还有一个小时。我们的车被撞成两截了。后保险杆没了，后车窗也没了，后车门破碎扭曲，关不上了。我们交换姓名之后，那位妇女提议叫辆拖车，但没时间了。我试着发动，车竟然启动了，于是我们离开，回家，换好衣服，然后再上车，再开下山，开上高速公路，风穿过车子裸露的骨架钻进来，呼呼尖叫着，我们往南开往圣何塞，到当地的机场接比尔——他觉得这辆车的状况很好笑，坐在后座，风涌进来——即使那时我担心极了，担心油槽受损，车子在漏油，汽油会冒出火花，我们全都会在路上爆炸，这一切太正常了。

车子缓缓行驶,咯嗒作响,十分可怜。地面烟雾弥漫,白茫茫一片,绿色变灰色,看不见海洋。塔夫和我根本就没有稍微正式一些的衣服,于是穿着皱巴巴的白衬衫,打着爸爸破旧的领带。大家都知道我们是谁,知道我们就是他们。

我们遇到了牧师,一位女同性恋反对者,穿着飘逸的长袍,留了头狂野刚硬的头发。我们向家人代表打了招呼。首先是表妹苏西,她从马萨诸塞州乡下来,之前曾在这个海滩小镇购物,现在戴了一顶在二手商店买的帽子,稻草编的,高八英寸,还有四只编织的鸟栖息在帽子上。然后是康妮姑姑,爸爸的妹妹,一位新世纪作曲家(她的音乐叫做神圣空间音乐),她从马林来,最后一刻才出现,意外的惊喜,虽然没带那只通常栖息在她肩上、会说话的鹦鹉或白鹦。不久前她才把我和约翰逼入死角(约翰及时出现,一路都在喝酒),花了十五分钟,和我们争辩政府可能向民众隐瞒外星人来访的信息。她当然知道政府隐瞒的第一手数据,因为有段时间,她的计算机不停接收到来自外层空间的信息。我问她怎么知道那些信息是来自外层空间,而非来自美国在线(AOL)。她满脸同情地望着我,好似说着:"如果你非问不可……"

比尔和我原本要陪贝丝步上红毯,把她交出去。她问过我们,我们说好,当然,这样很好,很荣幸。但后来,比尔和我在外头等,在逐渐散去的烟雾中等待时,她却决定,仔细想想,她不想被"交出去",不喜欢这份习俗隐含的父权意识,她要自己走过红毯,由她自己主宰。于是比尔和我坐在第一排,等待,而康妮姑姑抱怨着婚礼前奏曲的质量(她猜是马克·艾沙姆①,嗤之以鼻)。

---

① 马克·艾沙姆(1951—),电影配乐大师,身兼演奏者、作曲家、录音师,1994年获金球奖,曾替30多部电影配乐,如《大河恋》《银色、性、男女》《晚霞》等,曾出《蒸汽画》(1983)等8张演奏专辑。

但音乐不久就被更换了。贝丝与詹姆斯走上红毯,在已变晴朗的洁净天空下,音符朝我们飘荡而来,甲板上两个扩音器播送着的不是《结婚进行曲》,也不是巴哈贝尔①,而是——我惊惶失色,扫视群众寻找大家的反应,因为我几乎可以确定这首歌是——喔,现在错不了了,这首歌是——

这首歌是《贝丝》,KISS 合唱团②唱的。

原版录音。

而且她打赤脚。

她以为这很好笑吗?她当然不可能——

不远处有座悬崖,只在三十码外,我猜会不会有人注意到我,如果我就这么安安静静地溜走,当大家全都注视着入口时,纵身跳下。

至于波莉的婚礼,那是贝丝的婚礼之后我参加的第一个婚礼,我衷心盼望能见到简单、传统、坚守清教徒规矩的婚礼。婚礼在教堂举行,由森林湖第一长老会组织,这是好的开始。他们要求我们穿正式礼服,这也很好。招待会在"海岸之地",隔壁镇一间乡村俱乐部举行,比尔有一年夏天在那里端过盘子。那是个好地方。完全可以接受。

招待会上,每个人都想谈论肯·科普里沃的变性手术。他是我们的高中英文老师,也是我们(勇猛、抖擞)的高中足球队教练。科普里沃先生宣布在春天服用荷尔蒙药物,在夏天动手术后,将于秋天以凯伦的身份出现。我们简直不敢相信这件事,这是继 T 先生之后最棒的一件事。

等大家聊完这话题后,逃不掉的问题就来了:

---

① 巴哈贝尔(1653—1706),德国音乐家,代表作品为《D 大调卡农》。
② 成立于 1973 年,属重金属摇滚乐团,风格独特,浓妆艳抹,奇装异服。其经典名曲即为《贝丝》,至今已发行超过 30 张专辑。

"塔夫还好吗?"梅根问。

"时好时坏。"

"他现在几岁了?"凯西问。

"我忘了。"

"他在哪里?"艾米问。

"你竟然会问,真有意思。他搭便车旅行到……"

话题聊完了,我们瞪着对方。他们知道我不是他们。我是别的东西。我已经畸形了,已经一百岁了。明天我将花一整天时间寻觅爸爸妈妈的遗体。

"杂志办得如何?"巴尔柏问。

"也许撑不久了。"

"为什么?"

我解释说,我们全都累了,厌倦了做其他的工作,我们如果不能很快筹得一些资金,搬到纽约,就只能关门大吉。这是我最不想谈也最不愿想的一件事。我不想谈我的失败,或他们的失败。也许我们全都发育不全。我们当中有任何人发生任何事吗?今晚的话题人物是玛妮一位大学女同学的约会对象。他是芝加哥某个儿童电视节目主持人,而且刚在《空中大灌篮》①中演出,虽然只有一句台词,更别提在"盒里的杰克"②最近的广告里演了个挺重要的角色。他为我们表演笑话,模仿其他宾客。我们很羡慕他。

我们半数人正聊着搬家的事。弗拉格已经搬到纽约了,去读研究生,我也正隐约考虑搬家的事。但我真正想要的只是在这些朋友组成的温暖婴儿池里四处游,跳进他们的干叶堆里,用他们搓磨我自己,不用只言片语,不用穿衣服。

---

① 1996年拍摄的电影,由迈克尔·乔丹主演,剧中他答应参加一场与外星人对抗的篮球赛。

② 美国连锁快餐店。

但我们全都坐着，必须交谈，必须赶上。有个乐团正在演奏五十年代的热门歌曲。有三位梳包头的女歌手在唱歌，人们开始往外走。老人家成双成对开始跳舞。我不喜欢成双成对的老人，他们操纵了这两位年轻人的婚礼，到处都有成双成对的老人家，用一种神经过敏的方式跳舞，要么太慢，要么太快，而且快得离谱，像那位女性，穿着金线织成的衣服，跳着某种拉丁舞步，但乐队在演奏的是"海滩男孩"的歌，好像她想用高跟鞋踩死蚂蚁似的。她脸上带着他们的脸上全都带着一种表情，仿佛说着"喔，是啊！"或"好啊！"或——

我要穿越这扇厚玻璃窗，跳进俱乐部后院，跑到悬崖，然后纵身一跃跳进密歇根湖。或至少到外头四处走走。但太冷了。我没鞋子。我可以上楼。我可以抓住每个人，我们可以离开。我要我们大家全在一张大床上，脱光衣服。也许不用脱光衣服。

新郎新娘走了，老人家走了，在浴室和我握手的那家伙（我们站在相邻的小便池前，他坚持要和我握手）被扔出去了，好像是他对着女友拳打脚踢，然后大家都走了。我们是最后走的，大家围坐着，身上的汗干了，讨论要上哪儿，到某人家，到酒吧，现在才午夜而已，最后我们到梅根家，在厨房吃饼干，看着她贴在冰箱上的照片，这事我们以前做过一百遍了，要保持安静，因为她爸妈在楼上睡觉。

我们各找了张空床睡，所以我是在梅根哥哥的床上醒来的。他读大学去了，房间很暗，铺着厚地毯，房里塞满了桃花心木家具和曲棍球奖杯，队员合照。有一支丹尼斯·萨瓦尔①签名的球棒。

我开车送玛妮回家。

然后回去办正事。

---

① 丹尼斯·萨瓦尔（1961— ），已退休曲棍球运动员。

大约一小时后,我走在老家院子里。信箱换新的了,坏掉的柱子修好了,前门也重新粉刷过。

我已经开始替这些人感到难过。这些可怜的人。他们让我进去真是个错误。我进去会发生什么事?他们不该邀请我的。如果他们没邀请我,我也能理解。但那位父亲打电话来,说我可以过来,所以我来了。这会很糟,会有事情发生,我会说漏嘴,说出他们不想听到的事情。

不,不,我会乖乖的。不会有问题的。

门打开了,他们全在那儿。他们总是全家大小一起开门吗?有三个小孩,都不到七岁,两男一女,父亲穿着毛衣,蓄着小胡子,母亲剪了短发,小孩子躲在大人的身后偷看。我和这位父亲握手。他们让我进屋了。

根本没有什么理由可以解释他们愿意让我进他们的房子。他们只知道我曾在这里住过。我不知他们是否知道这里发生过什么事。我猜他们知道,至少做父母的知道。这些完美的小孩子并不知道。我不会说。

我们直接走到厨房。这光线!这地方光线很好。我快速地四下环顾,想找出这光线的来源。墙壁重新粉刷了。木头嵌线没了。墙不见了。他们把墙壁敲掉了!橱柜没了,或搬走了,或换掉了。有扇新的窗户,或是窗户被放大了。我分不出来。我看不出是哪里不同。一切看起来都不一样了。而且比较小,看起来像是给小个子住的房子。但这些人身高都正常。

我们四处看。他们把客厅更名为起居室,反之亦然,并移除整块覆盖地板的白色地毯,露出完美的原木地板,到处都重新粉刷过了,天花板修好了,还有天窗呢!我们聊着,我问他们这里那里的变化。问一些建筑上的问题。

"这是新嵌线吗?"

"这是纸面石膏板吗?"

很快,我已经不是这地方的前任住户,不是某个受虐的怪胎,而是一位对装潢感兴趣的友善邻居。

楼上,卧房明亮舒适,儿童房漆成粉红色、浅蓝色。我的房间认不出来了。橙色的森林壁纸不见了,我画的图也不见了。地毯没了,衣橱的镜子也没了。毁损的门换掉了。

每样东西都好整齐,好干净,玩具色彩鲜明,圆圆的。儿童房有儿童特有的装备,蓝色的、红色的、黄色的小牙刷。主卧室,这里就是有天窗的地方。我们从没想过要装天窗。老天,天窗哪。好亮哟,这房间原本摆了跟人一般高、装满爸爸西装的衣橱的位置,原本闻起来充满爸爸气味的地方,真皮皮带和浸了烟味的西装和鞋油,现在变成了按摩浴缸。

我问他们,怎么可能,这些——

"我们在这间屋子的改造上花了不少时间。"那位父亲说,发出轻吹口哨的声音,强调这需要花上多少工夫。

"是啊,"我说,"我们有阵子就这么让东西都烂在那里。"

我们回楼下,小孩子跟着我们到处走。洗衣间重新粉刷过了,地毯换掉了。车库旁的浴室不再贴着时髦流行语的壁纸。透过浴室高悬的小窗口,后院看起来几乎没变,因为下了雪而一片雪白,土堆上有塑料玩具和红色雪橇点缀着。

天空白茫茫的。我现在在湖边。我之所以在湖边,是因为我要打电话,但我不愿在火车站打,不愿在镇中心做这件事。我打给埃里克和格兰特,想知道肿瘤医生是否回电。没有。岸边空无一人。天气冷得野蛮,不超过零下十二度。

我走出停车场,沿着岸边红砖人行道走,仔细看路边的长椅,可以付费将位子献给某人。我决定买一张,献给妈妈,也许也帮他买一张,也许两人共享一张,要看这些椅子得花多少钱。长椅上大多只题了一个名字,但电话附近有张椅子的题词是:

玫瑰是红的
紫罗兰是蓝的
我们喜欢这岸边
希望你也喜欢

老天。我能写首比这更好的。

我会买张长椅。我会叫贝丝和比尔捐钱。终于我们有事做了。这我们付得起。这是我们欠——

这倒提醒了我——我大声倒抽了口气,独自一人在湖边——塔夫的高中财务援助申请表次日就到期了。我们申请了五六所私立高中,现在必须向某个全国处理中心提出财务援助申请。我离开前没做这件事,想等上飞机时再做,现在我在这里,在湖边,只剩三小时填妥申请表投交快递。

我走到车子那里,拿出背包,再回湖边,在警卫室附近的野餐桌上,摊开各张申请表。一如往常,我立刻就被这些问题给难倒了。我不知道或很快忘记了上面要填写的东西:社会保险号码、银行账号、存款余额。贝丝会知道的。

我在点心吧的雨篷下用公共电话打给在旧金山的贝丝,上头融化的冰柱浸湿了电话。我拭去水迹,这水比我预期的暖和。贝丝知道我为什么在芝加哥,但不懂为什么都十二月了我还在湖边。

"我不知道。我就是在。这里有电话。很冷。"

"我再打给你。"

"贝丝,很冷啊。"

"我还在打电话。给我你那里的电话号码。"

"这里应该有零下十七度。"

"什么?"

"这里零下十七度,贝丝。"

"我十分钟内打给你。"

我给她电话号码,之后在一张野餐桌上躺下,实践保持温暖的方法。坐着不动比较暖和,还是动动身子比较暖和?我想我知道动的时候会比较暖和,但有一分钟我有这样的想法:我可以躺着不动,能使用意念命令血液循环。我闭上眼睛,大声呼吸,指挥血液加速流动,想象我正看着它,脑海里出现输送带和豪华老鼠屋的画面……我小睡了大约五分钟或者十分钟,想着其他星球上的生命。

电话铃响了。贝丝很生气。

"听着,我们非得现在做这件事不可吗?"

"是的。"

"为什么?"

"因为我必须今天寄出去。"

"为什么?"

"因为明天就截止了。"

"你为什么之前不做好?"

"现在讲这些已经不重要了。"

"……"

"听着,我还是在公共电话亭里,在岸上,在湖边。现在是冬天。冬天很冷。可以快一点吗?"

"好啦。"

她告诉我那些号码。

"谢啦。没事了,拜。"

出于习惯——我先打给贝丝,不久再打给比尔——我打给在洛杉矶的比尔和塔夫,是语音留言。他们无疑是在海边,真正的海边,温暖,看着女人打排球。我在他的语音留言中留了几句话,就挂了电话。有两人慢跑经过,穿着芝加哥小熊队的运动服。他们悠闲地跑过,看着我,因为我坐在野餐桌上,嘴里叼着一支笔,纸张在身边四散。我填完了,把表格塞进背包里。

走回停车场的路上，经过点心吧，我把脸贴在警卫室窗户上。里面，就在桌子后方，管他坐在岸边桌子后方的人是谁，有一张照片，照片上也许有十五位救生员，穿着泳装摆姿势。每个人都穿橙色的，都张大嘴笑，都有着洁白晶亮的牙齿，金发，银白色的头发。我认出其中几位。这照片一定有五六年了。在那里，后排有一个是莎拉·马尔赫恩，样子就像我记得的：古铜色的肌肤，水蓝色的眼睛，忧愁的眼睛，金发，鬈发。我知道她是救生员，但从未见到她在这里担任救生员，这湖边我来过好几百次了，但从未见过她或这张照片。而现在——

真是奇怪。我记下了这件事。

到了车子那里，我把背包扔进车里，再走回去打电话给贝丝。

"听着，我有个问题要问你。"

"说吧。"

"你知道那些骨灰的事吗？"

"什么？"

"你听到了。"

"喔，不会吧，谁的？"

"两个人的，或其中一个的。"

"要干吗？"

"呃，你没收到过，对吧？"

"对啊。"

"而他们也从未打电话来，对吗？"

"有，他们打过电话。"

"什么意思？"

"大概一年前他们打来过。"

"是吗？谁打的？"

"我告诉过你的。"

"你没告诉过我。"

"有，他们打来过，他们有骨灰。至少有妈妈的。他们一直在试着联络我们。"

"哪里？"

"芝加哥、伯克利、旧金山，每一个地方。"

"你说什么？他们把东西寄回来了吗？"

"没有。"

"没有？那东西在哪里？"

"我说我们不要。"

"不会吧。"

"我是这么说的，我们要一些愚蠢的骨灰干吗？"

"但没问过我或比尔？你就——"

我不能再问下去了。每次我问问题，问贝丝，问任何人，期望得到亲切的响应，或者只是些许的失落就好，但答案却远比我能想象的要怪异、恐怖许多。

"我就怎样？"

她生气了。

我太软弱了，说不出口。

"没什么。"

她挂上电话。

这简直太——我以前很爱这种暧昧不明的情况。他们在哪里？嗯，这是个好问题。他们葬在哪儿？另一个有趣的问题。这是爸爸处理方式的美妙。我们知道他诊断结果出来了，但不知他病得多重。我们知道他在医院里，却不知他有多接近死亡。感觉起来这虽然奇怪但也很合理，他走得一干二净，她也一样，从这一点来看，那些骨灰从未在加州找到我们，我们搬家，搬了又搬，躲避，迂回前进。我假设遗体已经烂了，那间医学院，或管他是谁，玩忽职守，有人疏忽了，忘了。可是现在，知道贝丝之前就接到消息，知道他们真的走了，被丢弃了，知道我们曾有机会——

无论有多模糊，我真的怀抱着，也许我能找到他们的念头，那家医学院可能把他们存放在某处，在……骨灰存放区，某个存放无人认领遗体的大仓库。

但现在知道——

喔，我们是怪物。

我在 7-11 的公共电话前停车，就在我们与隔壁镇的边界处，现在 7-11 已经关门了。我打给拉斯·布劳。他太太接的。

"喔，嗨！"

"嗨。"

"你在哪里？在旧金山吗？"

"不，其实，我人在芝加哥。其实就在海伍德区。"

"喔，我的老天。这么说来，你就在他附近。他住院了。"

"喔，天哪。"

"不，不，不过是感染而已。他很好。是他的脚。这件事真怪，他整只脚肿起来了，只住了几天。"

"嗯，我真的很希望能找他聊一聊，或和你们两位聊几分钟，但我会再打来，等——"

"不，去看看他吧。他在高地公园医院，他会很高兴的。"

我婉拒了，不行，那样会很奇怪。

"别傻了，去吧。"

十分钟后我到了那里，在停车场，在车里。从这里可以看到妈妈住过的病房，那间新年过生日的病房。我下车，在医院里四处走，到急诊室，门唰的一声滑开了。我要去急诊室，想经历些事情。我要回到流鼻血的那一夜。他们先送她来这里，提高她的白血球数，止住鼻血。

候诊室看起来很小，到处漆成桃红色、粉红色、淡紫色，像佛罗里达的公寓大楼。我坐在一张柔软舒适的椅子上。

没发生什么事。往事并未重现。

电视上,"49 人"① 橄榄球队在比赛。

接待处的人看着我。

可恶。

我走开,在医院里四处逛,在大厅查到布劳的病房号码,打电话给他。

他问我是否在城里,我说是的,我在。他说我该找个时间过来,他在医院里,就待几天,不过等他出院后,应该明天就出院了。

我告诉他我已经在这里了。

"在高地公园?"

"是的,我正在医院里。在大厅。"

"喔,为什么?"

我撒谎:"嗯,我跟这里的医生约了五点半,肿瘤医生,我⋯⋯"

"那现在快五点半了。"

"喔,嗯,其实也还不一定,我可以晚点再见他。"

"那你想上来吗?"

"是的。"

"我在 D-34。"

"我知道。"

他在四楼,是妈妈接受各种不同检查的同一栋楼,也是爸爸过世的那栋楼。同一层楼。应该是同一层楼。

我最后一次见到爸爸是和妈妈、贝丝、塔夫在一起的。我们沿着走廊走,推开他病房的门,立即遭受烟的袭击。他们让他在医院里抽烟。病房很灰暗,烟雾弥漫,他坐在那里,在床上,双脚脚踝处交叉,双手交握放后脑勺,笑得很开心。他开心极了。

---

① 1946 年组建于旧金山,曾五次获得超级杯冠军。

我推开安静厚重的门,看见拉斯·布劳,据我所知爸爸唯一的朋友。

我一踏进去就想离开。房间很暗,他上身赤裸。唯一的光线在他头顶上,在他头上有一圈晕开的琥珀色光圈。

喔,这很怪。他似乎病得比我听说的还严重。为什么他上身赤裸?喔,这很怪。也许他也快死了。他全身都是灰色体毛。

我们握手。他留了胡子,灰色的,很整齐。

我坐下,在黑暗中,在床尾,在他的脚边。

我含混不清地说了一会儿。

我问他感染的事。他的腿没有血色、肿得很大。

我不想问布劳我原本打算问的问题,那些我半小时前写下的问题,那些我在车里、在停车场上听着收音机播放的二十世纪八十年代摇滚乐时写下的问题。我强迫自己开始说话,支支吾吾地说着我为什么想拜访他,问一些事……

布劳说的第一句话是:

"嗯,我不知能解答多少你对你父亲灵魂的疑惑。"

他甚至连声音都很慎重,两手放在胸前,上半身浸渍在房间土黄色的光线里,房间其他地方都是褐色的。

这就是死亡的方式。这是戏剧,很合理,在夜里,光线就像这样。爸爸的死法错得一塌糊涂,他孤独一人,死在正中午。

他又跌倒了,这次是在淋浴时。

他往外喊,叫贝丝。贝丝跑向他,拖他到床上。然后是救护车。他差不多应该住院一星期,恢复体力,这并不罕见。就在几个月前他接受了诊断。他住院后一星期,医生打电话来,说情况并不乐观,他随时都有可能离开。

妈妈不把这当一回事。她和贝丝进去了。

她们在病房里坐了一会儿,烟雾弥漫。

"晚一点再过来,"他说,"我要打个盹。"

她们开车回家。

"他今天不会走的。"妈妈说,被自己的担心给逗乐了,"他今天不会走的,明天也不会,下星期也不会。只不过是住院罢了。"

不到一个小时他就走了。

"他是我见过最会开车的人,"布劳说着,"他会用那种方式钻——那是他的说法,钻——'看我钻进那个车道……'他会说。真不可思议。他会变换车道,用肩膀开车……"

我告诉布劳那个故事,当他拿到日产280那辆车时,那是他拥有的唯一一辆新车,他做的第一件事就是照他的习惯改装。他在车门边放了烟灰缸,把安全带割掉。我们都知道他并不热衷于系安全带的规定,虽然这违反公民权,而且显然违宪。但奇怪的是,他不但割断驾驶座的安全带,也把副驾驶座的安全带给割了……

门开了,是布劳太太。

"喔,你真的来了。"

我抬起头,耸耸肩。

"我让你们独处几分钟。"

她离开了。

电话铃响了。布劳接起电话。

"喔,嗨,我待会再打给你好吗?"

他的晚餐来了。他拿一块芝士蛋糕给我吃。

"不,谢了。"

"喝汤吗?"

"不,谢了。"

我问布劳他认不认为爸爸死时是寂寞的。

电话又响了。他这次没挂掉。讲完后,他并未回答我的问题,我也没再问。

布劳太太回来了,我们三人聊了几分钟,然后我离开。在停车场,对着录音机讲了一会儿,却已经差不多忘光布劳说的话了。

早上,格兰特、埃里克和我在一家快餐店吃早餐,看着来往的行人,穿着牛仔裤和皮夹克。

"你昨天干什么去了?"格兰特问。

"没什么,"我说,"回森林湖一趟,开车到处晃。"

我想起我见到了他的妈妈。格兰特的妈妈每天在西方大道散步好几英里。我从她身边开过。

"你向她打招呼了吗?"他问。

"没有,一开始我没认出她来,之后就来不及了。"

"喔,真糟糕。"

"是啊。"

"你今天打算做什么?"

"也许再回去一趟。"

"为什么?"

"我不知道。没什么。也许会到中学去。"

格兰特看了我一秒钟。也许他知道。

"那么,帮我向森林湖中学打声招呼。"

殡仪馆馆长艾尔卡皮诺先生不在。在馆内的那个人年纪比我小,长着一双明亮的、带有惊讶神色的眼睛,戴了副眼镜。他叫查德。我走进去,跺脚甩去脚上的雪。我告诉他我希望取得一些文件,我在搜集资料,我父母被送到这里,我正在找他们可能有的任何文件档案。

"我先打一个电话。"他说。

他消失了,去打电话给艾尔卡皮诺先生的家,把我留在棺材展示区。馆内有十一具棺材,每具都依照样式和所谓的质量等级命名。既然这城市有时就是这个样子,因此也就不稀奇看到这些棺材奢华的样子,一具比一具闪亮精致。有具棺材叫做"大使"。有一具似乎是用钢铁打造的。我在这本我之后会弄丢的笔记本里写下一些名字。我不要土葬,我向自己保证。我会消失不见。也许在我死前,会发明出一种机器,使用先进的镭射科技和纤维光学,可以在人死后不久使人蒸发,而不用真的把人火化。操作这些机器的专家会在人死后不久进来,组装机器——这机器将相当轻便,可随身携带——只要拉几根杆子,人就会立刻消失。不会有土葬,不用载着尸体到处跑,检查、涂油、打扮,为他们在地上买个洞,买这个精工打造的盒子,强化盒,厚度加倍。

或者我会被发射到外太空。或者那时候的死人会被抬到数英里高的白色高塔上。为什么是六英尺深的洞,而不是数英里高的白色高塔呢?会有工程和建筑上的障碍,那是当然的,还有空间问题。但空间问题可暂时不考虑。比如像格陵兰这样的地方,又大又白,像天堂。

"看到喜欢的东西了吗?"查德问。他在我身后。

我咯咯笑。好家伙。

他拿了一本档案夹。我们坐在一张桌子前,黑色的玻璃桌,通常是用来规划丧葬服务的。

"这是我们所有的数据。"他说。

档案夹里有好几页记录温本殡仪馆接受两具尸体、负责爸爸后事并监督捐赠的事宜。

爸爸的表格和记录是由妈妈签名的;妈妈的则由我姐签名。我喜欢这些文件。他们是证据,是我们所拥有的唯一证据。

"全都在这里了吗?"我问。

"都在这里了。"查德说。

我问他是否可以将这些文件复印一份给我。他说他不觉得有什么不可,他可以到楼下去,只需花费几秒钟。

楼梯就在大厅正中央,我看着他走下去。

我身后的墙上展示着各式各样的墓碑。尺寸、材质,以及种类风格、数据排列的选择。有许多选择：可以先写名字，或先写日期，或完全不写日期。还可以在姓名之前，先写致辞——"挚爱的"、"永恒的"。也许我该买个墓碑。有墓碑会很好。墓碑能拯救我，挽救我们已造成的损害，所有我们放弃或失去的事物。

查德走上楼梯，手里拿了个褐色小盒子。他把小盒子放在我前面的桌上。

"很奇怪，"他说，"但我就在那下面，在复印机旁。不知怎么搞的，我看着那些架子，就看到了这个。"

这厚纸板盒上的标签，用手写的，是：

　　　海蒂·艾格斯

"你是说这是……"

"是啊，这一定就是骨灰了。一定是在什么时候寄给我们的，我不知道有没有寄给你们过……"

我摸摸这盒子。

老天爷呀。

查德站着："我还得下去复印。"

他再度离开。

这盒子四边长约一英尺，用光亮的包装胶带封着。这盒子很简单，褐色，四四方方的，它邮寄时看起来一定就是这个样子。卷标显示它是从芝加哥的解剖捐赠协会寄来的。它在这里多久了？邮戳看不清楚。

我得打给贝丝。我不会打给比尔。比尔不会想听这些的。但贝丝——

我也不打给贝丝。贝丝会生气的。

查德带着复印资料回来了。

我谢过他，把数据收好放进背包的活页夹里，然后站起来，拿起这个盒子,然后——

我没想过它会有多重,但它很重,十磅或更重。

我漫步到外头。

天冷得吓人。我顺着风走,保护盒子,歪歪扭扭地走到停车处,打开副驾驶座的车门,把盒子放座位上,再绕过车子,在冰上踮着脚尖走,打开车门,坐进去。

我转头看那盒子。

这盒子是妈妈,只是比较小。

这盒子不是妈妈。

这盒子是妈妈吗?

不。

但后来我在盒子上看见她的脸。我病态的脑子让我在盒子上看见她的脸。我病态的脑子想要让情况变得更糟。我的脑子要让这种事变得恐怖,难以忍受。我试着反击,知道这很正常,这一切很正常,但我知道我是怪物,我不该到这里来的,因为我在找坏事,所以坏事就降临到我头上了,我一开始就不该要这个,因为我要了这个,要更多,所以情况变得更糟、更残酷。我的视线模糊了。我浑身发抖。我要把盒子放在别处,后备箱吧,也许,但我知道我不能把这盒子放后备箱。这个"不是妈妈"的盒子,不能放在后备箱,因为她会气得要命,如果我把她放后备箱。她会宰了我的。

那天深夜,我回到格兰特和埃里克的住处,他们正在看电影,剧中阿尔·帕西诺瞎了。阿尔·帕西诺很生气,用一种听不出是哪个地方的口音讲话。他也许是加拿大人。我们各坐在房间里不同的位置:埃里克在一张舒服的椅子上,格兰特在一张舒服的椅子上,我在两人当中的沙发上。

我们看着电视,喝着罐装啤酒。我们完全正常。和格兰特、埃里克在一起,在他们位于林肯公园的公寓里,在芝加哥,我们很普通，我很普通。我们可以还击。我可以还击。我正在还击。

我试着不去想那盒子，不去想在四十英尺远的地方，在我租来的车里，在副驾驶座的地上，那盒子还好吗。我不能把盒子带进来，我还没有也不会告诉埃里克和格兰特这盒子的事，我担心会有人，也许是他们其中的一个，可能会经过那辆车，看见那盒子，知道它是什么，吓坏了，觉得我是怪物。我用毛巾盖住盒子。

阿尔·帕西诺穿着一件精致的军装，正对着一位高中年纪、穿着学校制服的家伙吼叫。我回来时，电影已近尾声，所以，我不清楚他为什么要对那位穿制服的家伙吼叫。他们在某种华丽的旅馆房间里。

"他干吗朝他吼？"我问。

"嘘！"格兰特说。

"他瞎了吗？"

"闭嘴，快演完了。"

电话铃响了。埃里克接起电话，把电话扔到我腿上。

"你的。"

"谁？"

"梅雷迪思。"

是梅雷迪思，我惊慌失措。

"是约翰吗？"

"是啊。"她说。

"他是不是——"

"不，不，他还好，但他又威胁了，听起来好像喝醉了。"

我把电话拿到楼上，走进浴室。

"他有药吗？什么？"

"我不知道，我没问。也许他会割腕。"

"他说过这种话吗？"

"没有，也许有，我不知道。我不记得了。不过你得打给他。"

我和他在电话中讲了一小时,快把我搞疯了。他说他试过联系你,可是你不在家。"

"我在芝加哥。"

"这我知道,我不就打给你了吗?笨蛋。"

我打给约翰。

"有什么问题?"

"没事。"

"什么意思,没事?我干吗打给你?"

"我不知道,你干吗打给我?"

"梅雷迪思说你要我打给你。"

"我试过打给你。"

"我知道,我人在芝加哥。"

"干吗?"

"参加婚礼。"

"走开!"

"什么?"

"没事,我在跟猫讲话。"

"你在跟该死的猫讲话?听好,我没时间跟——"

"好,很抱歉我这么烦人。"

"好吧,所以,你有什么问题呢?是什么?你在威胁吗?"

"我只不过是这几天很难受。"

"现在你听起来好像醉了。一开始你听起来并没有醉。你到底有没有醉?给我一些说法。"

"我没醉,只不过是吃了药。"

"等等,什么药?那是什么意思?你已经吃了什么东西吗?是什么?就是这样了吗?"

"什么是什么?"

"你已经——"

"没有,老天,我只是想睡觉罢了。我喝了罐啤酒。"

"你应该保持清醒才是。你吃抗忧郁药不能喝酒,蠢蛋。我们上次聊天时你是清醒的,对吧?你应该保持清醒。那持续多久了?"

"不过是罐啤酒罢了。别小题大做了,老兄。"

我听到埃里克和格兰特走上楼梯,上床睡觉。透过底下的门缝,我可以看到公寓的灯熄了。

部分的我正准备听到枪声。约翰已经计划好一阵子了,他正在哄我,让我以为情况很好,但他随时会动手,确定我听到了,确定我知道那是我的错。我会有个死掉的朋友。

但换个角度想,这还有点幸运哩。时间算得刚刚好,约翰在我拿到这盒子的同一天威胁要自杀,就在我寻找可怕的事的那个星期——这几率有多高?太棒了。

有人敲浴室的门。

"什么事?"

"你还好吧?"是格兰特。

"还好,在打电话。"

"好吧,老弟,我们明天见。"

"晚安。"

"那是谁?"

"格兰特。现在……"

"我又穿过毒品站了。"他说。

"什么毒品站?"

"在圣巴布罗外的那家,靠近埃默里维尔。这次我是赤脚过去的。"

他以前就这么做过。他告诉过我他穿过毒品站的事。他要我受震撼。我怀疑事件的真实性,但我的确很震撼。不过不能让他知道。

"为什么呢?"我问。我知道为什么。

"我觉得很怪。我要看会发生什么事。"

"然后呢?"

"什么也没有发生。大家只是看着我。有人说:'滚开,老兄。'就这样了。"

"嗯,那这次又是什么问题呢?"我想知道为什么我们还得旧事重提。我想知道他是否想让我再说一次那些话。如果是,我会拒绝。

"我不知道。我走出去,然后我——我不知道,等我回家,我只觉得全都黑黑的,黏到柏油了。我不知道。根本不可能,我想,我只觉得我被这网子给网住了或什么的,我是说,有时候我会掉入那些洞里——该死的,我不知道,我只是好累,这真——该死的,你不会懂的——"

"我不会什么?"

"我只是不——"

"真不敢相信你竟然这么说。你知道我。我不会懂?你知道我今天做了哪些事吗?我今晚上哪儿去了?你知道我车里有什么东西吗?"

我告诉他殡仪馆和那盒子的事。

"老天。"他说。

他很喜欢这件事。他的声音突然变清醒,精力旺盛。

他要的就是这个,我听得出来。他听起来更有活力、更清醒了。他要分享故事,感到宽慰,无论他感觉有多病态,多恐惧,多耻于自己脑袋里的内容,但他要知道我比他更糟。一如往常,我答应了。我告诉他,离开殡仪馆后,我整夜在冰冻、破碎的芝加哥南边开车四处晃,看看有没有事情发生。我对着录音机讲话,瞪着一群群穿着大夹克衫的孩子,一再想下车,把自己扔给他们——"嘿,大家好!发生了什么事啊?"——也许会挨揍或头上被某个东西敲一记,或被追赶——也许我真正想要的是被追赶——但好冷。我告诉他每次等红灯,我就希望有辆车停在隔壁车道,不用回头,我也知道。会有玻璃碎裂声、重击声,深深敲入我碧草如茵的童年,我会看到自己的血溅满车窗。或者我等红灯时,会有人从侧门钻进来——不,不是某人——是个穿陆军夹克的黑人,每次我想象这样被杀死,就会想到这人总是穿着一件陆军夹克——他会跳进车里,坐在我旁边——我得移开这盒子——要把盒子放哪里呢?后座。然后他会要我开车到湖边,到水族馆外。他会命令我下车,押着我走到停车场边,面朝湖水。他会叫我跪下,我照做,然后他一个字也没说,就朝我后脑勺开了两枪。

"真诡异,"他说,"我总是在自己家里看到这样的画面。我被绑在椅子上,嘴上贴了胶带,我看着他举起枪,指着我,我动不了也叫不出声,只能试着让子弹停住,用我的目光。我总是有种奇怪的感觉,觉得也许我能用目光使子弹停住。"

"你知道好笑的是什么吗?"我说,"我在那里,在芝加哥南边,开车四处绕,对着录音机讲话时,我最担心的事是什么?我担心我在湖边被枪杀之后,那凶手其实只想要我的车,不知怎么找到了那卷录音带,并放出来听,那卷描述我想象有一位像他那样的人杀了我,以及有关发现这盒子的事的录音带,那凶手会以为我是有种族歧视的怪人——"

"天哪。"

"那就是我担心的!我担心杀掉我的那家伙会怎么想我。然后我担心警察,他们最后会在盖瑞街或慕西街或哪里找到我的车,发现录音机和里面的录音带,会放出来听,寻找线索或什么的,他们也会吓一跳,会吓坏,也会哈哈大笑,会复制分发给亲朋好友——"

"不。"这时我不再担心约翰隐约的威胁,不再期望听到枪响。这以前有用,总是有用,现在,他担心我更多于担心他自己。

"那么明天会发生什么事呢?"

"明天我要和莎拉见面。"

"喔,太好了,你一定要告诉我事情进展如何。"

"我会的。"

我以为她会在大楼楼梯口和我碰面,穿着外套,也许是匆匆忙忙套上的,谨慎地说:"嗨!你好吗?"。但她没穿外套,到了门口,她让我进去。

莎拉·马尔赫恩。我是来接她的。我们要去吃晚餐。我在她家,她容光焕发。

我们坐在她的沙发上。我拿了个抱枕。

"你要喝点什么吗?"她站起身问。

"好啊。"

"啤酒?"

"好,谢谢。"

她走进厨房。她的公寓干净整洁。灯光调暗了。

她回来了,放了一张我们高中同学的唱片。那家伙和我哥哥同年,在鹿道旅馆演奏钢琴,那是镇上唯一一家旅馆,这张唱片也被命名为《鹿道》。我们聊到这家伙真该离开镇上,去拓宽视野,也聊到她教书的工作(七年级,在芝加哥西郊),还有文斯·沃恩的事业。

我们去吃晚餐,喝了酒,照着我的饮食习惯,哈哈,待到很晚。我们聊到两人参加的同一个游泳队,我有多笨拙,她有多棒,她的名字通过沙沙的扩音器播放出来,对我们其他人来说表示优雅和力量,她从未输过一场比赛,那点燃了我对她长久以来的爱恋,也聊到那次她弟弟在社团更衣室看到我,就在我踩到别人的屎之后。

"我从未听他提起过。"

"他以为那屎是我拉的。"

"屎。"

"是啊,从那时起,在他眼中我就是个会在社团拉屎的人,怎么都解释不清。告诉他我走进更衣室,没注意到地上到处都是屎……"

"那可能反而愈描愈黑。"

"说的是。"

我稍微考虑了一下,本想告诉她我在湖边碰巧见到的那张照片,后来决定不说。事实上那张照片挺奇怪的。

我们到一家酒吧,遇到认识的人,看到我和她在一块儿,大家明显露出困惑的神情。我们从未被人见过同进同出,两人相差两岁,这些年来我从未回过芝加哥。我见到史蒂夫,我幼儿园起就认识他,他八岁时的笑脸还在我的相簿里,那是小时候生日派对的照片。我们聊了一分钟——从哪聊起?我们刚才应该抱一下吗?他变胖了吗?——但莎拉感到不自在。林肯公园里有太多我们认识的人,太多了。我们走了,找了间又小又丑的酒吧,喝到我们都觉得可以做我俩都期待着要做的事,便走回她的公寓。

我们在她的沙发上,她突然一把抱住我往后推,双手放我胸前,双臂张开,用一种狂野的眼神望着我——在此处的黑暗中,她的眼睛看起来好圆,眼白真白!——起初我把这眼神诠释为我高超的吻技令她神魂颠倒。但她看了我一秒钟。

"你看起来老了。"她说。

立刻,我想到:象征主义。我看起来老了。我们坐在这沙发上,在黑暗中,光线透过她的大窗户照进来,街灯微弱昏黄的灯光下,看着她的脸,让人想起她父亲,这也具有象征意义。我只和他打过几次照面,在这之前从未看见如此强烈的相似——现在她的眼睛变暗了。我突然想到她抽烟的行为,我们在最后一间酒吧时她就在抽烟,也具有象征意义。那一定意味着什么,她说我看起来老了,她看起来像她死去的父亲,她像爸爸一样抽烟,我们张开的嘴覆盖在对方嘴上,即使除了曾有过类似的生活,曾走过相同的路径,从停车场到游泳池到森林湖俱乐部,黎明时游泳圈数相同,我们几乎不认识对方。这一切都意味着什么。这表示什么呢?——

几秒钟后,我们又在对方的嘴里翻搅自己的舌头,脸向左向右摆动。但为什么她刚才抛给我那么怪异的眼神?每次我睁开眼,她都睁着眼睛。这很扰人心绪。也许她就是心神不宁。是的。我知道为什么。

她知道在我租来的车里,有妈妈的盒子。

没错。她看得出来。她看得出来我带着它开车四处跑,就在副驾驶座的地方,有时在地上,在汉堡王的袋子里、苹果汁的瓶子旁边,好像我们是在一起做某种巡回演出。她看得出昨晚我正和可能自杀的朋友聊天,看得出我不知是否希望他自杀,她知道昨天我开车经过里基他家时曾停下车,而且不到一小时后,我在市中心图书馆还真的撞见了沃夫葛兰姆太太,我忘了她在那里工作,她抱了我,我们聊到里基和他正在约会的对象,这些事,我什么也没多说,因为如果我讲太久她也会知道,会知道我想告诉全世界她先生的事,她会知道,就像莎拉毫无疑问知道一样,当我开车穿越森林湖公墓时,公墓里的每个墓碑四周都有小水坑,结冻的浅水坑,当时我正听着丹尼·布纳德斯①,出演《帕特里奇一家》的那个家伙的广播节目,开车经过公墓时还听这种节目真是够糟糕的,但后来节目里出现一个熟悉的声音,有人在谈论性,那是谁?——是萨里·拉克斯,萨里上丹尼·布纳德斯的节目了,在收音机里,在公墓,谈论着你可以如何用嘴戴上保险套。我太震惊了,于是停车,以表示我惊吓的程度,对我自己强调这点,也对任何可能看到我的人强调这点,其实我也没震惊到需要停车的地步。萨里对他说了些

---

① 丹尼·布纳德斯(1959—),演员兼主持人。《帕特里奇一家》为1970年至1974年演出的喜剧。

恶毒的话，提到他最近被取消的电视节目，等广播结束后，他痛斥了她一顿，骂了很难听的话，那时我正在往海伍德区那间酒吧的路上，那间爸爸每晚回家前都会去的酒吧——这就是为什么他总是在七点二十分回家，七点二十分整，无论交通状况如何。莎拉知道，下午我在那间酒吧时，外头冷冰冰的，空气灰蒙蒙的，我坐在吧台，点了杯雪碧，然后坐着，不知道我在那里做什么，想在爸爸曾来过的酒吧找什么。也许我期望在某处看到他的照片，看到他的名字还在撞球桌旁的黑板上。我不知道。他字写得真好看——我看着保龄球队的照片，不知怎的竟期望他也在——我是说，当然，他不常打保龄球。

我们仍在对方嘴上移动自己的唇，她的眼睛也许还是睁开的。

我坐在那里，有那么一霎那希望我有爸爸的照片，这样我就可以拿着照片，像个侦探似的，拿给女酒保看，这样她就可以说，"是啊，我当然认识他。每晚都来哟……"但我却只呆坐在那里。到处都有新奇的马克杯。还有张特大号撞球桌。自动点唱机里正播放着《感觉真好！》。的确是，感觉真好。

我睁开眼睛，莎拉的眼睛还是睁着的。她好像正屏住呼吸。但谁能怪她呢？她知道，她看得出来。她知道离开酒吧后我找了公用电话，打到解剖捐赠协会，得知大多数的遗体被送往何处，被送到伊利诺大学芝加哥医学院去了，然后我开车到那里，到芝加哥西郊，开车四处绕，在一片废墟中迷路了一个小时，街道不像样，几英亩几英亩的地荒废着，仿佛曾被巨人踩过。她知道我终于找到那家医学院，也找到解剖系主任所在的大楼，她知道我是怎么把车停到街上，跳过一处建筑工地围墙，进入那栋大楼。一进大楼，我就担心自己会被发现，他们会看到我的眼睛，会叫警卫，因此我没有乘坐电梯，而是走楼梯，打开厚重的金属门，然后——

我们移到她床上，抚弄，脱衣。

楼梯里大约二十七度。可能有三十二度。正在枯萎，我得走到七楼，那位医生在那里，我要面对面质问他有关接收爸爸妈妈遗体的事，又用他们做了些什么。为什么楼梯这里这么热呢？不到四楼我就满身大汗了。好几位医生走过我身边，他们下楼，我上楼，我必须举止从容、正常；我是学生，必须看起来像学生。好像在一道暖气输送管里似的，这热气像一阵风，由下往上蹿，爬到七楼时我觉得自己快晕倒了，用力推开门，感觉到冷空气唱着歌钻进我的肺里。

我正在试着做某件事，莎拉说不要。我正弄着某样东西，心不在焉地做某件事，但也觉得好累，头好重。

我在名单上找到那位医生的名字，在有凹槽的黑板上用那些可移动的白色字母拼出来的名字。我走到那间办公室的门口，即将面对这个人，至少即将看到他的脸，要他做一些事，告诉我一些事。

我快睡着了，好疲惫，于是我把莎拉的背拉到我前面，沉沉睡去。

然后打开这位医生的门。有个人就在那里，一位中年男性就在那里，有人在桌前，与我的脸相隔仅几英寸，这一刻我终于能够——"唔，抱歉！"我说着，把门关上。然后搭电梯下楼，一路上敲打着墙壁，往电梯门靠，颤抖，跳出电梯，然后走下大楼台阶，穿越建筑工地，快步走，有点像在慢跑，然后回到车里，在车里，打开收音机，再开回高速公路，然后回格兰特和埃里克的住处，他们在看有线电视，我什么也没告诉他们。

早上我睡到九点、十点、十点半……一直没醒来，直到莎拉刻意在公寓里到处制造噪音。房间很亮，床还是这么暖和。我没别的地方可待。我永远都不要离开了。我没有计划。我要聊天。我看着她学校的毕业纪念册，看着她和她学生的照片。他们看起来真的很爱她，这真好，我们又回到这里了，在不同的地方，但过了这些年我们又在一起，很完美，因为现在我们又相连在一起了，这是某种原本混乱的桥，但现在重建了，重新设计，新的，没使用过，很棒——真的很棒,我们将保持联络,等我回镇上时我们会在一起,当她到旧金山时——

也许我们该去吃早点。

然后我在门口,我要走了。我不知道我为什么要走。有事发生了。她告诉我她必须到学校处理事情,或者她和朋友约好吃午餐,或她妹妹、她妈妈。这一切模糊不清。我在她家门口穿鞋子,感觉到冬天的冷空气从缝隙里钻进来,我抬头望着她,她正说着别的事,也许是"新年快乐"吧,然后打开门,我们很快地抱了一下,我走上人行道,走回格兰特和埃里克家。

走这趟路时,我双腿僵硬,好冷啊,我试着记起她说过的话。我在脑海里反复思索她说的话。"嗯,既然你得到你想要的……"或者"那就是你要的吗?"之类的话。这是什么意思?我试着组织这些话,让它们听起来熟悉、有道理。得到我要的了?她是这样说的吗?当然,我得到了,我想我得到了,我们重新结合了,这整段时间崩塌了——该死的,我甚至连自己想要什么都不知道。

每件事又绑在一起,结果是现在这样。我不懂。我们是绑在一起或是松绑了?我打上死结,只是想让它再松开一次。

次日晚上,我到森林湖滨之前天色就已经暗了,大概是九或十点钟。我第二天就得离开芝加哥。前一晚,除夕夜,太平无事,安安静静的。我们大家走了好几条街,前去参加埃里克办公室某位仁兄举办的派对,站着互相聊天,啃红萝卜和芹菜,午夜之前离开,几分钟后就回到家,吃巧克力碎片迷你饼干,看《疯狂教授》——我正对着湖水停车,走出车外,穿上格兰特的外套,把录音机放进夹克口袋里,另一个口袋放了笔记本和一支笔。我钻进车里取出车里的盒子,然后关上车门,把盒子放引擎盖上。

我现在要这么做了。这是有意义的。这样做是对的。

我不要看里面是什么。我四下察看,确定没有车正开在湖滨车道上。我当然要看里面是什么。我用车钥匙割开盒子上光亮的包装胶带，小心别割得太深，戳破我预期里面装有骨灰的袋子。即便如此，我仍担心骨灰会翻出来。骨灰很轻，像灰尘，所以我眯着眼，转过头去，这样才不会吸到灰。我打开盒子，掀开像皮肤的盒盖。没有灰从里面"吐气"。

里面是金子。一个金色的小罐子，大小和形状就像你会放在厨房柜台上的容器，装饼干或糖的容器。我大大地松了口气。这比厚纸板盒要好，更适合，虽然只是锡做的。但换个角度想，有种东西跟这金色小罐子有关，某种不吉祥的东西，令人想起装有圣约的法柜，在电影里，里面有灰——发生在乱动法柜的人身上的所有惨事，他们弄乱了法柜里面的东西……会不会——

老天，我又不是该死的纳粹！

但看看我在做什么，带了我的录音机和笔记本，在湖滨，和这个盒子在一起——算计，操纵，寒冷，利用。

该死的。

我打开罐子，它慢慢地出来了，有某种吸力。我打开盖子，里面是个装猫砂的袋子，顶端绑着。

该死的。有人把骨灰调换成这该死的猫砂了。这不是骨灰。骨灰上哪儿去了，像灰尘的骨灰？这不是骨灰。我把盒子搬到引擎盖上，想看得更清楚。这些是小石子，小圆石，葡萄籽，白色、黑色、灰色。我打开袋子，灰尘扬起，少量的灰尘，只飞扬了一秒钟，袋子吐气了，它的呼吸很臭。我很怕闻到它的气息，怕死？隐约有着她气味的痕迹？但闻起来像灰尘，纯粹是灰尘的味道。

然后我感觉到她在看。我不常这么做，不常看到（或不屈服于？）她高坐在云端，俯瞰下方的影像，像家庭马戏团，穿着长袍，被美化了，用虚线画的，但此刻我却突然看见她正望着我，不是在云端，就在那里，或者说半个身子在那里，与我头上黑蓝色的天空重叠，一个劲儿地摇头、失望、嫌恶。

但这不是她的错吗？当然是她的错。是她的眼光让我变成这样的吗？她看人的方式，瞪着看，赞同与不赞同的眼光？喔，那双眼睛。眯成细缝，镭射光，羞愧、内疚、批判的细针——是因为天主教或纯粹是她自己的缘故吗？最起码这和我上大学前都没手淫有关系。我前阵子才想到这点。

袋子打开后，小圆石的颜色和形状看得更清楚了。有六七种不同的颜色：黑色、白色、浅灰色、深灰色、灰黄色、黄灰色、浅黄色。不同的形状，有的小，有的大，大多是圆的，但有些是长椭圆形，有些更长，像尖牙，一点也不像我预期的和我想要的那种整齐划一的浅灰色细灰。喔，这真是可怕极了。你几乎可以分辨出这些圆石：白的是什么？骨头吗？黑色的圆石是癌症，或是烧得比较完全的部分？他们究竟是用什么？用窑，对吧？所以是不是窑的某些地方比其他地方热度高？白色的是骨头，显然是。这些不全都是骨头吗？还有哪些东西能承受这高热？没有，没有，除非有些部分，这个或那个器官，烧得很酥脆，像煤炭。煤炭是有机物质。黑色的一定是癌症。

那灰色的是什么？

我走到水边，跨越沙地，这湖边的沙地大半是人造的，压根儿就不是真的沙，但——我现在看出个中关联了——就像猫砂，仔细想想，青少年时，当我们老旧、受侵蚀的天然沙滩被换成耗资数百万美元的湖滨，有湖滨大道、防波堤和护栏时，我们就是这么叫的，把这片沙地唤为猫砂，我们很讨厌这片沙地，因为在沙地上走一天或打一天排球后，你的脚掌就毁了，磨得皮开肉绽。我走过这猫砂，穿着鞋，猫砂如碎石般碎裂，声音很大，然后走到防波堤，宽一英尺的围栏，不锈钢生锈了，向外延伸到湖里，也许长四十英尺，直到遇上一片低矮的临时墙，巨大的石块又白又大，一堆排成半圆形的巨石，形成一道保护沙滩不受浪花侵蚀的防护墙。我把这金色罐子端在身前，有如祭品。我不知道我为什么用这个动作拿着。

我跳过几块石头,来到石墙外围,面对湖水。湖面是一种湿润的灰色和蓝色,几乎是雾蒙蒙的,湖水与天际分界处模糊不清,视线所及不到三十英尺,湖水安静地呢喃着,它的深度,即使只有五十英尺左右,我站在这么外面,似乎也——

我会滑一跤跌倒,撞到头,晕过去,跌进安静的湖里溺死。这种事时常发生。这里没别人,不会有人救我,我会死。然后他们会找到那辆出租车,还有我的——

至少录音带会毁掉,在我夹克里泡了水,和笔记本一起。

这很蠢,把骨灰抛进密歇根湖这件事。密歇根湖?荒谬、渺小,湿答答的。为什么只是湖?当然,是个大湖,但——我应该在大西洋,应该在鳕鱼角。那会很棒。我可以开车到鳕鱼角。我有车。我可以开车到我们在那里最后一次租的屋子,和露丝阿姨一起住的那间,在她世前,我看到她,透过浴室门缝,露丝阿姨没戴假发,她火红的头发没了——我得打电话给租车公司,确定我可以在这里租车,在那里还车——我会开车到鳕鱼角,然后飞回旧金山。开这趟路要花多久时间呢?我们开过好几十次了,从芝加哥到鳕鱼角,我们三个孩子,妈妈开车,一天八小时——该死的,开这趟路至少要花掉我两天时间,但我明天必须在机场和塔夫碰面,他会从洛杉矶北上,我们算好时间,这样两人才能同时抵达机场,该死的,我不能到鳕鱼角了,或者假如我打电话给比尔……可恶,那我就得告诉他这件事了,他会担心,然后——可恶,在这里比较有道理,在这里做这件事比较有道理,此时此地才有道理。这样很好,毕竟,这是今年的第一个月——

老天。

今天竟然是她的生日。真不敢相信这又发生了。我怎么没把这些事串连起来呢?我为什么知道她生日快到了,但又不记得是哪一天,一直都没想起,直到我在湖边的防波堤上,拿着她的——这就是了,这是暗号,去他的,表示这样很好,毫无疑问。她爱这湖滨，这是她最喜欢的地方，喜欢来这里把椅子摊开摆在湖边，脚浸在水里，眼睛闭着，吸收阳光，我在她身后，躲在她阴凉的阴影下，拿着我的毯子和瓶子。

我把手伸进袋子里，抓了一把，好轻哪！我不知道我期望的是什么，但这么轻，我不相信，我不敢相信我正握着，我有病才会握着。

我丢出去了。它在空中散开成宽阔的对角线，掉入呻吟的湖中，发出一连串啪啪啪啪的声音。我再丢。有些洒了。我不该洒出来的，它洒出来了，就在那儿，在我左脚边，八粒左右，我踩到它们了！我当然踩到了！我当然踩到它们了，刚刚好！正如预期，浑球！我弯下腰想拾起那几粒，但另一只手上已经有一把了，我弯身蹲下，另一只手的那一把洒在我右边——老天！老天爷啊！我为什么就是不能做好这件事呢？

我很快站起来，丢，这次有些骨灰粘在我手掌上，我的手出汗了，该死的！我试着把洒落的骨灰踢进湖里，沿着石头底下，穿过裂缝——我需要水龙头之类的东西。

但我当真应该踢妈妈的骨灰吗？我再试着把它们捡起来，太多，太多了，然后我又蹲下——该死的，也许这是违法的。我听说过这不合法，这些骨灰不卫生，需要有许可证或者只能在开放的海洒骨灰——我四下环顾，看有没有人在这里。没有，没有别的车。但明天会有人来这里，会发现它们，然后通报这件事，循线追查到我身上，因为那个在殡仪馆的查德会用无线电收听警方的通话。

我用手背把掉落的砂粒胡噜到石缝里，突然间想起当我们开着车刮起暴风雨时，妈妈清理起雾的挡风玻璃的方式，快速，几乎是粗暴地用她的手背，戒指刮在玻璃上，咔嚓作响，我们全在"平托"车里，在往某处的路上，可能是去超市、鳕鱼角或者佛罗里达。有一秒钟，我猜想她的戒指会不会在袋子里。喔，可恶。她的戒指会在那里，半熔化，就像糖果盒里的奖品。不。戒指在贝丝那里？戒指在贝丝那里。当然。

这有多差劲，多微小，多可怕。或许这很美。我无法决定我做的事是美的、高贵的、正确的，还是渺小的、丑恶的。我要做某件美丽的事，但又担心那太渺小、太渺小了，这个姿势，这样的结局太渺小了——这是白色垃圾吗？就是这样！对我们镇来说，我们一直就是怪异的白色垃圾，有着令人毛骨悚然的问题，难看的二手车，"平托"、"马里布"和"大黄蜂"，我们二十世纪七十年代的壁纸、花格子沙发、青春痘和州立学校。现在还把金色锡罐里的骨灰扔进湖里？喔，这很清楚、很可耻、很可悲——

或很美、很有爱心、很光荣！是的，很美、很有爱心、很光荣。

但即使如此，即使这是对的、是美的，她看着，泪水盈眶，如此骄傲——就像我抱着她时她对我说的话，当她流鼻血时我抱着她，而她说她以我为荣，她认为我做不到，认为我抱不动她，我抱她到车子那里，再从车子抱到医院里，她说的话每天萦绕在我脑海，自那时起每日回荡着，她认为我做不到，但我做到了。我知道我做得到，这我知道，我知道我现在在做什么，我正在做一件又美又可怕的事，因为我通过这事知道这也许很美，正在毁灭这件事的美，知道如果我知道我正做着一件很美的事，这件事就再也不美了。我担心即使这件事在抽象层次上很美，我在知道它很美的情况下做这件事，而更糟的是，我知道我很快就会把这件事记录下来，在我口袋里有一部就为了这目的而带来的录音机——这一切让这件美的、有潜力的事还是变得有些可怕。我是怪物。我可怜的妈妈。她做这件事时不会多想，不会想到思想的事——

喔，该死的。我得多丢一些，尽快完成。我把手伸进袋子里，捏碎，抓起一把小颗粒，把手拉出来，小颗粒在我抓握间洒落。我又把手伸进去，更多小颗粒从我指缝间落下，往下掉进我脚底下的白色大石间。我继续丢。这些小圆颗粒扩散开来，滴答滴答滴答地掉进水里。我考虑细节——我该全部扔在同一处，还是每次丢的方向都不同？我应该留下一些以便日后之用，存放在别的地方？是啊，是啊。这似乎是最好的主意，我可以留下一些，也许一半，其他的扔到别处……鳕鱼角！米尔顿！我可以全国各地丢一点，在每个她最喜欢的地方洒一点！我可以洒在世界的每个角落！大西洋，太平洋！然后是机场，飞机。我得带着它们上飞机，必须向机场安全人员解释这盒子的事。我得把这盒子放到输送带上，然后——骨灰会在那个扫瞄你袋子的雷达机器里显示出来吗？也许他们会叫我打开盒子，展示它，就像他们处理笔记本电脑那样。它看起来会像火药吗？也许会。我会在售票柜台登记这些骨灰。不，这不好。这样更糟。

我又抓了一把，再丢。这很好，够好了。不，这很棒，这样最好。这是她度过最后几年的地方，在湖边。我越丢越快，抓了又丢，几乎是连续动作，到处是灰。我的外套蒙上了一层灰。她吓坏了。我很可悲。这就是我做的。这就是事情的结果：把她的骨灰扔进湖里。不，她没在看我。她走了。她有来生，但我没有，因为我不信。到那时我早就累坏了，我现在就很累了，我好累。我会跳进湖里。不是自杀，只是想这么做——戏剧化！我不会活下来。如果脱掉衣服我就会活下来，穿着衣服才沉得下去，心脏会骤然停止跳动，我会沉下去。我可以做点别的事，戏剧化的事。我会开车冲进湖里，我在车上。也许我不在车上。

我丢了又丢，丢进灰色的湖里。我知道我会滑一跤掉进湖里死掉。喔，真讽刺！就像那女人，她把她妈妈或她丈夫的骨灰从悬崖上往下扔，结果一个浪头打上悬崖，把她也卷走了。也许那浪花是她的姐妹。这里没浪。我纯粹是滑一跤，慢慢地沉入湖里。我得甩甩袋子，把最后一点骨灰抖出来。我应该留下一些。我可以就留下那么一些，当作纪念品。纪念品！怎样的混蛋——真是个该死的病态的蠢蛋，纪念品，连纪念品都想得出来。我抖抖袋子。我不喜欢抖袋子,好像把金鱼从袋子里抖出来似的。骨灰会游泳吗?会溶解吗?我做完了,坐下来,呼吸急促沉重,听得见,因为天气突然变得特别冷,因为我不动。水面上水波荡漾,缓缓地,水深数百英尺,就在水里有一百万条鱼正在吃骨灰。水天连成一线,我可以感觉到四周的湖水涨起,我已经在水底下,所有的水都在某种更巨大的物体里,我看着我的脚,确定它们很安全,因为我在某个活着的物体里。

我开车到教堂。从湖边到教堂只要几分钟,笔直穿越镇中心,经过图书馆和理发厅。

我停好车,走向教堂,空气潮湿阴冷。

门开着,十一点左右。我开了个门缝,往内瞄,这绝对有问题,这座教堂在这时候是不可能开着的。

教堂内灯火通明,虽然有些朦胧。我慢慢走进去,里头空无一人。我停在为迟到的人和哭泣的婴儿所设计的后方玻璃区里。

教堂发着红光,中央区又高又白,正中央挂了一具几乎是真人大小的耶稣像,黄金打造的,钉在十字架上,用铁线悬吊着。许多次我替耶稣感到担心,担心那些铁线撑不住了,耶稣像会掉下来,压在牧师和祭台助手的身上。等牧师在阅读赞美诗或祈祷文时,站到一旁,我便觉得安心多了。如果他站在中央,就在耶稣像正下方,为圣餐祝福,圣餐杯高举过头,喔,就是那时候,我确定耶稣像会倒,它就那么危险地挂在那里,只靠那两根细线。

这教堂好小。我望着一排排座椅,教堂很小。座椅好矮,仅寥寥几排。以前从没这么小过。我走进教堂主区,走上中央走道,踩在红地毯上。

我走到第一排,我最后一次来就坐在这里。我在第一排,之前就转过身,朝一些进来的人挥手。我和塔夫、柯尔斯顿、比尔、贝丝坐在一块儿。我们大家挤在第一排,在靠近末端的地方。我们来过这座教堂,但以前从未坐得离圣台这么近。妈妈让我们坐中间或后面,我们谢天谢地,因为这么一来,牧师和牧师团就看不出我们是否知道我们应该知道的那些字。

我坐在第一排,握着柯尔斯顿的手,玩着塔夫的手,晕眩,穿着蓝色夹克,等仪式开始,所有的荣耀。数月来我都知道这会是什么样子,想象过这场面,这整件事。会有光。会是白天。会有光线透过高悬的彩色玻璃照进来,棱形的——不,光线是直射的,直接、干净、宽广、金色。人群蜂拥不息,教堂里人满为患,有如圣诞节、复活节,侧边走道挤满了人,全镇的人几乎都来了,每一位亲戚,她来自美东的兄弟姐妹,堂表兄弟姐妹,爸爸那边来自加州的大家庭,她之前教过的所有学生,其他所有老师,我所有的朋友,比尔的朋友,贝丝的朋友,高中、小学、大学同学,塔夫的朋友,朋友的父母,杂货店老板,医生,护士,陌生人,爱慕者,每个人都穿着大衣,又暗又深的颜色,静默而虔诚,后门周围挤满了人,挤得水泄不通。喔,但其他人会在教堂外,有一百人在台阶上,后院里,包围着教堂,沿街排,一百人左右,等待,只为——为了知道他们在那里,确认,帮忙证明——教堂里仪式会开始,一位接着一位牧师站出来,开始发言,但后来他们情绪激动,必须放弃,会拖曳着脚步回到他们红色天鹅绒椅子上,把圣台交给下一位,然后会哭泣、颤抖,用他们手指细长的双手掩盖面容。我们会在那里,在第一排,美丽而悲惨的艾格斯家的孩子们,浸渍在血泊里,内心痛苦,外表冷静,同时间一百个或更多人会站在我们面前,聊着她,诉说着她曾给予他们所有的礼物,她的一生将优雅而仔细地重新被讲述,每一刻,她所做的一切努力,一切牺牲,一切——

然后天花板会不见,圆弧形屋顶会往上升,整个屋顶会安静地断开,抬高,垂直地往上浮,消失不见,教堂雄伟交错的木头支柱将往上飞升,飘走,转眼间变得好小,在蓝得浓郁的天空里显得如此微小，将幻化成飞鸟。教堂会变两倍大、三倍大，空间扩展开来，刹那间所有等在外头的人都进来了，然后越变越大，将容纳进每一位她认识的人，好几百万人，每个人都用两手捧着心脏，把心交给她。天使会来。数千名天使，身材修长，长了翅膀，身轻如燕，从天而降，绕圈打转，每一位都有着目光锐利的小眼睛，笑着，满心欢喜，为什么不，这很快乐，很快乐。妈妈会在那里。没有棺木，没有骨灰，只有她，稍纵即逝，巨大无比，她的头大如教堂的中央区，天使围绕在她身旁，相形之下显得渺小，她的头发，她原来的头发，往上飘扬，好浓密的头发，就像她喜欢的那样，在她头发掉光之前，在被颜色较深、形状较卷的假发取代之前。她牵动嘴角的笑容，眼角的那些皱纹，微笑着，看见我们全在那里，那些她曾遇到过的人都在那里，他们正在回馈，至少尽可能地在回馈。喔，多壮观的仪式啊。我们和她都会很快乐，不是因为见到她成了某种身上涂油的东西，某种如橡皮的可怕东西，而是因为看见她容光焕发的脸孔，高高在我们头顶，她会先闭嘴笑，接着露出小牙齿、张大嘴笑，然后开怀大笑，有人说了一件好笑的事，她会用她大笑的那种方式笑，安静而激烈，快喘不过气来，不管那人说了什么，真是好笑极了，是谁说了好笑的事吗？是谁？也许是我说的，也许是我说的，也许是我说的，让她开怀大笑，就像我们偶尔能让她开怀大笑一样，真的让她笑破肚皮，她快笑死了，努力想睁开眼睛，想睁眼看，因为妈妈大笑时，眼泪会立刻涌出来，她必须用食指侧边抹去泪水。喔，那时你就知道，你真的说了很好笑的话，那时她会又哭又笑，擦干眼睛，那时你就逮住她了，你真的很想这样，没什么比这更棒的了，没什么成就比这更伟大，如此令人感动，你想以平常心这么做，面无表情，但你好骄傲，好兴奋，看着她，你要她先说："停！停！"因为你真滑稽，但你会继续下去，因为你要她多笑，真正地开怀大笑，直到她非休息不可，半个身子瘫在厨房餐台上，而你刚放学，坐在餐桌前。"喔，你好厉害！"她会说,"停!"喔,但为了看她笑,你什么都肯说,她爱极了取笑别人:贝丝、比尔、你自己、她自己,在那一刻这些都不重要了:所有那些你畏惧她、想逃离的时光,或纳闷她是如何与他同处在一个屋檐下,保护着他的问题。你只想要她笑,像她和朋友打电话聊天时的笑法——"是的!"她会尖叫,"没错!就是这样!"——然后她会叹口气,呼吸凝重,说:"喔!笑死人了。老天,笑死人了。"她就是这么说的,她会说着类似的话,说话的同时,教堂四壁消失,教堂中央区蒸发了,天使越飞越快,成椭圆形飞绕在她身边,这时我们全都感受来自这一切的颤动,或者他们也全在我们体内,移动着,或流过我们的血液,会有音乐,也许是电光管弦乐团,也许是《世外桃源》这首曲子。她是真喜欢这样,或只是为了我们才忍受?她会跟着哼唱,来来回回稍微摆动手指,喔,我们会很愉快!然后她得走了。她非走不可,但不是在道别之前,她会说:"再见了!"尾音拉高,高音调,假正经,然后转身背对着我们,去碰那个悬挂在半空中,金色、破裂、钉在十字架上的耶稣像的金色小脸颊。教堂中央区不见了,但仍飘浮着,那金色的东西,她会用晒成古铜色、戴了戒指的手背,轻轻碰他,那幸运的家伙,然后她就走了,我们全瘫在那里,在露天的教堂里,接连沉睡数周,梦见她。喔,这会很棒,那么刚好、恰当、璀璨、持久。

我站起来,走上圣台,那天感觉有一百步之遥,现在只走两步就到了。然后我手里拿了一张纸,我带来这张纸,藏在沙发下的那张。我曾想把内容重抄到一张更好的纸上,但没时间了。我把这张纸放到圣台上,抬头望着那——

人到哪儿去了?这不是一大群人,只是三三两两的人群,几个在这儿,几个在那儿。大家都爱她啊。他们在哪里?大家当然都认识妈妈,也爱妈妈,但他们在哪里?这不可能,不可以,人生一场,然后是这、这四十个人。帮她剪头发的劳拉呢?她在那里吗?她在这里吗?那些打排球的女人呢?她们来了吗?坎迪来了,但——她的家人呢?她姐妹呢?只有达恩舅舅,他来了,说:"代表全家。"堂表兄弟姐妹呢?她的朋友呢?有几位在这里,但我的天,还有更多啊!这和参加爸爸的告别式的是同一批人啊。不该是同一批人,同样的人数!他们又不一样,是两个生命。镇上的人呢?她之前教过的学生的家长呢?我的朋友呢?那些敬重她离去的人上哪儿去了?难道不恐怖吗?我们太卑微了吗?这是怎么回事?她付出了一切,她给了你们这些人一切,她把一切都给你们这些人了,而结果——她为你们这些人奋斗了这么久,每天都在作战,为每件事战斗,为每次呼吸奋战直到最后,在那间褐色客厅里,吸取空气中任何她吸纳得了的一切,一再喘息,真不敢相信,是的,她朝空气喘气,想抓住我们、抓住你们,但你们在哪里?

你们这些该死的混蛋在哪里?

第十一章

黑沙海滩距离旧金山仅十分钟,当然要看是从哪里出发,但从金门大桥附近任何地点出发,都只要十分钟,也许十五分钟,这很怪,从这地方荒凉偏僻的程度来看,甚至像国外,那里的沙真的是黑色的,延伸大约五百码,从一个括号形的峭壁接到另一个括号形的峭壁。

桥上,塔夫正对着过往的路人发出牛叫声,因为这能让我们两人笑得眼泪都流出来。他身子探出窗外,哞哞地叫。

"哞——"

他把车窗整个摇下来。

"哞——"

游客并没有听到,不像听到的样子,因为自太平洋吹来桥上的风邪恶无情,总是这样,而游客成双成对或举家出游,都随便穿着T恤和短裤,正受到阵阵强风凌虐,身子几乎直不起来。

"哞——"

塔夫甚至没试着让声音听起来像牛叫,只不过是念着这个字,只不过是有个人在说"哞"这个字。他有几声听起来像狗吠,气呼呼的样子,但声音单调无变化。

"哞!哞!"

很难解释这为什么好笑。也许这并不好笑,但我们快笑死了。我几乎睁不开眼睛,我们快笑破肚皮了。我试着笔直往前开,擦干眼泪。天上飘着些许浮云,像被小孩子撕开的棉絮。他朝最后一群游客喊着结巴的"哞哞"的叫声。

"我说,我说,我说。"他说,"我说,我说,我说。"他停顿了一秒钟,然后很快说出"呃"。然后:

"哞——"

桥尽头到了,被撕开的棉絮云朵立刻碎裂开来,接着天朗气清,现出了复活节的蓝,我们在 101 号公路上,但只待了一会儿,过了两个出口,在亚历山大大道出口处下来,然后往回开到 101 号公路底下,上坡往海角开。我们开在上坡路上,不一会儿就到了金门大桥上方,云层突然在我们底下,在桥身间翻腾穿梭,像是穿过竖琴的云朵。

我们没去考试。一小时前我们错过了旧金山市强制的高中入学考试,如果塔夫想获准进入罗威尔高中,那可是旧金山最棒的公立高中,他必须参加考试。一星期前我们到该校行政大楼,那是一栋位于凡尼斯大道上的白色大雕像,帮他报名。

"我知道我们迟到了,但我们想报名参加考试——"

"你是谁?"柜台后的女人说。

"我是他哥哥,他的监护人。"

"你有监护权文件吗?"

"监护权文件?"

"是的,证明你是他监护人的文件。"

"没有,我从没拿到过任何文件。"

他们需要某样东西。

"比如说?"

"比如说监护权文件。"

"没有监护权文件这种东西。"

我猜想着。

那女人叹了口气。

"那我们怎么知道你是他的监护人呢?"

我试着解释,但不知从何解释。

"我说是就是,如假包换。我还能怎样证明?"

"你有遗嘱吗?"

"什么?"

"遗嘱。"

"遗嘱?"

"是的,遗嘱。"

"喔,老天,这太离谱了。"

我想到遗嘱。遗嘱在贝丝那里。

"遗嘱上什么也没说。"我又撒谎。遗嘱的问题是,在那份遗嘱中,我未被列为监护人,贝丝才是监护人。那是一种手续,一件我们在那年冬天决定的事,贝丝和比尔担任遗嘱执行者,正式出现在遗嘱中,我不必牵扯到钱和书面的东西。这以前也发生过,监护权这回事,证明——证明在哪里?——而我总担心被发现。这段日子全都是谎言!

"嗯,没有监护权文件或遗嘱,我们也没办法。"

我带了所有他的学校纪录,学校寄给家长的通知书,证明我们住在一起的书信,我们两人的名字同时出现在地址上。我们是团队。我们已经好几年——那女人丝毫未受感动。

"我干吗说谎呢?"

"听着,有很多市外的人想让小孩就读罗威尔。"

"你是在开玩笑吗?我跑来这里,假装爸爸妈妈过世了,好让他报名参加一次该死的考试?"

另一声叹息。

"听着,"她说,"我们怎么知道他们真的过世了?"

"喔,天哪。因为我站在这里这么说。"

"你有死亡证明吗?"

"这很恶心,"我说,"没有。"我说,又一个谎言。

"任何通知、讣闻?"

"你要我拿讣闻来给你吗?"

"是的,那会有用,我想,等等。"她转头询问一位柜台后的男人，再转头面对我们。

"没错，那可以。带讣闻来吧。"

"但我没时间……"

"两人的都带来。"

总是要证明这件事！总是被提醒，谈话中、争论时，没讲几句话就轮到这该死的故事。这就是为什么我要说谎、编故事，为什么在这种时候，在和牙医或管他是谁的人约时间时，我就说他是"我儿子"，话一说出口就感觉到残酷。

我打电话给贝丝。只剩二十分钟办公室就要关门了。贝丝开车过来，带了两人的讣闻，刊登在《森林湖人》报上，爸爸妈妈一人一小段，还带了遗嘱，只剩两分钟了。

现在，一星期后，考试当天，数百位小孩正在参加考试，我们却开车经过海角，在往海边去的路上。几秒钟前，才猛然想起我们错过考试了。

"喔，天哪！"我说。

"什么事？"他说。

"考试啊！"

他抬起手遮住嘴，以为我会把车掉头，加速开车回去，就像我们常做的那样，思索着借口。现在他已经很习惯了，习惯于匆匆忙忙，习惯了我开车时捶打方向盘，朝挡风玻璃骂脏话，门锁住时猛敲窗户，请求网开一面。

"算了，"我说，"现在已经不重要了。"

是不重要了。

我们要走了。

两天前我们决定不再待在旧金山，所以我们不会申请罗威尔了，不需要那所学校，不需要这里的任何东西，因为我们要离开这座城市，离开这个州了，八月将动身飞离加州，将回到——其实，我们要到更远的地方，将飞越芝加哥前往纽约。我们又要离开了，在人们弹着舌头摇头晃脑中，我们必须离开，即使见到比尔和贝丝的机会更少了，我们还是要搬家。

"我认为搬来搬去很不错，四处看看，不会局限在那里。"塔夫说，我喜欢他这么说。他知道我需要他说些类似的话，而我也绝不会问他是否真这么想。

旧金山变小了，每个人都快死了。夏天变凉了，秋天气候也不如往昔。海特街的孩子总是越来越年轻，人数比以前多，成天呆坐着，整夜流连在海特街和莫萨尼克大道，带着棍棒与粗糙的麻布袋，头上戴着松垮垮的雷鬼帽，无处可去。开车前去工作的这趟路变得难以忍受，日复一日太悲哀，尤其到了夜晚，在把塔夫弄上床、锁上大门后，我会回办公室——这趟路简直是蹂躏，一成不变——我甚至更改路线，开始走基立大道，一路都开这条路，经过一些妓女，放慢车速，这种有趣的事持续了一星期左右，每辆车都慢了下来，停住，警察虎视眈眈，开怀大笑——但后来甚至连这件事也成了例行公事，所以我们非离开不可了，因为有人在街上小便，现在连白天都有，任何地方都有，随时随地都有人在街上小便，中午在市场街大便。而我也厌倦了这些山丘，到处都是山坡，停车时轮胎要转向，还有街道的清扫，还有那些接着缆线或绳索或什么东西的该死的公交车，老是出故障，那些混账司机会下车，拉扯缆绳，愚蠢的公交车就停在那里，在半路上，所有一切只能停在那里，卡住了，在半路上。

每件事都变得越来越诡异，越来越极端，对比太强烈了。

塔夫和我继续往山上开，因为必须先上山才能到黑沙海滩，先笔直开上山，山路蜿蜒曲折，路上经过那些停下来看风景的观光客，俯瞰金门大桥，每次我们循原路往金门大桥开时，那景致，神圣庄严的景致，就会自行冒出来，可以看到金银岛和恶魔岛，然后是里士满全景、埃尔塞里托、伯克利、奥克兰，然后是海湾大桥，然后是市中心白色锯齿状的贝壳，金门大桥，血红色，然后是城市的其他部分，要塞区，大道。

但我们继续往前开，路延续着，蜿蜒向上，车辆逐渐变少，到了山顶，只剩几位观光客，正转身往山下走，在山顶上第二次世界大战时期的坑道里，如飞机三点着陆似的右转，因为前面看起来肯定是没路了，就在那里，在山顶上。

但然后路继续延伸，有一道门，一道细薄的金属门，就在那里，敞开着，也许永远都是开着的。我们继续走，未减速，塔夫和我继续往前开，经过停车区，穿越大门开下坡，有两位年轻游客，依惯例总是穿着深色袜和短裤的荷兰人，瞠目结舌，不知道我们在做什么——我们是某种棒极了的超级英雄团队，在一辆太空时代的车里，不受国家法律或物理原则所约束。

这条路现在是单行道了，笔直延伸到海边，有二十码的距离，我们看起来像要笔直驶离路面，有几秒钟看起来真的是这样——如果真是这样，我们会准备好，当然，我俩会同时离开这辆车，各占一边车门，然后拿捏好时间准确地完美一跳——所以我们减速慢行，然后这条路开始向右弯，然后往下，一秒钟内我们就与海边平行，当然是高出海面几百英尺，有一会儿甚至看不见左侧的悬崖面，只见陡峭的落差——然后突然间我们看到整个海角，一片绿色，还有毛海山，黄土色丝绒，沉睡的狮群，左侧远方的灯塔，真难相信这里离市区仅十分钟，这广阔无边崎岖不平的地面，有可能是爱尔兰或苏格兰或福克兰群岛或其他地方，我们蛇行开下山，这条路沿着悬崖壁，处处是弯路，而塔夫一如往常不敢张望悬崖边缘。可以理解，他并不欣赏我用膝盖而不是用手开车，有一小段时间，看这边，哈哈，看这个！

"不要那样啦，混蛋。"

"什么？"

"用手开车。"

"你不能叫我混蛋。"

"好吧，浑球。"

虽然让人苦恼，但这是他第一次说脏话——至少是我头一回听到——还有点令人兴奋。这样很好。听到他发怒真让人大大松了口气。我曾担心他没脾气，担心他和我相处太和谐，担心我没给他足够的冲突。他需要冲突，我开始对自己坚持这一点。在正常而悉心照料了这些年之后，该给点事让这小男孩生气。否则他怎么会成功呢？如果他不想通过踩着我来获得东西，他要从哪儿找动力？我们之间总是相互奉献与服从，而他善良的眼睛和年轻纯洁的智慧——但是现在发生了！我是个混蛋。真是松了口气。这是突破，真理终于变清楚了，避免不了了！我真该早点注意到这些信号。最近我们在地上扭打时，还有那次在网球场，我猛拉起他裤子时，他不是反击了吗？而且态度比以前更坚持。他不是成功地施展出锁头招术，紧紧锁住我的头，力道大得吓人，时间长得让我觉得不舒服吗？他不是全身紧绷，紧握拳头，眼神带着狂妄，透露出某种来自远方的愤怒吗？是的，是的！现在我们无所不能了。

终于！

"你也不能叫我浑球。"

"好吧。"

"浑球还更糟呢。"

"好吧，傻蛋。"

"傻蛋还可以。"

《迈特》杂志有吃不完的午餐，我们与朗斯找来各式各样的人吃着无益的午餐，这些人有钱又表示有兴趣帮助我们。他们基本上都三十出头，不知为什么取得了足够的钱财供他们四处散财。"好吧，"朗斯会这么说，手指比出括号的手势，"这女孩是黏性加倍修饰胶带财产的继承人，而且她……"或，"好吧，这家伙靠微软赚了钱,而且在发展媒体的投资金额大概已有三亿美元了……"我们会和他们碰面,喝饮料或吃午餐,在"茶饮555"后面,或在南方公园找张野餐桌,我们会聊天,解释我们的计划,模糊地传达我们的希望,尽全力阐述我们虽想成功,但也不想太功成名就,想继续做我们正在做的事,如果觉得无聊,我们也有退出的选择权,我们想征服世界,用一种没人能看出我们就是想要那样的方式,同时也设法不让他们看出我们大家有多疲惫,有多不确定自己是否真想继续做这件事,事实上——

见面期间,那位可能成为我们赞助商的人,当她或他用吸管搅拌着冰块时,会解释说他们必须先和一些人商量这件事:父母、律师、顾问,以及——

这样也好。我们恨透了与这些人见面,大多数时间我们彼此憎恶,厌恶每天都要进办公室,纳闷我们为什么仍做这件事。

我们的租约只剩一个月。我们之前已经延长过租期了,每个月都哀求让我们多留一会儿,保证我们就快取得资金了,我们需要钱,这样才能先安排搬家的地方,或许我们会搬去和愿意帮助我们的公司住。于是朗斯到纽约去,尽最后的努力,与一些人碰面,他们太过渺小或太过庞大,因此无法帮助我们。朗斯每天打电话回公司,汇报没有消息的消息。他住丝凯家,我们到纽约时全待在丝凯家。我们曾在纽约办过一场大型派对,丝凯安排整件事,包括免费的饮料、DJ,她还到她男朋友家借住,让我们所有人挤在她家的地板上,我们四人在她卧室里,睡睡袋,丢枕头。派对开到一半,警察来了,勒令派对停止,在所有人当中,是丝凯和她从内布拉斯加州进城来的妈妈央求警方让派对继续下去,因为她妈妈说:"这些是好孩子,他们为了这次派对花了很多工夫。"大意是这样的。丝凯睁着悲伤的眼睛,舞动着睫毛,于是警方让我们继续办下去。

朗斯应该回来的那天,从丝凯家打电话回办公室,说他要多留一天。因为丝凯病了,发高烧住院了,也许是食物中毒。

"病毒之类的。"他说。

穆迪和我与《联机》杂志的创办人见面，建议他们把我们收纳在他们的羽翼下，我们与他们结合会有多完美，虽然我们曾多次取笑他们的杂志。我们希望这次见面会轻松自在，细节部分就不多着墨，大方向倒是会花许多时间讨论。当然我们错了。事前准备完全不够，可悲透顶。我们想要的只是一笔能让下期出刊的资金，再安排办公室的去处，也许在他们地板上借个角落蹲蹲，我们只剩几星期就要搬离这里，任何地方都行，真的。

他们要数据和计划。坐在他们闪亮的黑色办公桌前，我们笨拙地应对着，乱开玩笑，尽力让自己听起来信心十足，野心满满，以此来掩饰我们的疲惫，我们互打手势——

不，你们继续，说完——

不，你们是说——

我们说，是的，当然会有一支新的设计团队，校对工作会做得更好；是的，我们会停止取笑广告商；是的，我们想让杂志社继续经营下去，我们预估这个，我们计划那个，电视节目和网站，当然，当然，封面上再做些让步，也许放些熟悉的脸孔，甚至是名人，如果他们的类型合适，做法正确；当然，再加上一些人物简介，我们将设法让这东西普及到更广大的读者群，以少量员工经营，和往常一样，我们会待在这里，搬去和你们这些人一起住，或者搬到纽约，哪儿都行，会很棒的。

握手后我们走出去，经过那些工作站，一排接着一排的计算机，所有计算机同一时间散热，电线纠结交缠，经过厨房区和漆成霓虹橙色的接待区，柜台的女生穿着普普通通，进电梯往下到第三街，我们重新检讨。

你认为进行得还好吗？

是啊，是啊，他们爱我们——

但我们两人都知道结束了，这又伟大又好又奇怪的东西我们已不再真正在乎了——喔，我们在乎，是的，但我们也准备好了。我要它结束，穆迪更想这么做，玛妮不只是烦透了这一切，保罗也一样。泽夫和朗斯仍努力想继续下去，仍觉得有理由继续下去，但他们也清楚——我们已经帮他做了很久的心理准备——这地盘终有一天要让出，这地盘当初之所以建立就是为了要让出。所以我们在那儿，知道这三四年，这几十万个小时将结束了，而我们并未拯救任何人。

我们征服了什么？

又改变了什么？

航天飞机上没有我们的位置，而这一切——这一切是什么？它曾是我们要做的一件事，想强调的某个很小很小的点，这点是被强调了，用一种很渺小、很精巧的方式——穆迪和我在一个完美的七月天，步行穿越南方公园，公园里挤满了新面孔，全都美丽、耀眼、年轻，我们累了，穿越人群，回办公室。没关系。终于，知道它结束了，知道它的限制、它的期限，竟有奇怪的安慰感。在必须滚出办公室之前，我们还有两星期完成现在是最后一期的刊物，所以我们采用之前已拟好的计划——封面故事："黑人比白人酷吗？"——再加上杂志从头到尾无数次提到的死亡、失败。

第一页的文章是：

> 死亡，就像许多伟大的电影一样，是悲伤的。
>
> 年轻人想象自己不会死。他们为什么不该如此呢？有时生命可能看似无止境，充满着纵情欢笑，彩蝶翩翩，热情与喜悦，以及好喝冰凉的啤酒。
>
> 当然，年龄不断增长，这严肃的领悟便出现了："永远"只是个名词。四季更迭，爱情枯萎，好人早逝。这些是冷酷的真理，痛苦的真理，逃不掉，但人们说这是必要的。冬天带来了春天，夜晚引来了黎明，失去撒下了复苏的种子。当然，说

这些话很容易，就像电视很容易一看就看太久。

然而，不管容易与否，我们依赖这种惆怅。反其道而行之，只会有如绝望地跳入幽暗无止境的深渊里，落入一个涵盖一切的空虚中，永远无法逃脱。真的，说夜晚只会愈来愈黑，希望躺在那儿，被恶人的马靴给踩烂，说这些话，又有何益处？当我们领悟到（一旦领悟就无法重回无知）生命中没有救赎，或早或晚，尽管怀抱着最好的希望，做着最炽热的梦想，无论我们的行为和最真的德行有多好，无论我们有多努力想达成各种永垂不朽的理想，海水将不可避免地沸腾，邪恶将肆意凌虐大地，这星球将成为一片废墟游乐场，只适合蟑螂和害虫居住。

有句话是神职人员和年岁渐长的球员最爱挂在嘴边的：祈祷降雨。但天空正下着有毒的热血时，又为什么要祈雨呢？

但后来，几天后，我们再度审阅这篇文章，希望听起来不是在耍嘴皮，不是冷酷无情，因为朗斯刚刚从纽约回来，他和丝凯曾到处奔走，寻找资金或者其他可能注资的信号。我们想知道情况如何——现在这已无关紧要了，但我们还是很好奇，也许很病态——想听到滑稽的遭拒绝的故事，漠不关心的情节——我不记得为什么我们大家都在办公室里，突然正午大家一起出现，但朗斯走了进来，把背包扔在他的座椅上，坐下，瘫在椅子里。然后他站起来，踱步一分钟，之后站在档案柜旁，玛妮的桌子隔壁，脸上带着某种神情，似笑非笑，稍微牵动嘴角，但也有些抖动，眼神专注在我们脚下地板上的一样小东西上，用手遮住嘴，以遮掩他的嘴正在做的事。他是在笑吗？他是在笑。他微侧着头。有件好笑的事。这会很棒的。

"丝凯死了。"

"什么？"有人说。

"她死了。"他说。

"什么意思?谁?"我们齐声问他。

"她死了。"

"谁?"

"丝凯。"

"不会吧。"

"去你的,蠢蛋。这有什么好笑的?"

"他是很严肃的。你很严肃吗?"

"这不好笑。"

"不,听好,她死了。她死了。"

"不。"

"那是什么意思?"

"怎么会?"

"病毒侵袭了她的心脏。她只住了几天医院。他们没办法——"

"不。"

"可恶。"

"天哪。"

"不。"

玛妮和我开车出去,刚开上金门大桥,距离黑沙海滩转弯往上坡开的地方不远,我们去为最后一期的最后一页拍张照片。我们想要个能说明一切的东西,一个影像,于是选了通往索萨利托一号路线的隧道,一个半圆形的隧道,幽暗,看不见出口,入口处有道彩虹色的细框,不久前才漆上去的。我们停车,然后沿着公路走,玛妮注意路况,我则站在路中央拍照,这张照片洗出来后并没那么棒,彩虹褪色了,看不清楚,隧道也不够暗。

但就这样了,最后一个影像。若不用这张照片,就是用几天前我们已经开始打包时保罗拆开的那封信,艾德·麦克马宏寄来的,粗体字又大又黑：

**《迈特》赢得了
从一百万美元到
一千一百万美元的现金！**

* * *

我们将这期献给她，献给丝凯，当然。那是我们悲伤的致敬。天哪，我们说，你真该见见丝凯。其实，你还是可以见到她的。去租那卷影片——《危险游戏》。她在电影里，四处走动，聊天。她的台词不是她自己写的，也许只有十九或二十句，但她在电影里，永永远远在那里，走着、聊着，嚼着口香糖。喔，她真伟大。

* * *

往下走到黑沙海滩这趟路很远，很陡，但这景观，到处是野花、海洋，令人赞叹。塔夫和我重新步行往下走，有些人正往上走，双双对对，满身大汗，停下来休息。往上走比往下走要累上一千倍。我们一起往下走时，我注意到我们有多近，我和塔夫的距离，于是满脑子想着要确定别人不会想歪了。他现在几乎和我一般高，脸上带着那种"小男友"的表情，我们走在一起，尤其是在这片海滩，很容易被误认为同性恋者，如果心怀不轨的人看见我们，肯定会告发我们，然后儿童福利专员会来，然后他会住在寄养家庭，我得强行闯入带他出来。我们会变成亡命之徒，不见天日，食物会很难吃。

这地方感觉很远，这海滩。黑沙海滩的老主顾主要是裸体的同性恋男人，一些裸体的异性恋男人，一些裸体的异性恋女人，掺杂着一些和我们一样穿着的人以及偶尔出现的中国渔夫。我们把东西丢在中央,这地方,如果有胆下来的话,全家人可以铺好东西坐着。我们脱下鞋子和运动衫,扫视海滩,左看右看。塔夫有个点子。

"你知道我在想什么吗?"

"知道。不知道。"

"我在想每个人都应该能够,就那么一次,让一个无生命的物体复活,变成他的伙伴。"

我得停顿一下。我该鼓励他吗?

"比如说?"我紧张地问。

"比如说橘子。"

他抓抓下巴,他兴起这些念头时就会这么做。

"或一把铁锤。"

约翰状况不稳,爬行着,崩溃了。他在疗养院待过,后来离开了,之后有阵子住在圣克鲁兹,和一位少说也有四十五岁的女人同居,是他在戒毒匿名互助会认识的。我停止追踪他的消息,没问他一开始怎么会在戒毒匿名互助会,不知道他会需要寻求它的帮助——他正试着尽可能在最短的时间内制造出所有问题。我猜想那是否就是他的计划,某种实验或表演艺术——如果是,我会尊敬这件事,那是很酷的。但事实并非如此,他并非刻意这么做。我们去看心理辅导员,我带他进去。心理辅导员和我们聊了一会儿之后,称我为"能干的人",于是我们离开了这位辅导员。他睡沙发,然后他好多了——他会消失几星期,然后又冒出来,从俄勒冈州某间图书馆打来,花光他继承的每一分钱,现在需要两百美元支付他住的房间,红屋顶旅馆的人快抓狂了——然后,终于,有天晚上在篷车旅馆,被一个他认识的家伙敲了脑袋之后,他想回疗养院了。

梅雷迪思和我分摊一家私人疗养院的费用,为期三个星期,因为他没有保险,而且不肯去郡立一号疗养院,如果他非去郡立一号不可,他可能会做某件事——他没办法处理那些事的,天哪——所以在他去私立疗养院的前几天,我送他,在奥克兰山上某处,那间他正在约会的另一个女人的房子,两个孩子在窗口。

"老兄,真谢谢你出那笔钱。我真的想告诉你我有多感激。这差别可大了。郡立那地方挤满了吸毒鬼和妓女,那我可没办法住,我发誓,过不了那关的。"

我打开窗户。

我没什么话对他说。

"我有点想,"我说,"现在就叫你下车,在这座该死的桥上。"

一分钟左右的沉默。

我打开收音机。

"那就让我下车吧。"

"我会让你下车的,混蛋。"

"那就让我下啊。"

"我是说,你是想打破什么纪录是不是?比如说,现在,你坐在这里,看起来很正常,双手放大腿上,但然后,你是什么时候穿上那件西装的?那是什么时候的事?我是说——"

他正玩着汽车置物箱的锁,开了又关,关了又开。

"别弄了。"

他停下来。

"我是说,你为什么就不能……"我想说冷静下来,但那听起来不对。

"……冷静下来呢?你干吗就不能冷静呢?"

他又在玩置物箱了。

"别玩了。"

他停下来。

"我是说,这一切真是无聊透了。"

"……"

"真的很无聊。有一阵子还蛮好玩的,叫你做这些为电视而做的蠢事,但现在不好玩了。已经无聊好一阵子了。"

"抱歉,老兄,抱歉我让你无聊了。"

"是的,你的一切牢骚、不确定性、沉溺——"

"拜托,你没弄错吧。你是那个谈论要沉溺于这种蠢事的人,你家的蠢事。你是那个——"

"我们不是在谈我。"

"是,我们是,当然是。一直都是。用这种或那种方式,我们一直都是在谈你。那不是很明显吗?"

"听好,去你的,我不需要在这里现身。"

"那你当初就不应该。"

"我要把你扔出那该死的窗户。"

"那就扔啊,扔啊。"

"我是应该这么做。"

"我是说,你真正又有多关心我,除了我能被利用作为某种警示,当别人的替身,当你爸的替身,当那些让你失望的人——"

"你真的很像他。"

"去你的,我又不是他。"

"但你是。"

"让我出去。"

"不。"

"我不是这样的,我不要被贬低成这样。"

"是你咎由自取。"

"我不只是这样。"

"是吗?"

"我不能被利用来报复你爸,你爸不是一门课,我不是一门课。你也不是老师。"

"这是你要的。你要别人的关注。"

"随便。我只不过是那些人中的一位,你认为我们这些人的悲剧适合这整个故事。你其实并不在乎那些生活过得顺顺利利的人,对吧?那些人不适合这个故事,对吧?"

我们旁边有辆卡车,里面的床上有三个小孩。床会滑走的。

"有用才会说得通。我是说,那不是很奇怪吗?比如说,像莎莉妮那样的人,她又不是你最好的朋友,突然间就变成主要人物了?为什么呢?因为你其他的朋友很不幸地并未遭逢厄运。唯一有台词的人,是那些生活混乱不堪——"

"我有权利。"

"你没有。"

"我有权利——"

"你没有。还有可怜的塔夫。我怀疑他在这整个过程当中有多少决定权。你一定会说他完全赞同,他觉得这很棒,会引人大笑,等等,也许他是,但你认为他究竟有多喜欢这一切呢?真恶心,这整件事。"

"这件事太伟大了,你无法了解。你对我们一无所知。"

"喔,天哪。"

"这是启蒙,启示。证明。"

"不是,你知道这是什么吗?是娱乐。如果你往后站,站得够远,这整件事就完全沦为一种表演。你长大的过程舒适安乐,没有危险,现在你必须把危险找出来,制造危险,或更糟,利用朋友和熟人的不幸,来添加你自己生活的戏剧性。但看吧,你无法像这样把真实的人弄得团团转,扭断他们的手脚,毒害他们,帮他们穿衣服,让他们说话——"

"我有权利。"

"你没有。"

"那是欠我的。"

"不是。明白吗？没有人欠你。你就像个……像个残害同类的人或之类的。你看不出来这有多像吃人肉吗？你是……你是用人皮做灯笼——"

"喔，老天。"

"让我下车。"

"我不能在这里让你下车。"

"让我下车。我要走路。我不要当你的燃料，你的食物。"

"我会为你这么做的。"

"是啊。"

"我会用自己喂你。"

"我才不要你用自己喂我。我不要吃你。我不要拿你当燃料。我不要从你那里得到任何东西。你之所以那么想，是因为你有东西被取走了，你以为你能够不停地拿、不停地拿——什么都拿。但你知道，并非每个人无时无刻都想互相残杀，并非每个人都想要——"

"我们都是彼此互相喂食，一直都是，每天都是。"

"才不是。"

"就是，那就是我们做的，身为人类的我们。"

"对你来说，那是血腥、是报复，但你知道吗？其实不是那样。不是每个人都如此愤怒，如此绝望，如此饥饿——"

"你不能拥有我。"

"恶心，我是不能。"

"我会让你更强。"

"我和你之间完了。"

"没有。你会回来的。你会永远需要的。你永远需要有人把血流在你身上。你是不完整的，约翰——"

"你刚错过出口了。"

莎莉妮的派对十分盛大。离她摔落阳台已经一年了,她出院了,回洛杉矶的家,和她的妈妈姐姐住在一起。她每天都有进步,几乎什么事都能做了,虽然她的短期记忆还是乱糟糟的,靠不住。一年以内发生的事都消失了。她常记不得前一天发生的事,一小时前发生的事。几乎每天都要对她讲述那次意外,每次别人提到这件事,她都觉得很困惑。她会说:"哇。"仿佛这件事与她毫无关系。但她的记忆,她正在努力恢复记忆,有提示卡,请了家教,有记笔记的日记本,让她在纸上记下每天发生的事。她撑了这么久,愈后良好,所以为了庆祝她二十六岁生日,她家人在家里为她筹办了一场盛大的派对,有各式各样的食物,请了一位DJ,大家可以跳舞,游泳池边摆了火炬,那里有一百人,或者更多。

塔夫和我开车过去。我不知该带什么礼物,所以就做了通常这时候我会做的事:叫塔夫帮她做一样东西。他一直在做一个系列的耶稣雕像,用彩色可烘焙的黏土:穿着燕尾服、拿着手杖的耶稣,嘴张开的耶稣("唱歌的耶稣");戴金色假发、穿粉红色女装的耶稣("希拉里耶稣");还有睡在顶端有红十字架白色睡袋里的耶稣("外宿的耶稣"),做好后放在装痱子粉的小罐子里。这些耶稣像做得惟妙惟肖,收到的人总是赞誉有加,但他说他再也没空帮我的朋友做东西了。我让他丢掉他打电话买来的那本摩门教的书时,他拒绝了,我第二个想法也破灭了。好吧。

到洛杉矶时,我在曼哈顿海滩让他和比尔下车,再继续开车到莎莉妮家,途中停在一家商场,买了一本猫图案的日历、一本关于"梅努多"①的书、一些书镇——花五十四美元换几秒钟的笑容。我找到她家,在高高的山坡上,在一条宽宽的、黑暗的街上。放眼望去尽是车辆,两边路旁停满了车,我得停到好几条街外。五百码远即可听见悠扬的乐曲,可看见后院灯火通明。我很害怕。我已经好

---

① 拉丁流行乐界的青少年偶像合唱团。

几个月没见到莎莉妮了,不知该期待什么。

我敲敲那扇巨大的门,进屋后,只见到处都是人,礼物摆在桌上、地上,又大又漂亮的礼物,有人在客厅、在起居室,也有人在后面的餐厅里,有一群人正在做某件事,后面也许还有五十个人,在阳台上,在四周火炬环绕的游泳池附近,后院浸浴在火红的光线里。莎莉妮的妈妈说她在楼上,在休息。我走上铺了地毯的楼梯,循着走廊上的声音走。在俯瞰游泳池的卧室里,她在那里,坐在床上,看起来明亮耀眼,和以前完全一样。

"你好,亲爱的!"她说。

我们拥抱。她盛装打扮,穿着丝质衬衫和迷你裙。

我告诉她来洛杉矶的路上我的车抛锚了——真的——于是向比尔借车开到她家,看起来这派对进行得很不错,后院那些火炬,那些人,这游泳池。

她望着窗外,往下看着游泳池,池水在阳光下闪闪发光,还可看到背光的人群的侧面轮廓。

"是啊,但这是为什么呢?"她问。

她不知道大家为什么在这里。看得出她在记忆里搜索原因,但什么也没找着。

"今天是你生日啊。"我说。

她姐姐阿妞雅和我解释这场生日派对。

"但干吗这么大费周章呢?我是说,我知道我人缘很好,但真是的!"她微微地笑了笑。

阿妞雅和我尽可能模糊地概述这件事,提到跌倒和昏迷、奇迹似的康复。一如往常,我们讲完这故事,莎莉妮惊讶不已。

"这怎么可能呢。"她说。

"是啊,"我们说,"你很幸运。"没人提到她朋友身亡的事,和她一同前往的那位朋友。

"我的意思是,感谢您,上帝。"她说,用她特有的方式,眼珠子溜溜地转。上帝听起来像"向帝"。

最后她走下楼,在游泳池边拼花的地板上跳了一会儿舞。宾客献上礼物,吃了晚餐,卡拉和马克也在场,于住院期间出现的人全都来了。这景观,这自海洋吹拂过来暖洋洋的风,让这里充满了喜乐,原本就是要有这种感觉的。大家四处走动,眼里闪着泪光,尤其是莎莉妮的妈妈,我认识她的这段时间,从没见过她泪眼汪汪以外的模样。派对接近尾声时,莎莉妮上楼休息了,我和她妈妈走到门口。

"你知道,我去找了那位房东。"我说。

"什么意思?"

"那位房东,那栋楼的主人。"我告诉她我密切注意报上的审判消息,就是审判那位应该为有缺陷的阳台崩塌一事负责的房东,我到法院去了六次,找他,想坐在听证席上,想见那个人。我盘算着如果有机会和他独处,我要对他做什么:如果我发现自己和他在一个四下无人的暗处,我会一拳敲破他的脑袋。

"你看到审判了吗?"她问。

"没有,我老是走错房间,或者他们改时间了。时间总是改来改去的。我老是坐在空无一人的审判室里等——告诉莎莉妮我得走了。"

我离开了,知道也许我不会再来了。我说我会再来——也许下次感恩节吧——但我知道我们要离开加州了,塔夫和我,我们很累了,感觉像被追捕一样。

其他人都要走或已经走了。弗拉格已经搬到纽约读研究生了,接着穆迪也搬到那里找工作,然后是泽夫。柯尔斯顿和她的新男友去哈佛读书了,他读法学院,她修读企管硕士学位,不错的一对,无忧无虑的一对,而我吓了自己一跳,我竟然无止境地替她感到高兴。我们也要走了,因为例行的工作开始把我撕扯成碎片,每天开上那条愚蠢的路，同样的路，同样的山，因为我没有健康保险，而我们也厌倦了那间又小又吵的公寓，厌倦了住在那些可怕的人的隔壁，那些什么也不懂的人，那些应该像我们，应该了解情况的人，但他们就是什么也不懂，我也厌烦了住在那间养老院对面，每天起床就看见他们在阳台上无所事事，穿好衣服准备步行到小区中心，戴上他们的橡胶帽，在游泳池里游得那么慢。

这里有太多愚蠢的回音，到处都是。连黑沙这样的海滩也可以让我想起她，想起她最后那半年是如何坐在车里往外望。塔夫参加简易美式足球赛时，贝丝和我会坐在球场边，帮他加油，说些有关教练的坏话，她则待在车上，车子停在停车场，高高眺望着足球场。我们看得见她，她身子前倾倚在方向盘上，眯着眼，想看清楚比赛。

我们会挥手："嗨，妈！"

她也会朝我们挥手。

我们最后一次来这里时，她已无法往下走到运动场，无法走完到海滩的这趟路了。当时贝丝毕业了，我搭飞机过来，仪式过后，她、贝丝、塔夫和我沿着海岸开车，穿越蒙特利，等到卡梅尔那处海滩时，我们告诉她我们会再回来，然后跑下高高的沙丘，往下跑到水边，塔夫那时才七岁，第一次到加州。贝丝和我假装我们要把他丢进海里。我们拿着褐色、有弹性的海草长茎叶互殴。我们抬头往车子那里看，我们挥手。

她也挥手，高高在海滩上方，往下俯看。等我们又多滚了几圈，把沙子倒进塔夫头发里，逼贝丝亲吻死水母后，就朝上往回走，知道妈妈什么都看到了，她为我们三人感到骄傲，但等我们爬上沙丘，较靠近车子时，她看起来几乎就像睡着了。

她是睡着了，手放在腿上。她没挥手。

今天风和日丽，几乎一点风也没有。这海滩，黑沙海滩，通常会有自海面吹来的风，把什么都吹乱了，把飞盘往冷漠的海上吹，逼得我得穿着短裤涉水捡回飞盘，双脚僵硬。但今天没有风，放眼望去几乎四下无人，这表示我们占有了大半个海滩，或至少拥有一部分海滩留给我们自己，这真的很棒，即使只有一个小时。

我们变得好多了。我是说，我们开始时真的很好，当他还小的时候，我们第一次来这里——他比同年级的人要超前很多，夏令营玩终极游戏时总是他赢，其他孩子都很崇拜他——你该看看那群年纪较小的孩子簇拥在他身旁，喔，等他摘去棒球帽，流泻出那头金色长发——有一次有个小男孩敬畏有加地说："你不该戴帽子的。"他说："你的头发真好看。"这小男孩说这话的时候，我就在那里，当时是家长日。但就丢飞盘这方面来说，塔夫当时丢的距离没现在远，还有那些把戏，他会耍把戏——我也常玩我能做到的把戏，例如我会等飞盘飞到胸口高度时，往飞盘跑去，快跑到时，我会跳起来，在空中转一百八十度——也许是三百六十度，其实，仔细想想，因为我——是啊，所以我在空中转身，在飞盘飞向我时我也飞向飞盘，等我完美地——等我转到一半时背对着飞盘，我就会抓住飞盘，所以这就像是一种从背后接飞盘法，在半空中，但最理想的状态是，做了转圈等动作之后，我着陆时——你要明白这点——正好面对塔夫。三百六十度旋转。完成的话这会是个很酷的把戏，对我来说，但也不是每次都能做到，即使我棒得不得了——所以重要的是，塔夫现在也会这么做了，他做得很好，而且比我更稳。他仍不时搞砸，挥手打走飞盘，这让我很担心，因为我们每隔几个月就会打破飞盘，都是因为像这样的事，打到飞盘，飞盘从中裂成两半，总是发生在海边游玩的时候，也可能在其他任何地方。飞盘的塑料也很厚，当然——我们只用厚塑料的飞盘。

但他会这样玩，这是个值得看的酷把戏，但他也玩一些蠢把戏，而且几乎是更喜欢玩那些蠢把戏，真是愚蠢得不得了的把戏，根本就不算把戏的把戏，只是些蠢事，因为他对做愚蠢傻事的兴趣总是比做正常的事、保持纪录那类事更感兴趣——所以他玩了一种把戏，就是等飞盘飞来时，他会趴在地上，能趴多久就趴多久，然后，在最后一秒钟，站起来，然后……走几步，接住飞盘。就是这样。真是蠢得不得了的把戏，对吧？我是说，一点意思也没有，仔细想想，这真是世界上最不壮观的事。但他每次玩这种把戏之后都会捧腹大笑，真的。笑得像个白痴。

吗啡使她昏迷不醒，但她的呼吸仍很沉重，虽然并不是很有规律，但你真该听那呼吸的声音。一呼一吸之间，强劲、有力，使劲地拉拽空气。她手脚不动了，现在她是静止的，头往后仰，只剩那呼吸，像一种不规则的鼾声。愈来愈像打鼾声、磨牙声、喘气声。我们日夜不分，不眠不休，因为你不知道。我们把椅子挪近，蜷缩在椅子上睡觉，握着她的手，不久浪潮来了。一开始是不同的鼾声，某种更浑圆、更液状的声音，然后几乎是一种潺潺水声，她呼吸得更吃力了，不但要吸进空气，也要吸进那些小泡泡——那是什么声音啊？——贝丝和我在那里，在床的左边或右边，呼吸在拉扯着某样东西，像一艘仍绑在码头上的船，引擎转动了，但有东西拖住了、拖住了。呼吸愈拉愈多。这水声，那些水泡在呼吸中变得愈来愈明显，她在拉一缸水，或流体，然后是湖、海、洋，拉扯着——液体不断往外流，她体内的浪潮升起、升起，她呼吸急促，像某个在涨潮时被水淹没的人，不再有地方让他——但那呼吸中有智慧，那呼吸中有热情，每样东西都在那里，我们可以拿走那呼吸，握住那呼吸的手，坐在它腿上，看电视，呼吸愈来愈急，愈来愈短，愈来愈急，愈来愈短，然后是浅浅的，浅浅的，这时我就像其他任何时候那样爱她，像我认为的那样了解她——喔，她离开了，她走了，也许打了一星期的吗啡，她随时可能走，她的系统瓦解了，或不见了，没人知道是什么使她撑下去的，但她正吸入那空气，正在如此不规则地呼吸，虚弱无力，但她的呼吸是绝望的，每次呼吸都使尽全力，娇小的她皮肤晒成漂亮的古铜色，闪闪发亮，贝丝和我撑起身子看着她,不知何时会——但她只是呼吸,呼了又吸,霎时间,焦虑地,不屈服地。我只希望那不是后悔,那里没有后悔,在那些呼吸当中,虽然我知道有,我梦到有,我听着那些呼吸,听得到愤怒——她简直不敢相信这种事真的发生了。当我们只能等待、期望时,即使打了吗啡睡着,她也会往后弹,突然坐起来,说一些话,大声嚷嚷,一场噩梦——对这些事生气,气这种事真的发生了,她要离开我们大家了,塔夫——她还没准备好,甚至连准备都谈不上,还没下决心,还未认命,还没准备好。

我们在扔飞盘时,有个裸体的男人走了过来,我先看到他,他就在我眼前走过,在我和海水之间,和我差不多高,骨瘦如柴,全身苍白,瘦可见骨的臀部。他走过我面前,沿着海岸走向塔夫。起初我担心塔夫不可避免会见到这个人,不只看到他的臀部,也会看到他整个前面正在进行中的动作,这人正朝塔夫走去,丝毫不害臊,甚至感到骄傲,过了一会儿,我们起码隔了五十码,当他走近时,我看着塔夫,看着他,想知道他是否看到了,是否在笑,或嫌恶这个人类的裸体,全身苍白,未加修饰,可悲、愚蠢,也许是绝望,也许需要某样东西,需要被陌生人看到——天知道那裸体的家伙会抛给他何种怪异的眼光,那种裸体的家伙时常抛出的怪眼神。但我看着塔夫的脸,他连看也不看那人一眼,尽全力躲避他,过度专心于他丢飞盘的动作,看起来很认真,仿佛丢那次飞盘是无比重要的事,不能受到这裸体男干扰——很好笑,其实,让人印象深刻,真的。然后那人经过他身边,走了,往海岸尽头走去,往突出在破碎的浪花间那座阴森恐怖的悬崖走去,塔夫再也见不到这名裸体男了。

我们会准备好,每天结束时都会准备好,不会对任何事情说不,会试着在所有人睡着时保持清醒,不睡觉,会和小精灵一起做鞋子,会无时无刻深呼吸,吸入充满玻璃、指甲、血液的空气,吸这空气,饮这空气,如此浓郁。事情来临时,我们不会生气,会很满足，够累了，也该走了，充满感激，会和每个人握手，道别，然后打包，带些零食，往火山走去。

塔夫又耍了一次把戏，好吧：首先，我把飞盘丢给他，他很正常地接。然后，他站在那里，却慢慢地、有方法地把飞盘放进嘴里，像条狗。一旦把飞盘放进嘴里，他会小跳一下，好像他就是用嘴接到飞盘似的。接住，放进嘴里，稍微弹跳。这一点也不好笑，这把戏很可悲，蠢得很。但他会在其他人面前这么做，可悲就可悲在这里，他以为大家会笑，那真是——他笑了，当然，很享受的样子。但他仍使不出我的大把戏，我甚至不确定他曾试过。玩那个把戏时，我会侧身翻筋斗，头上脚下地单手接住飞盘。那是个伟大的把戏，娱乐群众的把戏，但他没试过，我不知道为什么。他飞盘丢得很好，你必须丢出好飞盘才能使出侧身翻筋斗的把戏，你必须丢得很低，离地二三英尺，不能太快，也不能太轻，要丢得很好、很稳。飞盘必须飞到我右边，因为飞到左边我就玩不了这个把戏了。所以即使他玩不了这个把戏，我要做到也缺他不可，因为只有他能正确丢飞盘，而且丢得很稳。现在不会没关系，但他很快就会学会。他做任何事都比我早，每项运动都能击败我，篮球我再也投不进任何一球了，球飞回我眼前，他高兴极了，胜利地欢呼。他长得几乎同我一般高，比我在他这年纪时高出六英寸，今年他马上就要比我高了。

这海滩的风从不太强，只是温和地吹，空气在四周荡漾，疯狂而轻柔，让人纳闷为什么还会有人到海洋海滩去，那里总是狂风大作，做什么都不行，也不能在那里游泳，那风会毁掉任何丢飞盘的动作，除非你们肩并肩站着，来来回回传送，像娘娘腔那样。要丢飞盘，要有乐趣，就需要平稳的风，因为我们需要让这该死的东西飞起来。当然大家会停下脚步看我们，我们真是太棒了。不分男女老少，所有人，全家人，聚在一起大声叫好，好几千人，他们带了野餐、双筒望远镜。

并不是说我们是疯狂的飞盘杂耍员——我们又没戴那该死的发带或任何东西——我们就是很棒,棒透了,飞盘丢得又高又远。两人能隔多远就隔多远——然后我们寄了花,而朗斯一直是她最亲近的人,想去参加丧礼,但刚从纽约回来——于是我们大家一起寄了个花环给她,永远不必见到冰冷的她,只能想到——而任何似乎可能在二十四、二十五岁发生的事,现在都成了笑话,成为一本荒谬至极的小说,每次生日都是一种酷刑——我们现在把金色锡罐摆在厨房柜台上,里头放了爸爸的名片和一件妈妈替泰迪熊织的小毛衣,再加上一些零钱、几支笔,还有某样物品的盖子,也许是照相机镜头的盖子,我们没找到它能盖上的东西。

喔,该死的!我要说的是:所以塔夫耍了别的把戏,他先正常地接住——我会把飞盘笔直地抛给他,一种完全正常的丢法,等他接到后,他会往前走几步,稍微往前滚,翻筋斗,飞盘在他头上,好像他是在翻滚的半途中接到的——你现在应该看看他,他突然间变得好高,以后会变成巨人,七八九英尺高——肯定是我们家最高的人,有史以来,永远都是。

又高又远的飞盘我们丢得最好,走四五步,然后猛地一扯——几乎有点像是掷铅球的方法,那几步,快走四五步,一步接一步,稍微侧身——然后用力挥走那该死的东西,丢那白色东西的动作太粗暴了,你先把它摆在胸前,然后使尽全力挥打那该死的东西,同时让它保持水平笔直地飞行,但如果你有东西能和这飞盘一起丢出去,你会用力挥那该死的东西,仿佛它装了刀片,你要它笔直切开湛蓝的天空,像割开一面屏幕,从中割裂,让它流血,看到外头黑色的太空。喔,我不会修理你了,约翰,或你们这些人中的任何一个。我大约有一百万次想要修理你们,但我想拯救你们的念头真是大错特错,因为我只想吃掉你们,让我变强,我只想吞噬你们所有人,我是癌症——喔,但我是为你们这么做的。你们看不出来我是为你们才这么做的吗?我这么做全是为了你们。我假装我不是,但我是。我吃你们是要救你们。我喝你们是要让你们更新。我狼吞虎咽地吃你们大家，我站着，垂涎着，用拳头，用沉重的肩膀——我看起来会很蠢，我会爬行，浸在血和屎当中，我会——喔，看那些鸟，用僵直的小脚站着——我无处止步，你们也无处开始。我累了。我站在你们这几百万人面前，四千七百万，五千四百万，三千两百万，随便，你们知道我的意思，你们这些人……我的格子框呢？我不确定你们是我的格子框。有时候我知道你们在那里，其他时候你们并不在那里，有时我在淋浴，手在头上乱抓，便想到你们大家，你们这几百万颗头，几百万条腿，站在大楼下，四处走动、穿插、拆分它们，盖新的大楼——而我和你们一起在那里，你们在那栋该死的大楼底下，全像蜈蚣似的，你们这些该死的浑球做的每件事——塔夫接到飞盘时，身体剧烈扭曲，肌肉有如紧绷的弦，嘴张着，挺直的牙齿用力咬合。我接到时也一样，身体扭曲，吼叫，颤抖——你们看得到这个吗？该死，看那该死的丢飞盘的动作，你们看得到塔夫丢那该死的东西，看得到那该死的东西形成的轨迹吗？它离我好远，但我能跑在它下方，我打赤脚，跑步像印度人，我能回头看，它还在飞，我能看见远方的塔夫，金发，完美——它高挂在那里，往上升，该死的老天爷，它很小，但然后它停在高处，慢了下来，高高地停在那里，在最高点，遮住了太阳一秒，然后它的心脏破裂了，掉下来了——它往下落，天空雪白一片，太阳是白的，飞盘也是白的，但我看得到，我看得到那该死的东西，我做得到，我会跑在它下方，我知道那该死的东西在哪里，我会跑在下方，跑过那该死的东西，在它下方，会在那里看着它飘浮，慢慢地飘下来，打转，飘下来，我击败你这浑球了，我在那里，它往下飘，飘进我的手里，我双手大开，拇指是翅膀，因为我在那里，准备好抱住它，它只打转了一秒钟，最后停下来了。我在那里。我在那里。你们不知道我和你们连在一起吗？你们不知道我正试着把血液输送给你们吗？这是为你们而做的，我恨你们这些人，你们这些混蛋——你们睡觉时，我要你们醒不过来，你们这些人，我要你们就这样该死的把时间睡掉，因为我只要你们下来和我一起在这片沙滩上跑步，像印度人，如果你们要该死的整天睡觉，该死的，你们这些混蛋，喔，你们全在睡觉、睡这么长时间，我在某处，在某个摇摇晃晃的脚手架上正试着取得你们愚蠢的该死的关注，我一直在试着给你们看这个，只是一直试着给你们看这个——给你们这些混蛋看这个，又需要什么，该死的究竟需要什么，你们要什么，你们要多少，因为我愿意，我将站在你们面前，我将举起双臂给你们我的胸、我的喉，然后等着，我已经为了你们，老了好一阵子了，我要它快速准确地穿越我——喔，动手吧，动手吧，你们这些混蛋，动手吧，你们这些浑球，终于，终于，终于。